KB247899

담원 **김 창 배**

화가, 茶그림 연구가

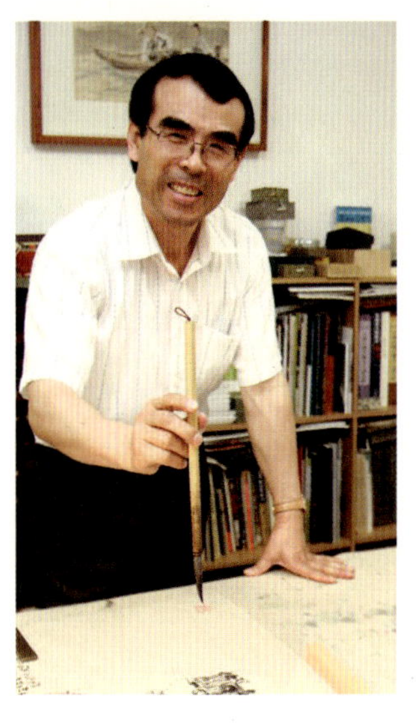

충남출생, 금추 이남호 선생 사사事師, 동국대 교육대학원을 졸업하였으며, 주요 저서로는 『茶 한 잔의 풍경』,『茶 한 잔의 인연』, 『茶 한 잔의 명상』, 『한국의 달마 1, 2집』, 『茶 묵화첩』, 『다신전』, 『동다송』, 공저共著『그림찻방』 등 14권이 있다.

논문으로는 "차와 회화 茶문화에 대한 연구-茶그림에 대하여"를 발표, 석사 학위논문을 받았으며, 또한 "차 문화에 담긴 조선의 선비들"을 연구 발표한 바 있다.

개인전으로는 미국 힐튼 하와이언 빌리지, 오스트리아 비엔나 ,일본 교토 국제교류회관, 중국 북경화원, 제백석 기념관등 가졌으며, 畵廊美術祭, Seoul Art Fair, 藝術의 殿堂, 롯데미술관, 정통부 연하장 선정 작가3회, Expo,국제 차문화 대전, 대한민국 미술대전(國展),대한민국 서예문인화 대전, 현대미술대전 등에서 심사위원과 초대작가를 거쳤으며, 국내와 해외에서 200여회 초대전을 가졌다.

2012년 중국 항주 중국 茶葉(다엽)박물관 초대전과, 동경 그리고 캐나다 등에서 초청 개인전을 준비하고 있다.

현재, 대한민국 미술협회 이사, 문인화 연구회, 인사동에서 담원 Tea Art 디자인 연구소 운영과 대학교에서 후학을 양성하고 있다.

담원Tea Art디자인 연구소 | 서울시 종로구 인사동길 31-8 광릉빌딩 3층

전화 | (02)736-7445 핸드폰 | (010)6204-5010

홈 | http://www.damwongallery.pe.kr

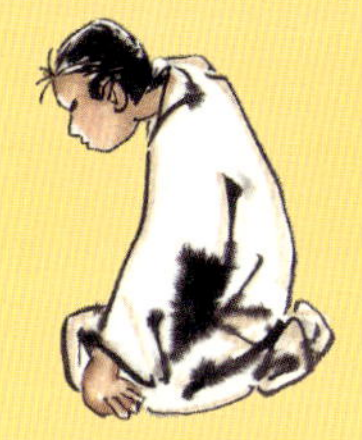

연꽃을 닮은 님에게

수묵명상으로 행복이 깃드시길 바라며

"마음의 거울 연꽃"을 선물합니다.

_______________ 님에게

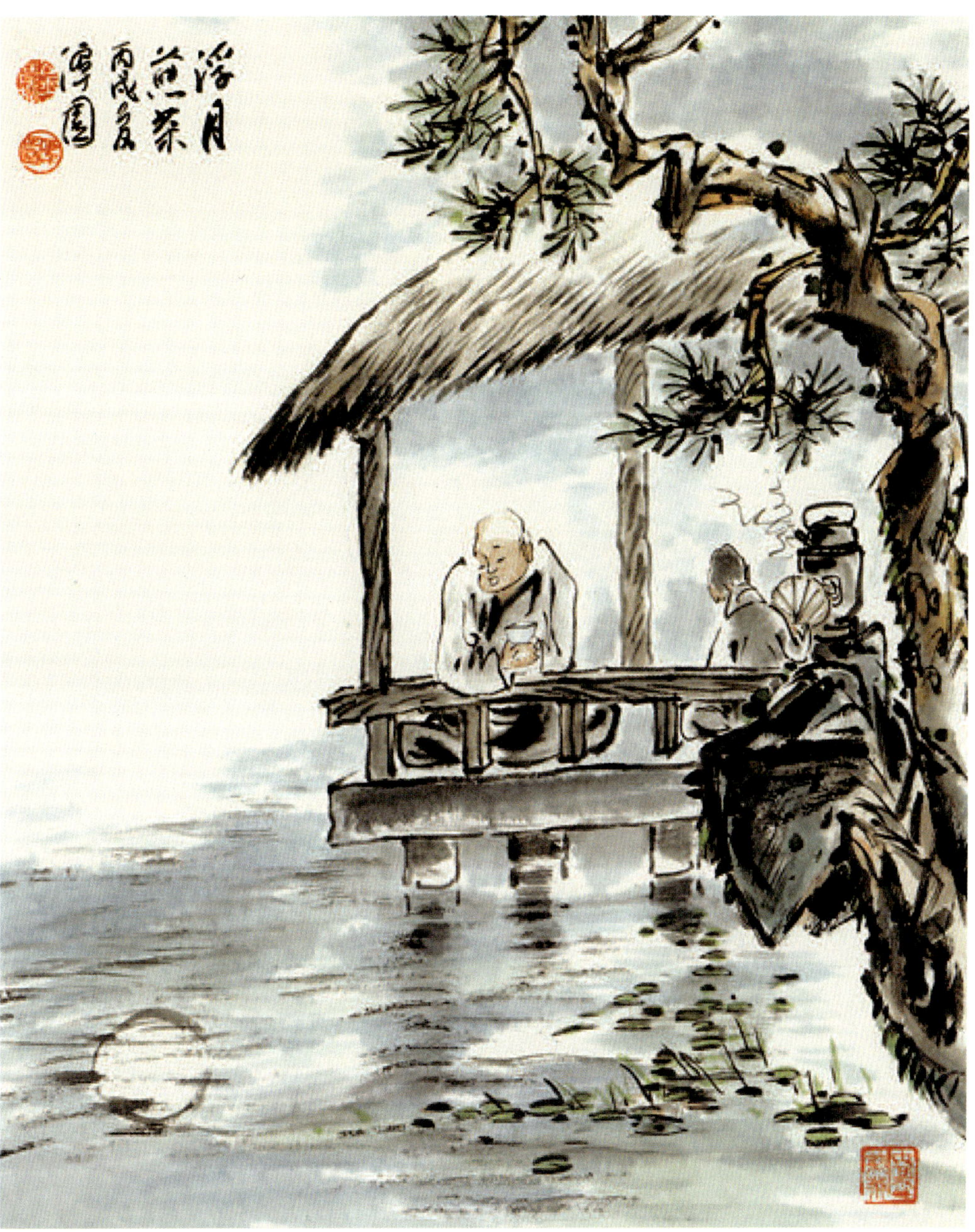

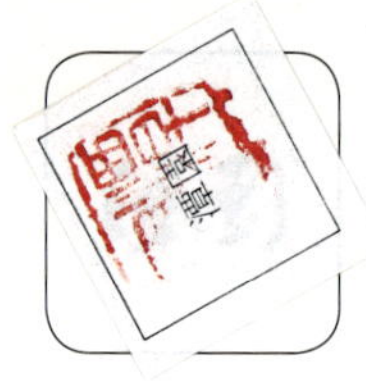

수묵 명상의 치유

마음의 거울 연꽃

초판인쇄 2011년 12월 25일
초판발행 2011년 12월 25일

지은이 글, 그림/담원 김창배
펴낸이 김재광
펴낸곳 솔과학

출판등록 제 10-140호 1997년 2월 22일
주소 서울시 마포구 염리동 164-4 삼부골든타워 302호
대표전화 02)714-8655
팩스 02)711-4656

ISBN 978-89-92988-66

수묵으로 핀 108 연꽃화첩畵帖 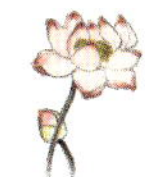

수묵 명상의 치유

마음의 거울 연꽃

솔과학
SOLGWAHAK

책 출간을 진심으로 축하드립니다.

달포 전 지인인 출판사 김재광 사장으로부터 추천의 글을 부탁받고 고민 하다가 다도에 관심이 많은 분들이나 예술가분들의 세계에 들어가 정을 나누고픈 생각이 들어 추천의 글을 마다않고 쓰게 되었습니다.

이 책의 특징으로 볼 수 있는 시와 그림 그 속으로 삶이 녹아나고, 정취어린 빠른 움직임으로 공간의 미학이 붓끝으로 활기를 찾는 작가의 끊임 없는 창작 활동에 찬사를 보내며, 『수묵명상의 치유 – 마음의 거울 연꽃』책 출간을 진심으로 축하드립니다. 수묵화 특히 차 그림으로 유명한 중견작가 김창배 작가와의 인연은 얼마 전 우연찮게 대구 팔공산 아래「빛 명상 본부」의 빛 터에서의 만남으로 시작됩니다. 그날 빛 명상의 대가 정광호 선생님과 함께 한 찻 자리에서 차 한 잔 하며 담원 김창배 선생님의 내면이 담긴 다담을 함께 나누었습니다.

예술가는 자신의 예술적 의지와 혼을 담아 그림을 그린다고 생각합니다. 천광운영天光雲影이라는 말이 있습니다. 자연의 모습을 차와 함께 마신다는 뜻이며 사람은 누구나 우주와 호흡 하면서 호연지기를 기른다는 표현이기도 합니다. 이 우주와 더불어 굳건한 마음을 내어 뜻을 높은 산처럼 세우고 바다와 같이 너그럽고 용맹스러운 마음을 내어 인생의 목표를 이루어야 된다고 생각합니다.

우리 정치인은 때론 책을 읽으며 세속의 때를 벗으려 노력합니다, 중도의 정치문화를 꿈꾸며 가끔은 정신적인 휴식과 더불어 그 힘든 세계에서 벗어나 차와 그림을 벗 삼아 보려고도 합니다. 또한 차를 좋아 하는 진짜 이유는 크게는 그 안에 평화와 질서가 담겨져 있기 때문이고 작게는 향기롭게 번지는 차향을 음미하면서 세상 사람과 마음을 나눌 수 있기 때문입니다. 더구나 차 그림을 보면서 차의 세계에 빠져들어 보는 것은 더할 나위없는 여유와 행복이라 생각합니다.

김창배 작가의 삶은 인생의 여백을 아름답게 채우며 그림 속에 맑은 향기를 담아내는 문화 예술가 그 자체입니다. 우리 역사 속 찻 자리 풍경과 선禪 수행을 깊이 연구하여 화폭에 담은 선묵화에는 그의 탁월한 재능이 그대로 배어납니다. 또한 대한민국미술대전(국전)에 선묵화 분과를 신설하는데 앞장서 선묵화를 제도권 안으로 정착시키는데 공을 세운 작가로 알려져 있습니다. 이렇게 한 장르를 정착, 완성시키는 데에는 작가의 끊임없는 연구와 창작, 저술 활동을 위한 부지런함과 열정이 있었음을 과히 짐작합니다. 이는 이미 2008년 북경화원 제백석 기념관에서 초대 개인전을 연 최초의 한국화가로 중국과 일본 등지에서 그 실력을 인정받은 바 있습니다. 또한 2012년에는 중국 항주 국제 차 박람회에 즈음하여 항주 다엽박물관에서의 초대전을 준비하고 있습니다.

이번에 만든 『수묵명상의 치유 - 마음의 거울 연꽃』은, 연蓮꽃의 사계四季를 정감 있게 그려 낸 130여 컷의 수묵화와 더불어 연꽃에 스며든 삶의 철학과 사색을 오롯이 글로 엮어낸 아름다운 책입니다. 책 서문에 '자신을 눕히고 털고 비우는 일들을 반복하며 자연으로 다시 돌아가는 순리에 따라 자연의 법칙을 배우며 명상을 할 수 있는 계기가 되었으면 좋겠다.'라고 적은 그대로입니다.

끝으로 한국 미술계의 발전과 새로운 정착을 위해 노력하는 많은 분들에게 나랏일을 하는 한 사람으로서 더 많은 관심과 지원을 약속드립니다. 소중한 이 한 권의 책을 읽으시며 '수묵명상'을 통하여 때로 지친 삶에 활력과 미소, 그리고 희망과 행복이 함께 하시는 시간이 되길 바랍니다.

2011년 11월 어느 날, **국회의원**

사랑하는 연꽃을 찾아

십여 년 전에 출간한 산문집 『차한잔의 풍경』을 내며 차茶에 흠뻑 빠져서 다도茶道에 대한 그림을 연구하고 졸고拙稿를 엮어 일곱 권을 낸 후, 그림의 장르를 바꾸어 이제는 "수묵명상의 치유" 『마음의 거울 연꽃』이란 책을 출간합니다.

세상에서 가장 행복한 사람은 누구일까? 자기의 일에 깊이 빠져 있거나 누군가 사랑하는 사람입니다. 나그네는 오래전부터 연꽃에 대해 많은 관심을 갖게 되었습니다.

생명의 움이 트는 봄이 오가고 빛의 계절 여름이 오면 향기로운 연꽃은 피기 시작을 합니다. 그 연꽃들의 삶을 하나하나 관조를 해보기도 했습니다. 바람에 흔들이는 연꽃이 더 싱싱한 향기를 발한다는 사실도 알았습니다.

가을은 여름 동안 잎이 무성해 햇볕도 들지 않던 곳까지 구석구석 보입니다.

자연은 언제나 서두르는 법이 없습니다. 또한, 만물을 생육하도록 터전을 만들어 주는 연당蓮塘은 소유를 하지 않습니다. 그래서 "생이불유 生而不有"의 정신도 깨닫게 되었습니다.

연꽃은 흐르는 물보다 고인 물에서 훨씬 더욱 잘 자랍니다. 다른 곳에 있는 물은 고여 있으면 이내 썩지만 연꽃이 있는 연못의 물은 썩지 않습니다. 물고기들이 살 수 있을 만큼 스스로 정화를 해 둡니다.

연꽃은 먹고 자고 숨 쉬고 기다리며 꽃도 피고 씨도 맺고 잎이 시들어 떨어지면 겨울잠을 자기도 합니다. 공간을 만들고 생각을 할 수 있는 공간은 추운 겨울입니다.

새롭게 출발하는 겸손한 자세를 겨울에 준비합니다.

향기로 말하는 아름다운 연꽃은 많은 슬픈 사연을 남겼습니다. 덧없는 인생은 꿈만 같아 부평초 같은 인생을 살다간 사람들의 애환이 담겨 있었습니다.

고요히 핀 연꽃 한 송이 청청한 지계持戒와 무언無言도 가르칩니다.

욕심 없는 연꽃을 사랑했던 시인 묵객들은 인생을 전원에서 아름답고 청빈하게 살았습니다. 숨어사는 즐거움, 산이나 강가에 은거하며 홀로 지내면서 자연과 벗하며 사는 선비들의 주인이었지요.

문인들의 선비 정신인 안분지족安分知足의 생활을 영위 하였습니다. 편안한 마음으로 자기의 분수를 지키며 가진 것이 없어도 마음만은 넉넉하게 생각하며 살고, 연꽃처럼 군자가 되기도 했답니다.

2011년 10월 27일 연꽃 방죽을 찾아 가보니 꽃들은 보이지 않고 쭈글쭈글해진 연잎만이 메마른 연당을 지키고 서 있었으며 햇살은 어른거려 맑은 바람을 불어와 나그네를 반겨주었습니다.

싱싱하게 꽃피었던 연못엔 찬바람이 불어 초록의 연잎은 절반가량 갈색으로 변해 가고, 여름 내내 비 때문에 향기로운 연꽃과 초록의 연잎은 힘든 삶을 견뎠을 것입니다.

나그네가 연 숲을 방문할 때마다 연당은 언제나 아침 이슬에 젖어 있었고, 연잎에 고인 이슬은 햇살에 빛나 구슬 같았습니다. 군락을 이룬 연향의 고고한 품격은 한 잔의 달디 단 감로수를 마시는 듯 했습니다.

내년에도 연꽃과 잎을 돋게 하여 우리들에게 초록의 맑은 연향을 달라고 나지막이 속삭여 봅니다.

연당의 연잎들이 바람에 흔들리며 꽃을 피울 때 바람이 부는 대로 온몸을 내맡겨 허리는 휘어도 꺾이지 않고, 바람에 부는 대로 부드럽게 사는 아름다운 연꽃인생, 여름 태풍과 장맛비에 견디며 자라야 다음 해에도 연꽃을 피우고 연자를 맺습니다.

이제는 청명한 가을 찬 기운이 밀려와 향기로운 꽃도 볼 수 없고, 푸르고 싱싱한 연잎을 점점 말라 바람에 흔들리고 서 있습니다. 나그네는 한참을 바라보다가 쓸쓸히 연꽃처럼 살다간 난설헌 허초희 님의 시 한 수가 떠올랐습니다.

비바람 잦아지자 연꽃 향내도 스러지고
아리따운 아가씨들만 사랑 노래를 부르네.
해 저무는 횡당 어귀로 돌아오자니
안개 속에 삐거덕 노젓는 소리만 들리네.

횡당곡橫塘曲』이란 시에서는 외로움과 쓸쓸함이 한없이 묻어납니다.

이 책을 엮고 저 글도 쓰고 많은 시간을 연꽃을 보며 수묵의 그림으로 표현하려 애를 썼습니다. 그리고 연꽃 핀 정원, 연못을 수 없이 찾았습니다. 연꽃을 만나면 설레 이고, 반갑기 그지없는 마음, 10년 전 강화도 선원사에 주지스님이 심어놓은 연꽃을 보고 있을 때, 스님은 내게 연꽃을 수묵으로 그리고 글을 쓰면 좋겠습니다. 나그네는 스님의 말씀에 여운이 남았습니다. 또한, 연

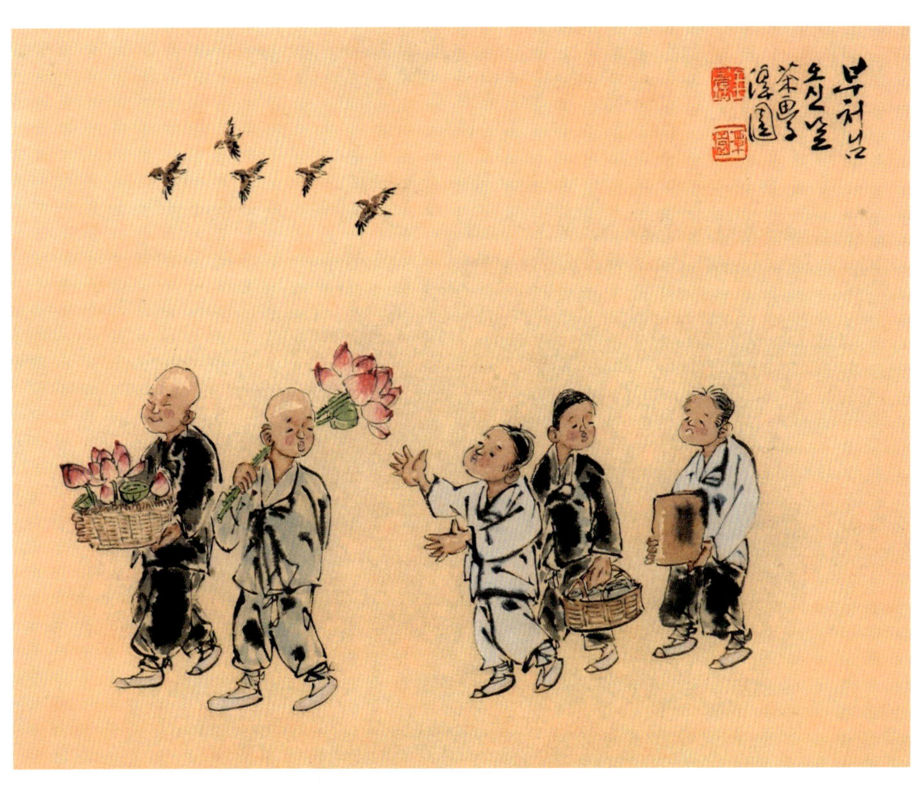

꽃을 퍼트린 아산 인취사를 방문, 혜민 스님이 분양하여 주신 연꽃을 향리鄕里의 논에 심었습니다.

연을 더욱 사랑하여 틈틈이 수묵의 작품도 한 점씩 모으고 또한 글을 쓰면서 금강석처럼 단단한 한시와 서고를 찾았습니다.

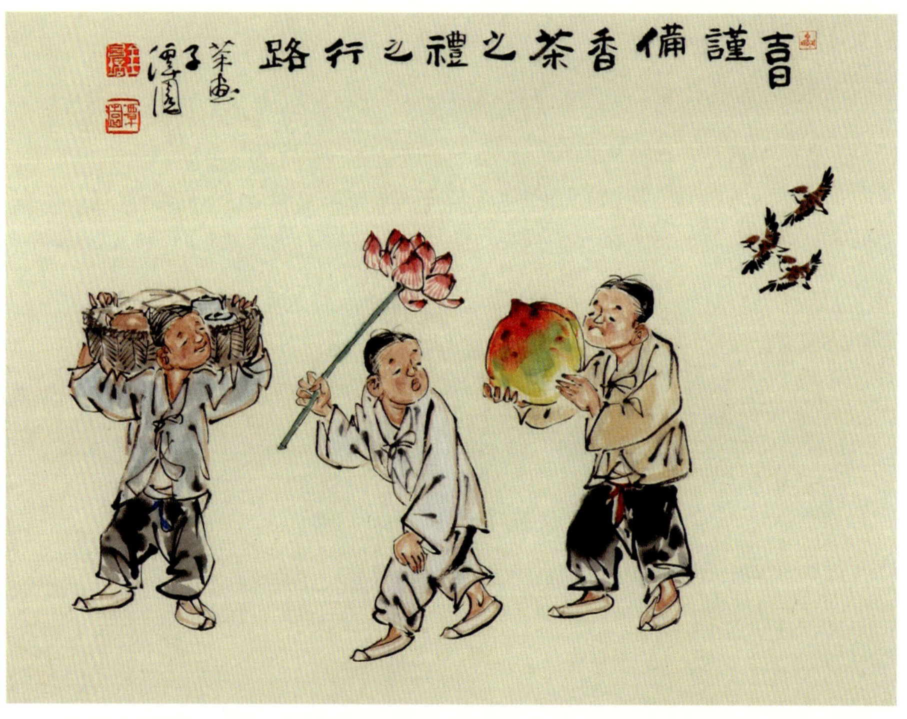

한낮이 다 가도록 연꽃 향기와 대화를 나누는 즐거움, 자연의 소리를 듣고 싶거든 연당을 찾아가서 새소리, 곤충 소리, 맑은 바람 소리, 달빛이 내리는 소리, 연꽃 터지는 소리, 물 위에 반짝이는 햇살소리, 물속 물고기가 헤엄치는 소리를 듣던 것만으로 명상을 즐길 수 있으며,이 순간을 흠뻑 빠져 있는 것이 바로 명상의 시작입니다.

많은 볼거리를 제공하는 연못은 넓은 시야로 풍경 전체를 보면 우주입니다.

자신을 눕히고 털고 비우는 일들을 반복하며 자연으로 다시 돌아가는 순리에 따라 자연의 법칙을 배우며 명상을 할 수 있는 계기가 되었으면 좋겠습니다.

나그네의 보잘것없는 그림들과 졸고들이 앞만 보고 달려온 현대인들과 우리 자신의 삶을 되돌아보는 소중한 기회와 치유의 역할이 된다면 좋겠습니다. 무거운 번뇌를 털어 비우고, 독자 분들이 읽으시고 살아가시는 삶에 사유思惟의 시간을 갖게 해 줄 수 있는 계기가 된다면 좋겠습니다.

이 작은 안의 "마음의 거울 연꽃" 책에서 연을 사랑하며, 수묵명상을 통한 자아의식을 불러 일으키는데 조금이나마 이바지 한다면 저자著者로서 보람 있는 일입니다.

세상의 부모들이 낳은 자식을 사랑하듯 연꽃을 사랑하는 모든 분들과 수묵水墨을 사랑하는 분들 그리고 차茶와 명상을 좋아하는 분들에게 이 책을 바칩니다.

2011년, 여름 좋은 날 연밭에서 담원 김창배

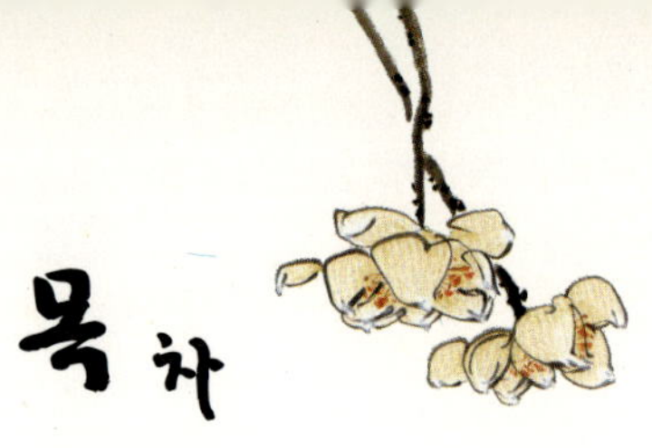

목차

봄, 자연의 소리, 꽃들도 소리를 내면서 핀다

여름, 사유思惟의 연술

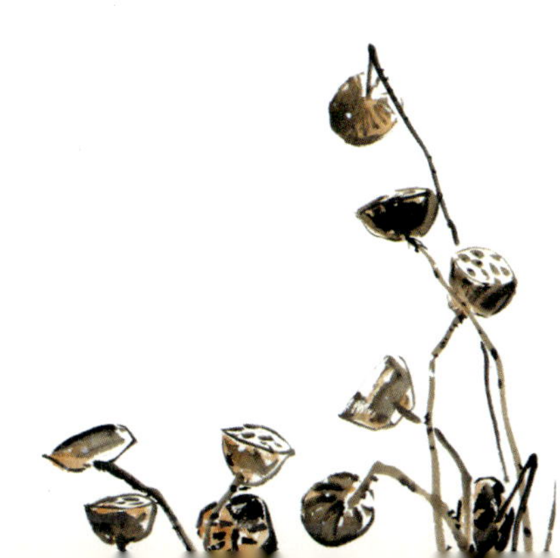

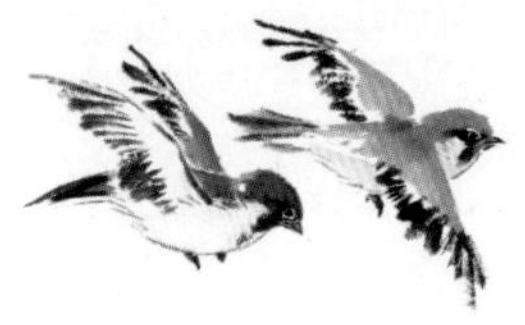

가을, 연숲에 부는 바람 사색의 계절

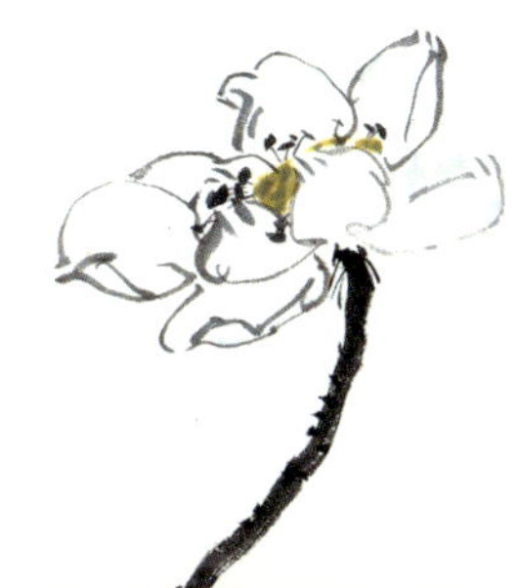

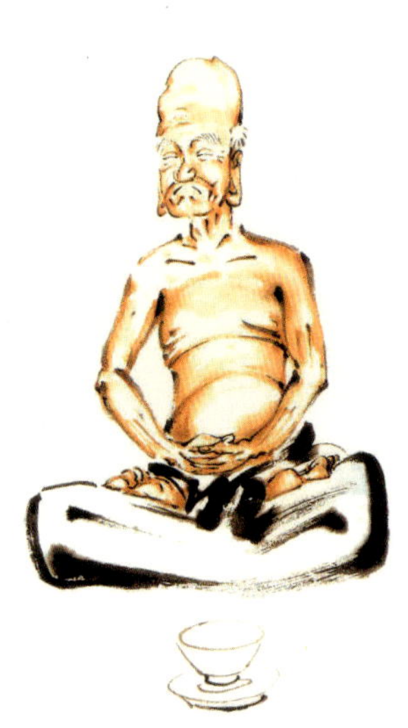

수묵으로핀 연꽃화첩

연꽃속에서 명상

봄

자연의 소리, 꽃들도 소리를 내면서 핀다

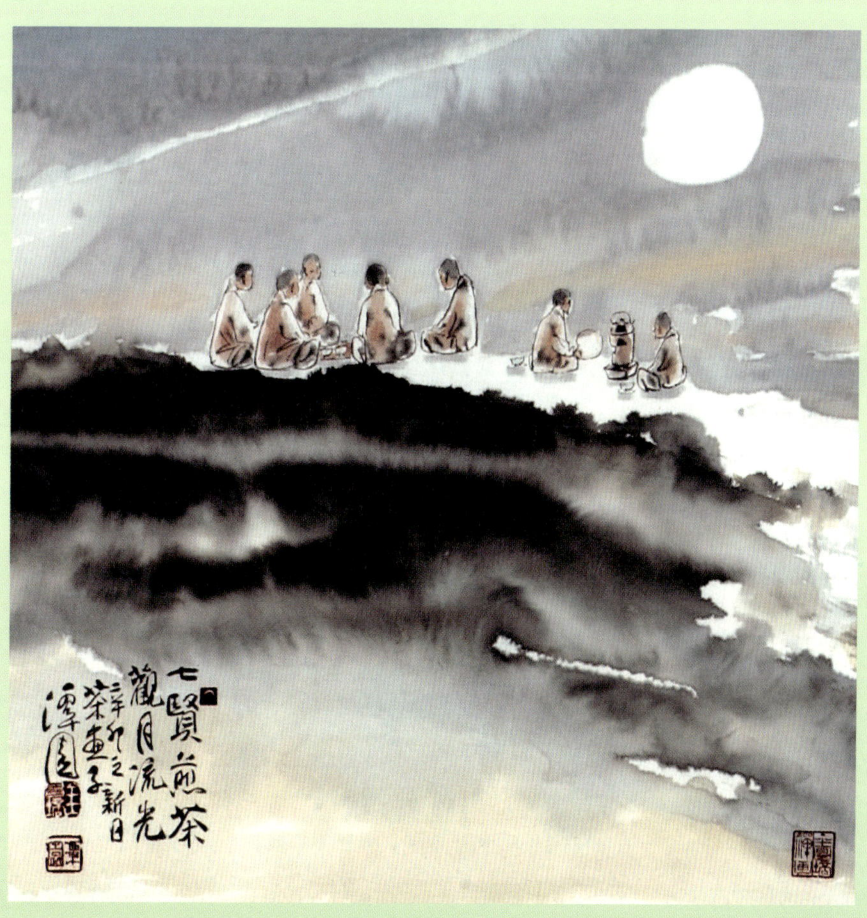

애련설愛蓮說

水陸草木之花 可愛者甚蕃
晉陶淵明獨愛菊
自李唐來 世人甚愛牡丹
予獨愛蓮之出淤泥而不染
濯清漣而不妖
中通外直 不蔓不枝
香遠益清 亭亭淨植
可遠觀而不可褻玩焉
予謂菊 花之隱逸者也
牡丹 花之富貴者也
蓮 花之君子者也
噫 菊之愛 陶後鮮有聞
蓮之愛 同予者何人
牡丹之愛 宜乎衆矣

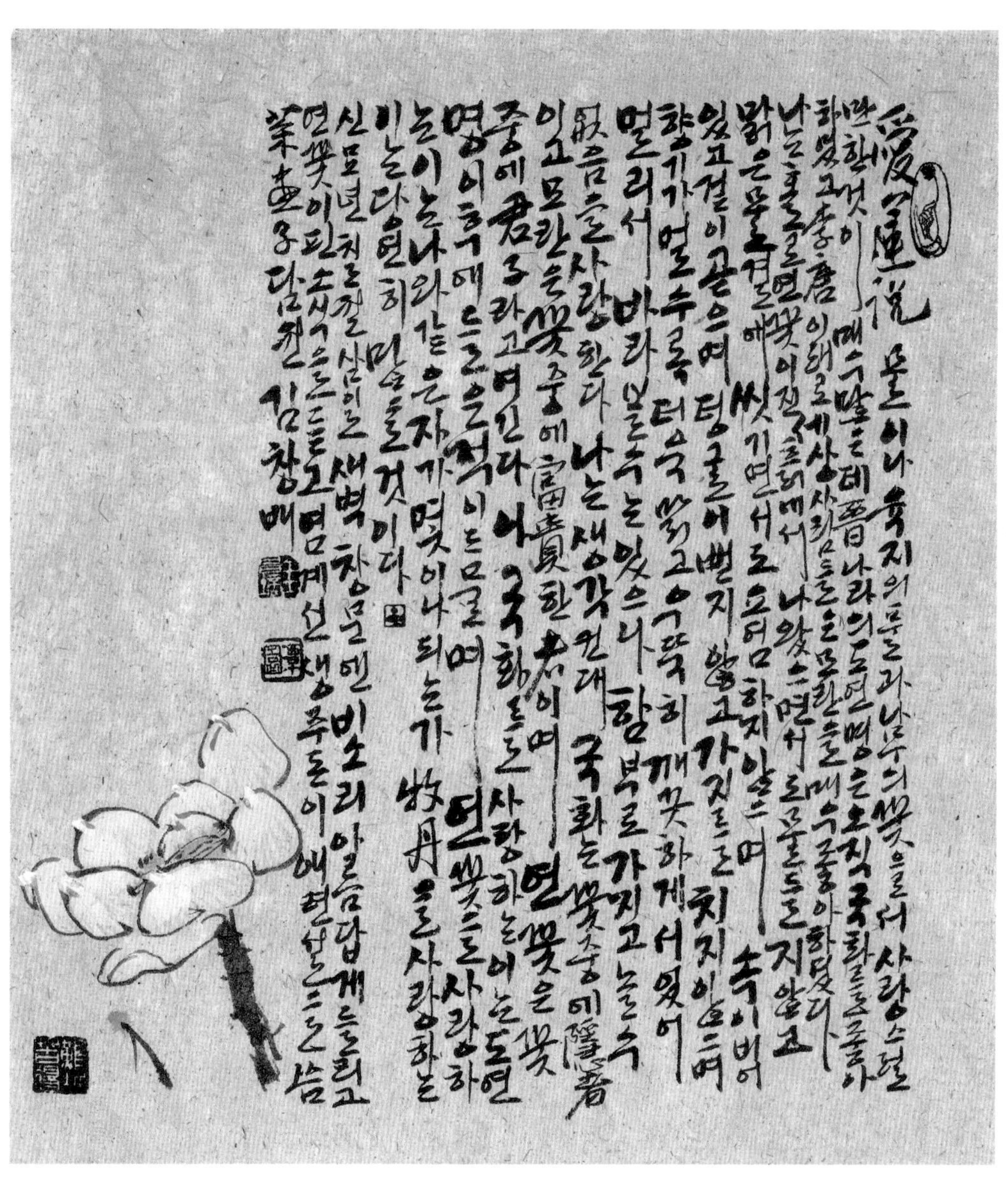

애련설

한지수묵담채 | 50×60Cm | 2010

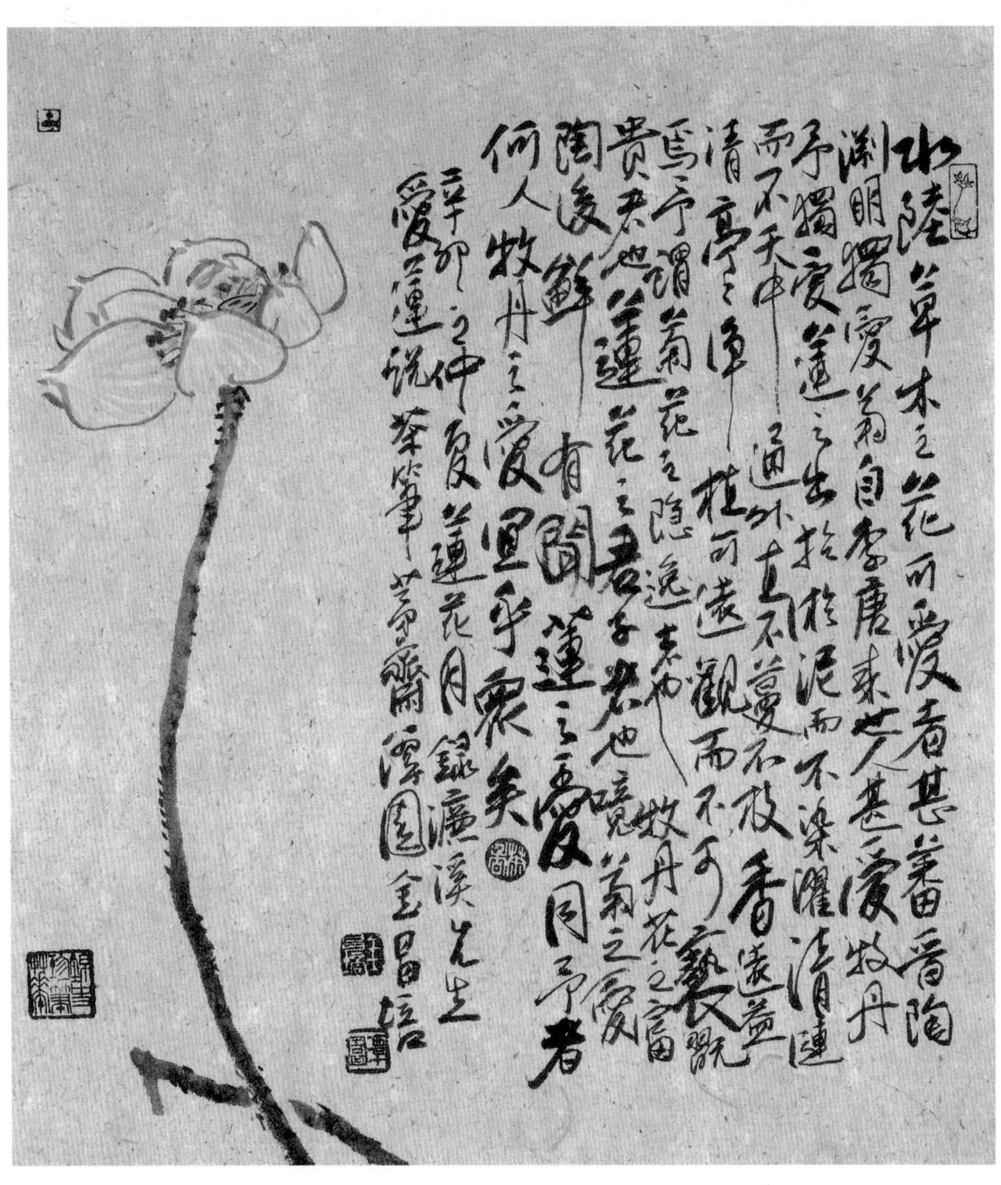

애련설

한지수묵담채 | 50×60Cm | 2010

물들지 않는 연꽃

송宋대의 주돈이 염계濂溪는 연꽃을 너무 사랑하며 『애련설』을 지어 아름답게 이야기를 하였습니다.

물위에서 피는 꽃, 땅에서 자라는 풀과 나무와 꽃, 이 세상에는 사랑할만한 꽃이 너무나도 많다. 진의 도연명은 유독 국화를 사랑하였고, 당조 아래 세상 사람들은 유달리 모란을 사랑했다.

그런데 나는 흙탕물 속에서 꽃을 피우되 더러움에 물들지 않는 연꽃을 사랑하노니, 맑은 잔물결에 씻기어도 요염하지 않고, 가운데 속은 비어 위아래 다 통한 채 겉은 대쪽같이 꼿꼿하다.

복잡하게 덩굴지는 일도 없고 번잡하게 가지를 치는 일도 없다. 그 향기 멀수록 더욱 맑고, 언제 보아도 그 모습 물 위에 우뚝 깨끗하게 서 있다. 격을 갖춘 군자를 우러러보듯 멀리서 바라볼 수는 있어도 가까이 접근하여 만질 수는 없다.

나는 이렇게 생각한다.

국화는 모든 꽃이 다 피고 진 뒤, 찬 서리를 맞으며 홀로 피어나니,
세상을 등져 숨어 사는 은일하는 선비의 꽃이요,
모란은 화사한 자태로 활짝 웃는 부귀의 꽃이며,
연꽃은 진흙탕 속에서 피어나 더러움에 물들지 않으니,
진정 군자의 꽃이라고 아니하겠는가.
아, 사람마다 부귀공명을 찾아, 눈에 핏발을 붉히는 세상
국화를 사랑한다는 말은 도연명 이후 들어 보지 못했고
연꽃을 사랑함이 나와 같은 자 그 몇이나 될까!
그러니 부귀가 좋아 모란을 사랑하는 사람이 많음은 너무나 당연한 일이다.

겨울이 길수록 봄의 색과 빛은 아름답다

조선의 조선 중기의 대 문신 성리학자인 퇴계는 세상을 떠나면서 "매화에 물을 주라"고 유언을 남겼습니다.

그의 인품과 덕이 높아 매화를 많이 사랑하였으며, 모든 일에 정성을 다하는 퇴계 선생 겨울이 길고 깊을수록 추워 봄의 색과 빛은 더욱 짙어진다고 합니다.

아직 연못에는 겨울의 깊은 잠에서 쉬고 있는데, 겨울 새鳥 사라지고 봄새 울며, 잉어 한 쌍 연못에 유영을 하니 잠을 자던 연못의 얼굴이 모두 깨어나고 있습니다. 연못의 주인인 잉어는 얼음집을 짓고 겨울을 이기고 봄을 맞이합니다. 맹금류를 제외한 새들도 이렇게 큰 물고기는 탐을 낼 수 가 없겠지요, 새들은 자기의 체구보다 50분의 1 정도는 작은 먹이를 잡아먹는 답니다.

연못은 자연의 심장부이기 때문에 새들의 쉼터고, 동물들의 피난처이며, 곤충들과 물고기들의 왕국이기도 합니다.

춘우, 입춘의 절기입니다. 사람들은 입춘이 되면 새로운 마음으로 새봄을 맞으러 준비합니다. 집에 사악한 기운을 몰아내고 좋은 기운을 맞으려는 소망으로 대문에 써서 붙입니다.

입춘대길, 건양다경, 등을 씁니다, 봄을 맞으며 한해의 소망을 표현하기 때문에, 춘축문 春祝文또는 이것을 춘첩자春帖子, 立春榜라고 합니다.

"입춘을 맞으니 크게 길하고", "새봄이 오니 경사스런 일들이 많아라" 새벽이슬 머금은 봄바람 버들가지에 일렁이니 사람의 마음을 따뜻하게 나를 감싼다. 그리고 실로 경사스런 큰 잉어 한 쌍이 재앙도 없이 영화로움만 연당에 가득한 기운이 맴돌며 대지의 기운을 활짝 열어 놓고 있습니다.

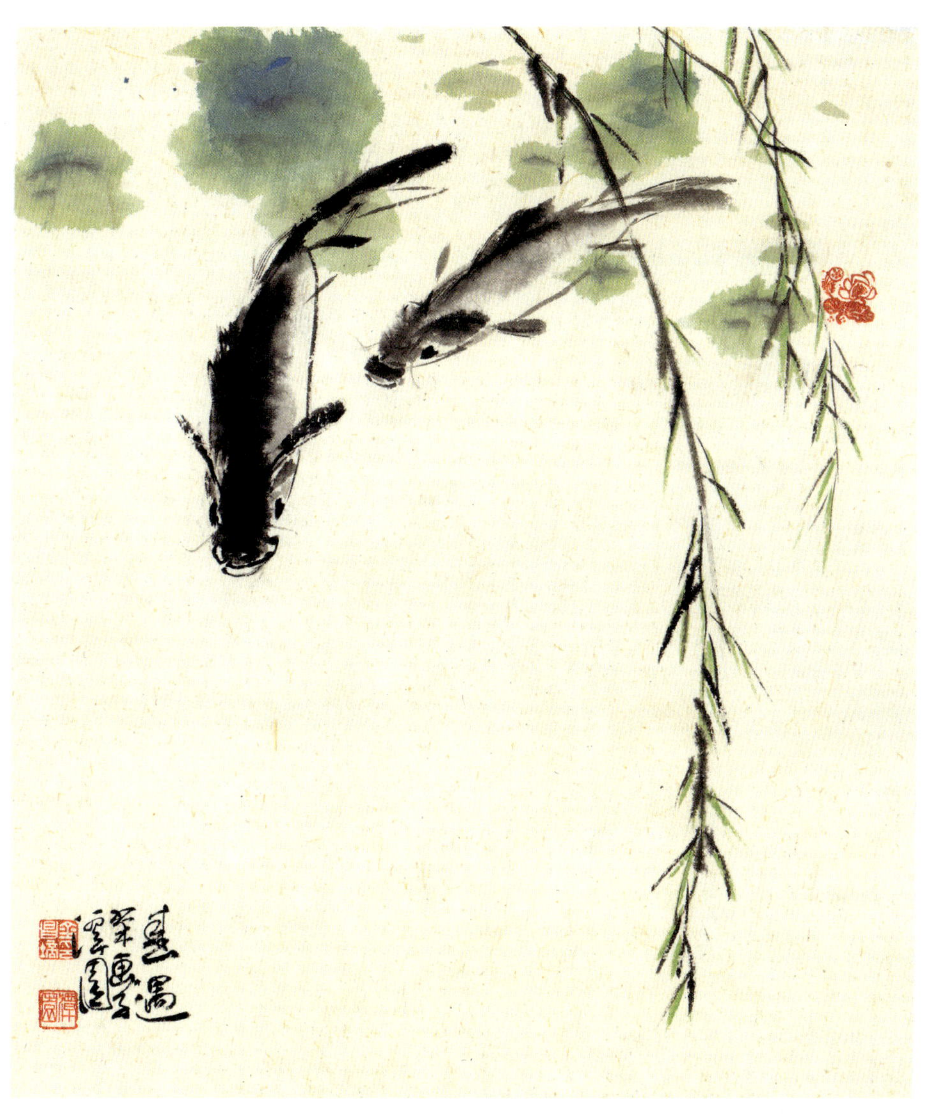

춘우春遇

한지수묵담채 | 50×60Cm | 2010

잠자며 향기를 만발 하는 꽃 수련

눈을 감으면 살며시 여름이 다가오는 소리가 들립니다. 청초히 고개를 살며시 내미는 수련, 수련은 여러해살이 수초로, 꽃은 진흙탕 물속에서 잘 자라나 깨끗한 꽃을 피웁니다. 수련은 낮에 꽃이 피었다가 밤 되면 꽃잎을 다물어 '잠자는 연꽃'이란 뜻에서 수련睡蓮이라 부릅니다. 수련의 말린 잎사귀 뒷면은 보기에 늘 물에 닿아 있으나 미세한 잔털이 나 있어 물과 잎은 공간을 만들어 뜬 상태입니다. 잎의 뒷면은 태양을 받지 못해 붉고 어두운 색깔을 띠며, 윗면의 잎은 태양의 좋은 에너지만 받고 자외선으로부터 보호하기 위해 반들반들 광택이 납니다.

예부터 사람들은 청정함을 상징하였으며 여성의 옷에 연꽃무늬를 그려 넣어 자손을 많이 낳기를 기원도 하였습니다. 번뇌에 물들지 않는 수련, 연못에 물을 정화하여 붕어 세 마리 유당에 노닐도록 하였습니다. 금붕어는 금어金魚, 금여金餘, 금옥만당金玉滿堂이라 하여 집안에 금과 옥이 가득하다 길 원해 걸어 두기도 했습니다. 또한, 불교에서 부처를 상징하는 흰 연꽃, 수련 꽃의 향기를 코로 맡으니 연화장 세계입니다. 우리의 인생도 분명 연꽃처럼 곱게 향기를 만발하고 필 것 입니다.

유당

한지수묵담채 | 50×60Cm | 2010

연꽃 천지의 여름

유난히 춥던 지난겨울도 꿋꿋이 견뎌낸 나에게 감동을 준 선물처럼 찾아온 봄, 겨울잠에서 깨어나는 개구리는 경칩을 상징합니다. 경칩이란 겨우내 잠자던 우리들의 몸과 마음도 그리고 삼라만상도 봄기운에 놀라서 깨어난다고 합니다. 늦봄만 되면 지금도 논이나 들엔 소란스럽게 개구리가 울어댑니다. 문을 조금이라도 열면 억수같이 퍼붓는 폭우소리같이 창문으로 난입하는 개구리 합창으로 자연이 내는 다른 소리들은 모두 사라지게 합니다. 멋진 대자연의 변주곡을 연당의 숲으로 퍼져 갑니다.

비 지나자 부평초 모여들고
개구리 소리는 사방 이웃에 가득하다.
중략...
그네에는 노는 사람 뵙질 않는다.
은근한 목작약만이
홀로 남은 봄을 보내는구나.

소동파(1037~1101)는 남은 봄을 보내며 지은 시 입니다.

하하와유
한지수묵담채 | 50×60Cm | 2010

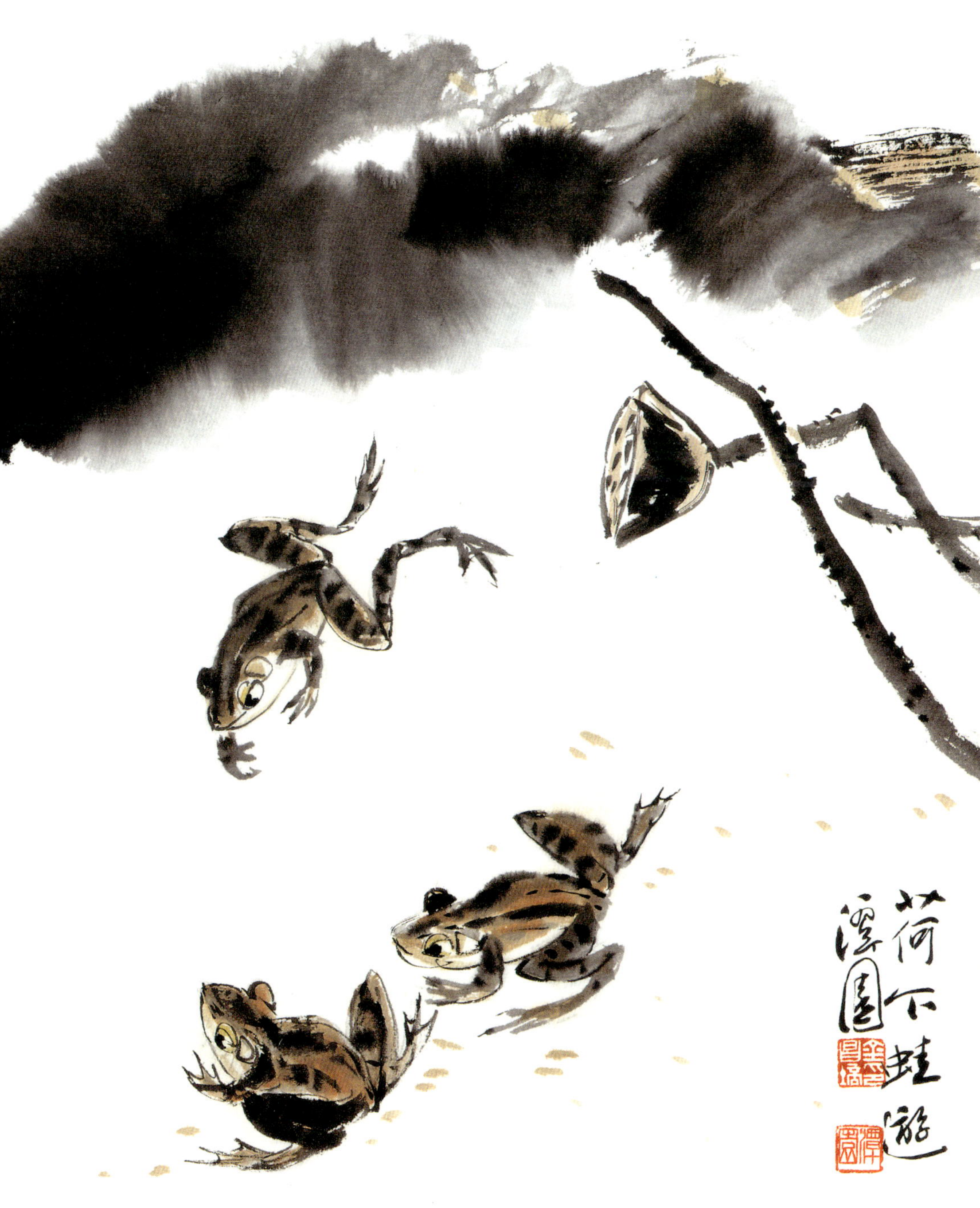
荷下蛙遊

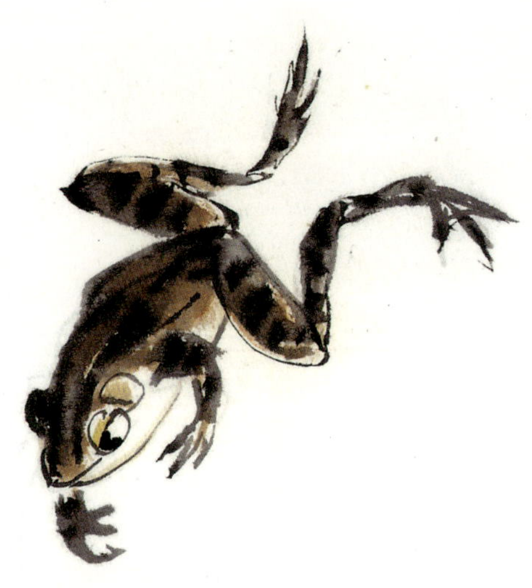

비개인 날 봄이 지나고 여름이 왔음을 사방에 우는 개구리 소리로 고요한 늦봄 날 묘사한 시로 봄과 여름의 경계선을 아름답게 소동파는 자연과 벗하며 살았던 풍경이 그려집니다.

그림에 그려진 참개구리는 대체로 녹색을 띤 갈색에 어두운 갈색이나 검은 무늬가 있습니다. 머리는 세모 형이며 등쪽에는 주름과 혹 같은 돌기가 나있으며 배는 희거나 누런색입니다.

암컷의 등 면에는 흰색 바탕에 불규칙하게 이어지는 검은색 큰 무늬가 있으며, 수컷은 대개 황색을 띤 갈색이고 검은색 무늬가 거의 없고, 수컷은 좌우 1쌍의 울음주머니가 있습니다.

연잎이 싱그런 손을 펼쳐 허공에 손을 내밀며, 연당의 물도 바닥이 들어납니다. 하지만 여전히 참개구리들의 놀이터입니다. 세계적으로 유명한 일본의 마쯔오 바쇼(전이정 옮김)는 "오래된 연못이어, 개구리 뛰어드는 물소리." 다른 시인들은 시끄럽게 개구리 우는 소리로 자신의 시를 표현하지만, 일본의 바쇼는 논에 뛰어든 개구리 물소리만 절묘하게 그려내 참개구리가 만드는 소리에 여름 연못을 변화를 표현 하였습니다.

조선시대 화가 단원 김홍도는 "화화청정도 荷花蜻蜓"를 즐겨 그렸습니다. 연꽃과 잠자리를 그린 것으로 알려져 있습니다.

하화와유荷花蛙裕기운 넘치는 푸른 연꽃과 참 개구리 삼형제가 천지의 여름을 노래하고 있습니다.

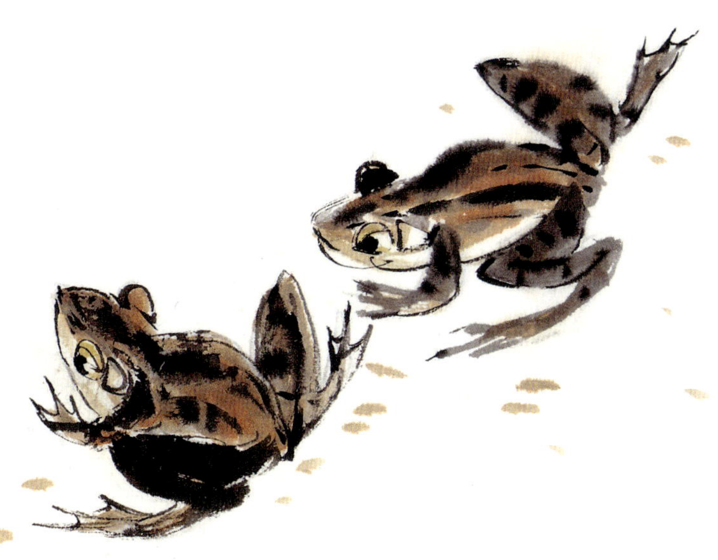

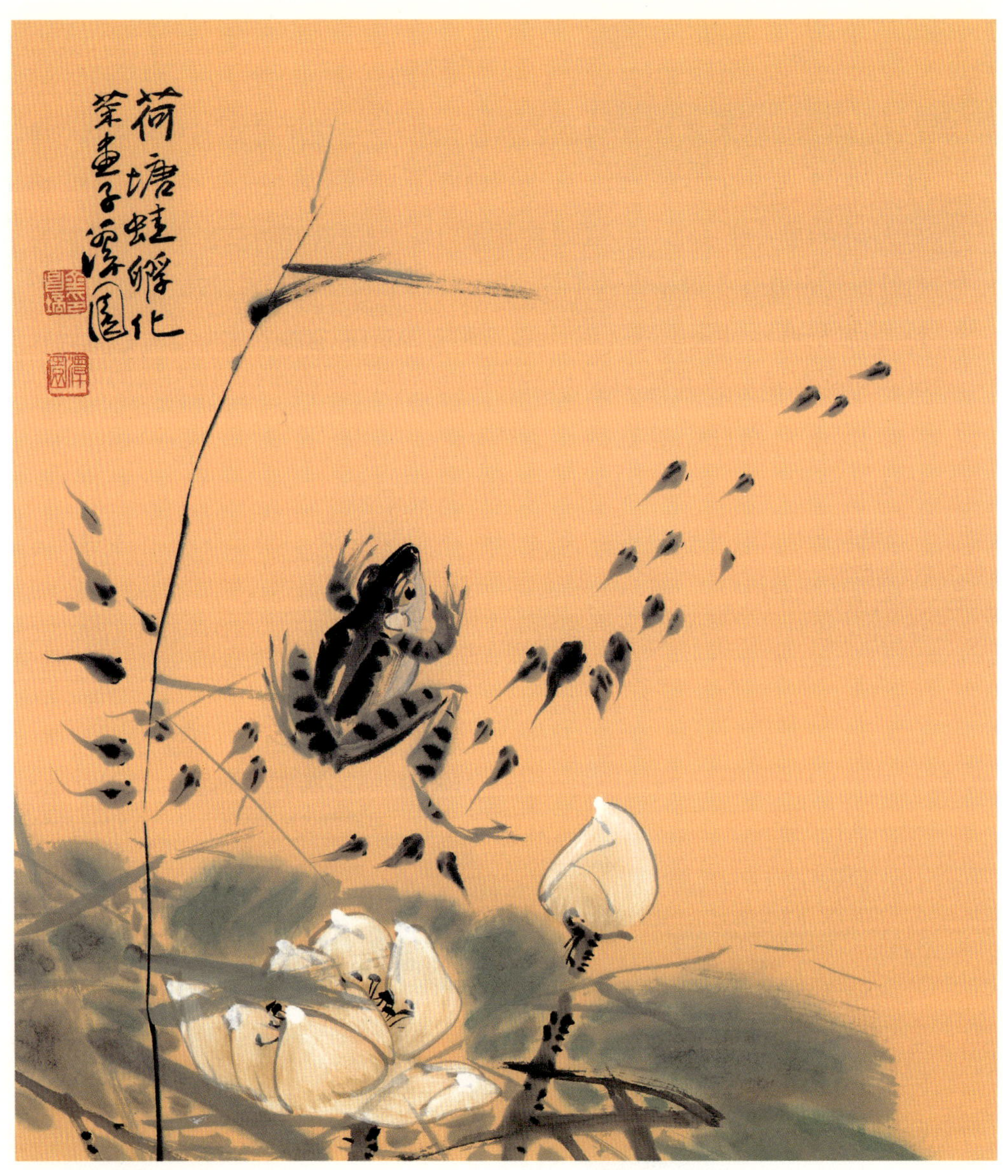

하당와부화荷塘蛙孵化

한지수묵담채 | 50×60Cm | 2010

나긋한 봄날

봄 햇살에 매서운 겨울 동장군이 바람처럼 쫓겨 가고 긴 겨울의 세력도 기력을 잃었습니다. 매서운 겨울이 소리 없이 봄에 한없이 밀려가고, 경칩이 지나면 땅속의 벌레들이 봄의 에너지에 못 이겨 모두 잠에서 깨어납니다. 나른하고 우아한 춘당春塘의 봄, 버들강아지 위에 산새 한 마리 깊어가는 봄날 산새가 한 번 울자 가장먼저 매화가 봉오리를 열고 온 산은 천천히 꽃들이 피어나 개구리 소리 울으니 연못은 우주의 기운이 몰려듭니다. 작은 연못에 참 개구리가 새까맣게 알에서 부화해 올챙이는 어미가 보호해 주며 첫 유영을 시작합니다.

천지창조의 기운생동을 연당에서 느끼며 참개구리 가족들은 백퍼센트 부화에 성공을 하여 첫 나들이를 합니다. 올챙이의 흔드는 꼬리에서 생동감이 흘러넘치고 엄마의 점프에서 활력이 가득합니다.

얼었던 연못엔 얼음이 녹아 풍성한 연당을 만들어 봄물은 사방에 가득 차 점차 푸른빛의 호수로 연못가에 연록색의 봄풀은 간밤에 돋아났는지 어느새 물기운이 왕성하게 느껴집니다.

절기와는 상이하지만 축복의 계절에 느닷없는 백연꽃이 피었습니다. 여름 볕을 화폭에 옮겨 어느새 나그네 마음엔 연꽃을 피우고 싶어집니다. 요즘은 정말 봄인가 싶더니 비 그치자 어느새 여름으로 하루가 다르게 연당에 찾아왔습니다. 늦봄의 느긋한 걸음을 좇아갑니다.

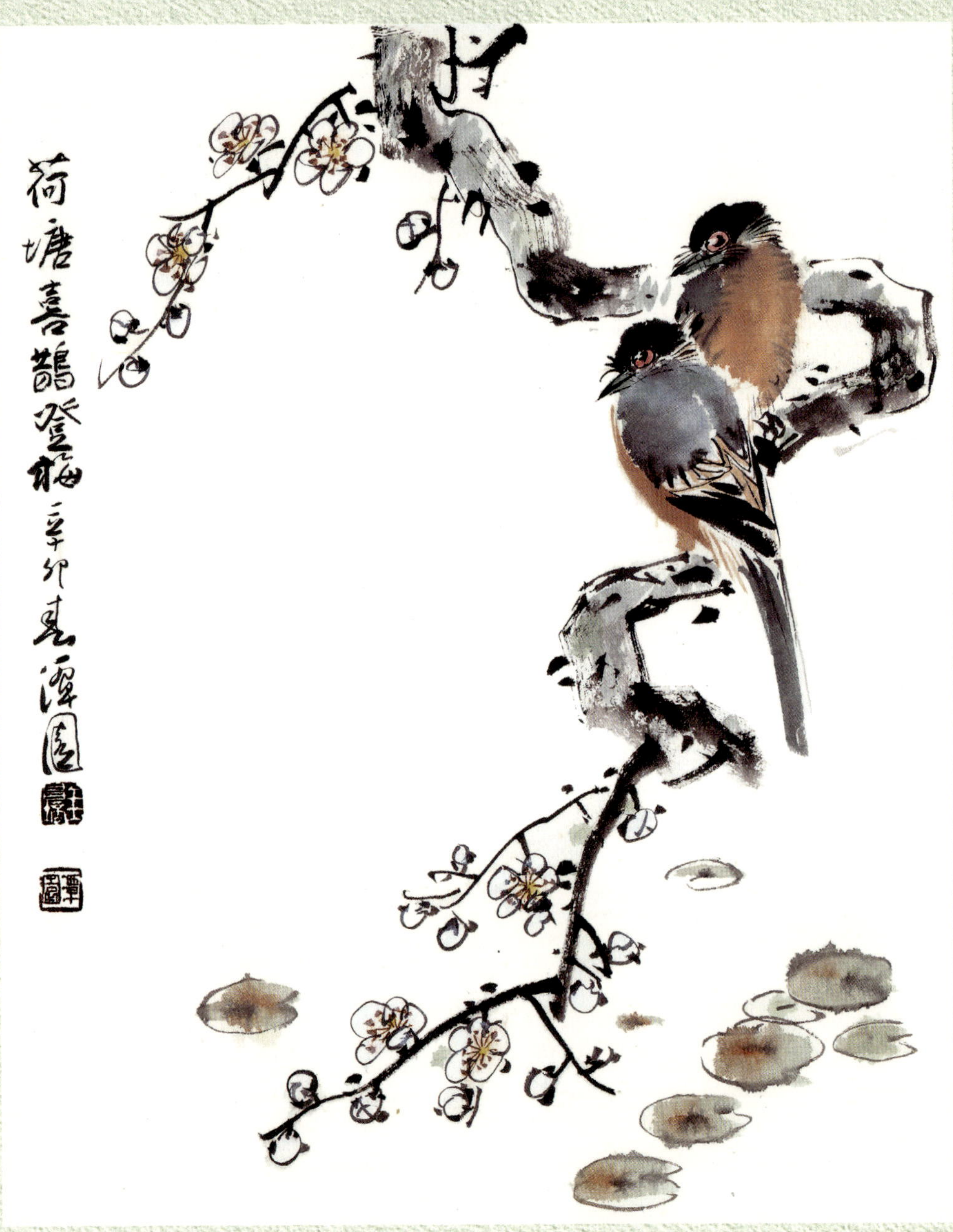
荷塘喜鵲登梅 辛卯

그만의 빛깔과 향기

희작喜鵲이라 함은 같은 말로 까치를 일컷는 말입니다. 하당희작도, 지금은 연꽃이 없지만 봄이 지나고 여름이면 이 연당엔 연꽃으로 가득 메워질 것을 풍경으로 그려봅니다.

매화나무에 앉아있는 까지 한 쌍 봄을 기다리며 연꽃에 연못이 필 날을 위해 나무에 앉아 사색을 하고 대화를 나누고 있습니다.

까치는 서양에서는 위선자로 생각합니다. 까치는 자신인 낳은 알을 다른 포식자나 솔개로부터 보호하고자 주변에 가짜 둥지를 지어 놓는 습성이 있는데 이를 보고 그렇게 생각하는지도 모릅니다.

그러나 우리나라에서는 예로부터 아침에 까치가 와서 울면 반가운 소식이 있다 하여 이를 희작이라 합니다.

조선 광해군 때 제주에 유배가 있던 대비 모부인 노 씨는 어느 날 아침 처마에 와서 울어대는 까치를 보고 이 섬에 없는 웬 까치가 와서 울까 하고 생각하고 있는데 인조반정의 소식과 함께 좋은 소식을 갖고 찾아 왔다는 이야기가 있습니다. 그 후로 우리 민족의 숲속에서는 까치를 길조라 합니다.

찬바람은 붑니다, 그러나 아무리 엄동의 겨울도 자연의 섭리 앞엔 속수무책입니다. 매화는 더욱 추워야 아름다운 빛깔과 향기를 갖습니다. 우리의 인생도 온갖 추운 일들이 겪은 후라야 그만의 빛깔과 향기를 낼 수 있습니다.

하당희작 등매도

한지수묵담채 | 50×60Cm | 2011

느림의 미학

사람들도 연꽃처럼 삶을 맑고 향기롭게 살고 싶을 것입니다. 마음을 비우는 법을 외줄기에 커다란 연잎을 바치고선 줄기는 속이 텅 비어 있습니다. 바람에 거스르지 않으며, 부러지지 않기 때문이며, 무쏘의 뿔처럼 고독의 리더십. 즉, 홀로 사는 법을 깨닫게 됩니다.

연은 아주 깨끗 물 보다는 더러운 물에서 자라는 습성을 지녔으며, 연꽃은 흐르는 물보다 고인 물에서 훨씬 더욱 잘 자랍니다. 다른 곳에 있는 물은 고여 있으면 이내 썩지만 연꽃이 있는 연못의 물은 썩지 않습니다. 물고기들이 살 수 있을 만큼 스스로 정화를 해둡니다.

연꽃이 피는 줄기에는 잎이 없으며, 오로지 꽃만을 하늘 향해 긴 목을 내밀고 있는 자태가 고결함 마저 듭니다. 연꽃은 불청객인 거북이 왔는데도 불평불만이 없습니다. 너그러운 마음까지 우리에게 지혜를 줍니다. 불교에서 행하는 방생에 대한 석가모니의 가르침은 평상시에 자연을 아끼고 사랑하는 마음가짐을 가지라는 것입니다.

방생이란 다른 사람들이 잡은 물고기 등의 살아 있는 것들을 산이나 강에 놓아 살려주는 것을 말합니다. 방생은 살생과 반대 개념이며, 살생을 금하는 것은 소극적인 선행이고 방생하는 것은 적극적인 선행으로 권장되고 있기도 합니다.

연당에 사는 거북의 정다운 풍경에 나그네도 넋이 나갔습니다. 슬금슬금 걸어가는 모습이 답답하지만 연 잎사귀 아래는 두 마리 거북이 발걸음을 옮기고 있습니다. 느림의 미학을 배울 수 있는 깨달은 걸음걸이를 표현하고 있습니다.

범망경에서는 “불자여 자비심으로 방생 업을 행하라. 그들이 지금은 어류이지만 모두 전생의 너의 부모 이니라 하였다.” 불교만의 특이한 종교 의식 중의 하나인 방생의 의미, 이는 모든 중생의 생명을 존귀하게 여기는 생명 존중 사상이 담겨져 있습니다.

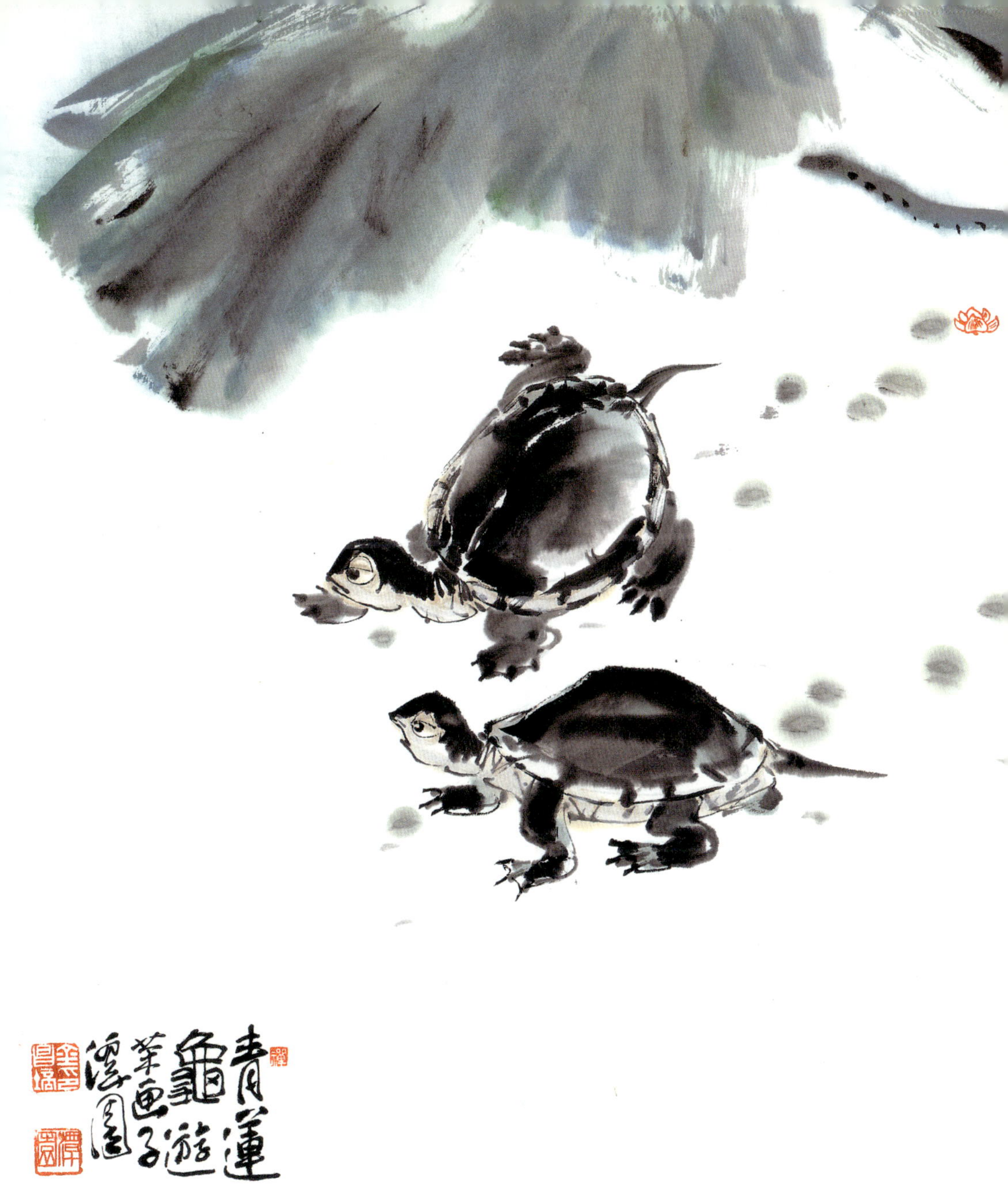

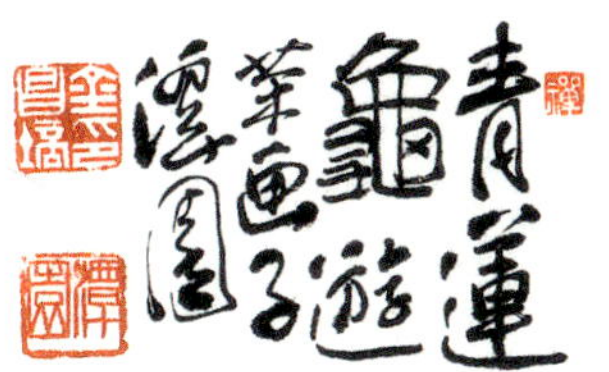

청연구유

한지수묵담채 | 50×60Cm | 2010

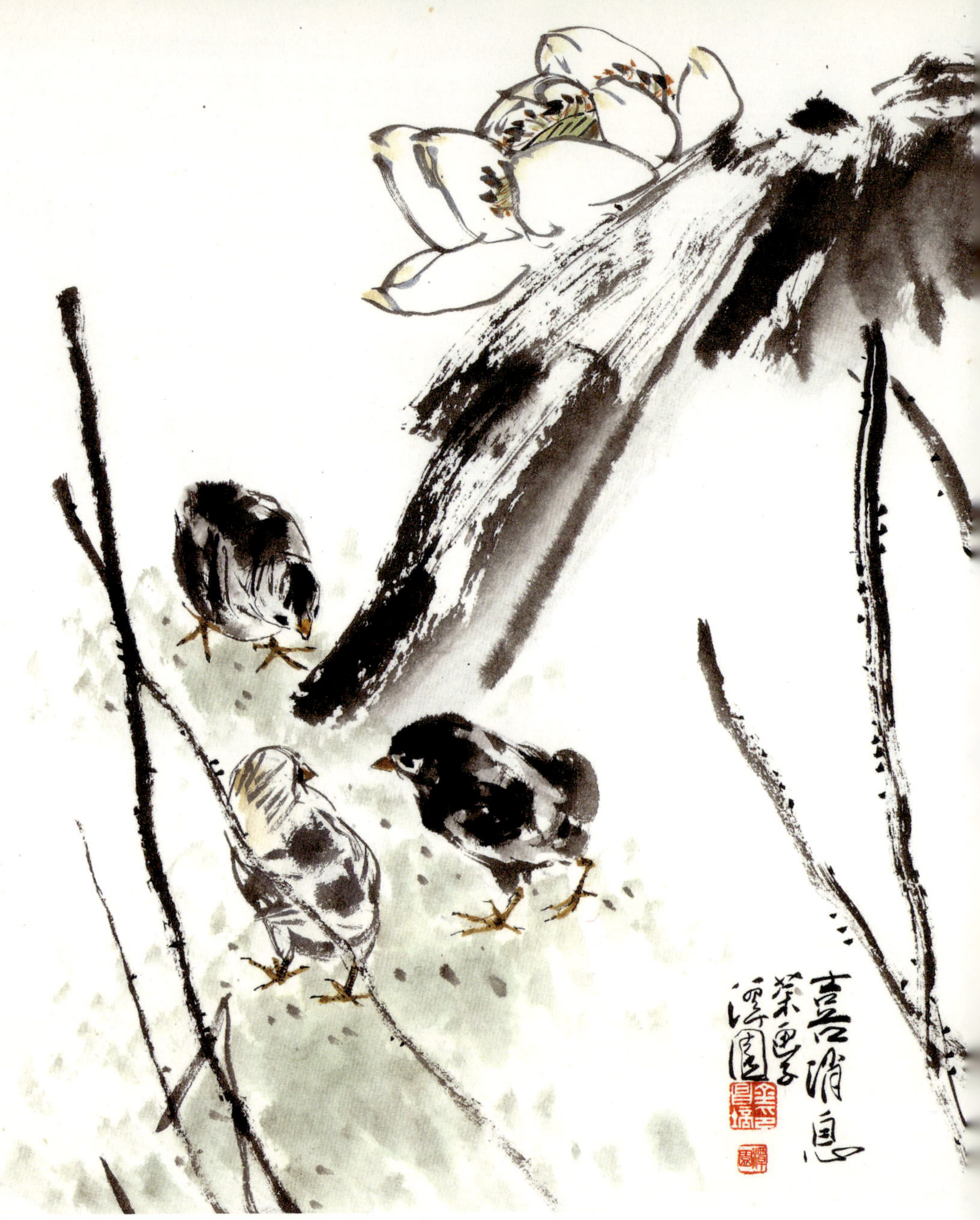

희소식

한지수묵담채 | 50×60Cm | 2010

연꽃의 지혜

『숫타니파타』에 나오는 불교 경전구에서 이렇게 이야기한 적이 있습니다.

홀로 행하고 게으르지 말며
칭찬과 비난에도 흔들리지 말라.
소리에 놀라지 않는 사자와 같이
그물에 걸리지 않는 바람과 같이
진흙에 물들지 않는 연꽃과 같이
무소의 뿔처럼 혼자서 가라.

연꽃은 지혜를 주는 꽃입니다. 이른 아침 연못에 가면 제일 먼저 연꽃이 일어나 하얀 손을 흔들어 인사를 하며 미소를 보냅니다. 연꽃이 하늘 향해 허공 위를 꽃 손을 모으면 가장 많이 햇빛을 받으며 다음엔 커다란 연잎에 햇살이 닿도록 배려를 해줍니다. 이렇게 순서에 따라서 연은 살아갑니다.

연꽃은 절대로 한줄기에서 꽃과 잎이 함께 나오는 법이 없습니다. 연꽃은 외롭게 혼자 핍니다. 하얀 연꽃이 피면서 희소식 전해졌습니다. 이제 막 알에서 깨어난 병아리들이 첫 나들이를 시작합니다. 연당에 도착하니 개구리와 물고기도 생기고 온갖 새들과 곤충들이 노니는 천국으로 변했습니다.

연꽃처럼 지혜를 주면서 살고 싶습니다.

봄날의 정경

우리들의 인생도 떠나가고 잊혀져가며 하늘처럼 항상 새로움이 피어나기도 합니다.

연꽃은 피고 지면 오늘 핀 날을 기억하며 내년 이맘 때 꼭 꽃이 핀다고 합니다. 땅의 기운과 연못의 기운이 합해져 무지개처럼 연당을 감쌉니다.

안개비가 봄을 재촉하는 새벽녘 이면 연못위에 구름처럼 피어오르는 물안개가 최고입니다. 이슬이 애무하듯 간지럼 피듯 홍매 위에 내려앉습니다. 가만히 귀 기울이면 연못은 봄비와 희롱하며 제비는 끝없이 조잘거립니다. 연당엔 날아든 새가 바뀌어 부지런한 제비는 매화 꽃 벙 근 가지 위를 추억을 더듬으며 날며 지저 귑니다.

일찍이 유방선의『봄날의 정경 즉사卽事』시에서 제비를 노래한 시를 봅니다.

홀로 지내는 시골집에 봄은 저물어 가는데
땅이 궁벽해서 살갑게 지낼만한 손님 없어라.
다정한 건 오직 작년의 제비를
성긴 주렴 옆에서 주인을 부른다.

진방
한지수묵담채 | 50×60Cm | 2010

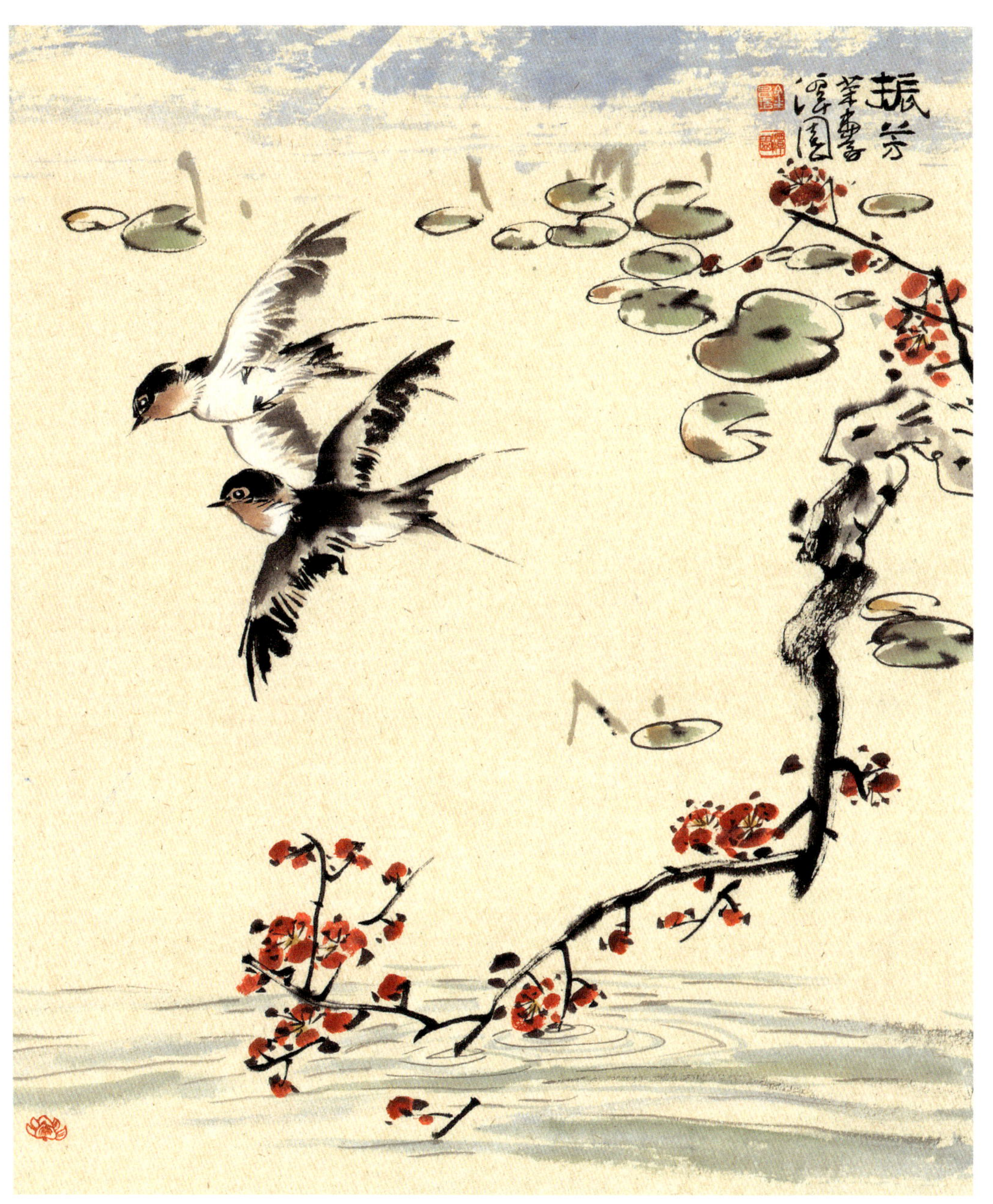

유방선(1388~1443)은 아주 깊은 산속 원주 손곡蓀谷 법천사 절 가까이에 살며 어려서부터 글재주가 있어 신동으로 불렸으며 주역에 심취했고, 그림도 잘 그렸습니다. 유배생활을 하였던 유방선 의 설후雪後 눈 내린 뒤에 라는 한수를 더 봅니다.

선달 외딴 마을, 쌓인 눈 녹지 않았는데
그 누가 기꺼이 사립문 두들기는가?
밤 되어 홀연히 맑은 향기 풍겨오니
겨울매화 몇 번째 가지에서 피었는지 알겠노라.

섣달의 눈이 워낙 많이 쌓여 있어서 깊은 산골이라 찾아오는 사람도 없어, 한 겨울 혹한 속에 핀 매화 소식을 접하고, 매화 향기 같은 나그네의 삶의 향기는 언제쯤 오려나…….

한가로움은 그대로 무릉도원입니다. 풍류가 흐르는 연못으로 변했습니다.

부평초浮萍草처럼 작게 물위에 떠있던 연잎도 물위에 고개를 내밀고, 연당의 풍경이 교향시처럼 어울러져 자연이 살아 숨 쉬는 새벽입니다. 겨우내 그리움의 풍류가 흐르던 모습도 이제는 연못과 봄이 하나가 되어 제 한 몸을 내주고 있습니다.

매화꽃이 화사하게 나무 끝에서 화안하게 웃고 있습니다. 연못에 살짝 잠긴 매화가지 연못과 대화를 나누고 있습니다.

꽃이 주는 행복, 진방振芳, 향기로운 향기. 그리고 활짝 핀 모습을 보면 행복해 집니다. 꽃이 피어 세상에 그 향기와 명성을 펼칩니다.

이 모습을 보면서 나그네는 겸손을 배웁니다.

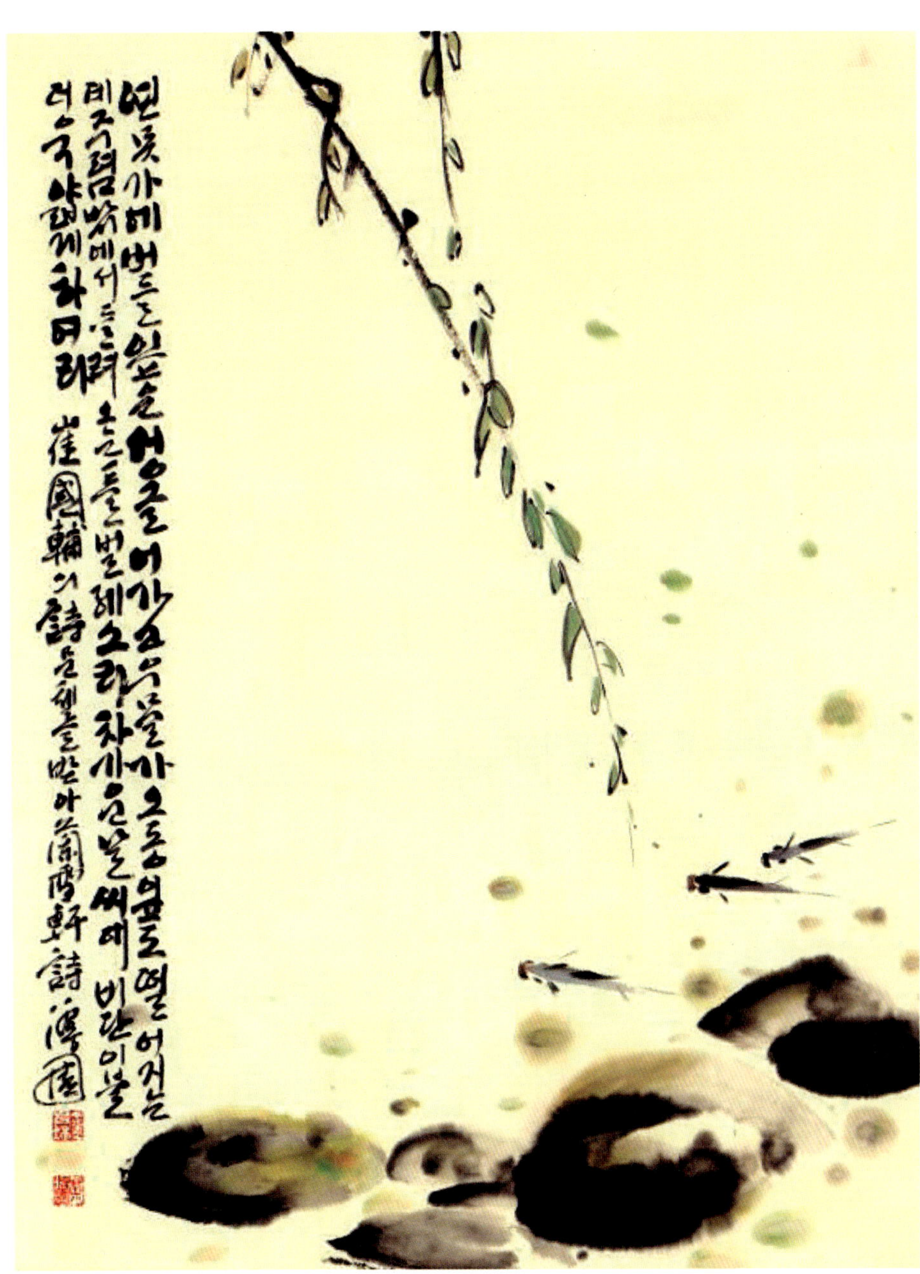

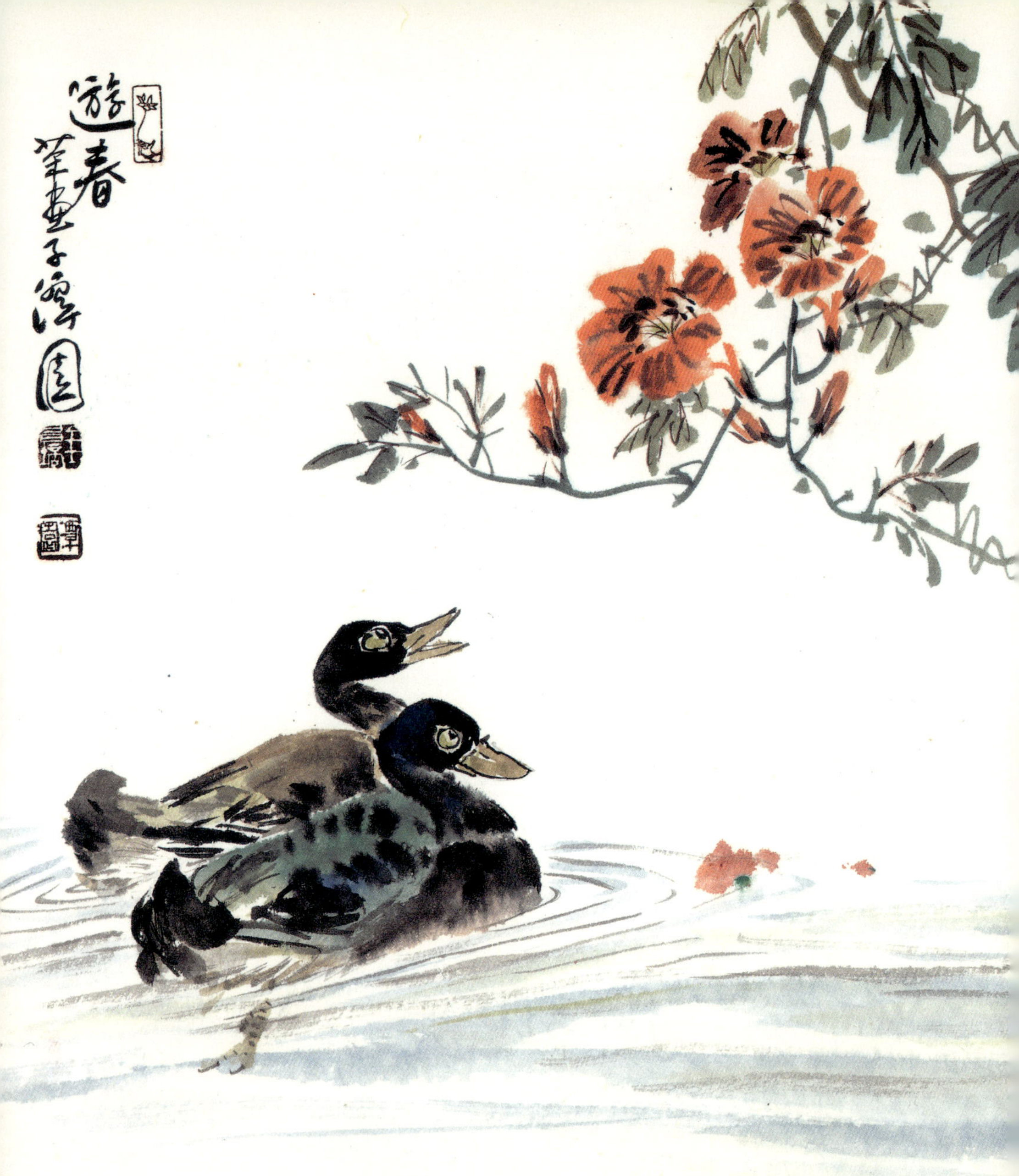

유춘遊春

한지수묵담채 | 50×60Cm | 2010

잡초들도 쓸모없는 풀이 없다

북미대륙이 인디언들은 세상엔 잡초가 없다고 합니다. 그러나 현대에 사는 문명인들은 풀들이 마음에 들지 않고 작다고 업신여기고 천대하며 식물들을 잡초라 막 부르지요!

세상의 잡초들은 쓸모없는 풀이란 없다고 합니다. 꽃 이름처럼 아름다운 능소화 꽃 이것만 잡초 만큼 천대 받는 한恨이 많은 전설의 꽃으로 여기고 있습니다.

장미에겐 가시가 있듯 능소화 꽃에는 독을 가지고 있어 만지다가 가루가 눈에 들어가면 실명을 한다고 합니다.

담장에 늘어져서 연못에 해말간 얼굴로 피어난 능소 화, 하늘거리며 깊어진 봄 손을 흔듭니다. 애절한 사연을 가진 슬픈 꽃, 또한 구중궁궐의 꽃이라고도 합니다. 가만히 연꽃 인줄알고 들여 다 봅니다. 새로운 소리와 함께 연못이 발갛게 물이 들었기 때문입니다.

여름날이 되어 때가 되어야 피는 연꽃의 사연, 바람이 불어야 피는 연꽃 새로운 달이면 연꽃과 말려진 잎이 피겠지요, 하늘 연못은 초여름 햇빛으로 비춰주고 새들을 부르고 있습니다. 연꽃을 워낙 좋아하는 오리들, 연당에 찾아오면 연향을 맡으며 풍부한 먹이들이 많이 있기 때문입니다. 봄날 청전青錢을 찾아 산책 나온 오리부부 말을 나누며 연꽃의 안부를 묻고 걱정을 합니다.

아직은 꽃보다 초록의 연잎이 향기로운 희망의 계절입니다. 연꽃이 필 날을 기다리는 희망으로 미소의 빛을 연당에 보냅니다. 부생육기 운이의 연화 차 한 잔이 그리워집니다.

벌 나비 청산 가자蝴蝶雙飛

간밤에 내린 비 맞고 연꽃 몇 잎이 아깝게 떨어졌습니다. 허망하고 가련한 슬픔이 심장에 고동을 칩니다. 연당에 스치는 바람 연잎들은 바람이 부는 대로 온몸을 다 맡기고 그대로 나부낍니다. 연 밭의 연잎들이 큰 파도를 만나 이루듯 통째로 크게 일렁입니다. 바람소리에 그래도 연꽃이 미소를 지으며 하루가 다르게 깊어 갑니다.

흰 나비 호랑나비 너도 청산 가자
검은 나비여 날아서 함께 청산 가자
가다가 저물면 꽃에서 자고
꽃이 푸대접 하면 잎에 자고 가자

나그네는 너무 늦게까지 이곳에 머물렀습니다. 바람 없는 낮이면 청산엔 화려한 봄의 축제가 무르익고 있습니다. 대자연은 빛이 내리는 낮이든 고요한 밤이든 모두 발정이 납니다. 하여, 개성 있는 각자마다 화려한 꽃을 피우고 그날을 맞이합니다.

춘정春情 청산마다 봄 향연이 한창인데,
흰나비 노랑나비 이 꽃 저 꽃 찾아 노닐다가 연꽃을 만났습니다.
연꽃의 향기를 사랑하여 넘쳐 넘쳐나는 봄 마음의 낭만이요,
감당할 수 없는 유혹에의 이끌림입니다.

호접청산거胡蝶靑山去 벌 나비 청산 가자, 신위(1769~1847)님의 시입니다.

시 · 서 · 화 삼절三絶로 이름이 높았던 신위, 그의 작품엔 단아한 기품과 우아한 아름다움이 특징으로 그가 지은 시 사천여 수를 남겼습니다. 또한 그의 서풍書風은 기름지고 윤기 있는 청나라의 새로운 풍조를 받아들여 우리의 습기習氣와 속기俗氣에서 벗어났다고 평안해집니다.

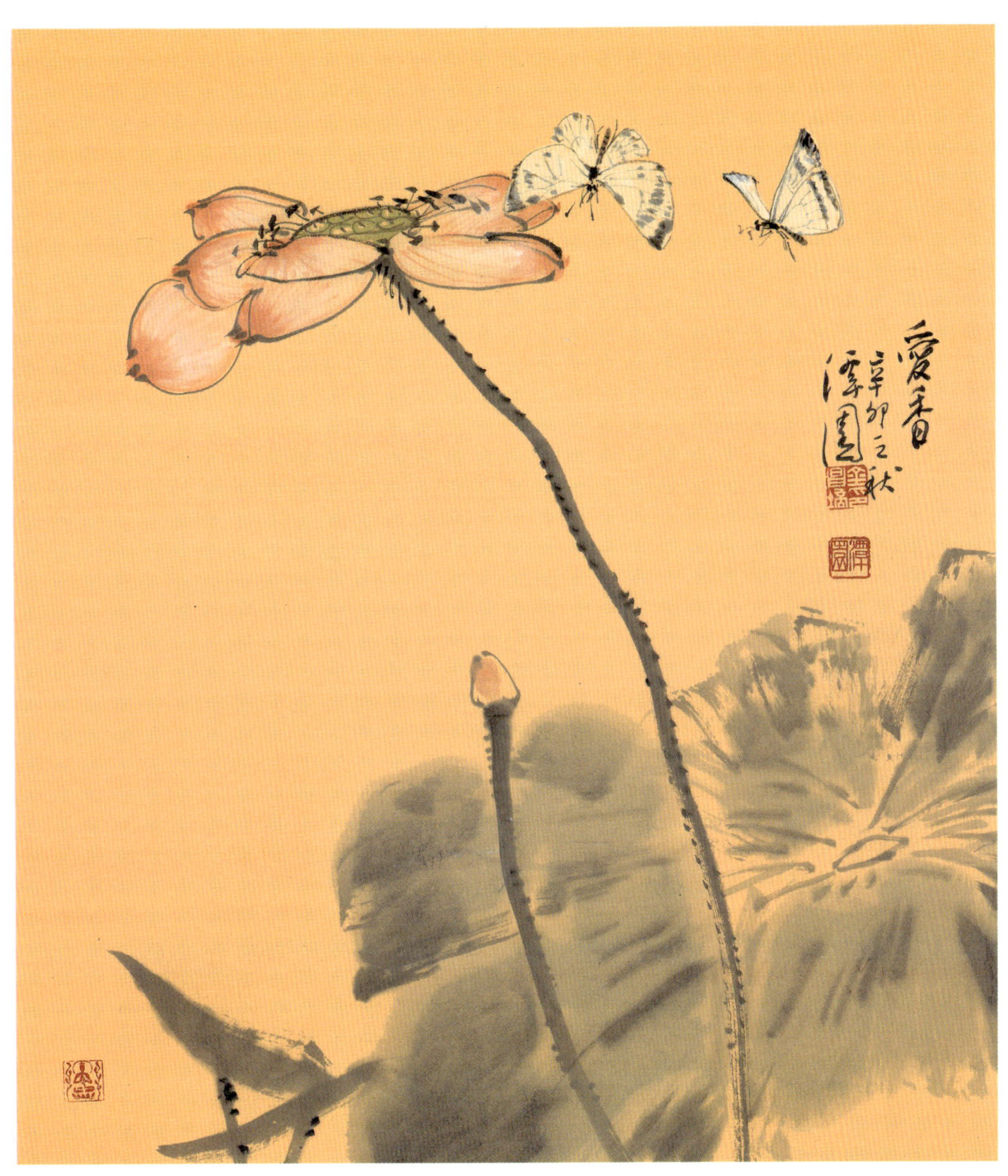

애향愛香

한지수묵담채 | 50×60Cm | 2011

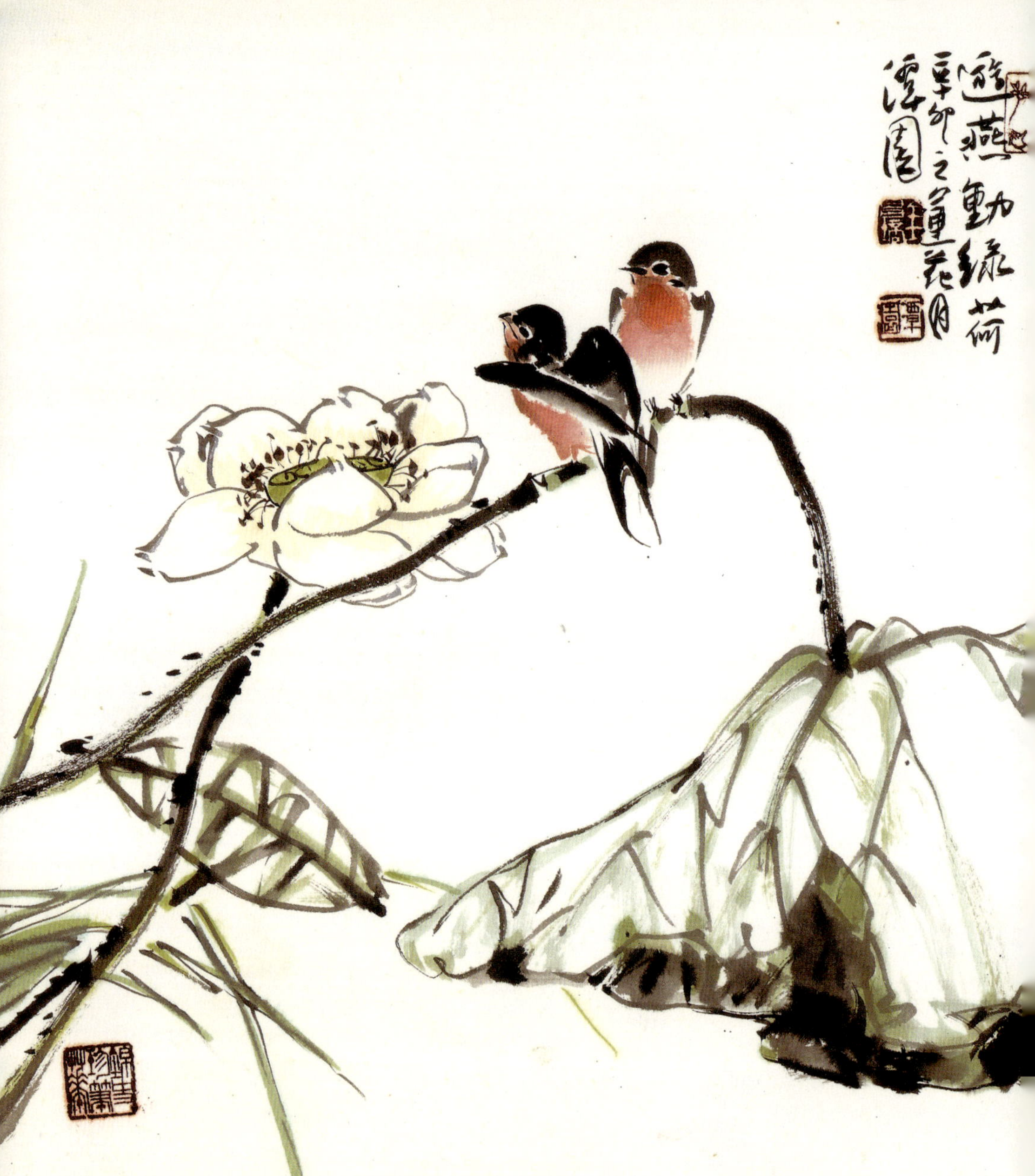

유연동록하遊燕動綠荷

한지수묵담채 | 50×60Cm | 2011

봄날에 생각

중국 송대, 방악은『춘사春思』"봄날에 생각 하네"라는 시에서 이렇게 말을 하였습니다.

봄바람은 할 일이 많아 너무 바빠서
긴 시간 꽃 가와 버들 밖으로 지나 다닌다.
제비와 집 짓고 벌과 꿀 만들면서
보슬비에 잠깐 불어오니 날은 또 개이리라.

우리들은 살면서 이렇게 아름다운 세상을 그냥 스쳐 지나가거나 그저 관심 없이 바라볼 뿐입니다. 자연은 우리가 상상 할 수 없는 보고를 지니고 있습니다. 넘쳐 나는 기쁨의 에너지와 빛을 담고 있는 것입니다.

봄은 마음에서 시작합니다. 늦봄 바람에 마음의 때도 씻겨 나갑니다. 이제 여름기운이 충만한 연못 어느새 연당은 분주한 삶으로 변해 갑니다.

초여름을 물고 온 제비가 날아든 연 숲, 제비들은 수면을 낮게 깔리면서 날아들어 이쪽저쪽 움직이다가 가만히 앉아있습니다. 제비가 움직일 때마다 기다란 연 줄기 푸른 잎이 번쩍이며 움직입니다.

지난해 바다건너 갔다가 다시 찾아 돌아온 제비는 강남의 희소식을 물고 와서 연당에 자리 펴고 앉았습니다. 제비의 두 눈에 담은 가장 아름다운 풍광을 스케치 하며 연꽃을 닮으려고 흙냄새 맡고 있습니다. 초여름 연못은 빛의 호수가 되어 빛이 내리는 연꽃을 보기만 해도 부처님이 됩니다.

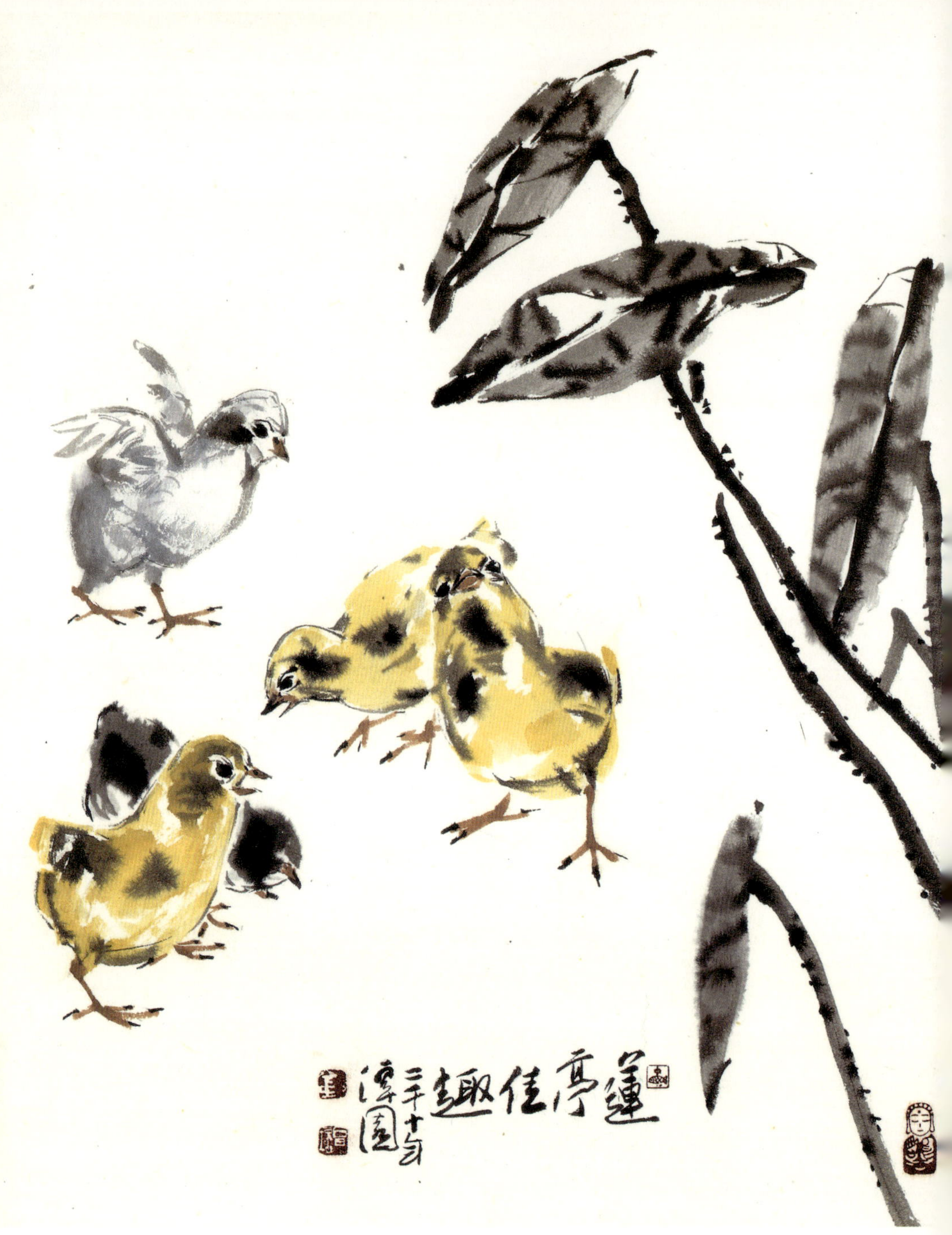
蓮亭佳趣

붉은 연꽃

나그네는 꿈이 필요할 때 설레는 마음으로 연꽃을 보러 나섭니다. 신성한 생명의 땅이기 때문입니다. 연은 내게 치유의 메시지를 보내 줍니다.

고요히 진리를 내뿜고 쭈글쭈글 주름진 모습으로 피어난 연잎, 초여름 연 숲은 온통 초록의 축제의 장이 시작입니다. 입을 꼭 다문 달마스님과 신선처럼 서있어 마음을 더없이 평온한 기운을 만들어 줍니다. 두 손 합장하며 신기 한 듯 병아리들이 영험한 힘을 느낀 탓일까, 요리조리 고개를 갸우뚱 거리며 산책을 나왔습니다.

연정가취

한지수묵담채 | 50×60Cm | 2010

목필균 시인은 『붉은 연꽃』 이라는 시에서 이렇게 말하였습니다.

살아온 길이 아무리 험한들
어찌 알 수 있을까

꼭 다문 붉은 입술만으로는
짐작할 수 없는 네 발자국

만나는 사람마다
환한 미소 보일 수 있다면
그 또한 훌륭한 보시라고

진흙 뻘에 발 묻고도
붉은 꽃등으로 켜지는 너.

연당은 하나씩 여름의 면모를 갖추려고 피어나는 여름 숲을 조금씩 만들고 있습니다. 연못에도 온통 싱그런 소리가 들립니다. 진흙에서 마구 나와 하나씩 말고 하늘을 보고 있는 작은 연잎들 사이로 부화한 병아리들이 나들이 나왔습니다. 따뜻한 초록의 공기 받으면서 연당의 초록빛향기를 누리고 있습니다. 추록의 빛을 받은 연꽃의 품격은 이미 절로 높고, 기운이 생동합니다.

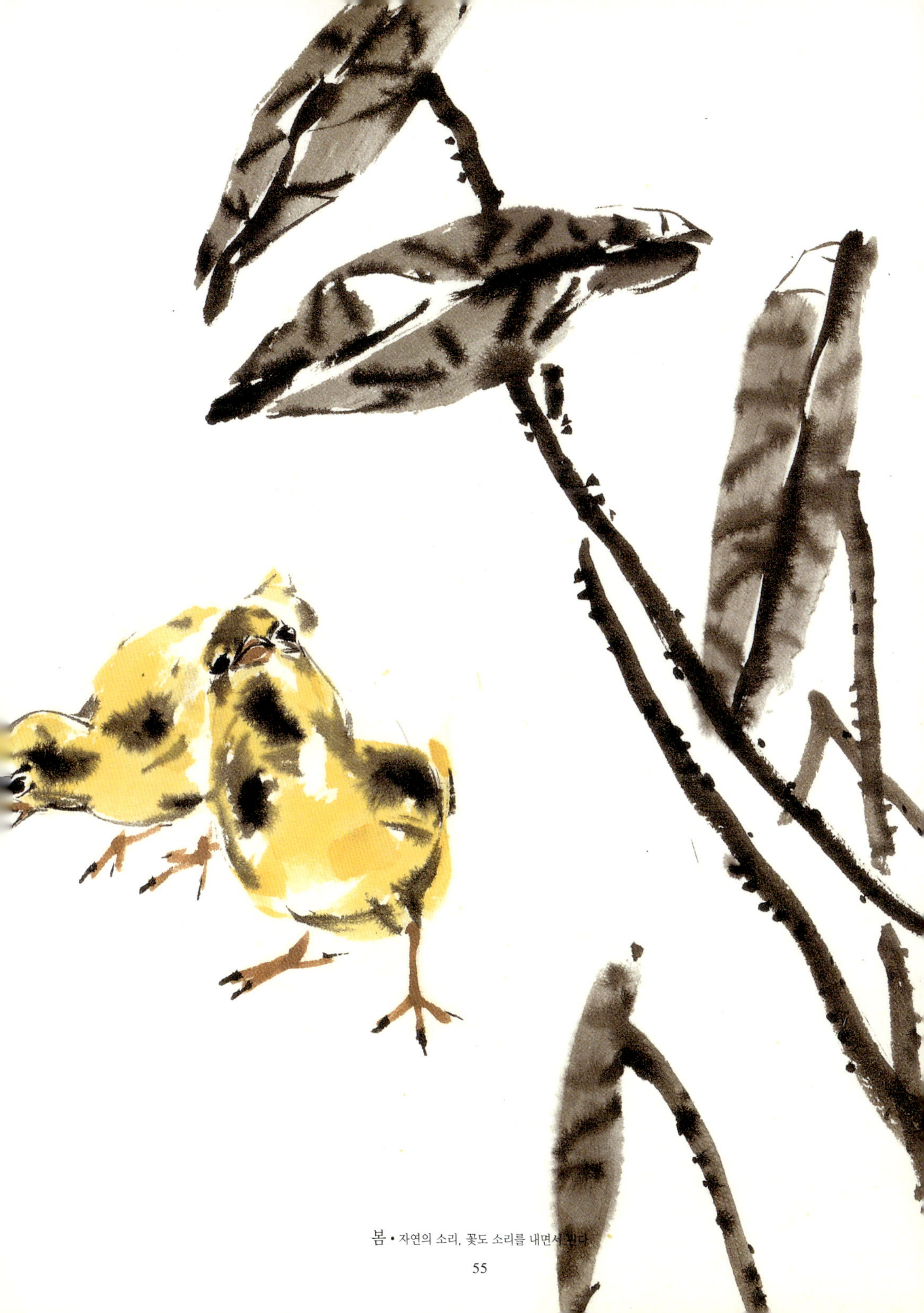

빈 산 봄비 내린 그림

빈 산에 봄비 내리고 복숭아꽃 살구꽃 울긋불긋
꽃이 피어도 봐주는 이 없고 스스로 개울 속 그림자로 비춰보네.

청나라 사람으로 화가로 시인이며 병부시랑이 되었던 대희(1801~1860)가 쓴 『빈산 봄비 내린 그림』이란 시입니다.

봄의 연못은 봄비가 내린 후 갖가지 잡초와 꽃들로 빛나기 시작을 했습니다. 여기저기 분홍빛의 아름다움으로 봅니다. 머잖아 연잎들도 조용히 꽃을 피워 연당이 붉은빛과 하얀빛이 날것입니다. 수풀들의 녹색이 어느새 더 진해져 있습니다. 시간이 지나면서 연잎으로 연못을 덮어버릴 때면 태양빛이 작열하는 한 여름 일 것입니다.

이곳에는 진정한 에너지가 작동을 하고 있어 생명력이 넘쳐 꿀틀 거립니다. 연당의 풍경도 전혀 다른 모양으로 변해가고 있습니다. 연두 빛 노랗게 솟아난 연잎도 연못위에 고개를 내밀어 웅덩이를 메우고 있습니다. 연못은 침묵의 물결을 펼치면서 갑니다. 내가 마치 연못의 물위를 걷는 것처럼 연못은 조용히 내버려 두었습니다.

물속에 수초들 사이에서 놀던 새우들이 나그네 발걸음 소리에 두리번거리다가 평온을 찾아 이내 빛을 쪼이며 헤엄을 치고 있습니다. 새우들의 살갗은 햇빛비친 연못의 색처럼 초록으로 물들어있습니다

어느새 연못에 연잎들이 자세를 취해 어디에 떠 있을까 위치 잡기 시작을 합니다. 호수위에 배처럼 둥실둥실 떠있어 그 위에 개구리도 쉬었다 가고, 새들도 잠시 살피고 갑니다. 그 아래 물에는 각종 유충들과 붕어와 거북이 그리고 새우도 살며 연못의 가장자리엔 지렁이와 벌레들도 있습니다. 아직 연꽃이 피기전이라 작은 손바닥 같고 큰 우산만한 연잎이 가득 들어차기 시작 합니다. 새달엔 연꽃이 피어 연화장 세계로 연출 할 것 입니다.

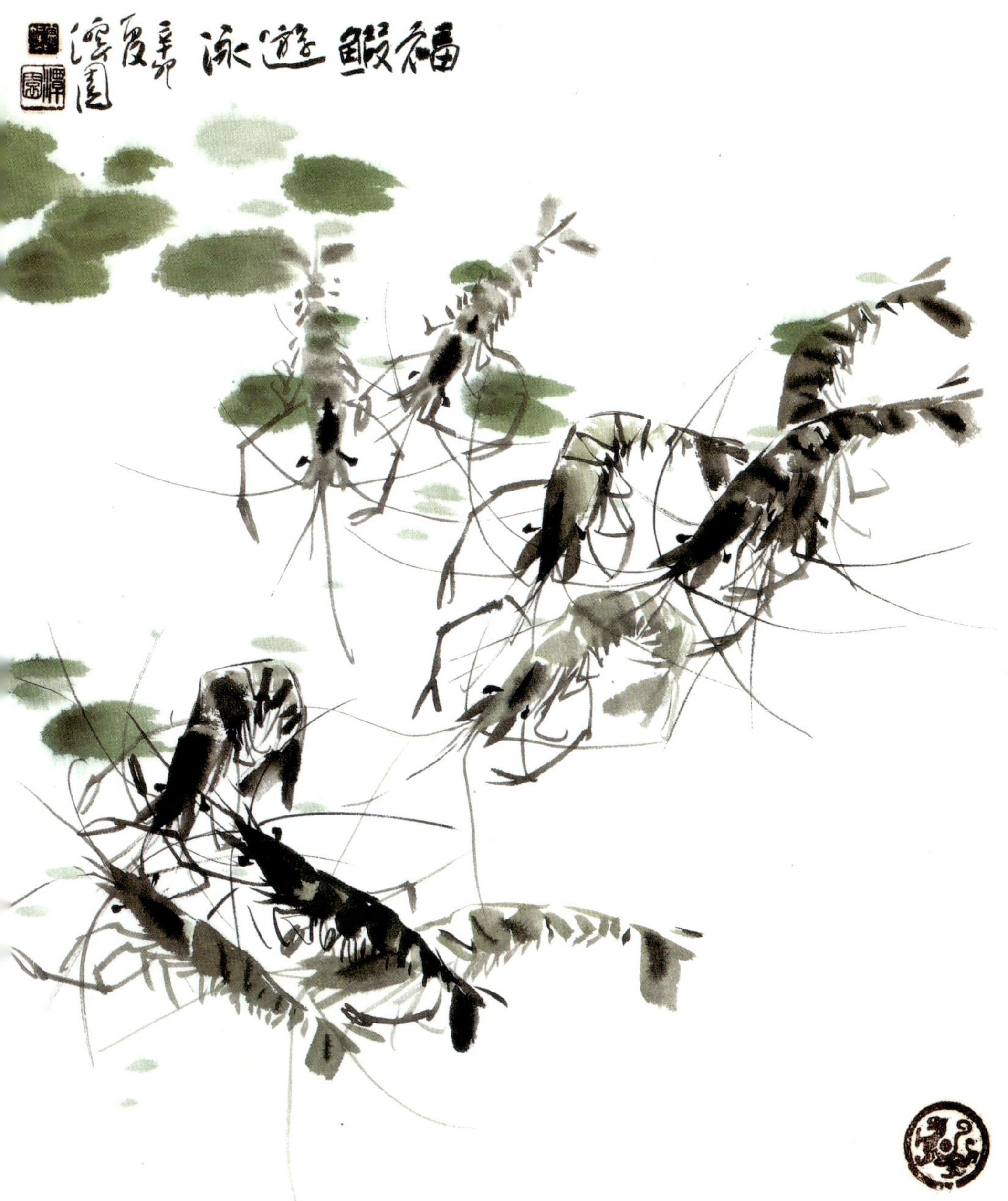

복화유영福花遊泳

한지수묵담채 | 50×60Cm | 2011

흰 구름 연못은 청정 지계持戒

일찍이 두보 란 시인은 『곡강』에서 내리는 비를 보며 다음처럼 적고 있습니다.

성 위의 봄구름 부용원 담장을 덮고
강가 정자의 저녁 빛에 봄날이 고요하다.
숲 속 꽃들은 비를 맞아 연 지색으로 젖어있고
물에 뜬 연꽃은 바람에 끌리어 푸른 띠처럼 길다.

비가 올 땐 참 묘한 기운이 있습니다. 흰 구름이 연못에 몰려왔다 지나가고, 비는 연당의 여기저기 연꽃과 연잎에 뿌리고 지나가 말끔히 씻어내고 있습니다. 연잎은 더욱 초록빛으로 띠고 있습니다. 연못에 물이 차오르니 개구리들은 개굴개굴 울어대고 새들과 오리들은 합창을 하며 연꽃은 한복을 입고 산들 바람에 춤을 춥니다.

습습한 가운데 연못의 햇살은 깊어가니 불투명한 옅은 초록빛으로 산산이 부서져 연못의 물은 데워져갑니다. 대자연은 언제나 신비롭고 자기가 가진 모든 것을 다 발휘해 아름다운 세상을 만듭니다. 이 연꽃 피는 순간이 바로 창조주의 소산입니다. 새들은 연못에 날라 와 연꽃을 엿봅니다. 오리들의 연못이 되었습니다.

말없이 핀 연꽃 한 송이 무언無言을 가르칩니다. 연잎에 내린 빗물은 곧바로 땅을 향해 움직여 쏟아내 청청한 지계持戒를 가르칩니다.

조가연무鳥歌蓮舞
한지수묵담채 | 50×60Cm | 2010

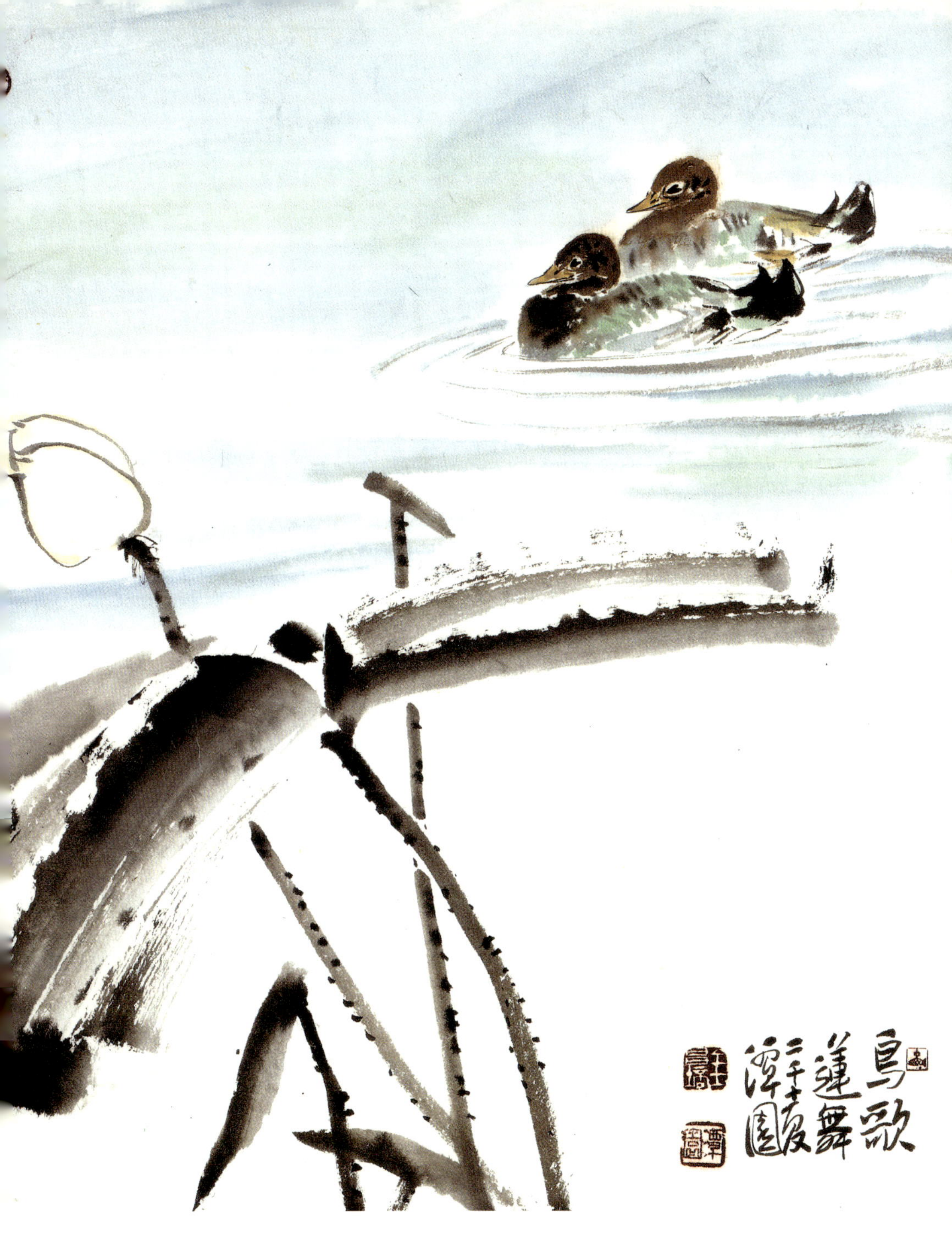
鳥歌
蓮舞
潭園

춘정春情

연꽃은 만개 했을 때보다 피기전의 모습과 색깔이 더욱 곱습니다. 활짝 핀 연꽃을 보면 마음과 몸이 맑아지고 포근해짐을 느낍니다. 오늘따라 나그네는 연꽃처럼 닮은 사람이 되고 싶습니다.

좋은 계절에 경치가 아름답습니다. 이럴 때 연꽃을 보면서 거닐어 봅니다. 코끝에 실려 오는 가느다란 바람의 느낌으로 몸과 마음이 평안해 집니다. 고요한 연꽃은 한마디 말도 없습니다. 연 숲에서 물새소리 청아하게 들려오고 나그네 연못가에서 자리 펴고 앉아서 붓을 듭니다.

먹으로 그려진 연잎은 몇 번의 붓질로 풍부하고 기름지며 농담의 변화를 모두 구사해 완성을 하였습니다. 연 가지는 굳세고 힘이 있으며 자태가 다양한 연꽃은 옆으로 고개를 기울어 운치를 더 합니다. 고결하고 상쾌한 기운이 가득합니다. 연꽃은 진흙이 있는 수렁 속에서 맑고 향기로운 꽃을 피웁니다. 연못의 환경이 더러워도 오염되지 않습니다. 또한 연못의 물을 정화 시켜줍니다. 이렇게 세 가지가 연꽃의 상징이라고 할 수 있는데 이러한 점들은 부처님 생애의 이미지와 아주 닮아 있습니다.

또한 심청전의 연꽃, 효녀 심청 이야기는 가슴을 울리는 이야기입니다. 벌이 웅 웅 하고 날아들었습니다. 연당에 까지 찾아든 벌은 남성을 상징하며, 연꽃은 그윽한 향기를 풍기며 곱게 치장한 여인을 상징합니다. 그래서 꽃과 벌은 남녀 간의 춘정春情을 의미합니다.

옛날 사대부가의 집 밖에는 버들을 심고 꼭 연못을 만들고 연을 심어 외부의 화가 들어오는 것을 막았습니다. 곳곳에 못을 파 연꽃을 키웠기 때문에 대부분의 못이 연못이라고 불렸으며, 연꽃이 터지는 모습이 펑 펑 소리처럼 크게 들렸다고 전해집니다. 연꽃의 여운은 진실로 신의 손길과 같습니다.

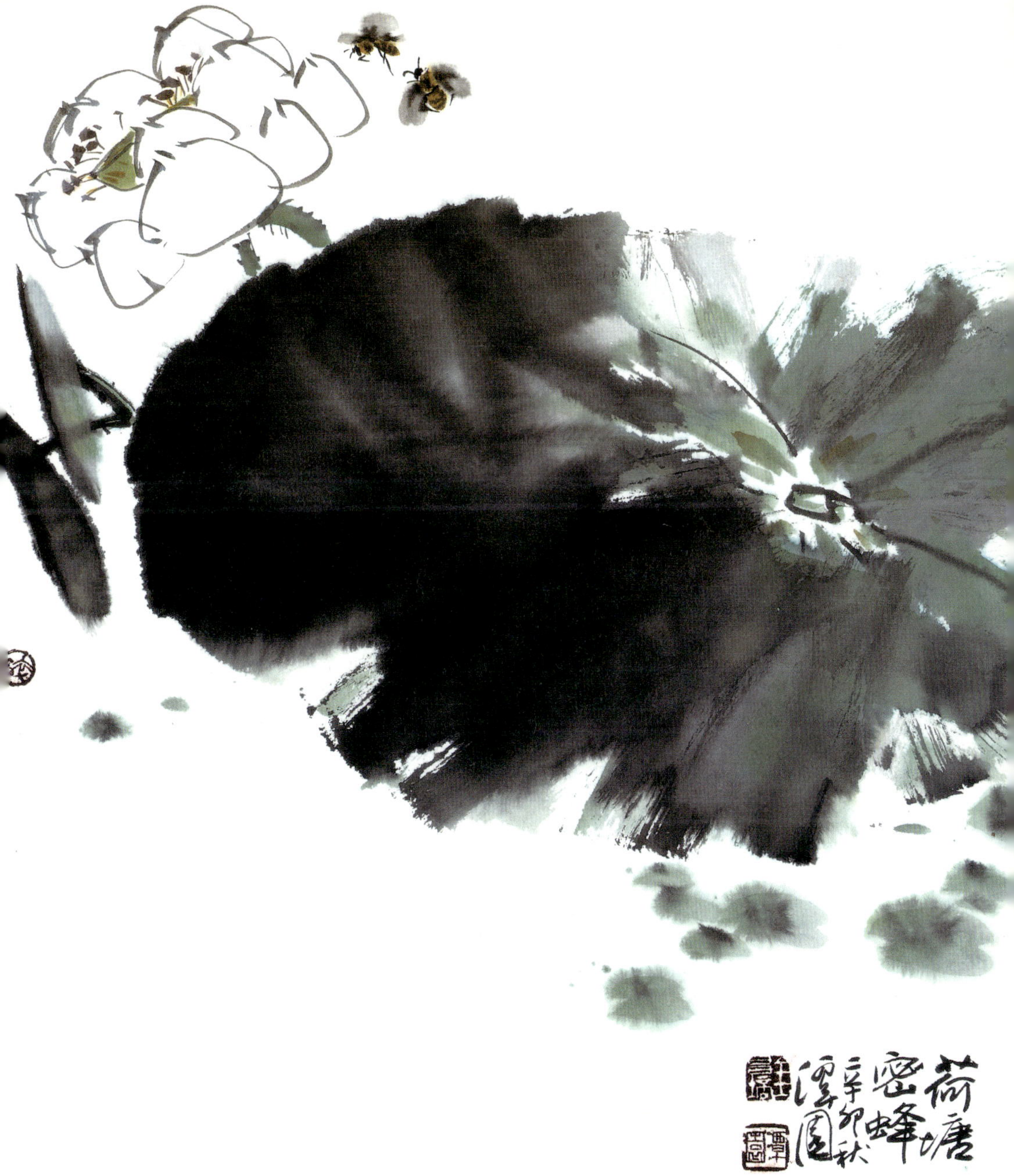

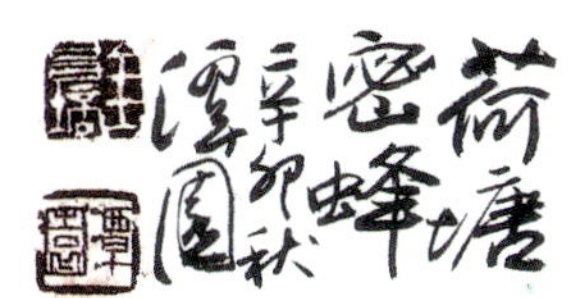

하당밀봉荷塘密蜂

한지수묵담채 | 50×60Cm | 2011

연꽃의 사연

자연의 절기는 혼자서 찾아오지 않는답니다. 바람과 공기가 만들어 내야 계절은 물결처럼 찾아옵니다.

바람이 불때마다 연꽃 잎 대는 흔들리고 작은 연잎들은 바람에 맡겨 나부낍니다. 연꽃처럼 마음이 너울거리고 연꽃의 세월도 그렇게 굴러 갑니다.

연꽃이 피고 지듯 나그네의 마음도 피고 지는 깨달음의 꽃, 이른 새벽에 함초 롬 이슬을 머금고 핀 연꽃이 고고하게 우뚝 선 선비 같습니다. 연꽃 성긴 연당에 찾아든 수 탉, 왠지 모를 쓸쓸함이 나그네의 무거운 마음이 느껴집니다. 늦잠 자던 물새들도 놀라서 날아 갑니다. 오늘처럼 바람이 부는 날은 어느 날보다도 맑게 하늘이 열린 날입니다. 연당의 바람은 연꽃향기를 맘대로 날리는 감독자입니다. 연 향기는 바람을 따라 움직이며 향기를 내려놓습니다. 수탉 한 마리 감독관 되어 연향을 지휘하고 서 있습니다. 수탉의 소리에 연 숲은 연잎과 연꽃들이 소리를 내며 향기를 떠나보냅니다. 연당의 풍경은 평온합니다.

뜻이 큰 곳에 있지 않아 담담하여 마음이 여유롭구나.
연꽃 곁에 맑은 이슬 쏟아지고 개구리밥 열리니 헤엄치는 물고기들.
매번 이 곳에 앉을 적마다 청계青溪의 거처에 돌아가고 싶어라.

『작은연못』을 쓴 백거이(766~826)는 중당시대의 시인으로 알려져 있으며 백락천으로 더 유명합니다. 연꽃 곁에 맑은 구슬 쏟아지는 연못 늪은 마음이 오래 도록 은은하게 퍼져 연꽃의 사연을 담아 신선한 산들바람이 가을이 왔음을 알려 주고 있습니다.

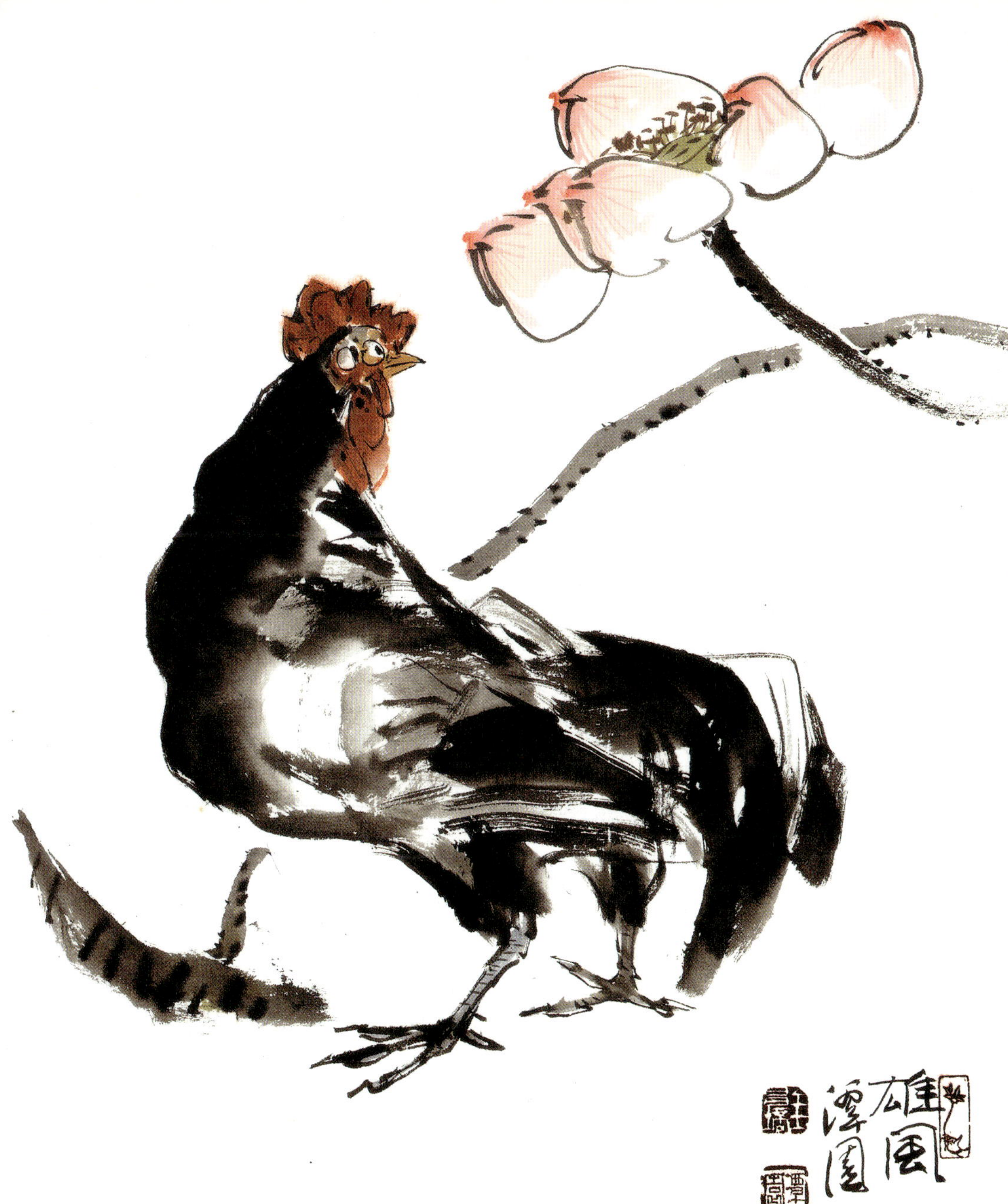

웅풍雄風

한지수묵담채 | 50×60Cm | 2010

연꽃의 겸손

일찍이 소연蕭衍은 『자야 사시가』 중에서 여름노래를 불렀습니다.

강남에 연꽃 피면
붉은빛이 푸른 물을 뒤덮지요.
빛깔은 같아도 마음 다르기도 하고요
연뿌리 달라도 마음 같기도 하지요.

양나라의 황제 양무제가 남긴 시 〈삼라만상을 열치다 - 김풍기 님 글에서〉 입니다. 무장이던 그가 정감 넘친 시를 지은 것을 볼 수 있습니다.

마음을 이처럼 한가하면 청계관수淸溪觀水를 볼 수 있고, 연꽃을 바라보고 한가한 마음을 가지려고 한다면 연못 호수를 봐야합니다.

그래서 한사 관수도 라고도 합니다. 고요히 낮게 연못에 드리운 물을 보면 고요한 호수의 기운을 흡수하여 정신이 맑아지게 하고, 흘러가는 물을 보면 바쁘던 마음도 한가해집니다.

연꽃은 먹고 자고 숨 쉬고 쉬다가 기다리며 꽃도 피고 씨도 맺고 겨울에는 동면도 합니다. 빈 공간을 만들고 생각을 할 수 있는 공간은 추운 겨울입니다.

다시 시작하고 새롭게 출발하는 겸손한 자세를 겨울에 준비를 합니다. 연당에 찾아든 한 쌍의 학, 맑은 향을 지닌 연꽃의 겸손과 비움을 찾아 온 것 입니다.

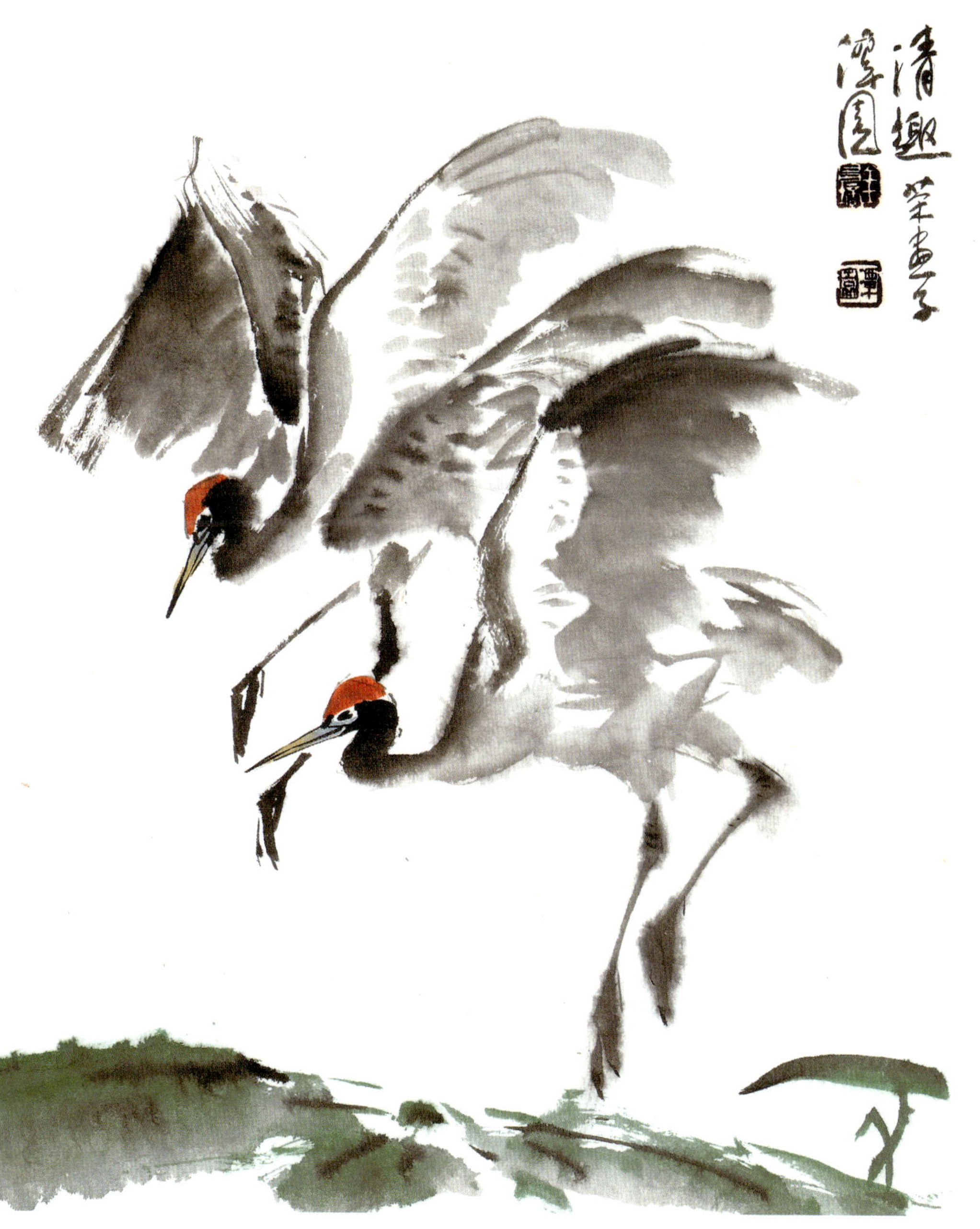

청취情趣

한지수묵담채 | 50×60Cm | 2010

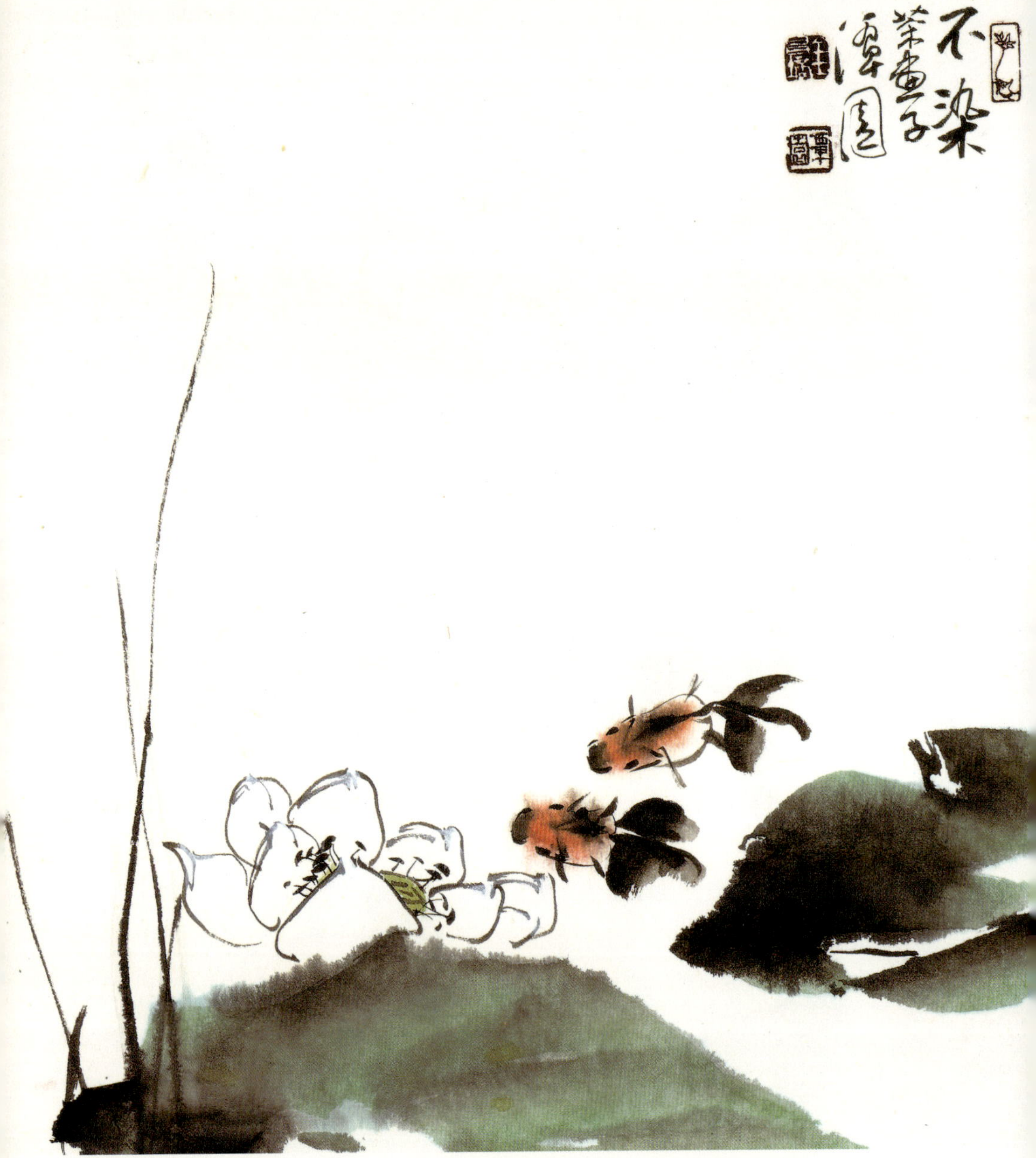

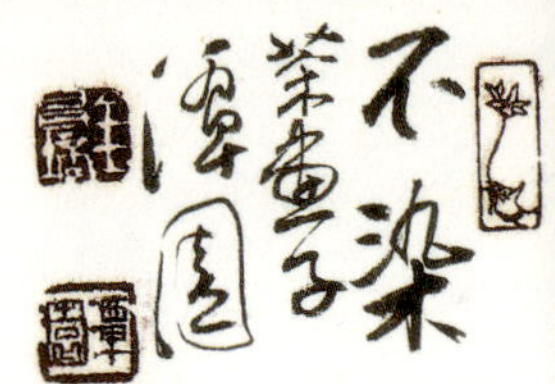

불염不染

한지수묵담채 | 50×60Cm | 2010

불염不染의 연꽃처럼

책 읽기와 차茶를 좋아하고, 그림과 서예를 즐겼던 옛날 선비들은 작은 정자를 지어 연못을 파 연蓮을 심고 슬슬 거닐며 세상의 일들은 묻지 않았다고 합니다. 경기 시흥시 관곡지 연 밭엔 우리나라 최초의 연꽃 시험 재배지로 이 백 평 남짓한 이 연못은 조선 초기 문신이었던 강희맹 선생이 명나라에 사신으로 갔다 오면서 연꽃 씨를 가지고와 처음으로 심었던 곳입니다. 특히 이곳은 백련이 바람에 흔들리며 청초한 아름다움이 숨 멎을 듯 많은 곳입니다.

이런 하얀 연꽃은 "순결", "청순한 마음", "깨끗한 마음"이란 꽃말을 지니고 있습니다.

물 밖에서 살아가고 있는 고달픈 중생을 구원한 석가모니를 상징하는 꽃으로 알려져 있습니다.

연꽃은 더러운 연못에서 연못도 정화淨化하고 깨끗한 꽃을 피웁니다. 하여 사람들로 부터 사랑을 받아왔습니다. 연꽃을 사랑한 사람 주무숙은 북송의 유학자이자 성리학의 한 사람인 염계는 사람됨이 고결高潔하고 가슴속이 맑고 깨끗하기가 눈비 갠 뒤의 맑은 바람이나 밝은 달과 같다고 전해집니다.

선생은 애련설愛蓮說에서 "내가 오직 연을 사랑함은 진흙 속에서 났지만 물들지 않고, 맑은 물결에 씻어도 요염하지 않으며, 속이 통하고 밖이 곧으며 가지가 없다. 향기가 멀수록 더욱 맑으며 우뚝 깨끗이 서 있는 품은 멀리서 볼 것이요, 연은 꽃 가운데 군자라 한다."고 하며 연꽃의 덕을 노래하고 있습니다. 우리들의 덕도 물들지 않는 불염不染의 연꽃처럼 지녔으면 좋겠습니다.

연꽃으로 그림배를 띄운다

연꽃으로 그림배를 띄운다
뜰 가에 연못 파기 어려우면
동이에 연을 심으면 좋으리라.
솟아나 진흙 속에서 파란 구슬 솟아나니
물 위에 푸른 동전 포개어 쌓였네.
물줄기는 염계濂溪로부터 흘러나왔고
뿌리는 화악 산 에서 뻗어 나왔네.
꽃 꺾지 못한다고 혐오할 게 무엇이랴
앉아 보기만 해도 흥취가 유연하네.

동전처럼 포개어 쌓여 지는 수련의 풍경을 노래한
권근님의 분연盆蓮이란 시입니다.

연중유희蓮中遊戱

한지수묵담채 | 50×60Cm | 2010

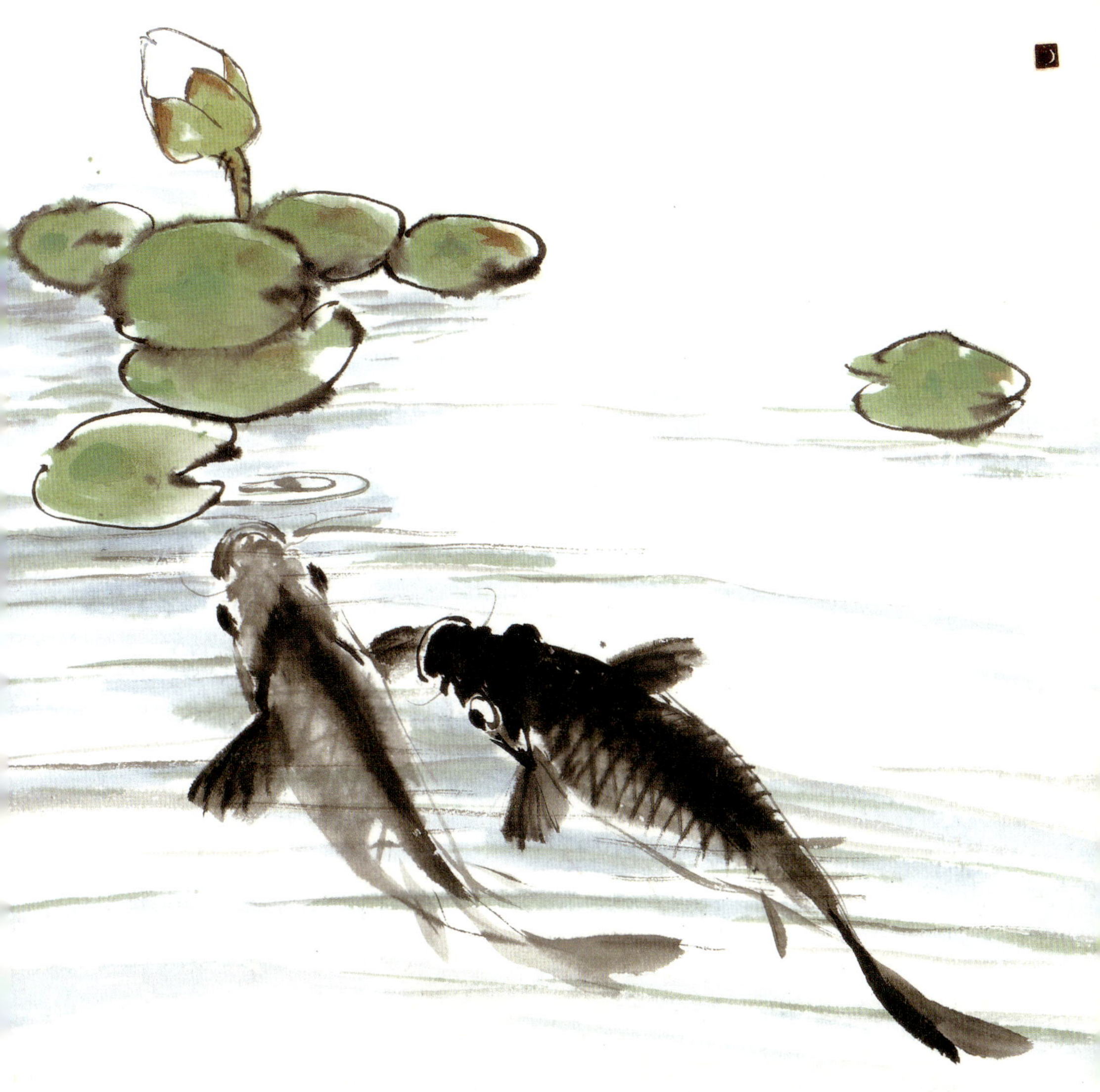
淵中亭檻觀魚詠 霞上蓮畫船
연못 안 정자 난간에서 물고기 유영을 보고 노을 위의 연꽃으로 그림배를 띄운다
담헌

물줄기 염계로부터 흘러와 만들어진 연당, 진흙 속에서 솟아오르는 연꽃, 촛불처럼 피어올라 연못을 밝혀 환해지는 모습을 앉아서 홀로 보며 흥취를 노래한 시입니다.

연못 안 정자 난간에서 물고기 유영보고 노을위의 연꽃으로 그림배를 띄운다.
淵中亭檻觀魚泳霞上蓮畵船. 연중정람관어영하상련화선

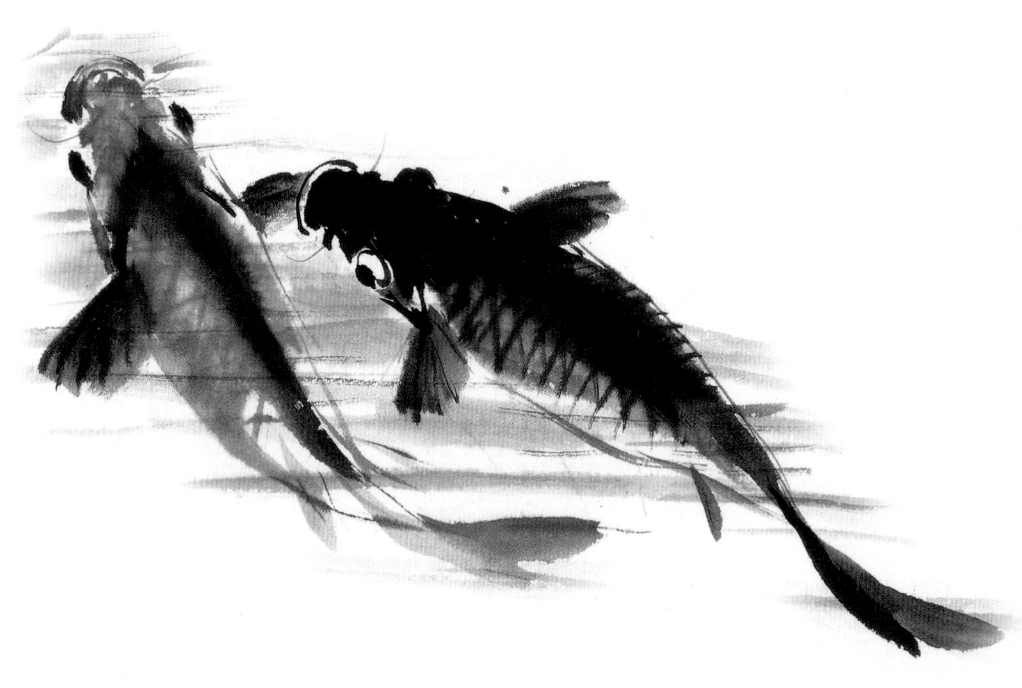

잔잔한 연못엔 찬란한 아름다움이 너울댑니다. 호수 위엔 빛과 그림자에 힘입어 빚어내는 화음과 운율이 수묵을 그리는 화가의 붓질과도 같습니다. 띠로 엮어 만든 연못 정자에 앉아 잉어 노니는 모습 바라봅니다. 빛이 바래가는 노을 진 작은 호수엔 작고 초라한 연잎이 말려 나오더니 어느새 그림 속엔 작은 종이배 되어 띄웁니다. 꽃잎은 바람에 흩어지지만 다시 그 자리엔 다른 희망과 생명이 시작됩니다. 변화무쌍한 수련의 연당은 매일매일 새로운 삶이 피어납니다. 푸른 수련 잎으로 온통 뒤덮여 맑고 향기로운 연꽃 세상을 이룹니다. 우리가 사는 세상을 연꽃세상으로 맑고 향기롭게 만드는 사람들이 많습니다.

오늘 밤에는 나그네도 시인이 되어 희망을 주는 연꽃향기가 되었으면 하는 바람으로 시 한수 적습니다.

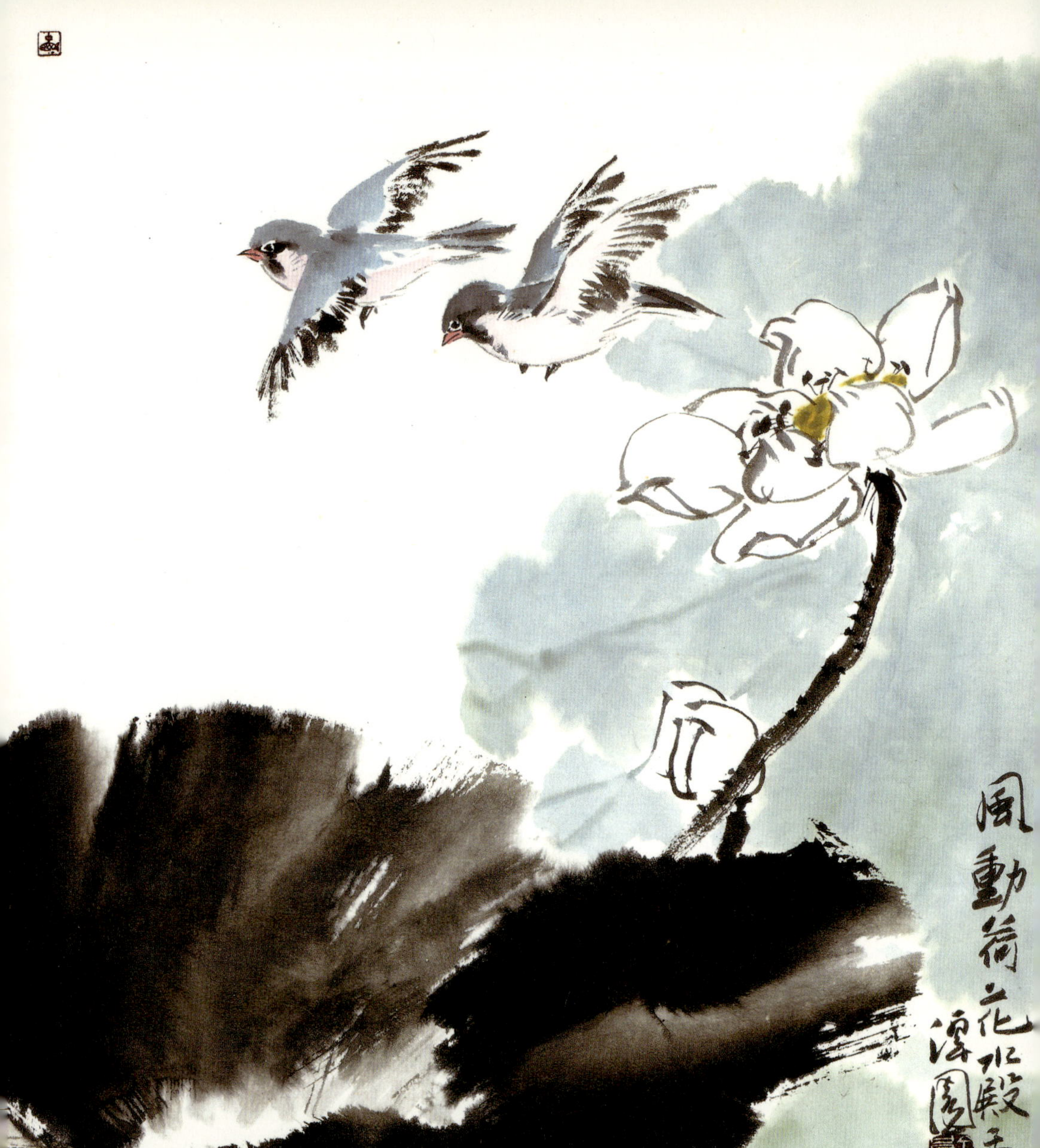

풍동하화수전향風動荷花水殿香

한지수묵담채 | 50×60Cm | 2010

바람에 흔들리는 연꽃

맑은 연꽃을 보려고 뚝방의 길을 거닐고 풀숲에 앉아 눈을 감아보기도 합니다. 들풀과 그윽한 야생화 꽃은 제각기 이름 따라 다른 향기가 있습니다. 물안개 쌓여 아늑한 연 밭 숲의 골자기를 탐색도 합니다. 이곳에서 밤이 되면 연 못 위에 뜬 달을 구경 할 수 있습니다.

달빛은 발밑에 와서 떨어 지기도하고 연꽃 향기 묻은 바람을 쏘입니다. 연못의 뜰은 점점 더 싱싱한 초록으로 변해가고 있습니다.

나무숲에서 온 바람이 연꽃을 움직이니 연못이 향기롭습니다.

연못에 부는 바람은 연잎들을 움직이고 줄지어 선 연 줄기가 대나무처럼 곧게 뻗어 빈 공간을 만들어 줍니다. 그 틈사이로 빛이 내립니다. 그 빛은 유난히 햇살이 맑고 투명합니다. 틈새가 있는 텅 빈 공간사이에 그동안 혜택을 받지 못했던 부분까지도 햇살이 비쳐지니 하늘과 구름이 오롯이 거울처럼 만들어 집니다. 연못의 생명들은 다시 태어납니다. 햇살을 받으면서 날아든 제비도 물새들과 그윽한 잠을 청하고 있습니다. 꽉 차 있으면 이런 기쁨도 누리질 못합니다. 텅 빈 틈새의 공간에 빛 행복이 머뭅니다.

시인 이백은 『구호오왕미인반취口號嗚王美人半醉』에서 다음과 같이 서시를 그렸습니다.

바람에 흔들이는 연꽃風動荷花水殿香,
수전水殿에 향기 풍길 새,
고소대 위에서 오왕吳王은 내려다보고,
서시西施는 취하여 나른한 모습,
웃으며 동창가의 백옥상白玉牀에 쓰러진다.
바람에 흔들리는 연꽃이 움직이고 연 향기는 물위에 크게 퍼지네.

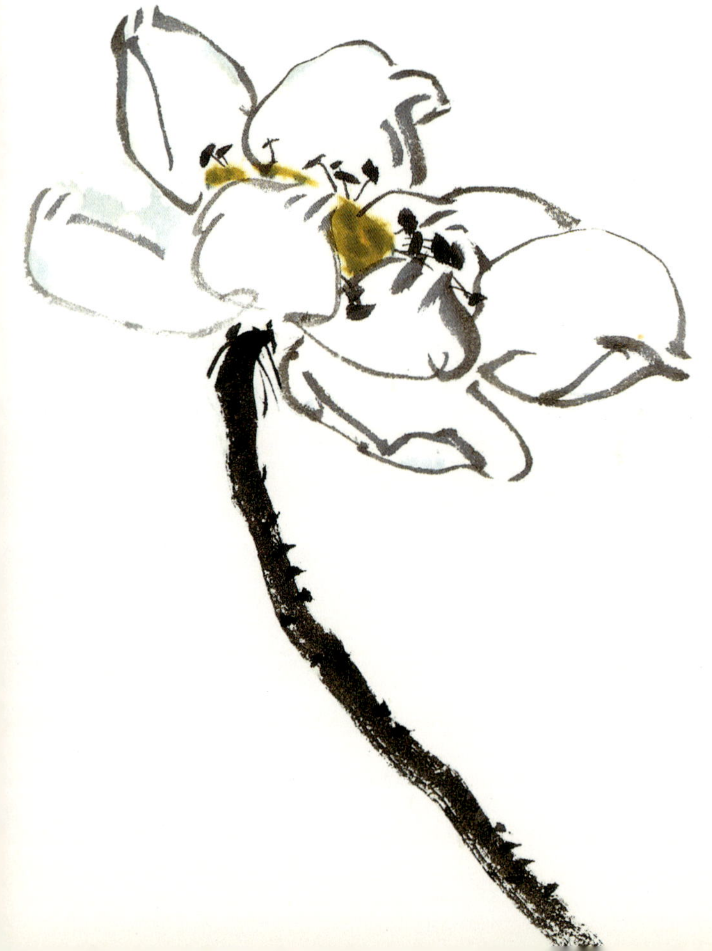

여름 내내 연꽃은 무언가를 가르칩니다. 계절이 흘러가도 향기는 그대로이며, 은둔隱遁을 가르칩니다. 한 번 더 월여사 越女詞 강남의 여인들 이백 시를 살펴봅니다.

'야계耶溪에 연꽃 따는 여자 손客을 보고
뱃노래 하며 웃으며 연꽃 사이로 돌아 수줍은 듯 숨어버리네.'

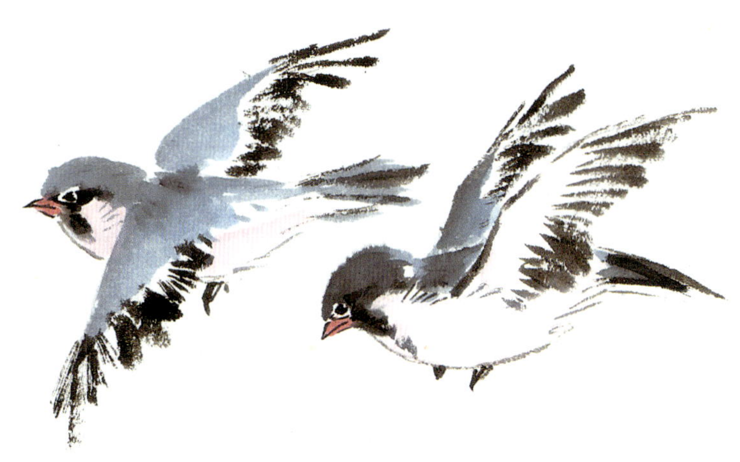

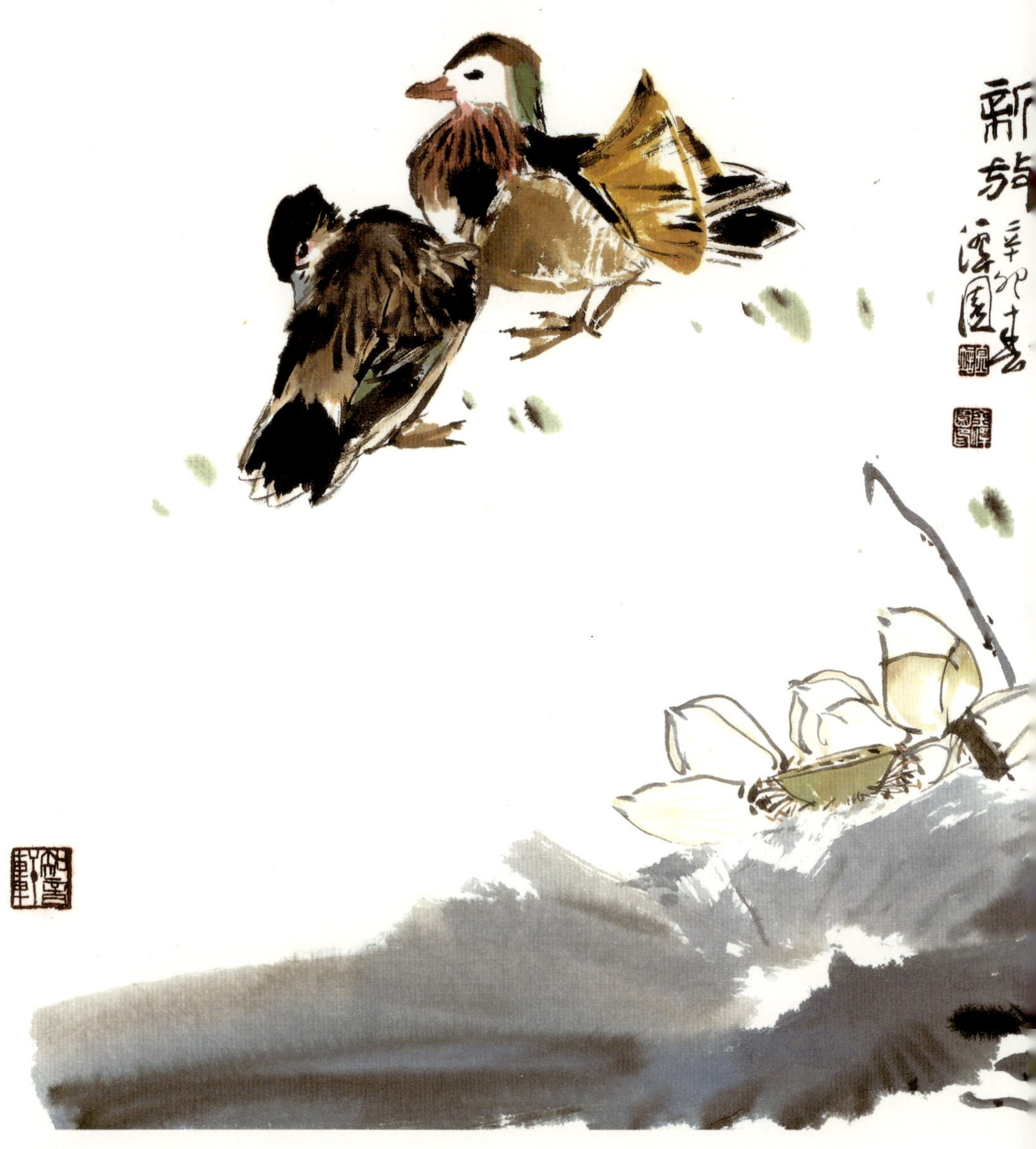

신방新放

한지수묵담채 | 50×60Cm | 2011

파란 빛깔의 연꽃

가끔 구름은 떠가 하얗고 산천의 초목은 푸릅니다. 빛이 내리는 연못은 새로운 생명을 줄기차게 잉태합니다. 연꽃은 원앙새를 맞아 미소를 지어 웃고 반겨 손을 흔들어 줍니다. 자연의 정경은 새롭게 하는 시간입니다. 나그네 눈에 보이는 세상은 이처럼 기쁘고 황홀합니다.

가난한 부부가 살며, 아내는 오래전부터 남편을 조르고 있었습니다. "우트팔라 꽃을 따줘요. 이번 축제 때는 그 꽃을 꽂고 싶어요." 우트팔라(utpala)는 파란 빛깔의 연꽃으로 한문경전에는 청련青蓮이라는 이름으로 등장하는 꽃입니다. 그런데 하필 이 우트팔라가 피어 있는 못은 왕의 정원에 자리하고 있었습니다. 그러니 아내는 자나 깨나 남편을 졸라대는 것이겠지요. "응? 여보. 우트팔라 꽃을 따줘요. 제발, 그 꽃이 갖고 싶어요." 사랑에 빠진 남자와 여자. 저 하늘의 달도, 별도 따다주겠노라고 큰소리치는 것도 사랑에 빠졌다는 증거요, 그건 열두 번을 죽었다 깨어나도 불가능한 일인 줄 알면서도 따주겠다는 약속을 철썩 같이 믿는 것도 역시 사랑에 눈과 귀가 멀었다는 증거입니다.

"울어라, 원앙새야." 백유경 이야기입니다.

5세기 인도의 승려 상가세나僧伽斯那가 일반 대중들에게 불교적 깨우침을 주고자 짤막한 교훈적 우화들을 모아서 편찬한 작품 『백유경』에는 우화들이 원래 백 가지가 있었다고 하는데 오늘날에는 구십팔 가지의 우화가 전해지고 있습니다.

원앙새소리 찾아서 한발 한발 조심스럽게 연못의 뚝방을 산책하며 앉아 고달프게 살아온 지난날을 저만치 풀숲에 던져놓고 다시 조심스럽게 발길을 내딛습니다.

연꽃 뚝방을 걷는 사이 주홍빛 태양이 구름 너머로 황급히 숨고 있습니다.

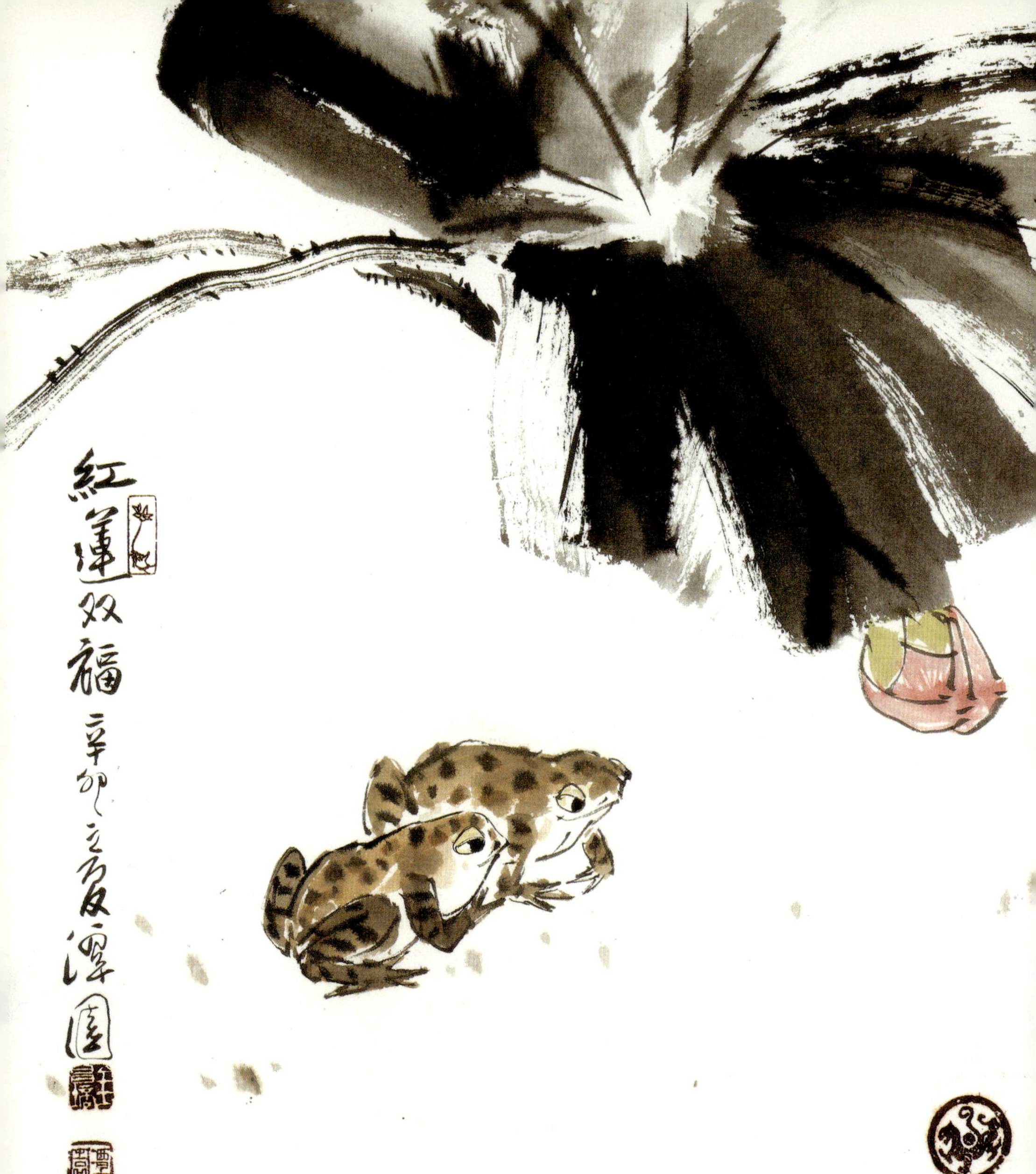
紅蓮双福

연꽃의 향기는 보약

자연이 빚어 놓은 예술품 이제 막 붉은 연꽃이 모습을 드러내려고 준비를 합니다. 연잎 사이엔 고요가 흐릅니다. 연당에는 쉼이 있습니다. 우리는 늘 분주하며 살다보니, 일상에 치어 연당의 아름다움을 보지 못하고 지납니다. 연 숲에 빠져가 앉아 있으면 모든 것이 제자리를 찾습니다. 풍겨오는 연꽃의 향기는 보약을 먹은 것처럼 몸속의 기운이 솟아납니다. 풀벌레 소리, 물새 소리, 개구리 소리, 바람소리들은 마음을 평안하게 제작합니다.

비록 붉게 타오르는 태양은 무덥지만 연잎에서 피어나는 초록향기의 숲은 마음이 뭉클 할 정도로 쉼터를 제공 합니다.

연 숲에는 이처럼 생명이 살아 숨을 쉬고 있습니다. 홍련이 봉우리를 살짝 수줍은 듯 강력한 힘을 내밀고 활짝 필 준비를 하고 있습니다.

햇살이 쉽게 파고들지 못하던 연 숲, 오늘은 그늘로 햇살이 들어옵니다. 햇빛을 받은 연꽃은 생명이 넘쳐 납니다. 두 마리 두꺼비 연잎 사이에서 피어날 생명의 순간을 지켜보고 있습니다. 연과 두꺼비는 참 좋은 짝입니다.

햇살을 피해 한걸음씩 그늘진 연잎사이로 내딛는 두꺼비 그들의 삶에도 근심은 있습니다. 연꽃이 피면 운치가 있고, 연꽃의 향기는 나그네의 생각을 그윽하게 만듭니다. 바람에 스치는 연잎의 소리를 들으며 마음에 오래도록 남을 만큼 씻어 내는 기쁨을 만끽 합니다.

홍연쌍복

한지수묵담채 | 50×60Cm | 2011

여름

사유思惟의 연습

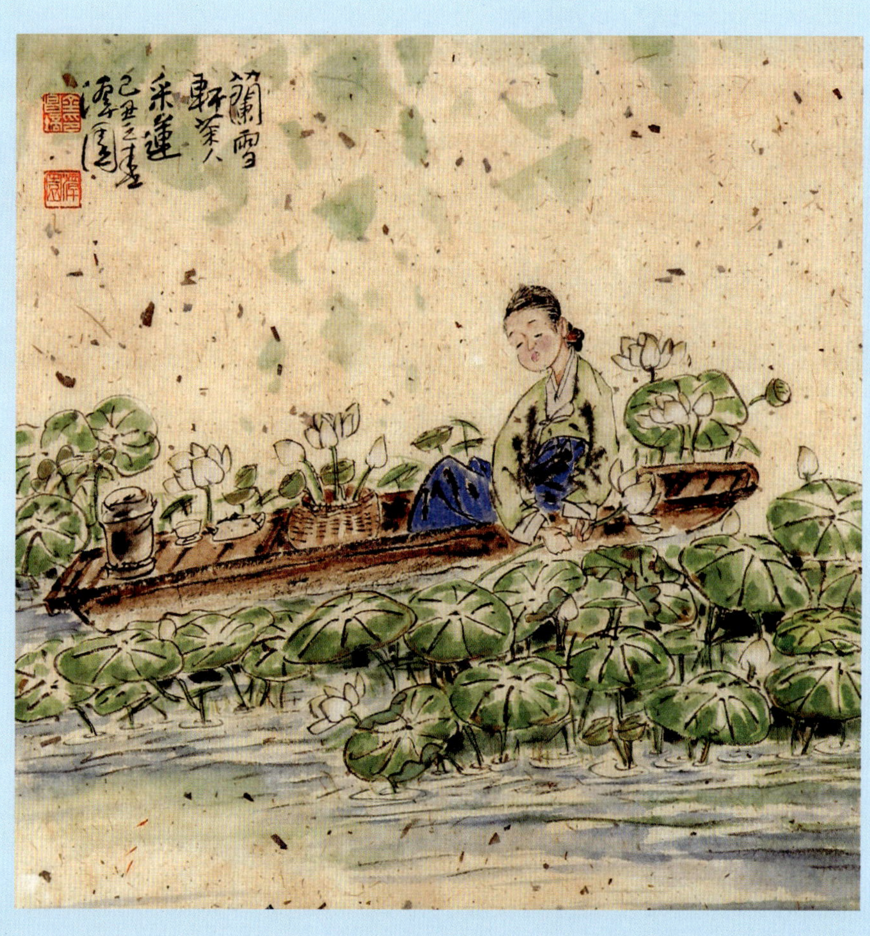

낮은 겸손을 배웁니다.

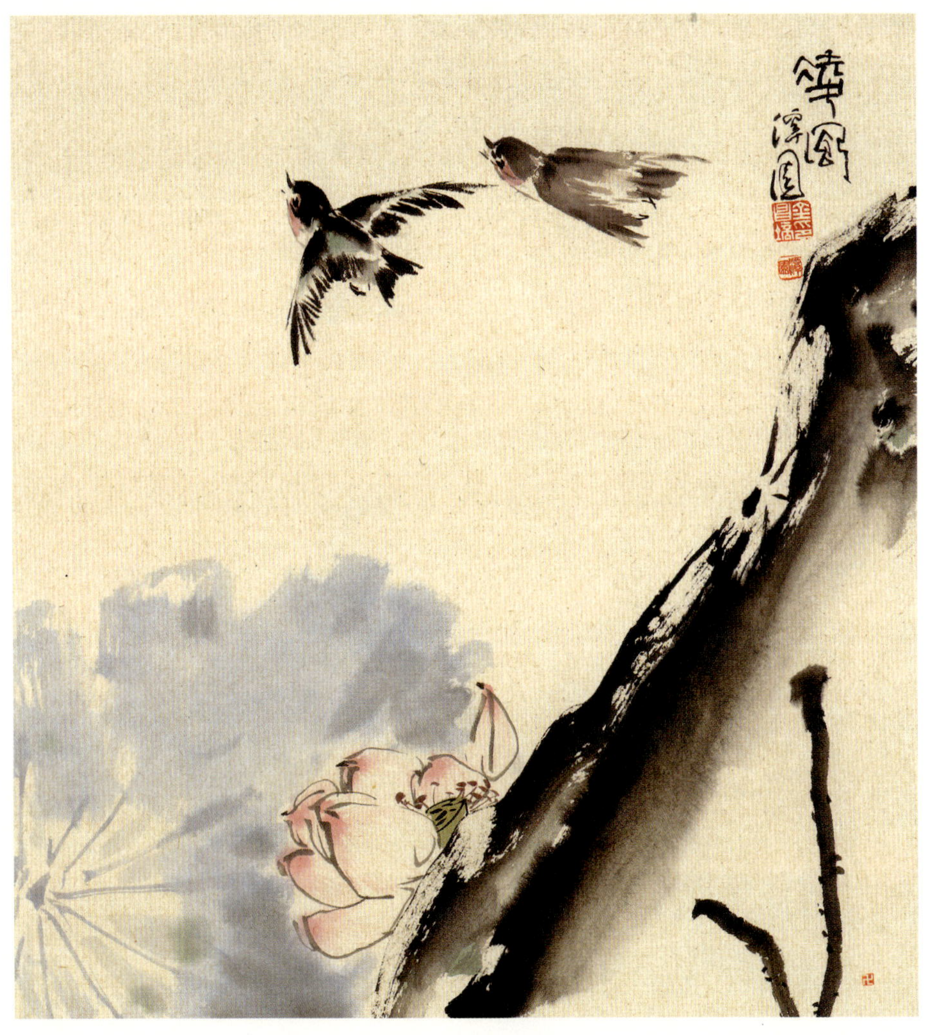

능풍

한지수묵담채 | 50×60Cm | 2010

화려한 집에 봄바람 이니
온갖 꽃들을 문에 나누어 비치고
예쁜 제비들 주렴에 들었다 간다.
한 번 한번 보면 능히 좌중을 장악하니
속마음 비우고 다만 재주가 좋아해서라
소금 수레가 천리마를 묶어두었어도
명색은 곧 한나라 조정의 핏줄이어라.

두보(712~770)는 중국 최고의 시인으로서 시성詩聖이라 불렸으며, 또 이백李白병칭하여 이두李杜라고 일컫습니다.

지난해 살다간 제비가족이 찾아왔습니다. 제비가 땅 가까이 날면 비가 올 징조라 하며, 또한 청개구리가 울면 비가 온다고 했습니다. 저기압을 느끼는 많은 곤충과 벌레들이 땅에서 낮게 날고 있으므로 이들을 먹이로 찾아든 제비들도 비행을 낮게날기 때문입니다. 사물을 보며 낮게 날게 되면 더 자세히 풍광을 찾을 수가 있습니다, 새들은 더 낮은 겸손으로 살아갑니다. 이처럼 자연은 정말 신비롭기까지 합니다. 새벽부터 하루 종일 햇살은 따갑게 내리쬐더니 붉은 연꽃이 활짝 미소를 보냅니다. 연당 위에 솔솔 바람이 지나자 커다란 연잎은 하늘을 향해 얼굴을 내밉니다. 연잎줄기 사이를 스쳐 제비 한 쌍 햇살 사이로 빠져나가 높은 하늘로 비행을 합니다. 햇살과 연잎 사이에 나란히 놀고 있습니다.

능풍凌風, 하늘을 향해 높이 제비가 날면 좋은 바람이 불어올 징조입니다. 화풍청목和風淸穆이라, 바람이 상쾌하고 부드럽게 붑니다. 연당명려 蓮塘明麗 연당의 풍경이 밝고 곱더라. 여름이 연꽃 핀 연당에 서성거립니다.

물총새가 연꽃을 피웁니다.

비가 멈추니 연못도 활기를 갖기 시작 합니다. 연당의 움직임도 부산하기 짝이 없습니다.

물총새가 연꽃을 피웁니다.

연잎도 연꽃도 몸을 흔들며 물기를 털어내고 있습니다. 비 때문에 만나지 못했던 취조翠鳥(물총새)도 어느새 연 줄기에 앉아 주린 배를 채울 사냥을 계획하고 있습니다. 물총새가 골똘히 생각을 하는 풍경이다. 날개를 반 쯤 편 것 같지만 연 줄기에 가부좌하다가 이제 열치고 일어날까 말까 생각중인 물총새, 이처럼 연당의 자연은 서두르는 법이 없습니다,

우리들도 천천히 숨을 들이쉬고 내쉬면서 마음의 안정을 찾고서 자신을 관하는 가운데 생각하고 행동 하면 어떨까? 하늘에 달도 태양도 때가 되면 분명 그 궤도의 자리에 반드시 뜨고 집니다. 가만히 생각하니 우리는 허겁지겁 살아 왔습니다. 우리들도 누구나 자신만의 삶의 그 궤도가 있습니다. 서둘지 않고 여유롭게 생각하는 물총새처럼 자연을 배워야겠습니다.

의사思意

한지수묵담채 | 50×60Cm | 2010

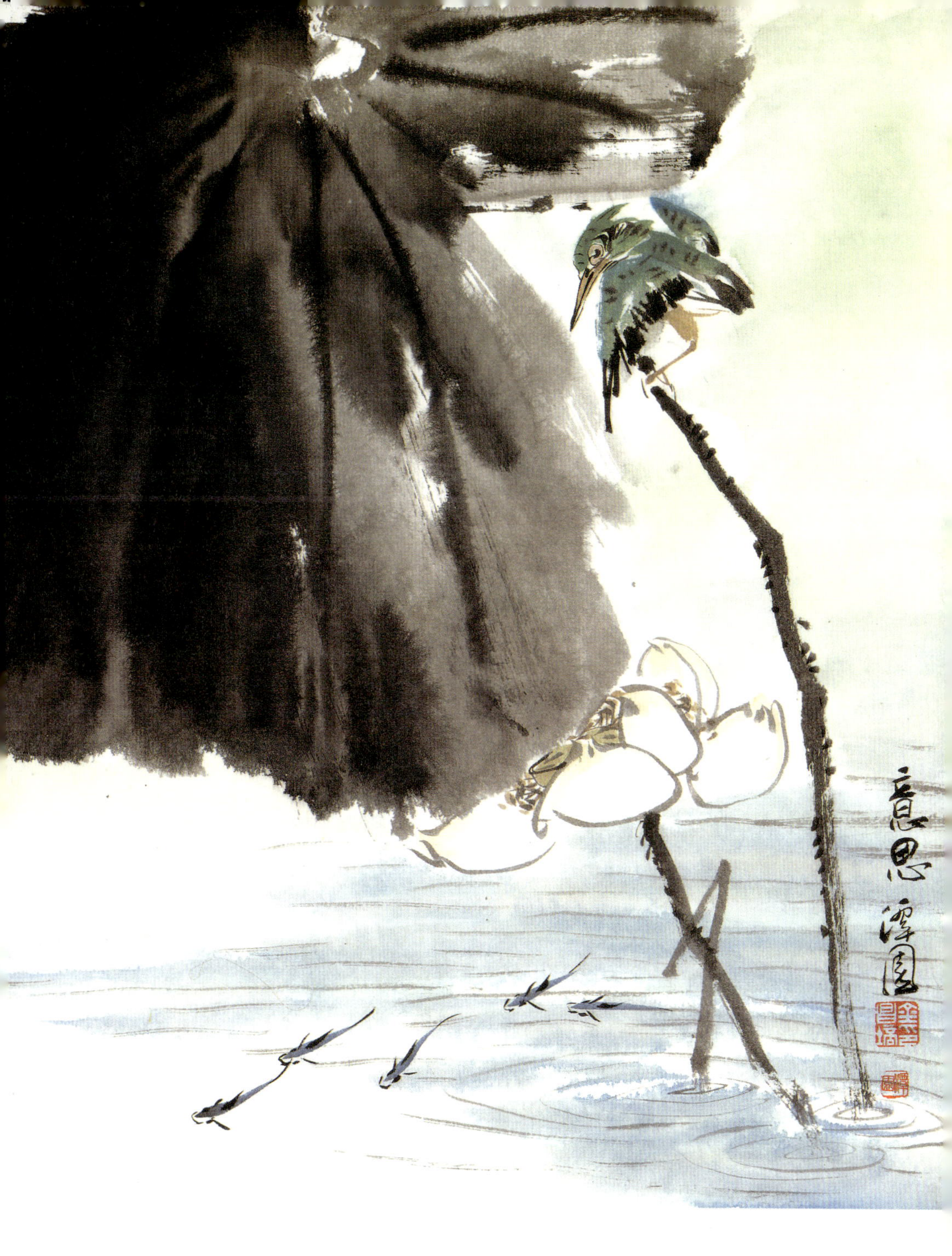

연꽃이 향기를 방출 합니다.

넘실대는 연못에도 물고기 안 기르고
아동들에게 연꽃 심기 조심 하라네
연밥 따다 관청에다 바쳐야 할 뿐이랴
틈만 나면 관리들이 고기 잡으러 올 일이 더 걱정이네.

이 시는 다산 정약용 선생이 당시의 정부의 실정失政이 얼마나 가혹했는지 보여 주는 시 입니다.

연蓮을 농사짓는 농민들과 정부 관리들의 갈등을 적나라하게 보여줍니다, 연못에 고기를 기르면 관리들이 찾아와 낚시질만 할까봐 두렵고, 연꽃을 심었다간 연밥을 관청으로 바치라는 탐학질이라니, 선생은 이러한 실정을 연구하며 평등한 사회 분배의 공정을 이룰까 하는 다산 정약용은 학문을 담아 연꽃에 관한 시를 지어 노래를 하였습니다.

놀랍게 나타난 생명들이 연못에 가득 메웁니다. 연꽃에 반사된 순간의 빛은 하얀 연꽃이 향기를 방출합니다. 이렇게 연향기의 빛은 그것이 분자이든 파장이든 간에 태양의 바람을 타고 힘을 지니고 있습니다. 바람 없는 낮이면 뚝 위로 걸어 나와 물이 우물에 고이듯 온천지를 완벽하게 빛의 향기로 점령합니다.

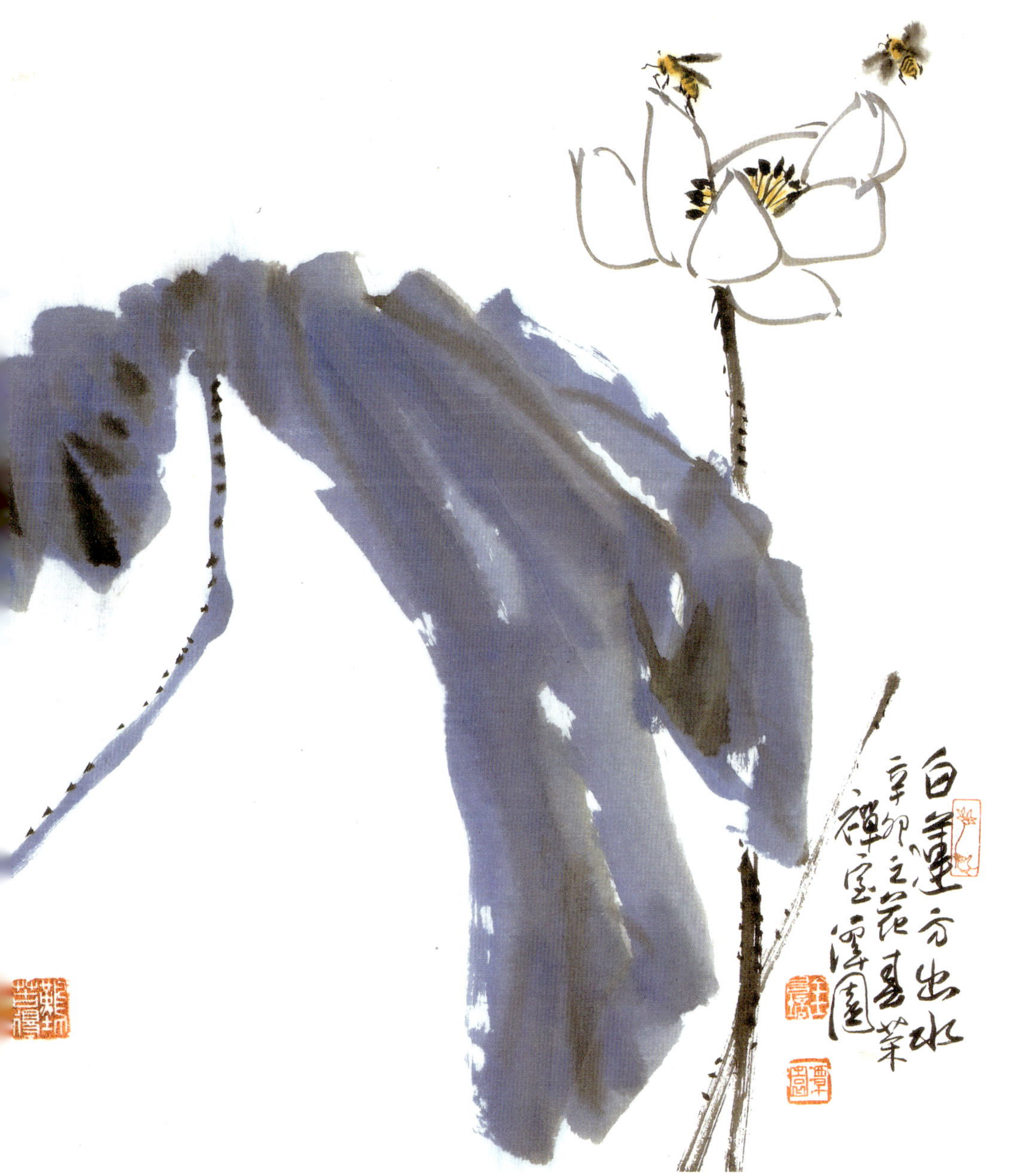

백연방출수

한지수묵담채 | 50×60Cm | 2011

아침에는 새들처럼 노래를 불러라

아침 해가 뜨는 늦잠을 자고나면 행복한 아침을 볼 수 없을 것입니다.
“미국의 헨리데이비드 소로는 『소로의 속삭임』 내가 자연을 사랑한 이유’에서

아침에는 새들처럼 노래를 불러라.
그 어떤 새가 태양이 중천에 떠오르도록 둥지에서 잠을 자는가?
그 어떤 닭이, 아니 신종 박쥐나 올빼미 또는 덤불참새나 종다리가 그러하겠는가?
노래하기 전에 차나 커피를 마시는 것을 보았는가? – 「저널」(김욱동 옮기고 엮음)

소로는 우리가 살면서 하루의 시간 중에 아침이 제일 중요하다고 역설을 한 사람입니다. 동트기 전에 일어나라는 조상들의 말과 옛날의 부자들은 아침에 일찍 일어나 하루의 일들을 절반을 끝내고 쉬었다 합니다. 나그네도 새들처럼 아침이면 노래를 부르면서 일찍 일어 날것입니다.

바람과 아침 햇살을 안고 평소보다 자주 연못을 바라봅니다. 물안개 피어오르면 수련은 나그네에게 손을 흔들며 향기로 말을 걸어옵니다. 소녀처럼 수줍음을 잘 타는 수련은 연꽃처럼 목을 길게 허공에 내놓질 않습니다.

물 위에 바로 부평초浮萍草처럼 떠서 꽃을 빠끔히 내놓습니다. 바람타고 옅게 흔들리는 수련, 가장 뜨거운 계절에 수련은 빛을 받아 두 손을 하늘에 모았다 펴면서 꽃을 피웁니다. 사랑스런 수련이 꽃 필 때 불교에서 우담바라가 핀다고 합니다.

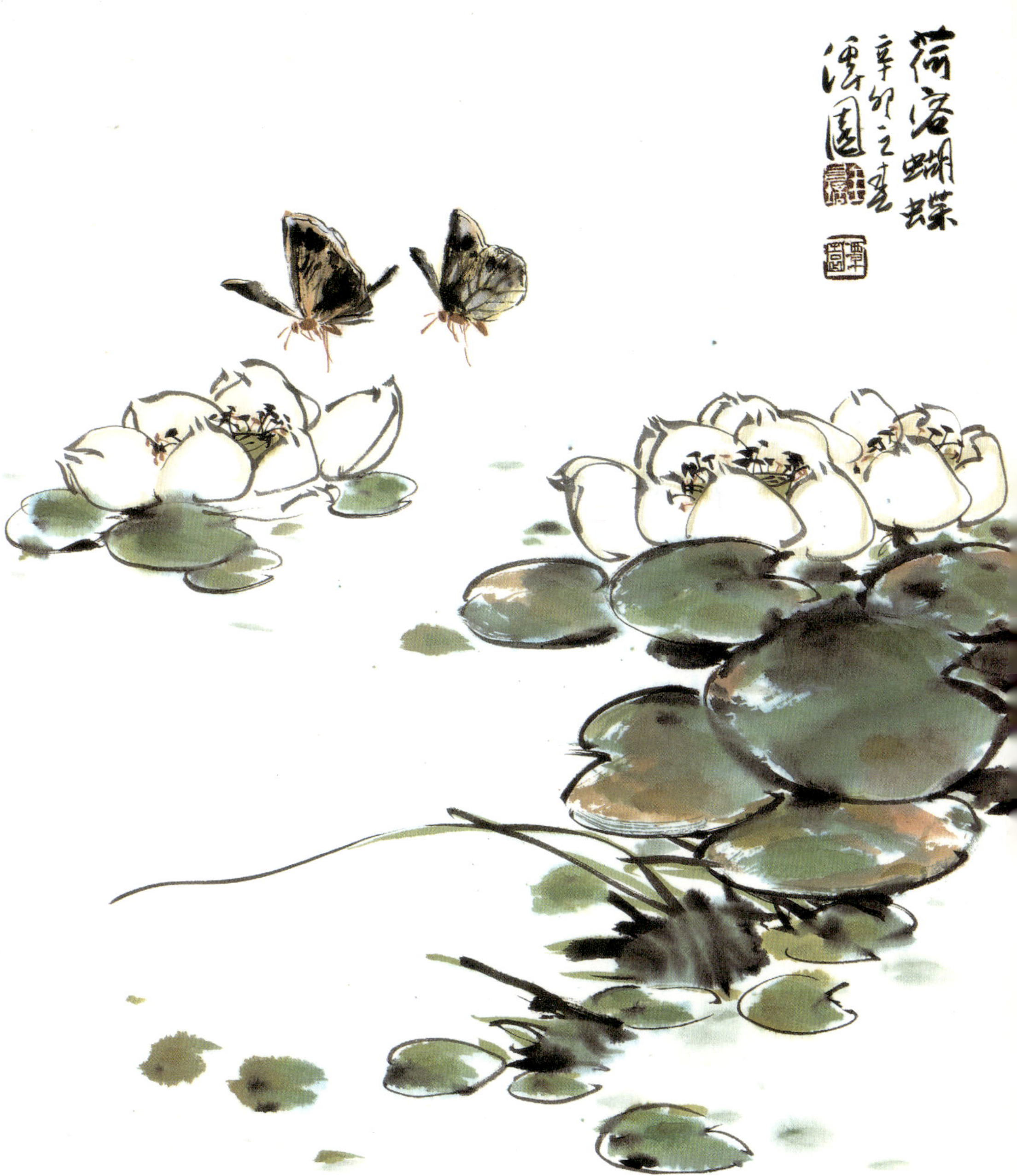

하객호접

한지수묵담채 | 50×60Cm | 2011

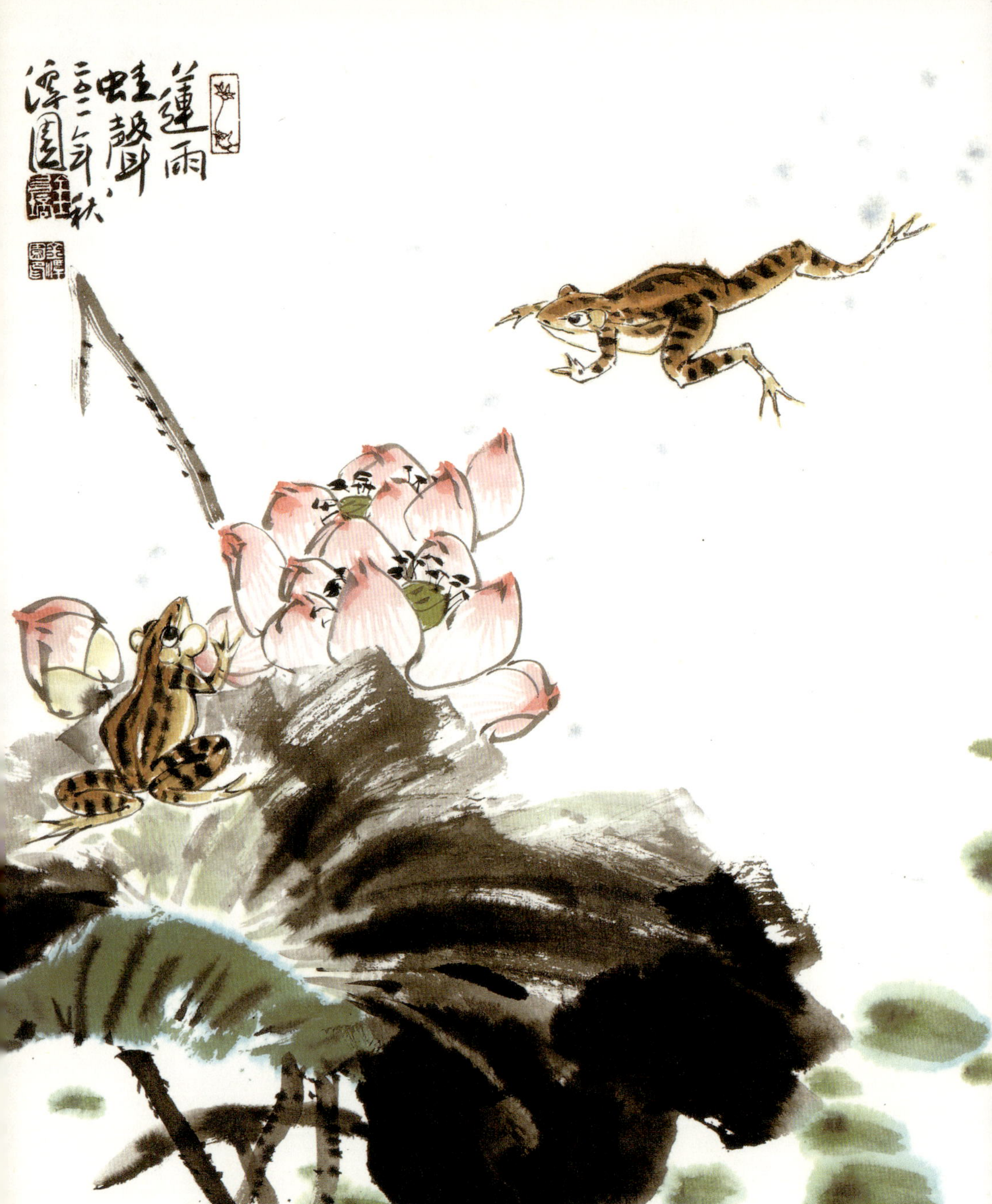
蓮雨
蛙聲、
二○二一年秋
澤園

촉촉이 내리는 비

연꽃이 피어 눈이 부시게 무지개빛 연못을 만들었습니다. 연못은 축복의 호수를 만들어 마음을 활짝 열어놓고 있습니다.

나그네 발길을 내딛는 순간 초여름 아침 햇살은 연꽃에 향기를 묻혀 두고 또 유유히 흐르고 있습니다. 새들의 쉼터였던 연당을 찾아와 우는 개구리의 이유를 알 수 있는 날입니다. 아득한 풍경위로 한자락 바람이 스치니 뭉게구름이 머뭅니다. 연잎은 행복한 표정을 짓다가 멈칫합니다.

오늘 연꽃은 시끄럽게 우는 개구리소리가 싫어진 모양입니다. 개구리가 연꽃을 희롱 합니다. 개굴개굴 연잎위의 개구리 목 놓아 울어대니 건너편에 놀던 한 놈도 뛰어오고 개굴개굴 함께 연못에 비를 부릅니다. 개구리세상 촉촉이 내리는 새로운 비, 연꽃잎이 망가지지 않도록 적당한 비가 왔으면 좋겠습니다.

연우와성

한지수묵담채 | 50×60Cm | 2011

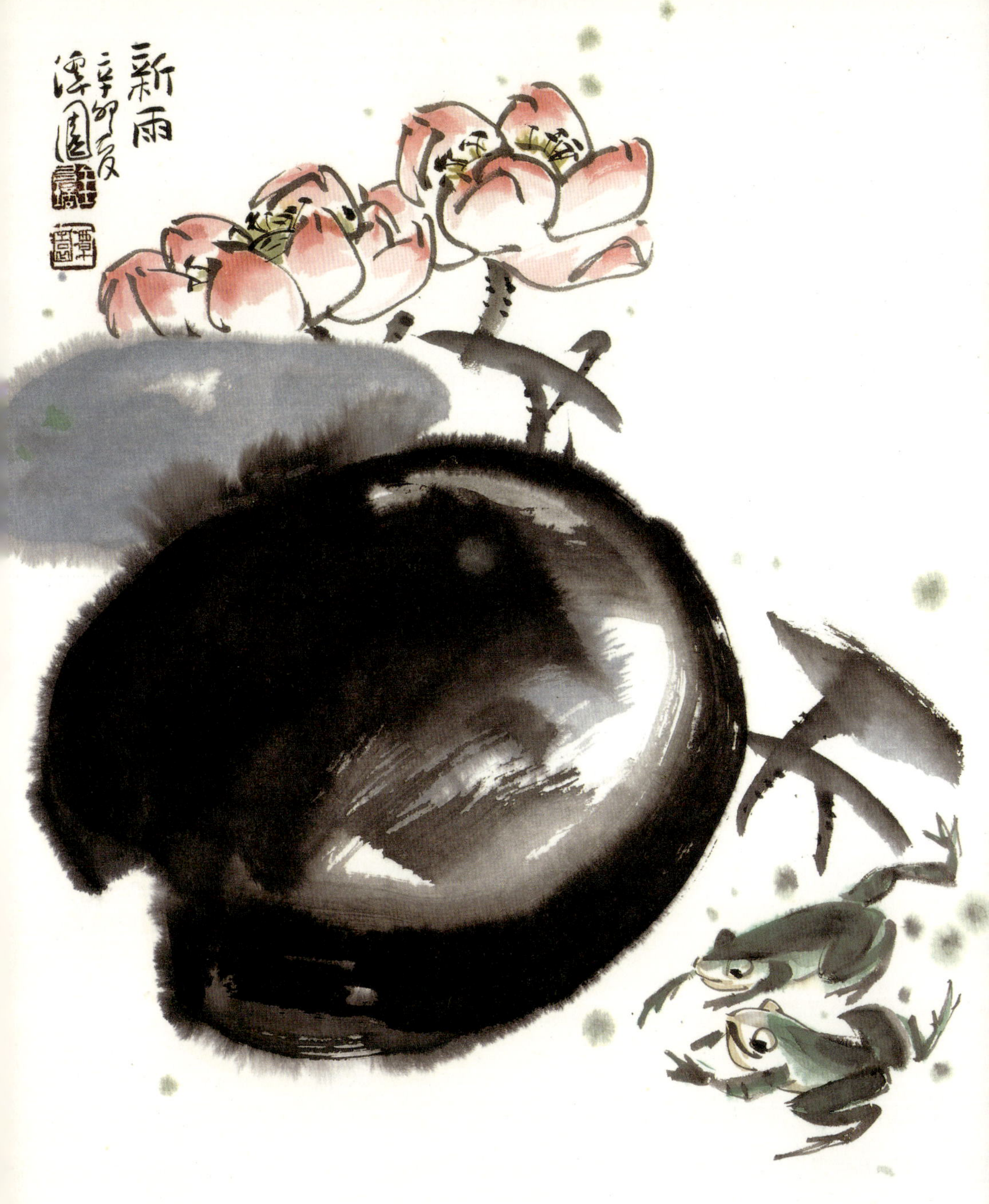
新雨
辛卯夏 澤園

축복의 세상

날마다 변해가는 연못의 빛깔이 그대로 축복의 세상입니다. 벌과 나비들이 연꽃위에서 빙빙 춤을 추면서 연꽃의 봉오리를 벌리고 있습니다.

풀벌레 들은 연 숲에서 노닐고, 물고기들은 수영을 하고 있으며, 새들은 날아서 연 잎 줄기에 왔다 갔다 합니다, 개구리들은 개굴개굴 울며 점프를 준비합니다. 분무기에서 뿜어 나오는 것처럼 새로운 비 소식에 연꽃은 절망합니다. 햇살의 추억이 낯설어 보입니다. 쏟아지는 비에 개구리 세상입니다. 비는 순간순간 새로운 세상을 만듭니다. 창백하던 연꽃, 비 그친 후 연꽃이 붉게 물들어 피었습니다. 신비스런 풍광이 연출합니다. 하루도 낮과 밤이 있듯 시작과 끝이 있습니다.

이제 새로운 맑은 저녁이 되어갑니다.

연못에 산책 나와 놀던 청개구리도 지쳐 풀 베개 삼아 잠든 밤입니다. 나그네는 밤새 시끄런 소리에 잠을 설쳤습니다. 환상적인 연꽃이 여기저기 꽃망울을 터뜨리는 장엄한 의식을 보느라 행복한 밤을 꼬박 새고 말았습니다. 꿈같은 현재를 즐기며 행복한 기쁨을 간직 합니다 .

신우

한지수묵담채 | 50×60Cm | 2011

연꽃은 수중군자

予獨愛蓮之出水淤於泥而不染
濯清漣而不妖
中通外直 不蔓不枝
香遠益清 亭亭淨植
可遠觀而不可褻玩焉

일찍이 송宋대의 주돈이 염계濂溪의 『애련설』에 이렇게 이야기 하였습니다.

멀리서 볼 수는 있어도 멋대로 만만히 하지는 못함을 사랑한다.
나는 홀로 연이 앙금의 진흙에서 나오나 물들지 않고
맑은 물에 씻되 요염하지 않고
속은 통하고 밖은 곧으며 넝쿨 지지 않고 가지 치지 않으며
향은 멀수록 더욱 맑고 정정히 깨끗이 심어져.

연꽃을 사랑한 물새
한지수묵담채 | 50×60Cm | 2011

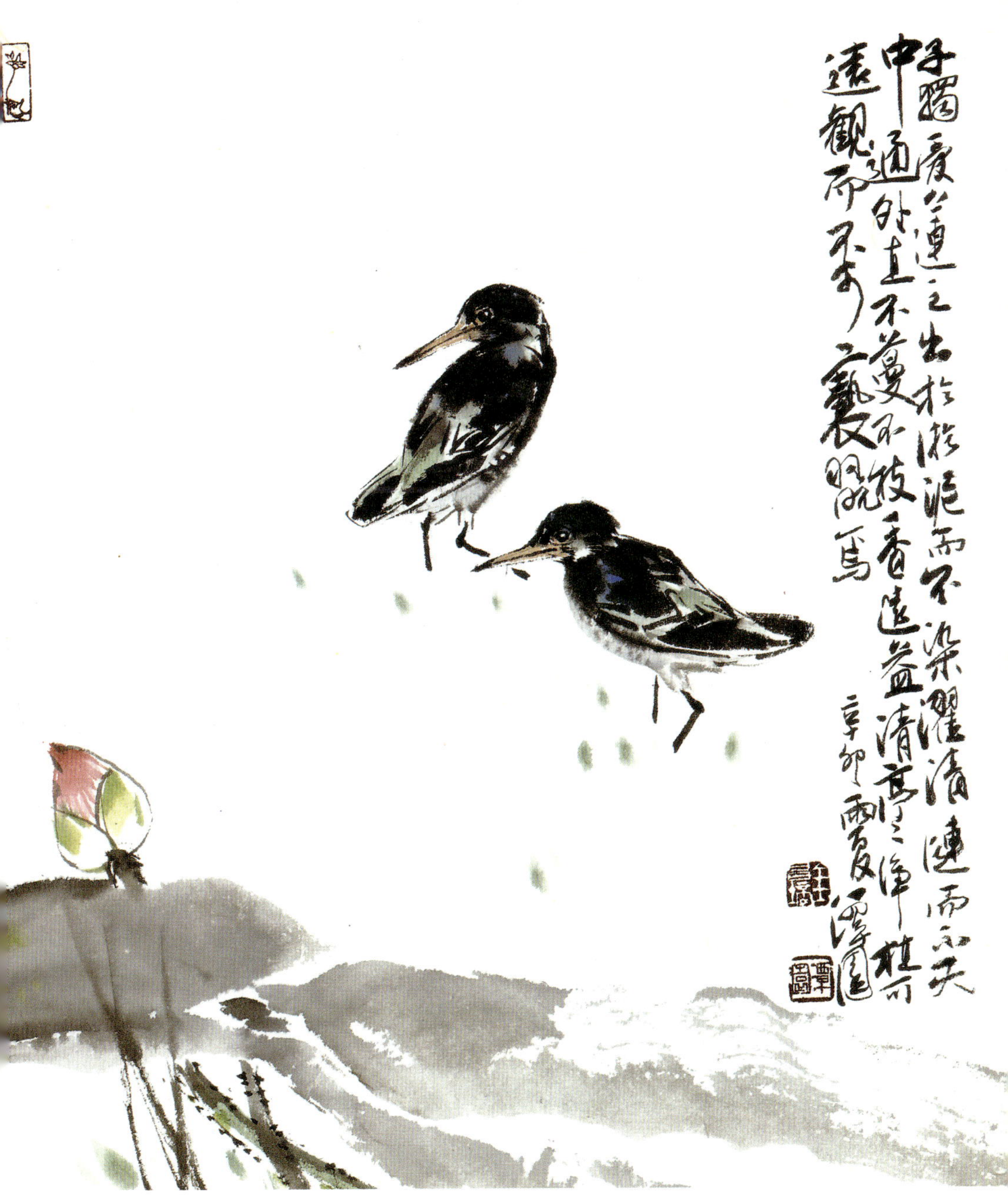
予獨愛蓮之出於淤泥而不染濯清漣而不夭
中通外直不蔓不枝香遠益清亭亭淨植可
遠觀而不可褻翫焉

꽃샘바람이 한차례 다녀가면 봄비가 내립니다. 수면위로 서서히 번지는 봄, 겨울잠에서 잠자고 일어날 나무들에게 생명을 불어 넣어주는 유익한 비입니다. 비가 그친 후 봄과 함께 파릇파릇 하기 전 나그네는 해마다 이맘때면 매화를 찾아 나섭니다.

이른 봄 매화를 보는 것은 내 눈을 맑게 해주는 약이며, 오감을 깨게 하여 주는 샘물입니다. 그래서 봄은 내 영혼을 치유하는 보약과도 같습니다.

그리고 여름이면 연꽃이 보고 싶어집니다. 하늘에 구름이 없으면 여름이 아니며 꽃 없는 들판이라 하겠지요, 연못에 연꽃이 없으면 연못이 아닙니다. 연꽃은 수중군자 군자라 하여 단연 물속에서 자라납니다.

나그네도 자주 연꽃이 필 때면 연당에 찾아가 연과의 대화를 나누는 것을 몇 해 전부터 즐겨왔습니다. 맑은 향기 머금은 연과 마주앉아 한정閒靜을 나누면 심라만상을 전부 얻어 내 것 같습니다. 미처 몰랐던 나그네의 속마음이 그림으로 풍경을 담아가면 말을 겁니다.

봄의 연은 "청전靑錢"이요, 여름의 연을 "청장靑壯" 그리고 가을의 연을 "청상靑孀" 이라 했습니다.
진흙에서도 물들지 않는 처염상정處染常淨, 상징의 연꽃입니다.

그림을 봅니다.

청정무구淸淨無垢한 성품을 지닌 연꽃은 이제 막 필 무렵에 한 쌍의 물새 연당 호숫가에 찾아와 은거하며 시간을 보내고 있습니다. 여름이 깊을 수록 연꽃은 하늘을 향해 올라 가다가 때론 고개를 숙여 연향을 사방에 내놓아 더욱 짙어집니다.

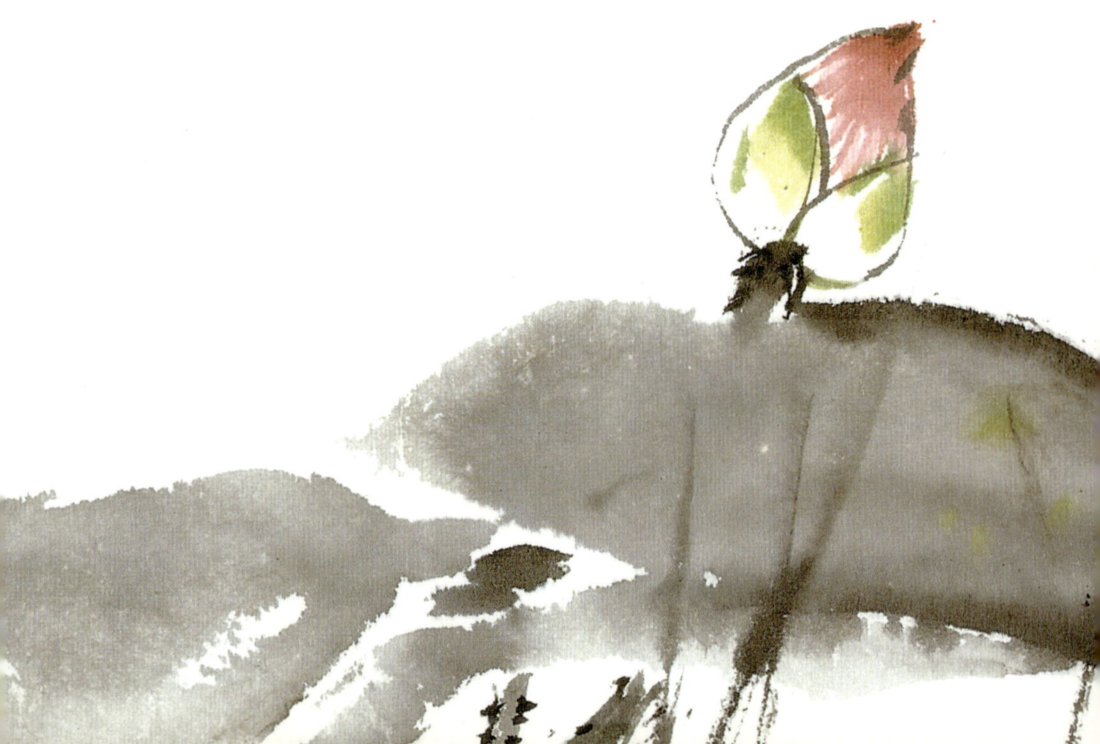

덧없는 인생은 꿈만 같아

난설헌 허초희(1563~1589)는 조선 중기의 시인으로 강릉 초당에서 당대의 석학인 초당 허엽의 셋째 딸로 태어나, 허균의 누이로 27세의 짧은 생을 살다간 여류시인, 여성을 박대 시 하는 사회에 살다간 세 가지의 슬픈 사연을 남기고 갔습니다. 그는 어느 날 붉은 연꽃 스물일곱 송이가 지는 꿈을 꿉니다. 그리고 꿈에서 본 대로 붉은 연꽃처럼 세상을 등지고 맙니다.

허난설헌은 잠에서 깬 뒤 꿈속 광상 산 에서 두 여인과 지었던 시를 기억하여 시를 지었습니다.

푸른 바닷물이
하늘 바다로 스며들고
푸른 난새는
오색 난새에게 기대고 있다.

연꽃 스물일곱 송이
붉게 떨어지니
달빛이
서리 위에 차갑기만 하다.

처간심연유어

한지수묵담채 | 50×60Cm | 2010

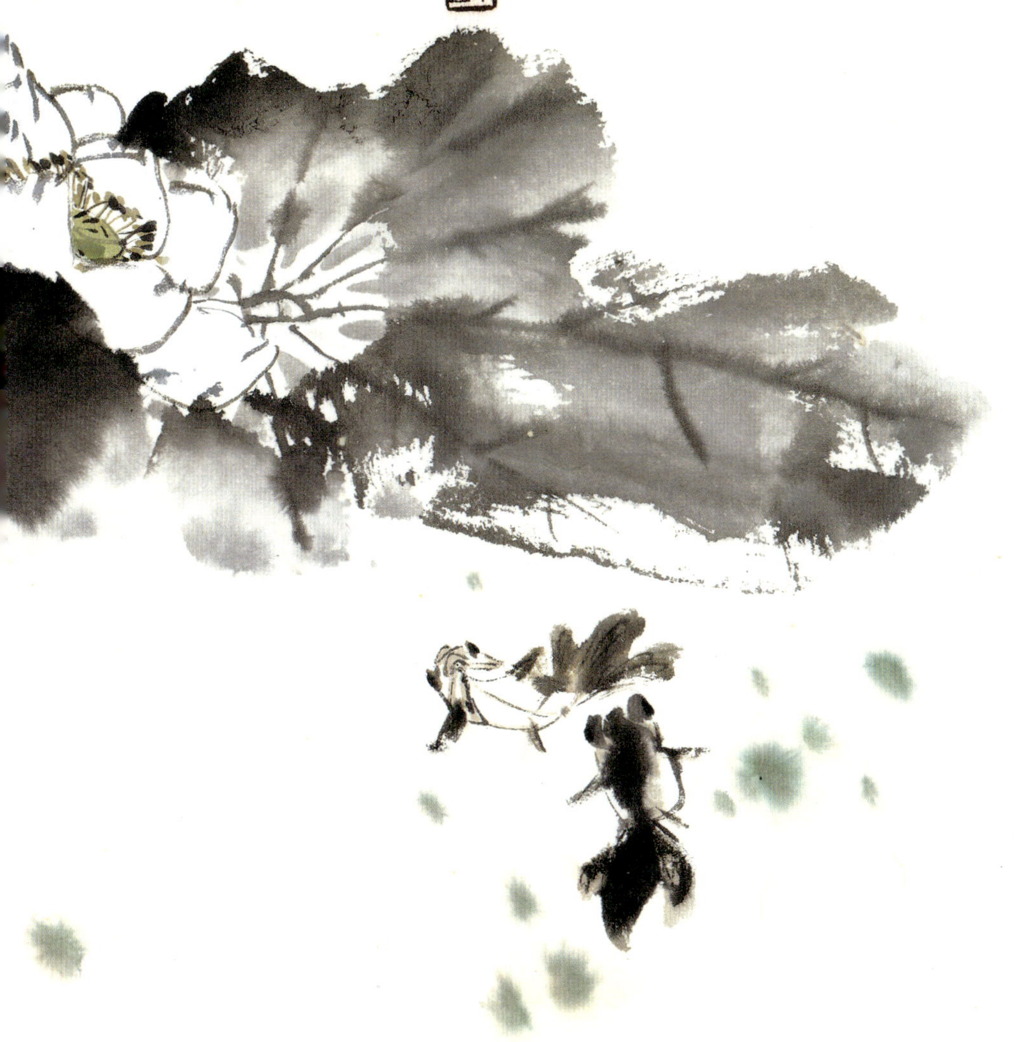

그런 뒤에 난설헌은 스물일곱 살이 되던 해, 갑자기 목욕을 한 후 새 옷을 갈아입고서 집안 가족들에게 오늘이 바로 삼구 홍타紅墮 이십칠의 수에 해당하는 날이며, 연꽃이 서리에 맞아 붉게 되어 떨어진 날이라고 하고서는 홀연히 눈을 감았다고 합니다. 아무런 병도 없이 고요히 한 많은 세상을 떠나갔습니다.

난설헌은 떠났지만 그의 주옥같은 문장은 천추에 향기로 남아 심금을 전해 줍니다. 그는 초당 주변의 연못에서 연꽃과 연자를 채취採蓮曲하며 다음과 같은 시를 노래하였습니다.

맑고 넓은 가을 맑은 호수
푸른 옥빛 같은 물 빛나는데
연꽃 가득 핀 그윽한 곳에
목련 나무 배蘭舟를 한척 매어두었네
님 을 보자 호수 건너에
연밥을 따서 던졌지
혹 누가 보진 않았을까
반나절 내내 부끄러웠네.

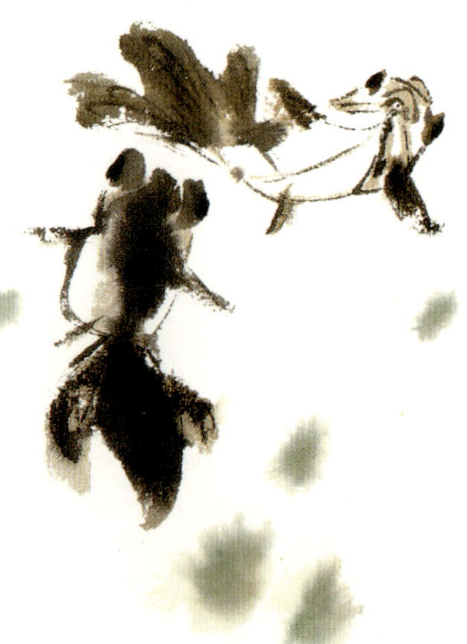

이렇게 한번 살고 싶었건 만을 남기고 간 조선시대 대문호 난설헌 허초희는 "순금의 영혼을 가지면 세상이 하나도 두렵지 않다고 했습니다. 바로 그것이 삶이다" 라고도 했습니다.

그는 짧은 생을 살다 갔지만 그 누구보다도 많은 시를 짓고 글과 그림을 그리며 아름답게 살고 싶은 꿈을 꾸었습니다.

연꽃을 보면 조선시대 대문호 난설헌 허초희와 중국 대문호 임어당이 극찬한 부생육기의 저자 심복과 운이 가 생각납니다.

운이의 남편 심복은 비단주머니 속의 아름다운 구절들이 금낭가구錦囊佳句에 전해집니다. 부생浮生, 수면 에 뜬 상태로 살아가는 식물을 뜻합니다. 덧없는 인생 이란, 되돌아보면 모든 것이 꿈인 듯 아득하기만 한, 생애의 짧은 즐거움과 끝없는 슬픔을 이야기하려는 생각에서 이백李白의 글에, "덧없는 인생은 꿈만 같아, 즐거움을 얼마나 누리리" 라는 말에서 택한 것이라 합니다.

짧은 생을 살다간 난설헌 허초희 의 영혼에 스물일곱송이 홍련 꽃을 묶어 바칩니다. 그리고 운이와 심복에게도 연차를 달여 헌다를 하고 두 손을 모읍니다.

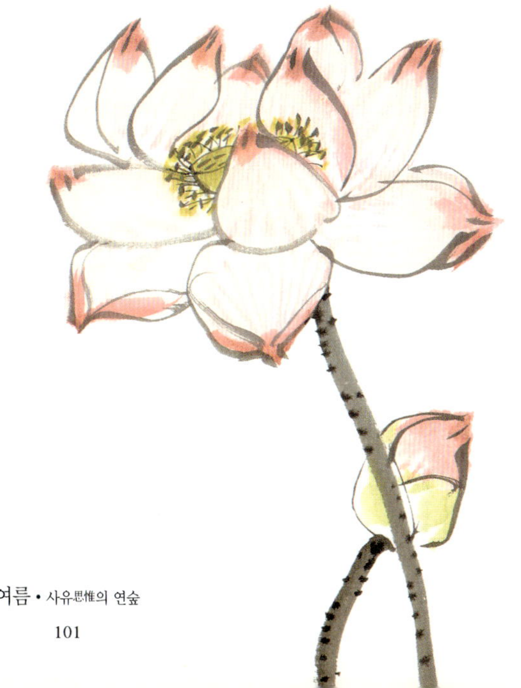

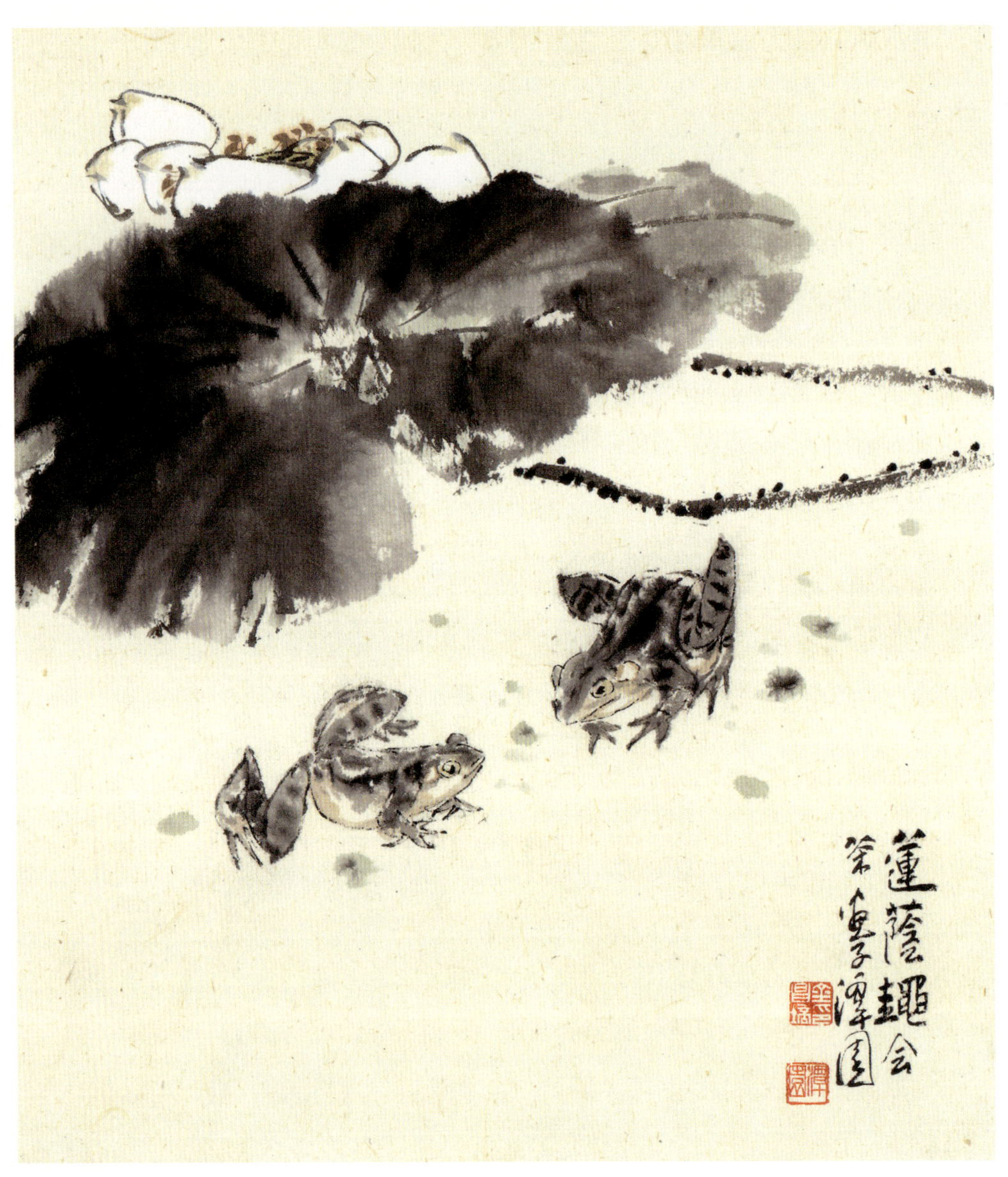

연음와회

한지수묵담채 | 50×60Cm | 2010

생자필멸生者必滅

올해 여름은 비가 끝임 없이 쪽빛 하늘을 어둡게 가리고 세상을 적셨습니다. 그러나 언젠가는 분명 그 비도 그치고 하늘을 바라 볼 수 있다는 것을 알았습니다.

생자필멸生者必滅 살아있는 동식물이건 자연은 언젠가는 반드시 끝이 있다는 이야기입니다. 끝이 있으면 또한 새로운 시작이 있는 법입니다.

예부터 궁궐이나 집이든 대문밖에는 연못을 파고 버들나무를 심거나 연꽃을 심었습니다. 버들나무는 집안의 수맥을 밖으로 돌리고 연못은 외부로부터 화기가 들어오는 것을 막기 위한 수단 이었다고 합니다. 중동의 이집트인들은 연꽃의 성스러운 신의 향을 연꽃에서 태양이 탄생했다고 합니다. 대륙 중국에서는 군자로 표현하였으며, 우리나라는 불교에서 신성시 되어 사찰의 경내에 심고 연의 청청함과 극락세계로 표현 하였고, 연화는 다산과 생명의 창조로 영원불화로 사랑하였습니다.

밤이 되면 꽃잎을 닫고 새벽이면 햇볕을 받아 다시 피어나는 연꽃, 죽음과 탄생을 반복합니다. 힘과 생명의 잉태 사랑과 생식의 상징을 말하기도 합니다.

연음와회, 개구리 한 쌍이 사랑을 나누고 있습니다. 다른 때는 시끄럽게 울어 대더니 오늘은 왠지 조용합니다. 연잎 아래서 짝을 만나는 날입니다.

서늘한 여름 냄새가 바람에 실려 연잎이 반짝입니다. 비가 오는 날이면 개구리들은 제일 좋아하는 세상입니다. 개구리들과 대화를 갖고 저 산책을 나서니 한낮 향기실린 비를 맞으며 개구리를 조우하여 오후 내내 친밀한 회담을 가져봅니다. 초록색 연못 신전에 앉아 묵상에 잠겨봅니다.

한 송이 연꽃이 피기 위해

불교 최고의 경전인 "묘법연화경" 불교의 근원적 가르침을 연꽃으로 비유하고 있으며 빛과 생명 탄생과 회생의 상징으로 깨달음과 정토로 상징합니다. 물이 풍부한 연못, 청결하고 맑은 향을 지닌 연꽃을 찾아온 개구리 청청한 연꽃 위에 가부좌 틀고 앉아 깨달음에 이른 수행자의 모습입니다. 개구리 소리 한번 우니 연꽃이 내밀고 두 놈이 합창을 하니 연꽃 두 송이 천천히 피어납니다. 한 쌍의 개구리 가족을 멋지게 포착한 풍경입니다. 개굴개굴 좌선을 마쳤으니 짝을 부르고 있습니다.

송대宋代 주돈이 염계濂溪의 애련설愛蓮說을 보면, "물과 뭍의 초목의 꽃이 사랑스런 것이 심히 많다. 진나라의 도연명은 홀로 국화를 사랑하였고, 이 씨의 당나라에서 오면서 세인이 모란을 심히 사랑하였다. 나는 홀로 연이 앙금의 진흙에서 나오나 물들지 않고, 해 맑은 물에 씻기어도 요염하지 않고...

"한 송이 연꽃이 피기 위해 갖은 부대낌 속에 겪어나는 연꽃. 명대에 고원경이 쓴 '운림유사'의 연꽃 차 만드는 방법엔, 아침 해가 뜨기 전, 연못 가운데로 가, 차를 넣은 다음, 다음날 일찍 연꽃에서 차를 꺼냅니다. 백색 연꽃으로 차茶를 만들어야 그 향과 맛을 즐겼다고 전해집니다.

백색의 연 꽃 두 송이 오롯이 내밀고 있습니다. 이제부터 신령스런 화사한 연꽃의 세상입니다.

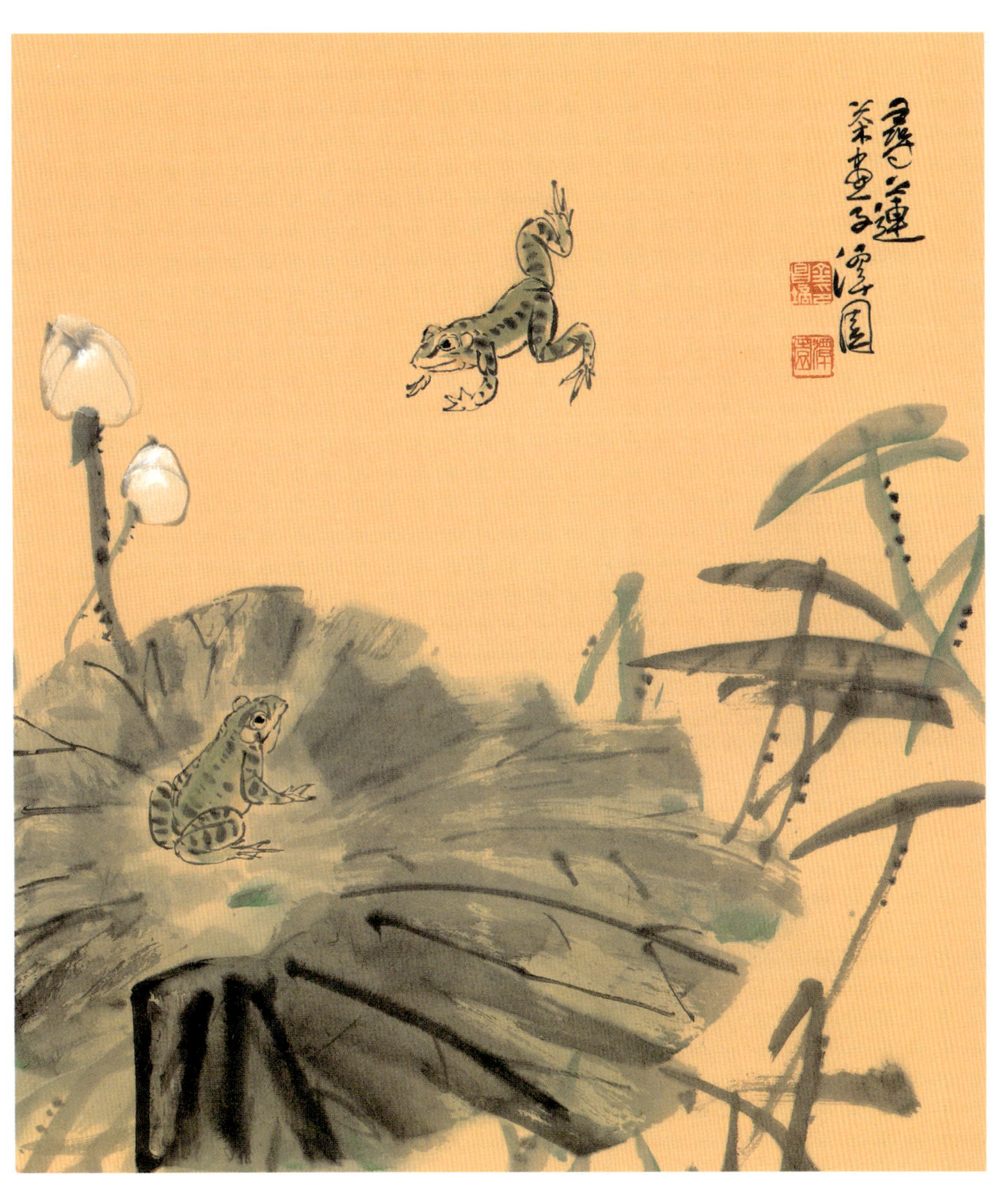

심연尋蓮

한지수묵담채 | 50×60Cm | 2010

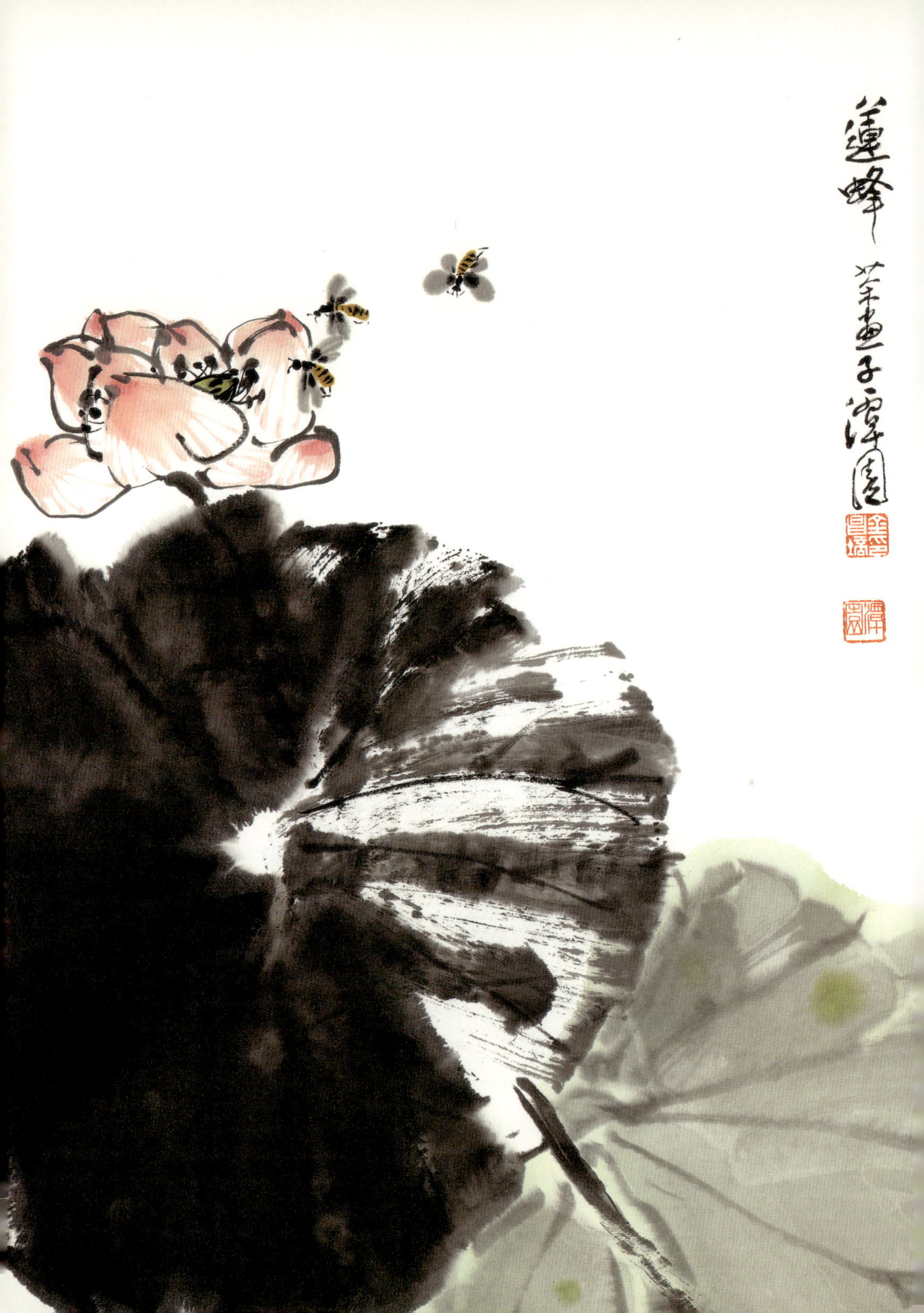
蓮蜂

여름이 오면

대 자연의 모든 식물들의 절정기는 꽃이 핍니다. 연꽃도 마찬 가지입니다. 연자를 생산하기 위하여 겨울에도 땅속에 내린 연뿌리는 기운을 차립니다. 뿌리들은 서로가 한 뿌리임을 알면서 몸이 닿더라도 다투거나 미워하지 않으며 서로 상부상조하면서 봄을 기다립니다.

스스로 꽃을 피우는 식물들은 우리 인간들이 눈길을 주지 않아도 활짝 핀 꽃으로 세상에 얼굴을 꽃이 되어 태어납니다.

성장과정에 봄, 여름, 가을, 겨울의 사계와 바람, 비, 가뭄, 태양, 어두움 등. 고루 몸을 맡기면 새싹이 돋고 자라 꽃이 피고 벌과 나비가 날아와야 수정이 되고 열매가 맺습니다.

연꽃에는 벌이 날아들어 생명력이 줍니다. 그리고 풍성한 연자의 열매를 맺습니다.

살포시 연꽃 향기 속으로 날아드는 벌. 이제 연당은 축제의 현장이 되는 것입니다. 여름이 오면 연꽃에 찾아온 축제가 시작이 됩니다.

연봉

한지수묵담채 | 50×60Cm | 2010

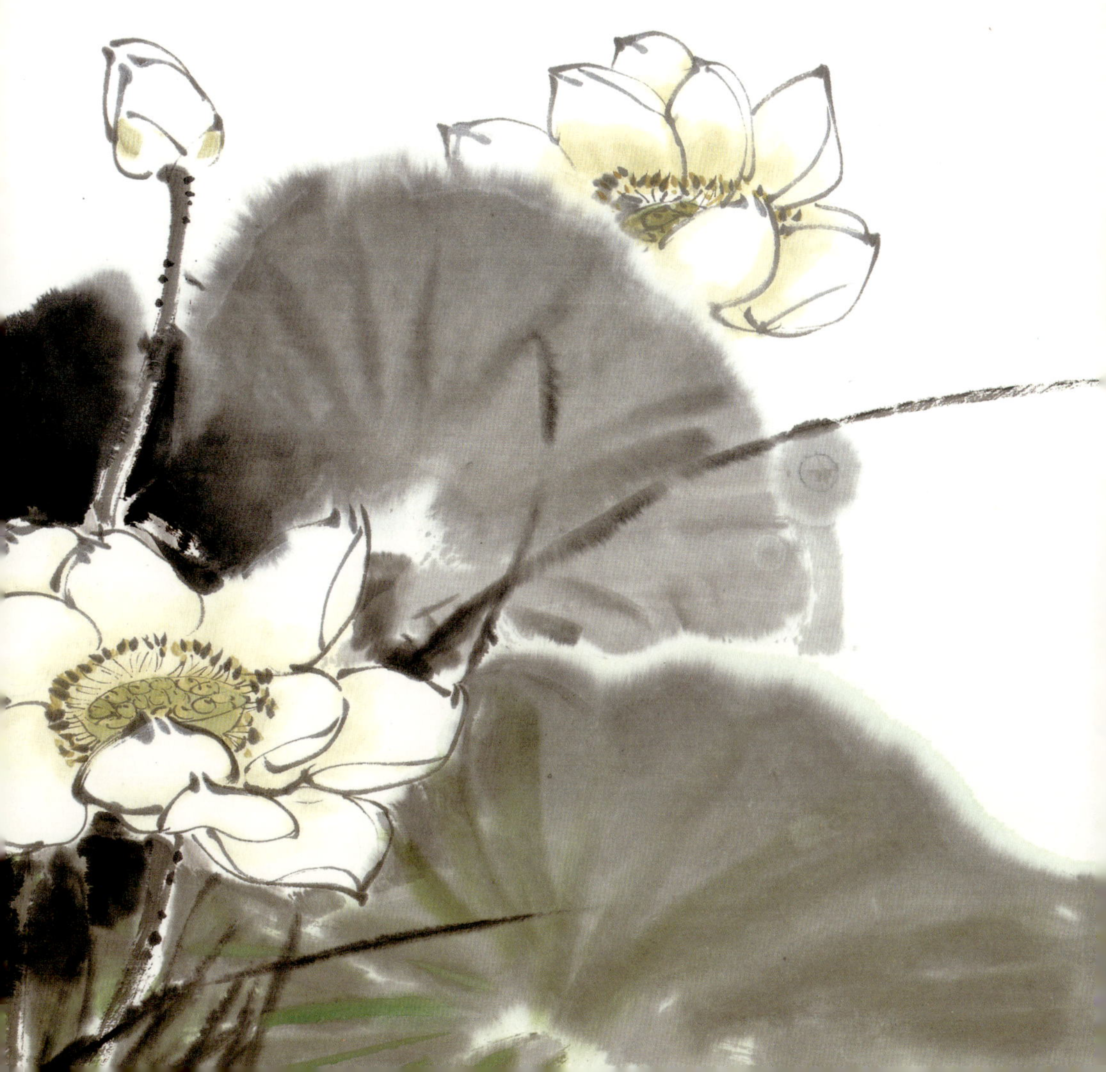

부평초

불교의 대표적 경전인《묘법연화경》의 이름도 이런 연꽃의 청정과 불염의 성질에 비유 한 것입니다. 기록에 의하면 연蓮은 빙하기를 견뎌낸 원시 현화식물顯花植物이라 합니다. 또한 연꽃을 청정, 불염不染, 초탈, 불타 탄생의 상징물로 인식하였습니다. 연꽃은 우리들의 마음을 맑게 합니다. 그 이유는 새벽의 청청한 기운을 받아야 연꽃이 활짝 피어나고 이때라야 홀로 꽃이 벌어지는 모습을 볼 수 있습니다.

동트는 새벽
새벽의 기운이
연못을 점화하여
혼자서 피었네.

연꽃이 드디어 새벽부터 피기 시작한 것입니다, 연화장의 세계, 넓은 연못을 가득 메운 연꽃의 바다, 화엄경에서 "향수가 가득한 바다에 거대한 연꽃이 떠 있고, 그 연꽃 속에 비로자나불 여래가 사는 화장장엄세계해華藏壯嚴世界海가 있다고 하며, 불교에서 연꽃이 피는 세계를 낙원으로 여겼습니다.

연못을 점화

한지수묵담채 | 50×60Cm | 2011

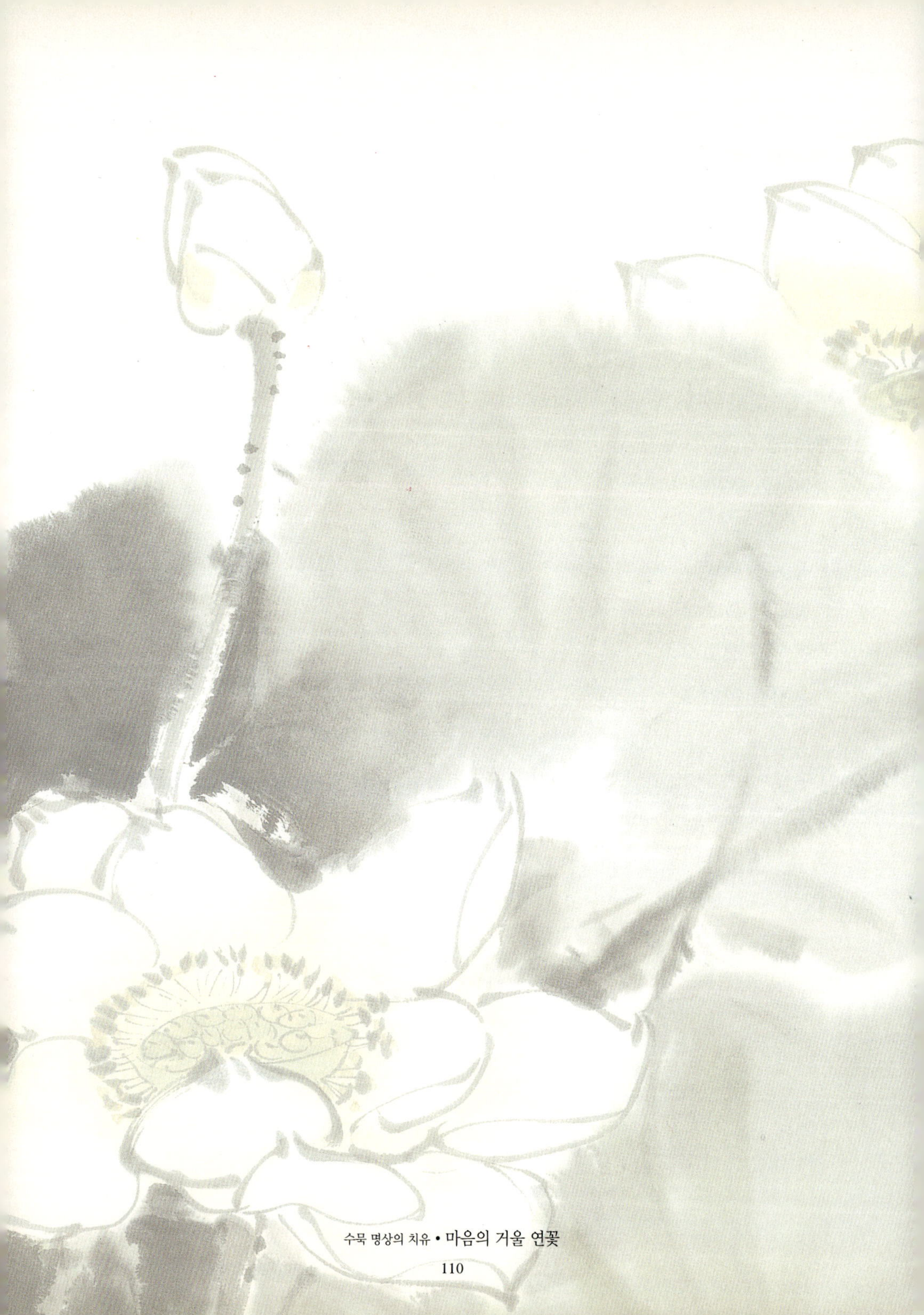

바람이 불면 연못 숲이 통째로 흔들립니다. 그리고 물에 뜬 부평초는 연못위에 사방으로 흩어지고, 연꽃과 연잎은 한줄기로 힘을 지탱하고 나란히 서있습니다.

부평초浮萍草란 물 위를 떠다니는 풀을 말하며, 개구리밥을 주로 부평초라 하지만 개구리밥이란 이름은 올챙이가 이 풀을 먹는다고 붙은 이름입니다.

연당 전체를 메워버린 부평초는 햇빛을 막아도 연꽃은 아무런 말이 없습니다. 부평초는 고여 있는 연못이나 연꽃이 핀 물 위에 떠서 살고 있습니다. 어디 한 군데 뿌리를 내리지 못하고 떠도는 삶을 "부평초 같은 인생"이라고도 합니다.

부평초는 단순구조입니다. 물 위에 잎이 한두 장 떠 있고 물속으로 뿌리를 내리고 있습니다. 씨앗을 만드는 식물 중에서는 가장 크기가 작은 것이 이 부평초 무리입니다.

우리가 떠돌이라고 여기는 부평초의 삶은 결코 단순하지가 않습니다. 작은 생명 하나에도 전략이 있고 순응이 있는 것입니다.

비오는 소리

파도가 이는
마음속의 물결을
가라앉히며
피려는 연꽃잎을
지금은 기다리네.

이시는 일본 와카의 명인 사이교가 연꽃을 노래한 짤막한 시입니다.

연꽃 봉오리 열기 시작할 무렵 마음속의 잡념을 버리고 피려는 연꽃잎을 간절히 지켜보고 있는 나그네의 마음과 같습니다.

고요하기만 하던 초록의 연못에 바람이 붑니다. 연꽃도 연잎도 바람이 흔들어 대더니 억수 같이 비를 뿌립니다. 저렇게 내리는 비 맞고 연잎들이 다 떨어지겠구나, 찾아들던 벌도 나비도 잠자리도 비가 내리니 볼 수가 없네, 하루 종일 내리는 장맛비를 피해 연잎 사이에 내려와 그 밑에 그림처럼 비를 피하는 여름새 한 쌍 날아들어 연잎에 깃든 새, 늦도록 날지 않고 비 그치길 기다리며 휴식을 취하며 사랑을 노래하고 있습니다. 습도와 강수량이 증가하여 천둥·번개를 동반하는 악천후惡天候가 계속됩니다. 장맛비는 매실 영그는 계절에 내리는 비라 해서 매우梅雨라 하며, 비 내리는 풍경을 일본의 바이우梅雨, 중국의 메이유梅雨라 합니다. 매우梅雨비오는 소리를 들으며 마음의 때를 씻어내는 기쁨을 만끽합니다.

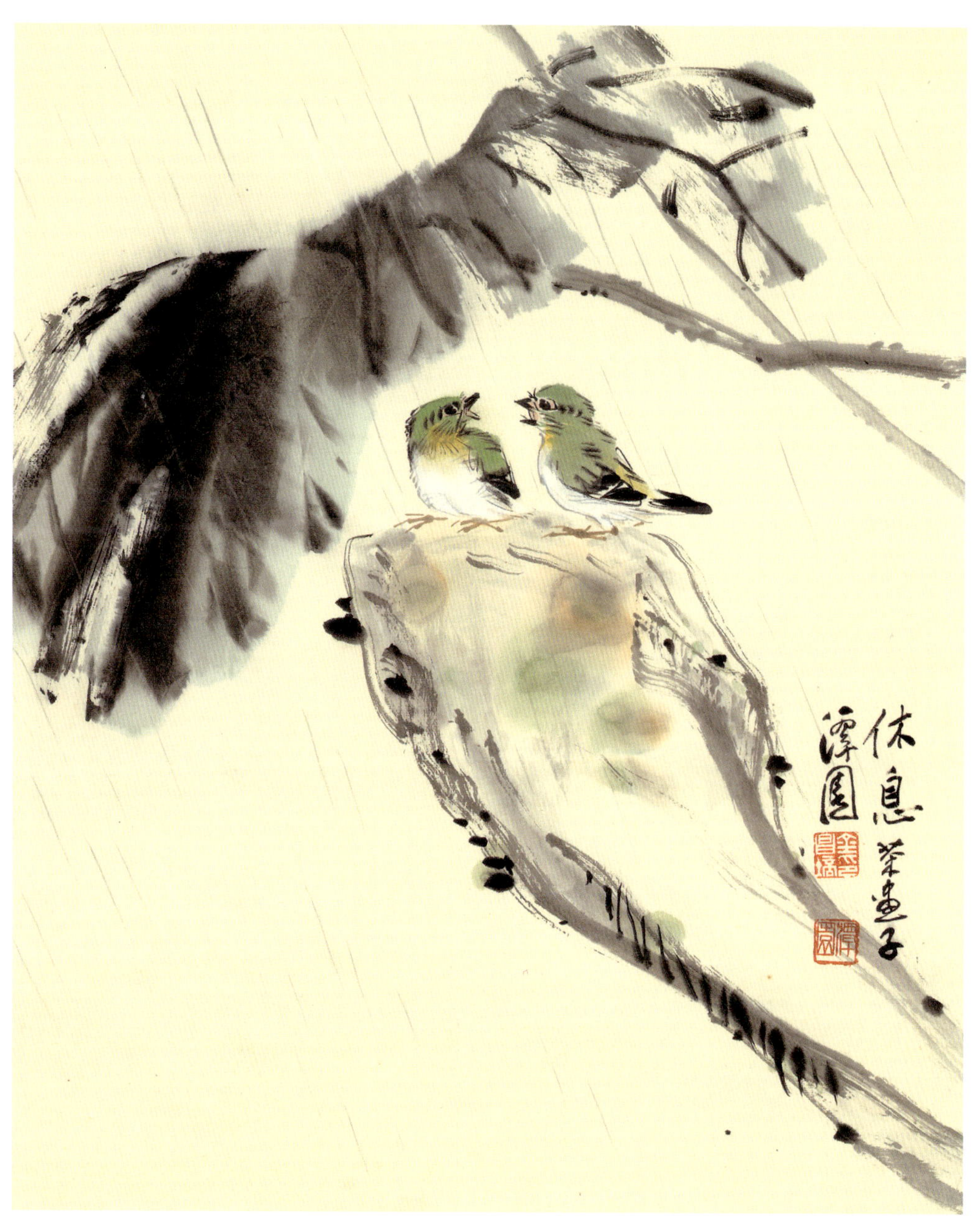

휴식

한지수묵담채 | 50×60Cm | 2010

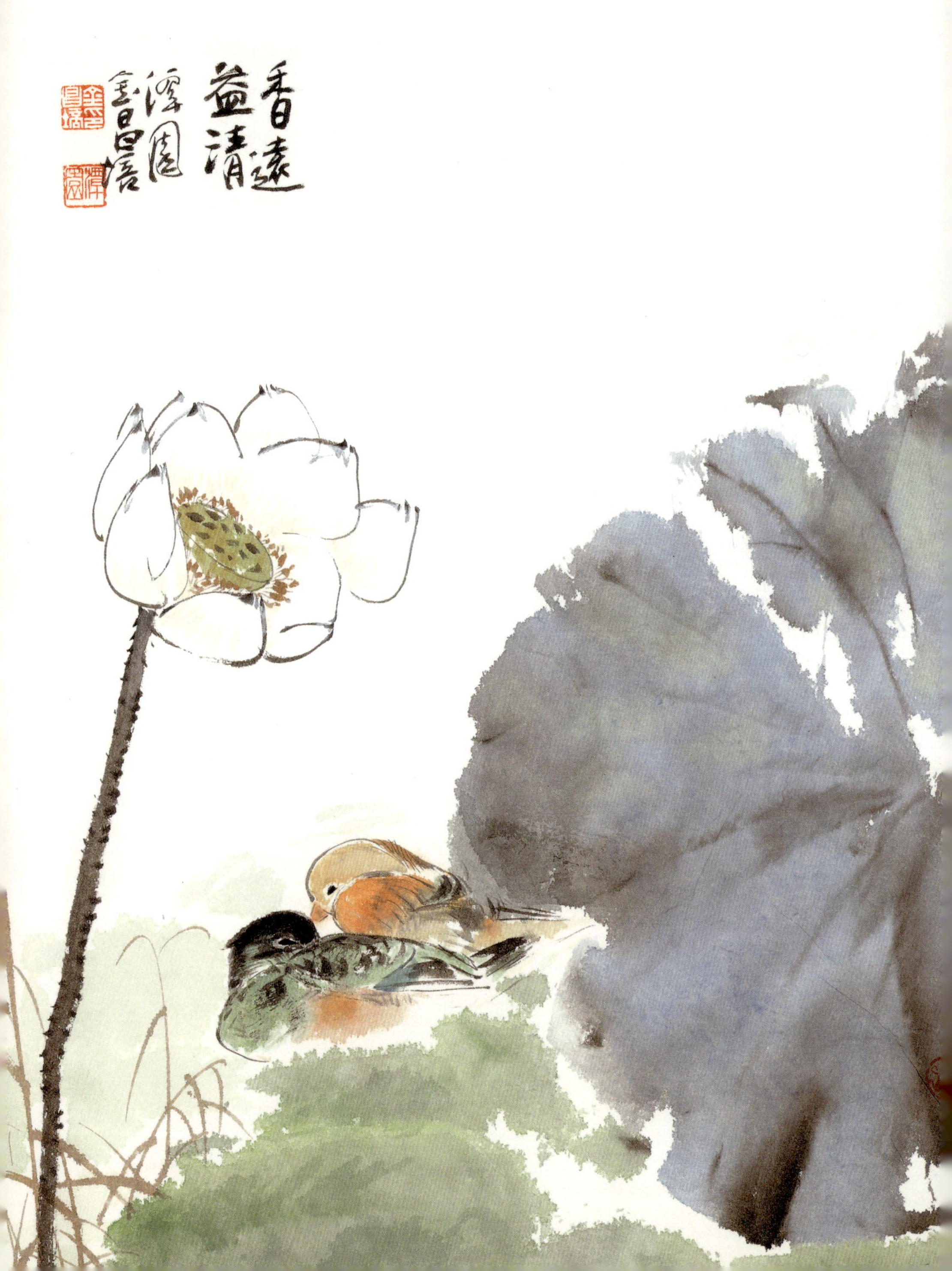

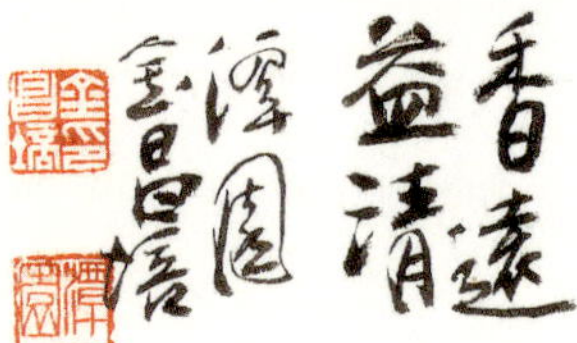
香遠
益清

연밥 따는 아가씨

연을 딸 땐 화장도 않더니
달이 뜨니 어인 일로 노를 젓는가?
연꽃 무더기엔 가지를 마오
꽃 사이에 원앙새 노느니.

일찍이 송나라 하응용이 쓴 『채련곡』이란 시에서 노래를 하였습니다.

송대의 주돈이 쓴 애련설에는 이렇게 이야기하고 있습니다. 속은 통하고 밖은 곧으며 넝쿨 지지 않고 가지 치지 않으며 향은 멀수록 더욱 맑고 정정히 깨끗이 심어져 멀리서 볼 수는 있어도 멋대로 만만히 하지는 못함을 사랑한다. 향원익청香遠益淸 더욱 사랑을 받아서 군자들의 우정을 이야기할 때 많이 쓴다. 향기는 더욱 멀수록 맑다고 했습니다.

향원 익청

한지수묵담채 | 50×60Cm | 2010

'연의 한자는 蓮. 艸+連'은 원래 그 '열매(연밥)'을 뜻하는 글자이지만, '연憐, 연戀'과 독음이 같아 '사랑'이나 '그리움'을 뜻하는 말로 대신 쓰이기도 합니다.

'연애憐愛, 연모戀慕'의 뜻이 담겨있다고 할 수 있습니다.

'채련採蓮'이라는 문자는 '마음 이끌리는 사람을 만나 인연을 맺는 다'는 뜻을 갖고 있는 것 같습니다.

흔히 이태백이라고 부르는 당나라 시대의 시인, 1300여 년 전에 이백은, 채련곡 (연밥 따는 아가씨)을 지어 시에서 이런 말을 한 적 이 있습니다.

약야계 주변에서 연밥 따는 아가씨는
연꽃 사이 미소 띠고 벗과 속삭이네
햇볕은 고운 얼굴 물 밑까지 비추고
향기로운 소맷자락 공중에 날리네
뉘 집 젊은이들 인지 연못 기슭에
수양버들 사이 삼삼오오 아른거리다
날리는 꽃잎 속 말 울리며 사라지니
이를 보고 설레다 공연히 가슴 아프네.

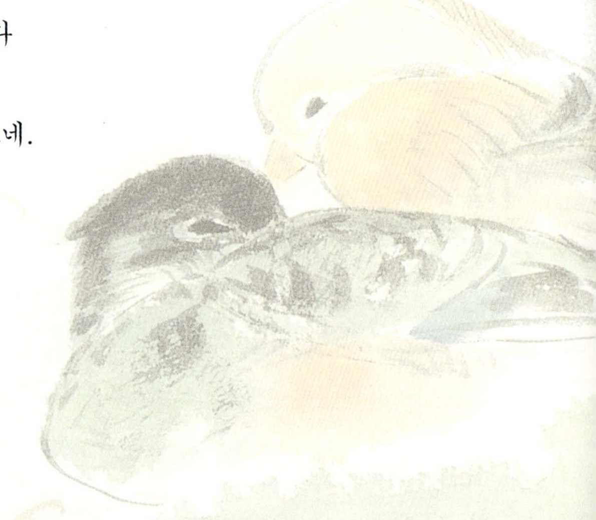

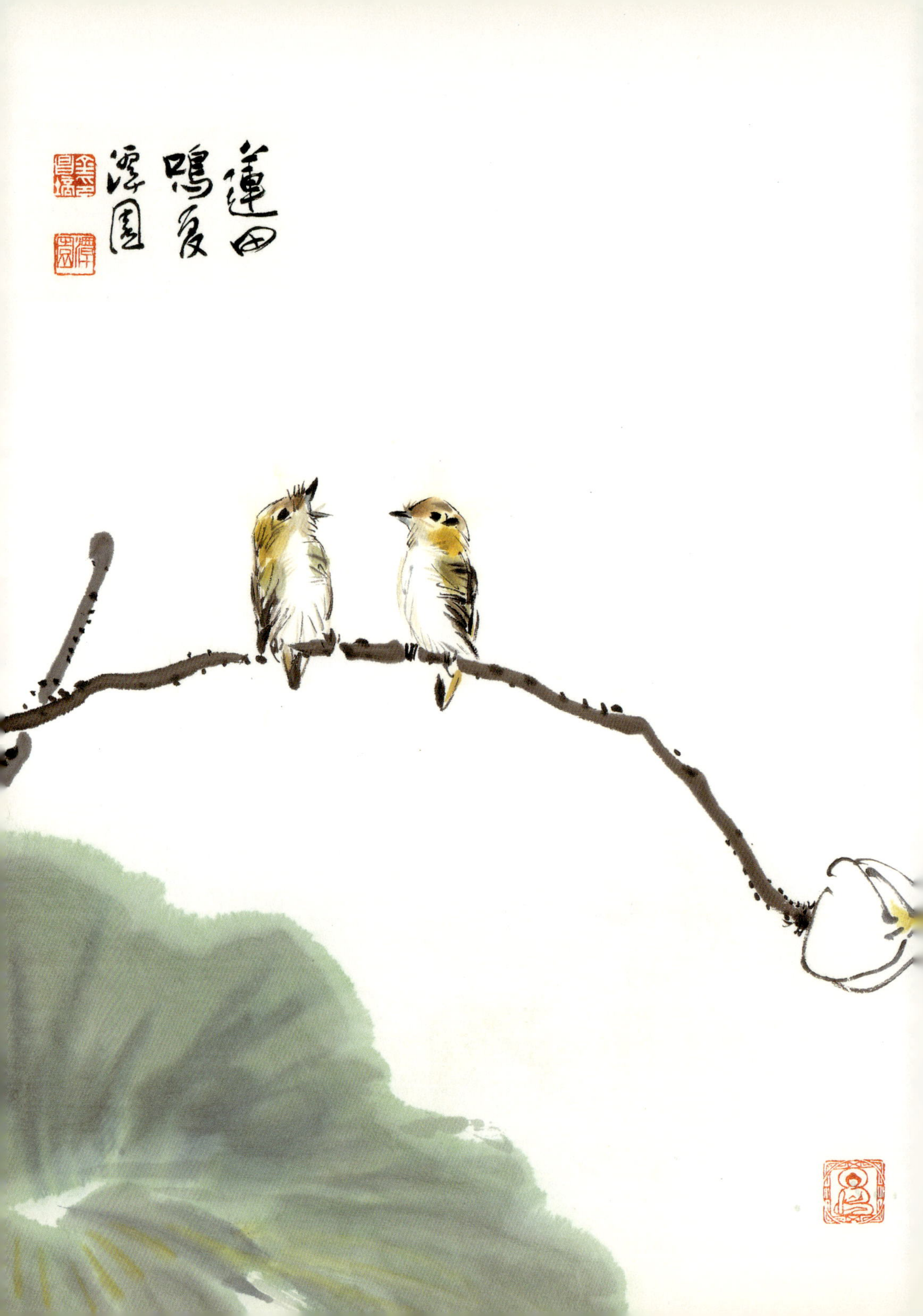

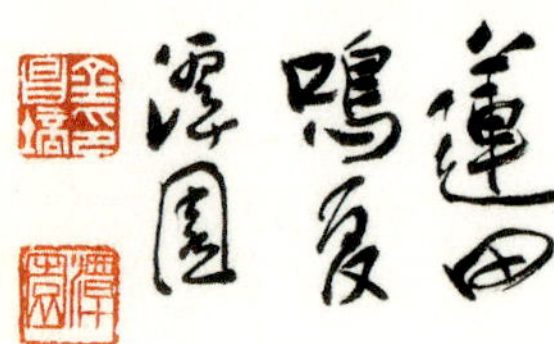
蓮田鳴夏
澤園

고난과 법열의 경지

여름의 중심 연 밭에 버들잎이 짙어지면 연당은 푸른 돈이 깔리면서 갖나온 말린 연잎은 수줍고 초라한 모습이었는데 어느새 파아란 큰 쟁반처럼 펴졌습니다. 앙증스런 풍광을 자랑 하는 것이 연꽃입니다. 살랑 살랑 꽃 샘 바람이 부문대로 연꽃이 움직이는 풍하風荷. 새 한 쌍 꽃잎 줄기에 지탱 하게 해 쉴 수 있도록 장소를 제공 해주니 넉넉한 자비를 베풀고 있습니다. 연 숲의 새는 게으른 모습을 볼 수 가 없습니다. 새는 아름다운 노래를 부릅니다. 방금 전 까지만 해도 분주히 오가며 벌레를 잡아먹던 그 부리로 영롱한 소리를 내고 있습니다. 이제 막 피어난 백련 한 송이 그 자세는 화사한 듯 청초한 나 홀로 진흙 속에서 나왔으니 물들지 아니하고 맑은 잔 물 결에 요염치 아니합니다.

오래전 고려의 문신으로 최해(1287~1340)는『풍하風荷』청초한 아름다움을 풍미한 시에서 다음과 같이 노래를 하였습니다.

맑은 새벽 목욕을 겨우 마치고
거울 앞 힘에 겨워 몸 못 가누네.
천연스레 너무나 고운 그 모습
단장하지 않았을 제 더욱 어여뻐.

연전명하

한지수묵담채 | 50×60Cm | 2010

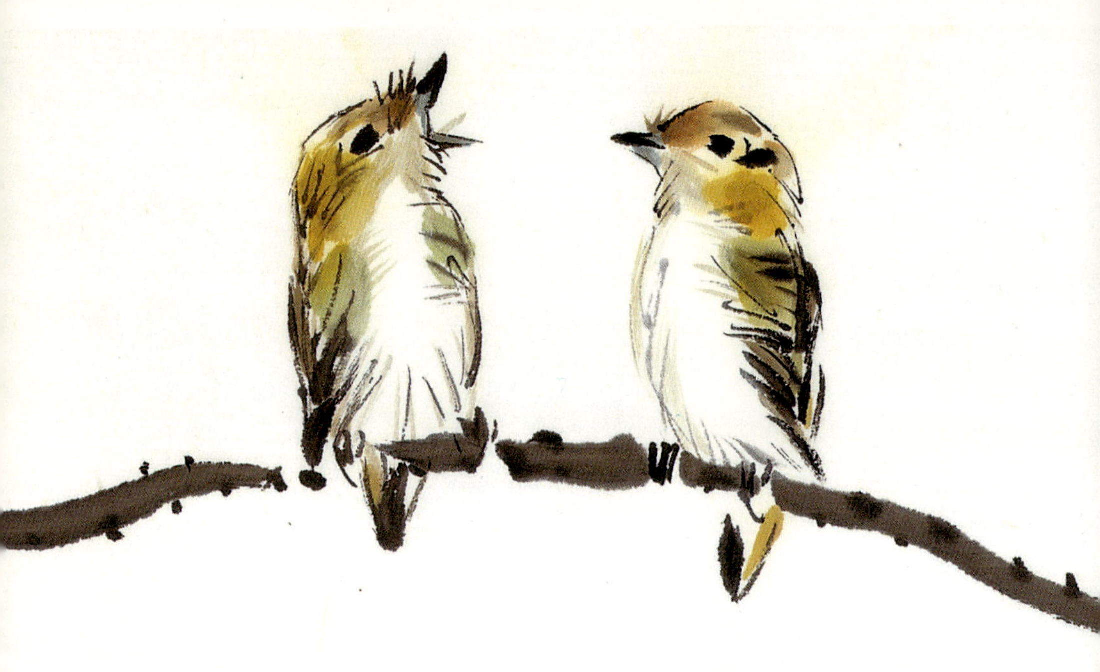

또한 최해는 우하雨夏란 시에서, 연잎에 모인 빗물방울이 구슬 되어 떨어지는 모습을 원재의 탐욕에 비겨 시로 승화시킨 것이 실로 아름답습니다.

푸른 연잎으로 만든 됫박 많은 빗방울이
맑은 옥구슬 되어 푸른 연잎 위에 굴러 떨어진다.
한참 모였다가 무거워 지면
연잎이 기우뚱하며 수면위로 구슬 되어 쏟아진다.
구슬을 되는 됫박은 하나 둘이 아니다.
수면 위로 나온 연잎마다 됫박질이 이루어진다.
종일 비가 내린 뒤 연못은 그렇게 주워 담은 구슬로 가득해진다.

이른 새벽이슬을 가득 머금은 연꽃 한 송이 연잎 사이로 봉곳이 내 밀었습니다 .

연당에 한 자락 바람이 지나자 이슬이 영롱한 구슬이 되어 가운데에 모아지니 방긋한 웃음을 보입니다. 한 송이 연자를 생산키 위해 엎치락덮치락 고난과 법열의 경지입니다. 연꽃을 보며 나그네도 마음에 묻은 때를 씻습니다.

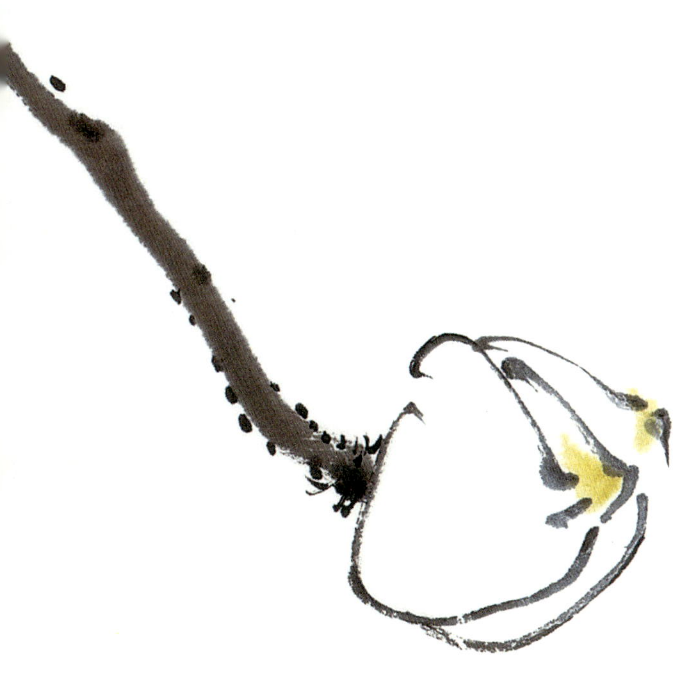

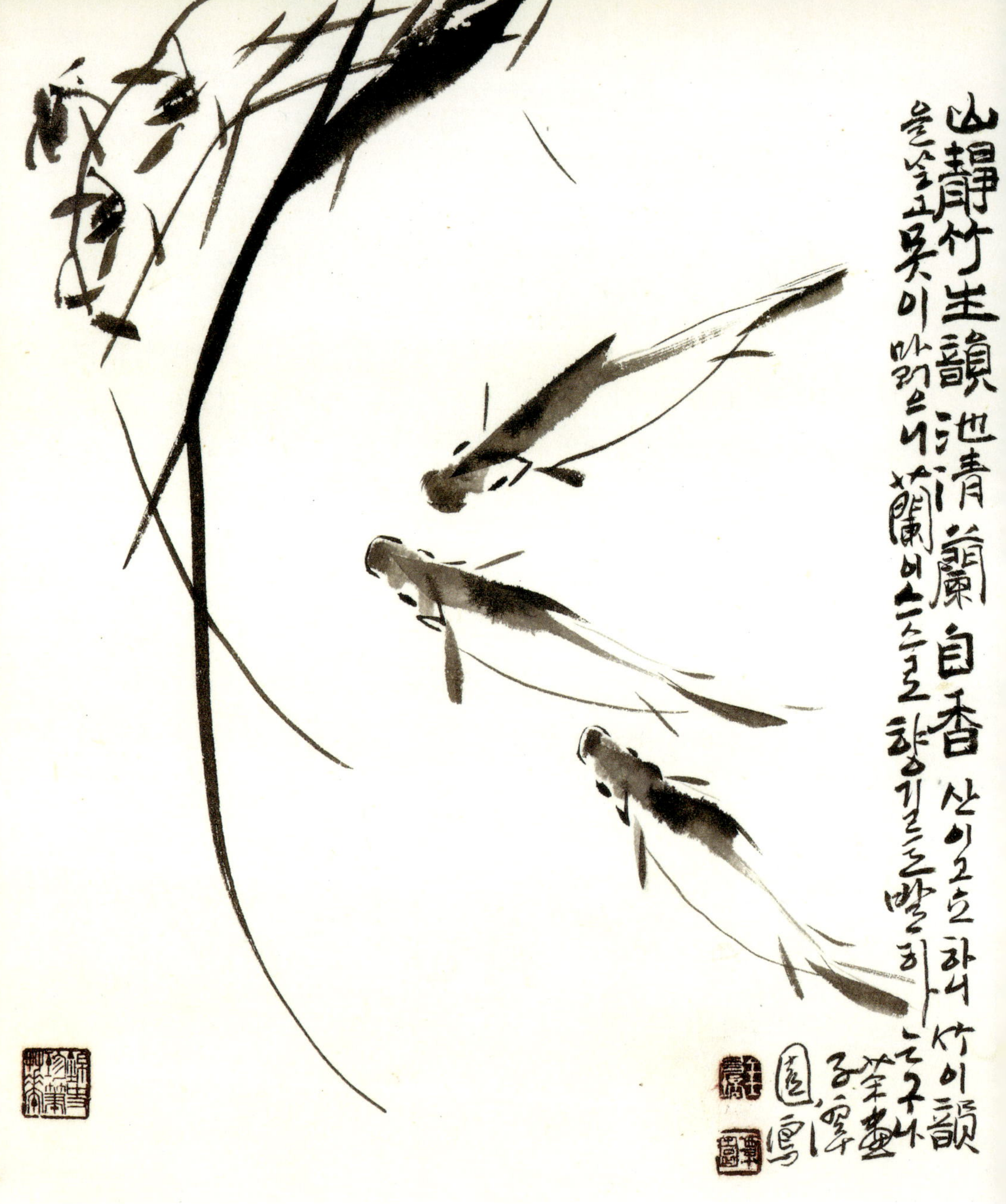

맑은 연못

한지수묵담채 | 50×60Cm | 2010

달빛에 연꽃을 따며

초록의 연꽃들의 왕국王國은 대자연의 보고입니다. 햇빛을 피해 온종일 낮잠을 자던 모기떼 울려 퍼지는 소리, 모기들은 해가 기운다고 모여 염불소리도 내고 저녁노래를 부릅니다. 낮이든 밤이든 연당이라는 곳에서 소중한 만남을 이루고 있습니다.

연잎은 하荷라고도 하며 또한 열매는 연蓮, 그 뿌리를 우藕, 그 꽃봉오리를 함담菡萏, 그 꽃을 부용芙蓉이라하고, 총칭해서는 부거芙蕖라고 합니다.

『산림경제』「양화養花」편에 나오는 기록입니다.

"山靜竹生韻池淸蘭自香" 산정죽생운지청난자향

"산이고요 하니 죽이 운을 낳고, 못이 맑으니 난이 스스로 향기를 발하는 구나."

맑은 향기 머금은 난 연못에 드리웠습니다. 물이 깊어 번지는 수묵의 난, 연못에 물이 차올라 연꽃 대신 난이 살짝 잠겨 있습니다. 머뭇거림 없는 몇 번의 붓질로 아취를 표출하였습니다. 난도 연꽃처럼 사랑받은 이유는 향기의 덕이 있기 때문입니다.

무명씨無名氏가 지은 여름날 한밤의 노래를 다시 봅니다.

아침에 서늘한 대에 오르고
저녁에 난초 못 마을에 묵었다
밝은 달빛에 연꽃을 따며
밤마다 밤마다, 연 씨를 얻는다.

아침이면 루대에 오르고 저녁이면 난초 연못이 있는 곳에서 잠을 잡니다. 밝은 달빛에 연꽃을 따면서 또한 밤마다 연자를 따는 무명씨가 연당의 소리를 들려주고 있습니다. 달밤의 연꽃, 연당의 풍경은 서로 다른 아름다움이 있습니다.

새우는 덕을 지닌 군자

강남에서 연을 따리라
연잎이 어쩌나 무성한지 아세요?
물고기는 연잎 사이에서 놀고
물고기는 연잎 동쪽에서 놀고
물고기는 연잎 서쪽에서 놀고
물고기는 연잎 남쪽에서 놀고
물고기는 연잎 북쪽에서 노니는 구나

『강남가채련江南可採蓮』 무명씨無名氏가 지은 시 입니다. 작은 물고기 연잎 사이로 노니는 모습이 그려졌습니다.

전전田田 연잎이 여러 개 수면에 떠 있는 풍경입니다. 화폭에 보여 지는 새우 열 마리 연잎 사이에서 연잎 줄기를 희롱을 하고 있습니다. 새우는 속진俗塵을 싫어하고 깨끗한 곳에 살기 때문에 덕을 갖춘 군자라 하였습니다.

붉은 옷소매로 얼굴을 가리니 구름속의 달이요, 옥 같은 얼굴로 활짝 웃으니 물속의 연꽃이로구나. 그림자는 금빛 시냇물에 흔들리고, 향기는 맑은 연못 바람에 스며듭니다. 나그네도 어느새 청아한 연잎 줄기 사이로 들어갑니다.

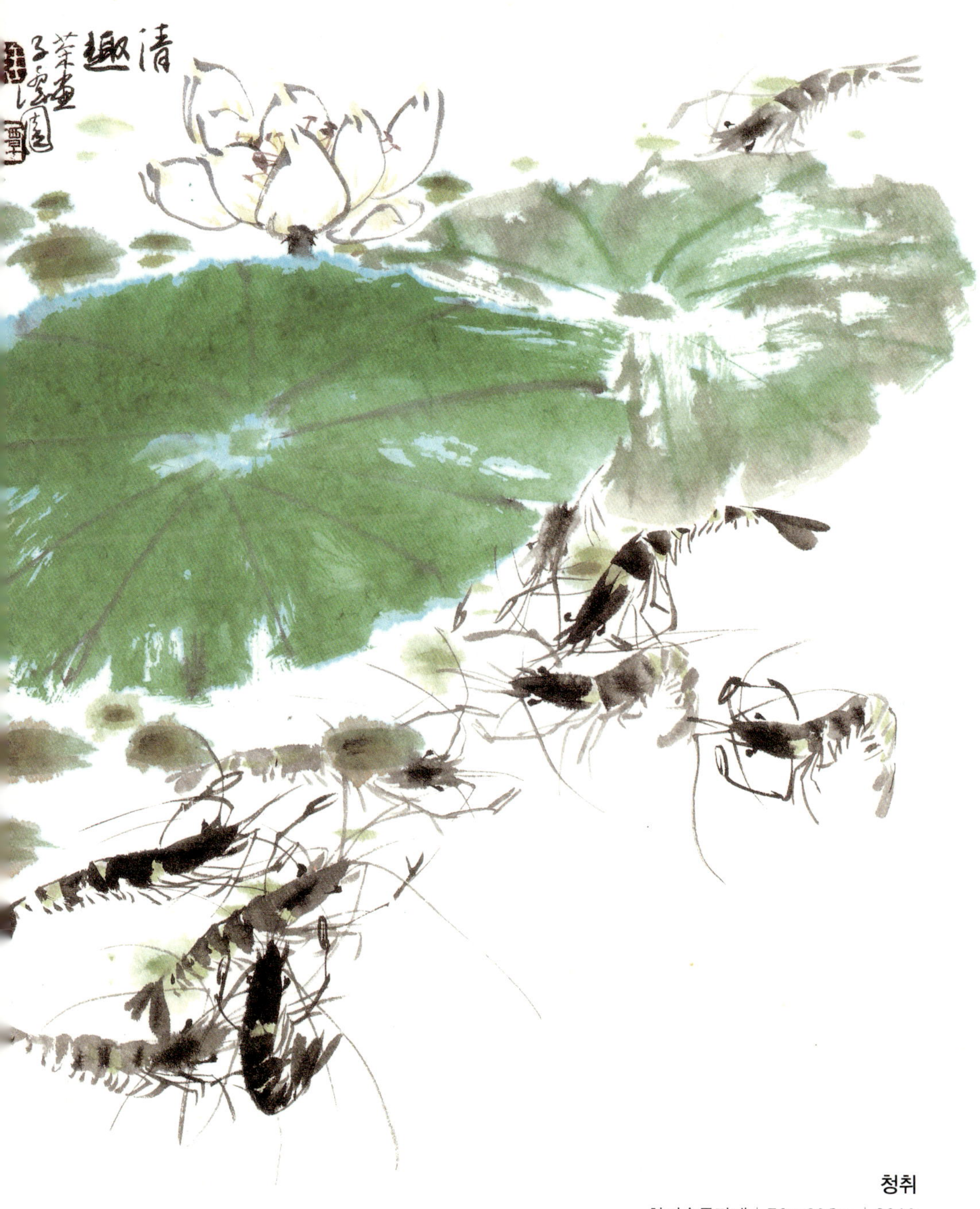

청취

한지수묵담채 | 50×60Cm | 2010

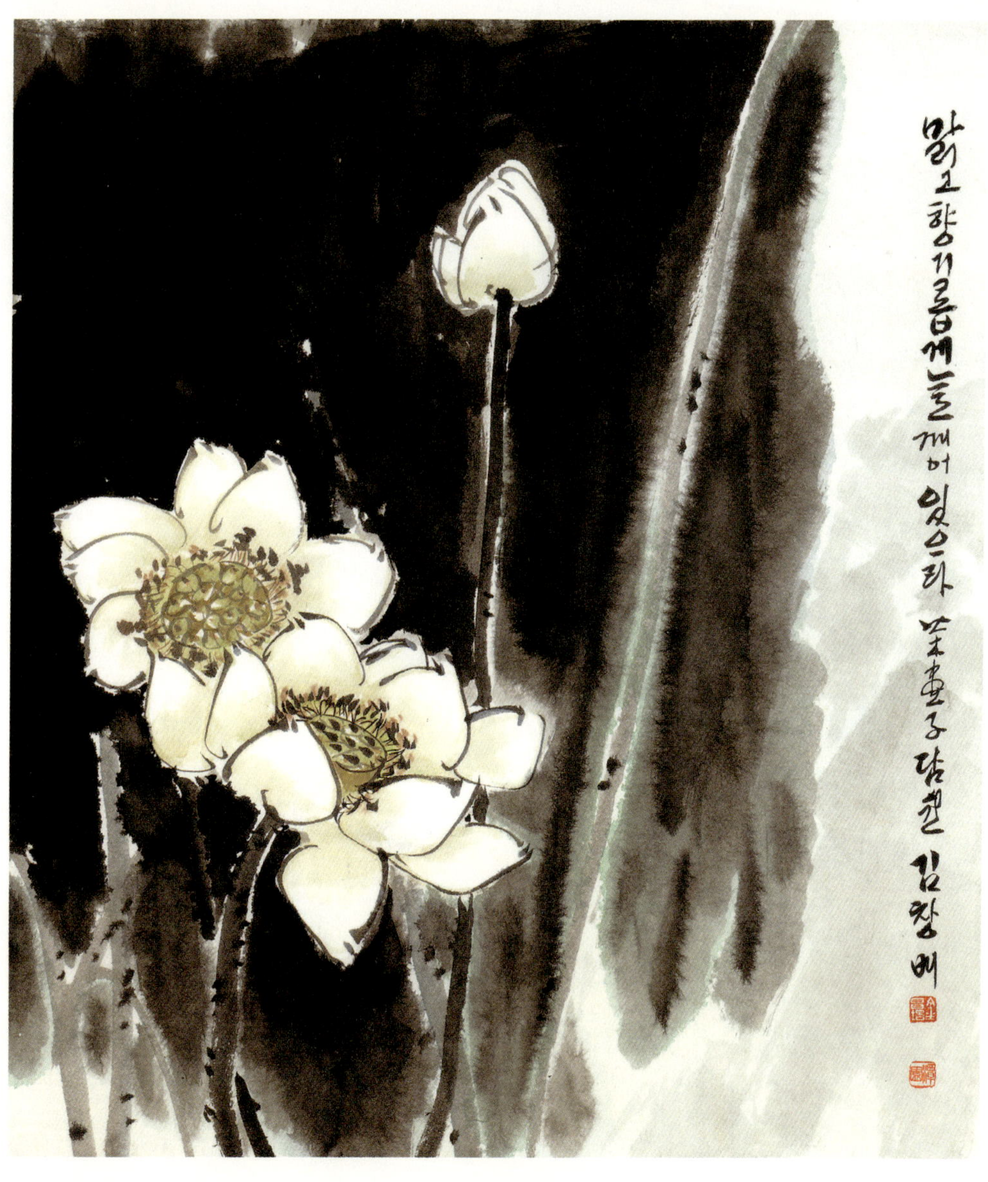

맑고 향기롭게

한지수묵담채 | 50×60Cm | 2010

연꽃에 이는 바람

법정 스님은 열반하시기 얼마 전 무소유의 가르침을 주었습니다.

꽃피듯 물 흐르듯 사는 것을 무소유의 삶이라 하였습니다. 단순하고 간소하게 살며, 어느 무엇에도 집착하지 않으며 텅 빈 충만으로 산 삶을 무소유의 삶이라 하였습니다. 스님은 열반하기 전까지 강원도 산골에서 오두막집을 짓고 살았습니다. 스님의 내면에 맑고 향기로운 세상의 서원이 가득 차 있다가, "맑고 향기롭게" 생활을 내 거시며, 세상의 사람들에게 마음의 연꽃을 피웠습니다.

"우리는 필요에 의해서 물건을 갖지만, 때로는 그 물건 때문에 마음을 쓰게 됩니다. 따라서 무엇인가를 갖는다는 것은 다른 한편 무엇인가에 얽매이는 것, 그러므로 많이 갖고 있다는 것은 그만큼 많이 얽혀 있다는 뜻입니다."

법정 스님은 이렇게 무소유의 삶을 사셨습니다.

또한 산방 한담에 "우리 곁에서 꽃이 피어난다는 것은 얼마나 놀라운 생명의 신비인가. 곱고 향기로운 우주가 문을 열고 있는 것이다. 잠잠하던 숲에서 새들이 맑은 목청으로 노래하는 것은 우리들 삶에 물기를 보태주는 가락이다."

"입안이 말이 적고 마음에 일이 적고 배속에 밥이 적어야 한다.
이세가지 적은 것이 있으면 신선도 될 수 있다."

〈그대만의 꽃을 피워라, 정찬주의 마음기행〉

스님의 모습과 마음은, 하풍송향기荷風送香氣 연꽃에 이는 바람, 불어오는 꽃향기처럼 '청순한마음'의 연꽃이 연못에 피어나 스님을 친견 한 듯 마음이 뭉클합니다.

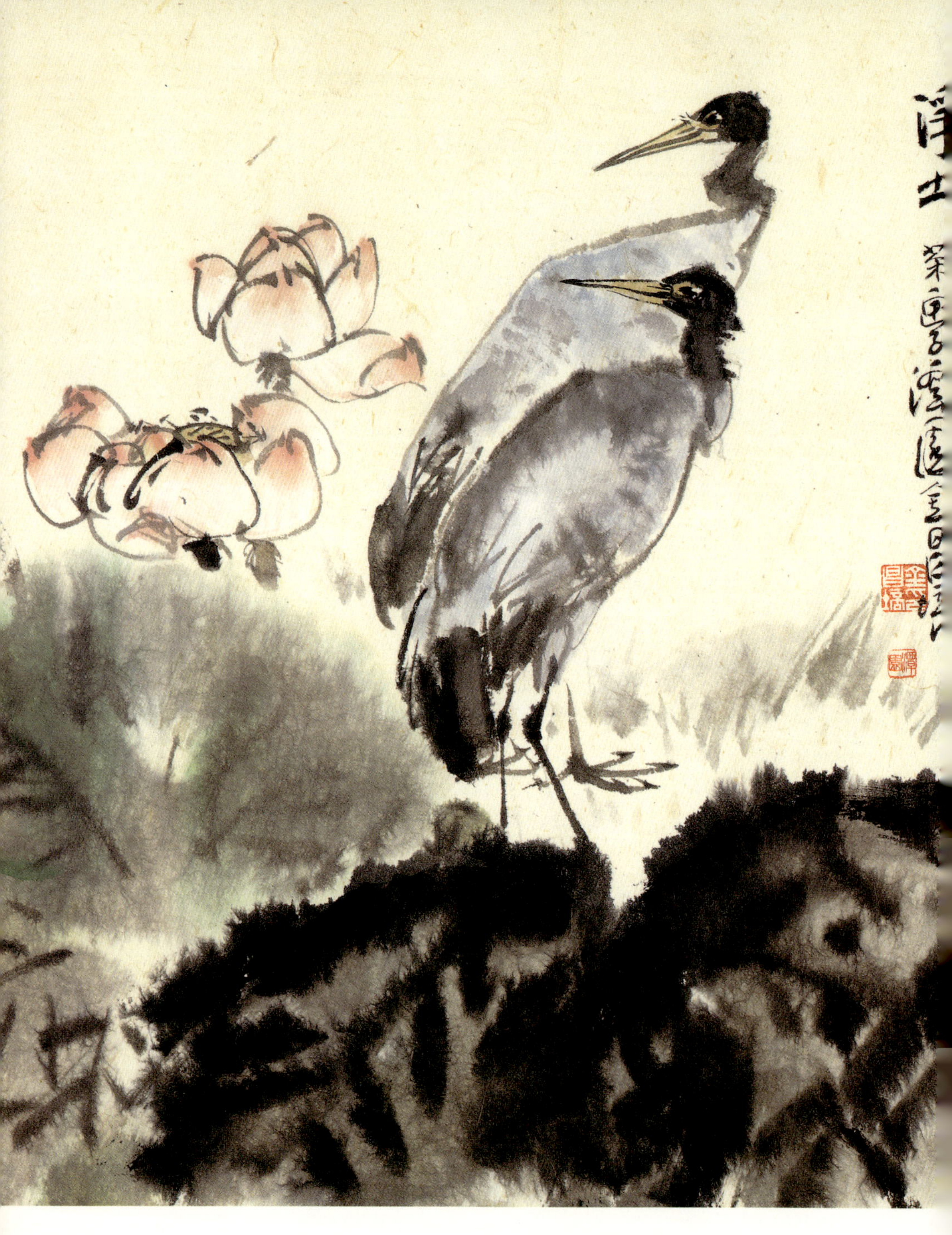

깨달음의 극락

파란 수면에 깨어지는 설렘 그윽한 연꽃의 내음이 코를 간지럽힙니다. 연꽃을 일러 부처님의 상징이라 하며, 큰스님의 화신이라 합니다. 정토淨土,맑고 깨끗한 부처님 세계. 부처의 세계는 깨끗하고 번뇌로부터 떠나 있기 때문에 정토라 합니다. 불교에서 지향하는 유토피아 즉, 극락세계를 이르는 말입니다.

불경에 나와 있는 아미타불의 서방정토가 그 대표적인 것으로서, 서방정토란 아미타불이 주재하는 곳으로서 모든 유혹과 번뇌가 없는 곳이라 합니다. 정토淨土를 얻고자 하면 그 마음을 청정淸淨히 해야 합니다. 그 마음의 청정함을 따라 불토佛土가 청정해 지는 것입니다.

정토淨土

한지수묵담채 | 50×60Cm | 2010

연꽃을 사랑한 박우복 시인은

오염된 세상에서 순수함을 그대로 지키며
바라보는 사람의 마음을 다스릴 줄 알기에
연꽃은 이슬도 머금지 않는다.

또한 안재동 님 의 연꽃 시 에선

해 오름 시간 연못 백로 한 쌍
시리도록 푸른, 창공에 그림자를 낳는다.
새벽이슬에 체해 트림하는 연꽃의 분홍 이파리가
너무 예뻐 소년의 가슴이 붉게 젖는다.
파란 수면에 깨어지는 설레임 하나.

비나 이슬방울에도 젖지 않고 진흙구덩이에서 자라도 물들지 않는 처염상정, 온갖 대자연의 부대낌 속에서도 꿋꿋이 이기고 겪어내는 연꽃, 연잎은 오욕에 물들기 싫어 커다란 연잎의 표면에는 아주 작고 미세한 털을 나게 해놓고 연잎이 물에 젖지 않게 하고 있습니다.

연당에 서 있는 백로, 백로는 연꽃에 뜻을 부여 하더니 연 향기 호의 속 호상湖上에 걸터앉아 깨달음의 극락정토를 지키고 합장을 하고 있습니다.

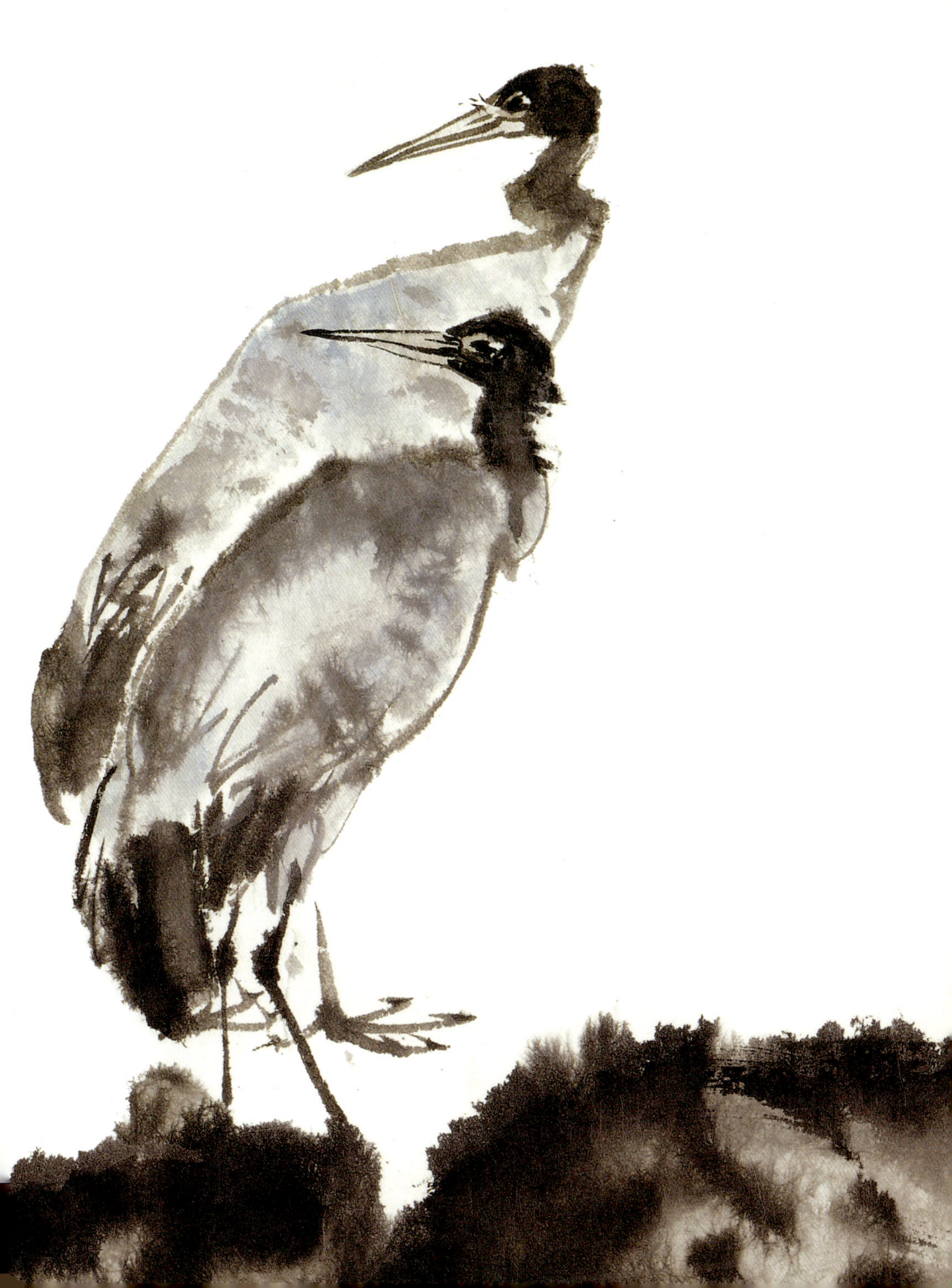

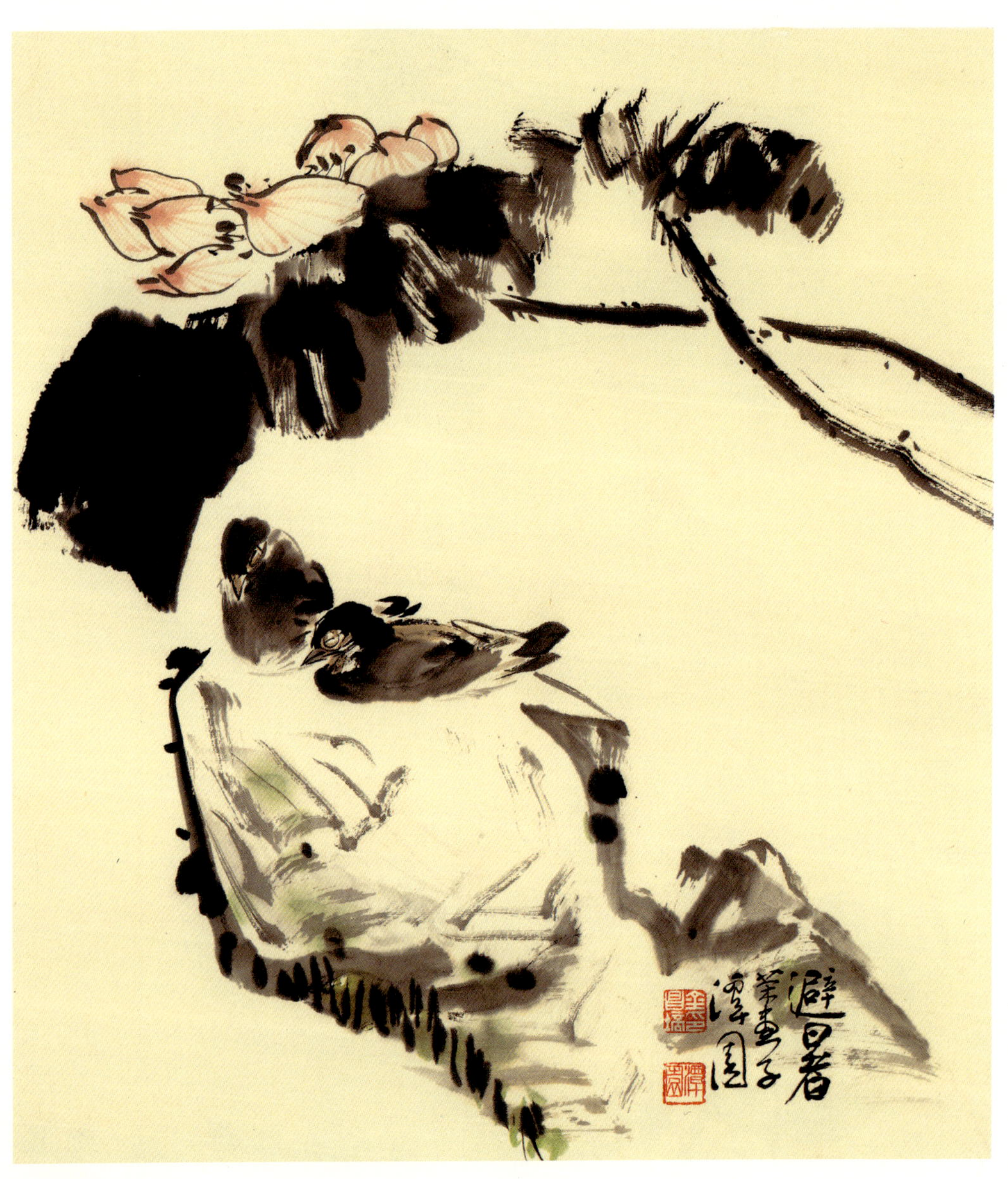

피서避暑

한지수묵담채 | 50×60Cm | 2010

기적 같은 풍경의 연 숲

일찍이 오극륜은 연꽃을 따러 가 채련곡을 지어 이렇게 노래를 하였습니다.

강남에서 연꽃을 따러 가니
연꽃은 아침 해를 밝게 비추네.
흰 팔은 배 저어 오며
붉은 입술에서 노래 소리가 들려오네.

이글거리는 태양 볕, 무더운 여름철 연 밭의 대지를 식혀줄 한줄기 소낙비가 그리운 날입니다. 연간 연못엔 무덥고 습한 기운이 가득 채워져 있으며, 또 다른 연당의 향기를 토해 냅니다.

자연의 아름다운 조화로 여름이면 사람들은 산과 계곡이나 강을 찾아 더위를 씻어냅니다. 여름 피서 놀이는 고금古今이 다를 수 없습니다.

참 선비들은 깊은 산이나 강가에서 자신의 마음을 되돌아보는 탁족濯足을 즐겼습니다. 곤충이나 새들도 그늘 밑으로 자리 펴고 앉거나 쉬면서 더위를 쫓고저 피서를 즐깁니다. 작은 배를 타고 연꽃이 피면 연당에 나가 노래 부르며 연꽃을 채련하는 사람들로 여름더위를 피할 것입니다. 연간 사이에 더위를 피해 졸고 있는 새 한 쌍 습하고 더운 여름을 잊고 있으며, 기적 같은 풍경의 연 숲을 만들어 내어 평안과 여유와 행복이 가득합니다.

운이의 덧없는 인생

연꽃이 핀 자리 투명한 햇살이 쏟아집니다. 향기 넘치는 빽빽한 연꽃의 향기로 연숲은 기운이 넘쳐 납니다. 연꽃의 향기는 나그네의 삶의 무게를 내려놓게 합니다. 대문호들도 극찬한 책 "부생육기" 1763년 중국 청대 소주에 살았던 심복沈復의 자서전으로, 아내 운이를 사랑한 나머지 책으로 엮어 둘의 애틋한 추억과 사랑을 세상에 선을 보였습니다. 심복이 20년의 세월에 걸쳐 진솔하게 써내려가 중국 문학사에서 가장 아름다운 여인상이라고 불리는 아내 운과 심복의 가슴 저린 사랑 진솔한 삶을 잘 묘사 되어있습니다.

모진 시련과 짧은 인생 연꽃처럼 살다가 운이는 41세가 되던 해 칠월칠석날 남편 심복을 두고 세상을 떠납니다. 둘은 고금에 없는 금슬 좋은 부부로 지냈습니다.

아내 운이는 해질 녘 연꽃 화심에 차 주머니를 넣어 밤새도록 연꽃이 품고 자게 한 후 아침이면 꺼내어 연향 차를 달여 남편에게 달여 함께 마시며 언제나 정성과 마음을 주었던 운이, 남편을 두고 떠나는 찰나가 나그네도 견디기 힘이 듭니다. 부생浮生(덧없는 인생),수면 에 뜬 상태로 살아가는 식물을 뜻합니다. 부생이란, 되돌아보면 모든 것이 꿈인 듯 아득하기만 한, 생애의 짧은 즐거움과 끝없는 슬픔을 이야기 하려는 생각에서 이백의 글을 찾아봅니다. '덧없는 인생은 꿈만 같아, 즐거움을 얼마나 누리리' 라는 말에서 택한 것입니다.

아깝게 세상을 등진 운이의 모습을 남편 심복은 아름답게 칭찬을 했습니다. "너무나 총명하여 시와 글을 잘 짓고 수를 놓는 것에 일가를 이루고 바느질과 차와 연꽃을 좋아하고 누구보다 남편을 사랑하여 뛰어난 당대의 현숙한 여인이다,"라고, 하였습니다.

복화福花에 비단 주머니 속에 차를 넣고 꽃 심에 놓았습니다. 차를 품은 복화蓮는 밤새 별빛과 달빛 이슬을 맞으며 차의 향을 촉촉한 연향으로 만들어 버립니다. 연향차를 정성스레 다려 운이에게 차 한 잔 올립니다.

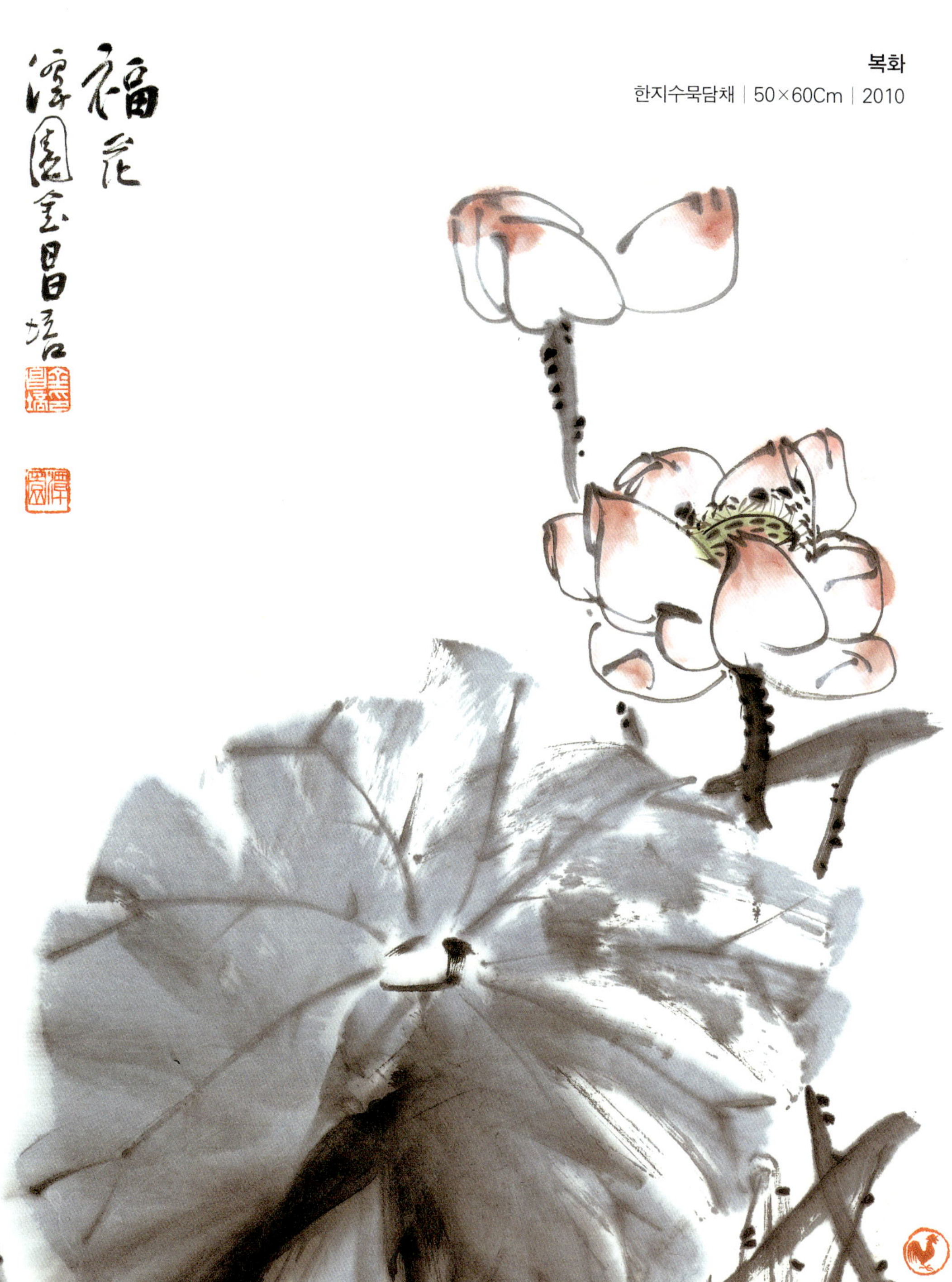

복화

한지수묵담채 | 50×60Cm | 2010

새들과의 만남은 잠자던 영혼의 보약입니다.

물총새翠鳥 한 쌍 비단옷을 입고
연못가에서 깃을 털며 맑은 햇빛을 즐기네.
누가 쇠 피리를 부는가
쪼르륵 놀라 날아갈까 두렵다네.

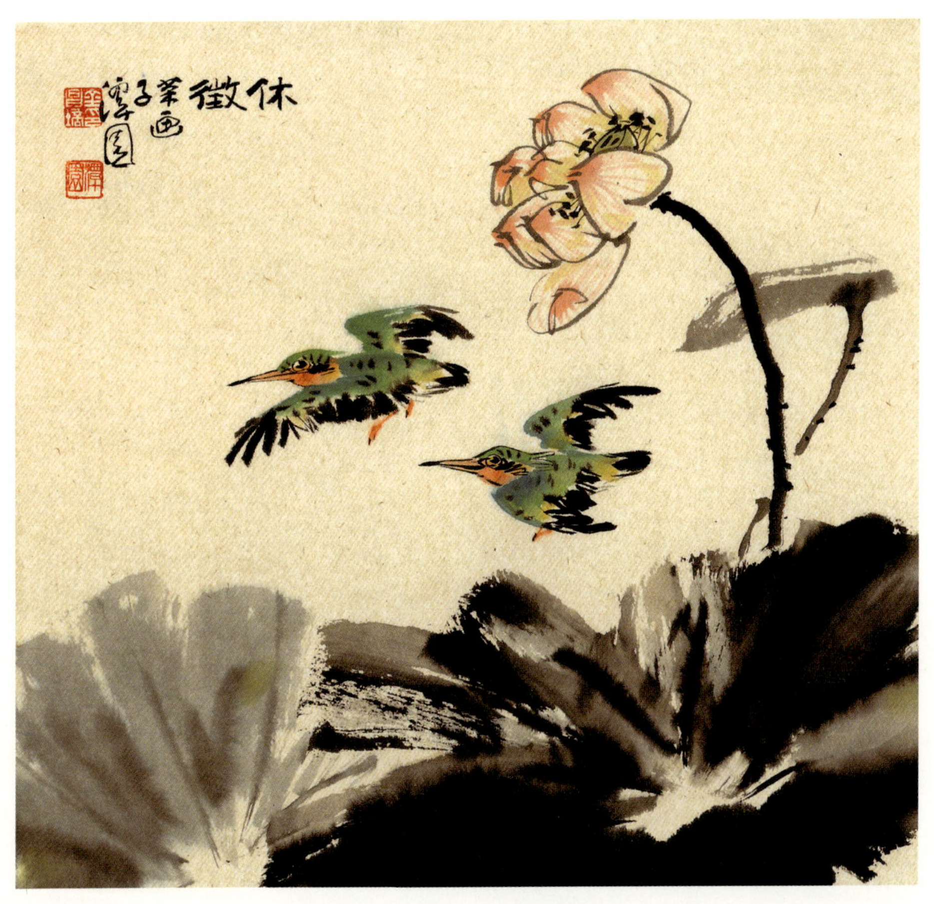

진초록의 연못, 녹색의 기운이 가득하여 연꽃 핀 날 새들도 깃들고, 푸른 깃의 취조 등에 비췻빛 깃털을 작은 새가 날개를 펄럭이며 '포르르' 날아다니는 물총새 한 쌍 연못가에 날아들어 쉬고 있습니다.

연못 위를 날아가는 물총새를 노래한 조선 전기의 학자(1420~1488) 서거정의 시입니다.

연 숲을 걸어오다가 새들이 들려주는 노래 소리에 나그네의 원기를 회복 시켜 줍니다. 연못은 언제나 청춘을 유지시켜 주는 약수, 새들과의 만남은 잠자던 영혼의 보약입니다.

"여름 철새인 물총새, 날카롭고 긴 부리를 가진 물총새야 말로 물고기들에게는 호랑이나 늑대보다 무서운 존재라고 해서 조상들은 이 새를 '어호魚虎' 또는 '어구魚狗'라고 불렀으며, 비취 보석에 견주어 '비취 새' '취조翠鳥'라는 별명을 지어주기도 했습니다.

어디서 들려오는 피리소리에 놀라서 날라 갈까봐 두려워. 그 피리소리가 연당에 노니는 취조에겐 방해를 하였습니다."

나그네도 이 그림을 그리면서 아주 조심스럽게 물총새를 그렸습니다. 붓이 지나는 소리에 날라 갈까봐 말입니다. 적막을 깨 아쉬운 날입니다.

휴징休徵, 비취 새의 아름다운 시정과 휴식을 통하여 비에 씻겨 건강을 찾은 듯 나그네 머리까지 서늘한 기운이 가득차옵니다.

휴징休徵

한지수묵담채 | 50×60Cm | 2010

삼교일치三敎一致

백련 꽃이 핀 연당 연 줄기 사이로 헤엄치는 유어游魚들, 흥분을 자아내는 연못가엔 물속의 신사들이 소리 내면서 정적을 깨뜨립니다. 이 소리 또한 기운을 북돋아주는 옹달샘처럼 약이 됩니다.

일찍이 9세 때 신동소리를 듣던 고려 중기의 문신이자 문인인 이규보(1168~1241) 님이 쓴 시에서 이렇게 노래하고 있습니다.

어릿어릿 물고기 잠겼다가 떠오르니
사람들은 여유 로이 노닌다 말 하네

연못의 얕은 물살 위로 소금쟁이들이 배회를 하고 새우들도 땅바닥에 등을 구부린 채 많은 발들을 움직이고 있습니다. 큰 눈을 지닌 개구리도 소리쳐 대더니 높게 힘껏 점프를 합니다. 연 줄기 사이엔 물고기들이 헤집고 수영을 합니다.

여름의 연못 가만히 생각하면 한가할 틈 없는 것입니다.

산책 나온 사람들이 돌아가니 해오라기 또 찾아옵니다. 오후의 햇살이 연당에 정면으로 부딪쳐 반사된 빛은 연꽃을 더 아름답게 물들입니다. 아주 근사한 구름들이 군데군데 연못 위를 떠가고, 세상보다 볼거리가 많은 연꽃 방죽의 풍경입니다.

어락도

한지수묵담채 | 50×60Cm | 2011

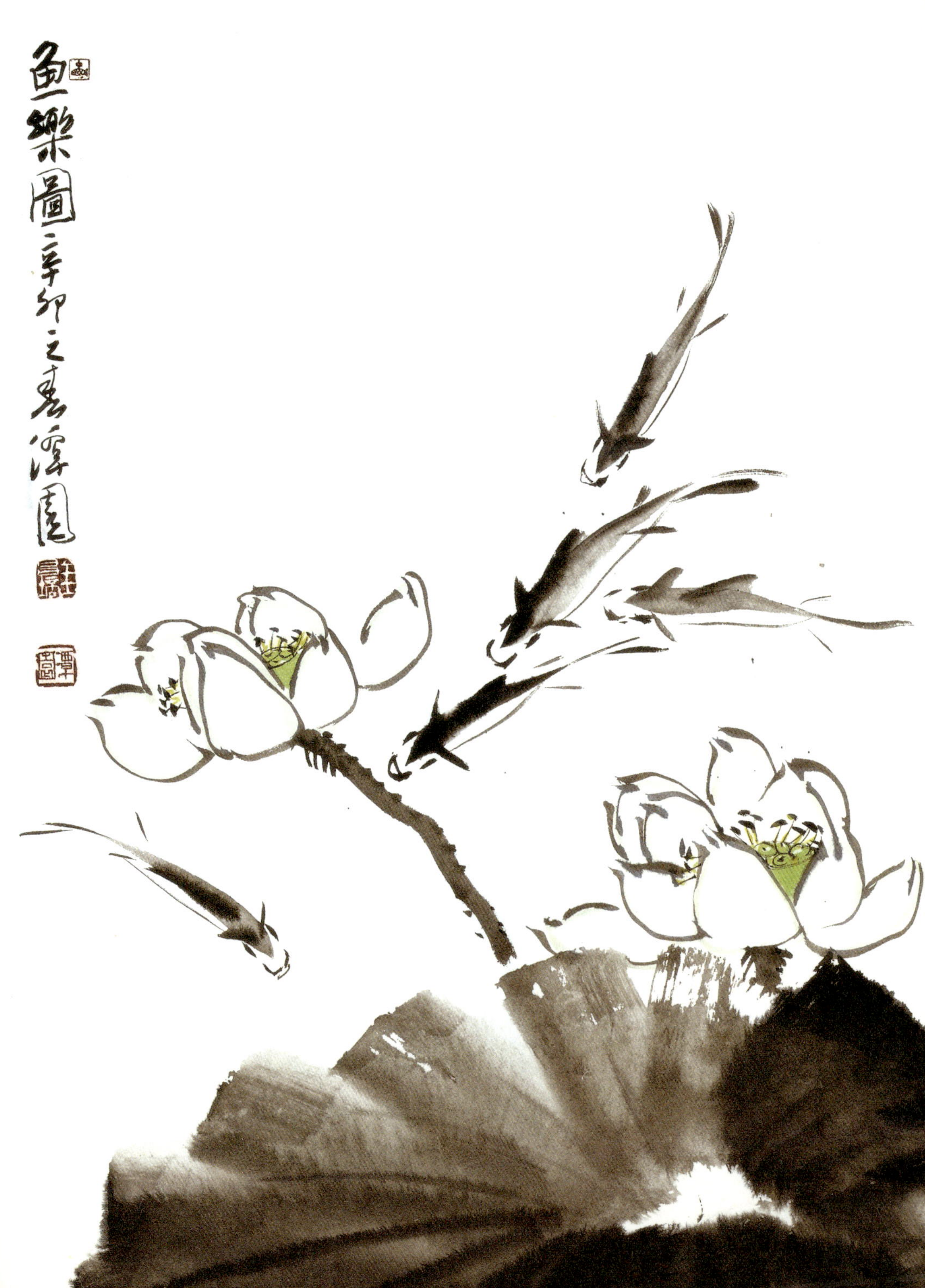
魚樂圖
辛卯之春

홍자성이 지은 삼교일치三教一致의 통속적인 처세 철학서 『채근담』에 이렇게 글이 전해집니다.

더러운 땅에는 초목이 많이 자라지만
맑은 물에는 언제나 고기가 없느니라.
그러므로 군자는 마땅히 때 묻은 것을 감싸고
더러운 것을 받아들이는 아량을 지녀야 하며,
깨끗한 것을 좋아하여
홀로 행하는 지조를 가져서는 안 될지니라.

연꽃은 물이 탁한 곳이라야 맑고 향기로운 연꽃과 향기를 만듭니다. 탁한 곳도 더러운 곳도 모두 다 감싸 안고 사는 아량을 지녔습니다. 청정한 덕목을 갖추고 물고기에게도 혜택을 주어 살 수 있을 정도의 물고기의 환경과 더러운 물 속에서 살아 갈수 있도록 자양분을 만들어 주고 주의를 정화하여 줍니다. 그것이 연꽃의 덕목입니다. 우리들도 연의 덕목을 배우기 위해 좀 더 시야를 넓히고 전체의 넓은 풍경을 바라보아야 합니다.

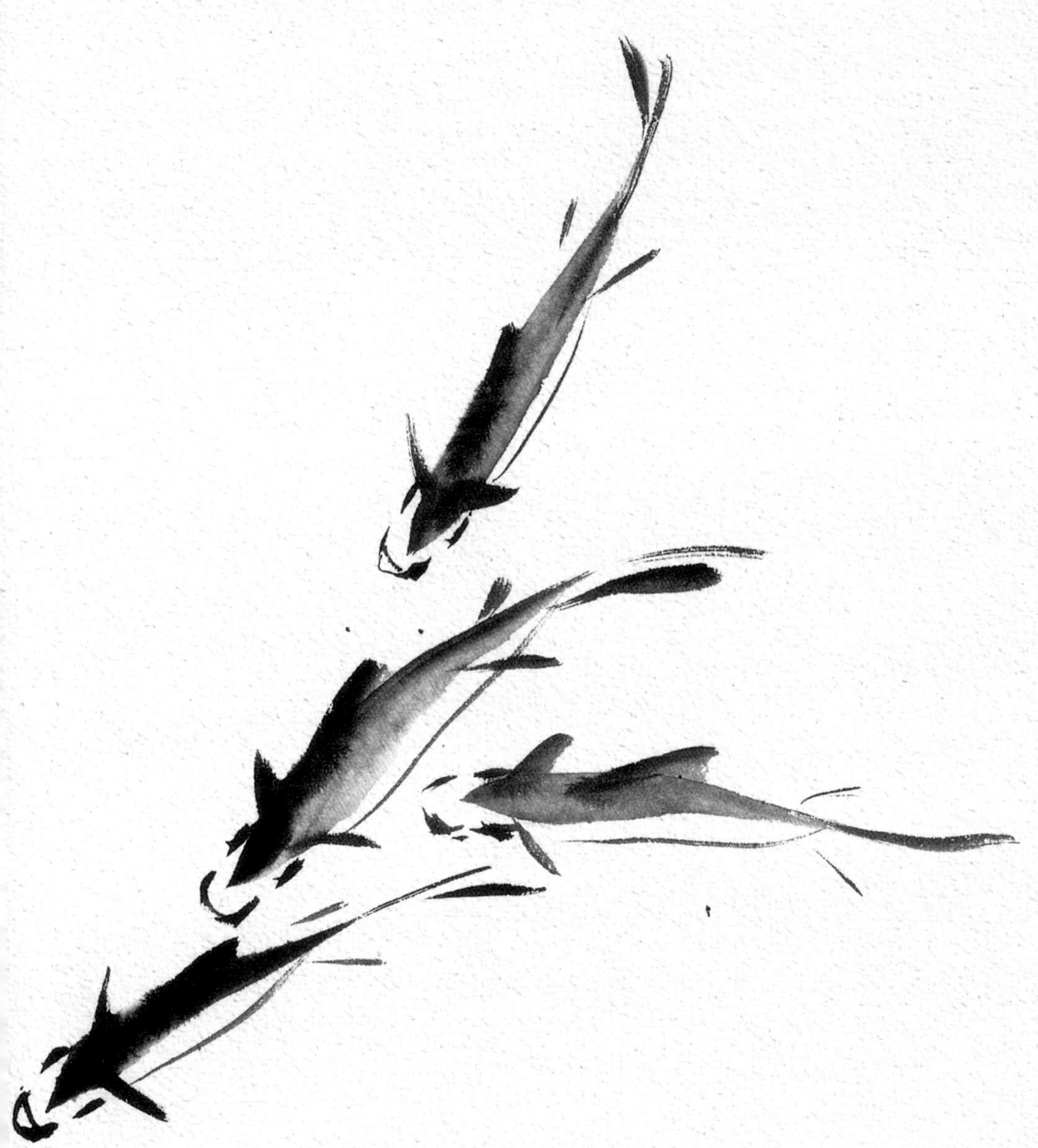

무념무상에 든 연꽃

물고기는 물을 얻어 헤엄치지만 물을 잊고,
새는 바람을 타고 날지만 바람이 있음을 알지 못한다.
이것을 안다면 가히 외물의 얽매임에서 벗어나
하늘의 작용을 즐길 수 있으리라.

『채근담』에 나오는 이야기 입니다.

여름빛 청순한 연못, 날씨가 좋아 빛을 받아 무념무상에 든 연꽃, 녹음 짓은 여름은 이처럼 싱그럽습니다, 연못가 이름 없는 없는 돌 틈 사이에서 자라나 더 맑고 더 향기롭게 피었습니다.

상서로운 연꽃이 활짝 피어 티 없이 영혼이 맑은 연당의 물총새 한 쌍, 나지막한 천상의 소리를 내며 사랑을 노래하고 있습니다.

여름연꽃 핀 초록의 궁전에 날아들었습니다. 취조의 등장에 가늘게 불던 바람이 호수의 정적을 구겨놓았습니다. 물위에 비친 작은 바위와 연꽃이 서로 몸을 일으켜 세우는 것을 보았습니다. 연잎은 비바람이 몰아쳐도 순간은 허리를 깊게 흔들리다가 아무리 쓰러지지 않은 연잎, 고개를 숙여 숨을 죽이고 자신을 말없이 낮추고 한 치의 오차도 없는 무탐無貪의 방향을 가르쳐 줍니다.

상서로운 연

한지수묵담채 | 50×60Cm | 2011

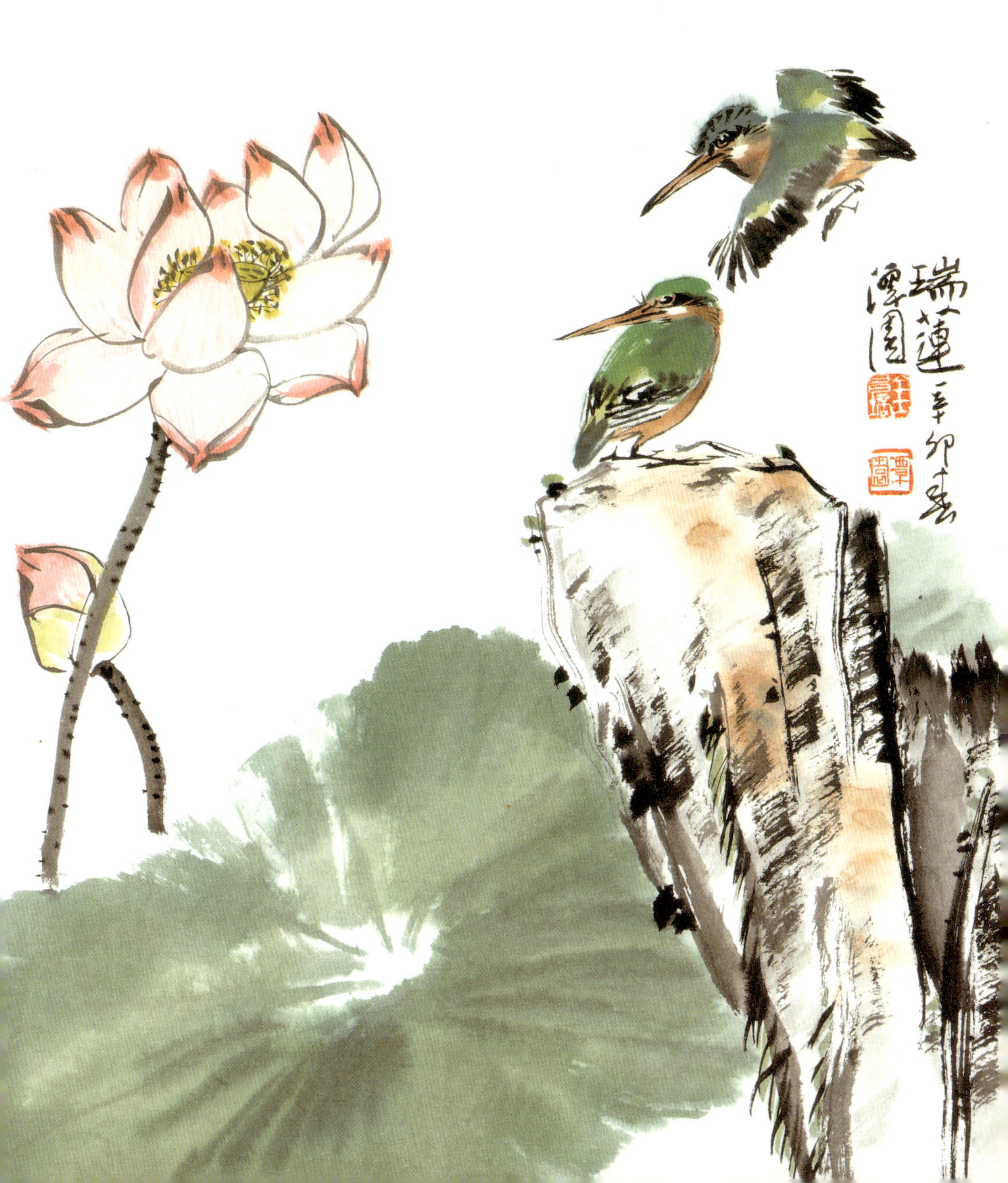
瑞蓮

구름호수

지친 새들도 찾아들고
연꽃 방죽은 가끔
흘러가는 구름호수,
골짜기에 초동 둘이서 머뭅니다.
안락한 연못의 기운이
부처님을 닮았습니다.

불교에서 세 개의 연뿌리는 불佛, 법法, 승僧 삼보三寶를 뜻합니다.

손님이 찾아오면 차를 달이고 책을 보며 서로 기쁜 일을 담론하다가 차가 식는 줄 모릅니다. 연꽃이 향기의 숲이 되고 은혜를 베풀어 다동들이 쉴 수 있게 그늘을 만들어 줍니다. "안락법安樂法" 만족함을 아는 최고의 편안한 쉼터 입니다.

그 그늘의 향기는 언제나 맑고 향기롭게 가꾸어 줍니다. 새벽 넉넉한 마음으로 연못을 와락 품에 안은 연못의 새벽, 지난밤 거친 바람에도 흐트러짐이 없습니다. 연당에 바짝 몸을 붙이고 서성여 봅니다. 새벽 공기와 파고든 빛과 연잎에 맺힌 이슬이 반짝입니다. 나그네는 여기서 진정한 쉼도 얻었습니다. 연꽃을 품고 그 위에 서 잠자고 싶습니다.

조로朝露

한지수묵담채 | 50×60Cm | 2010

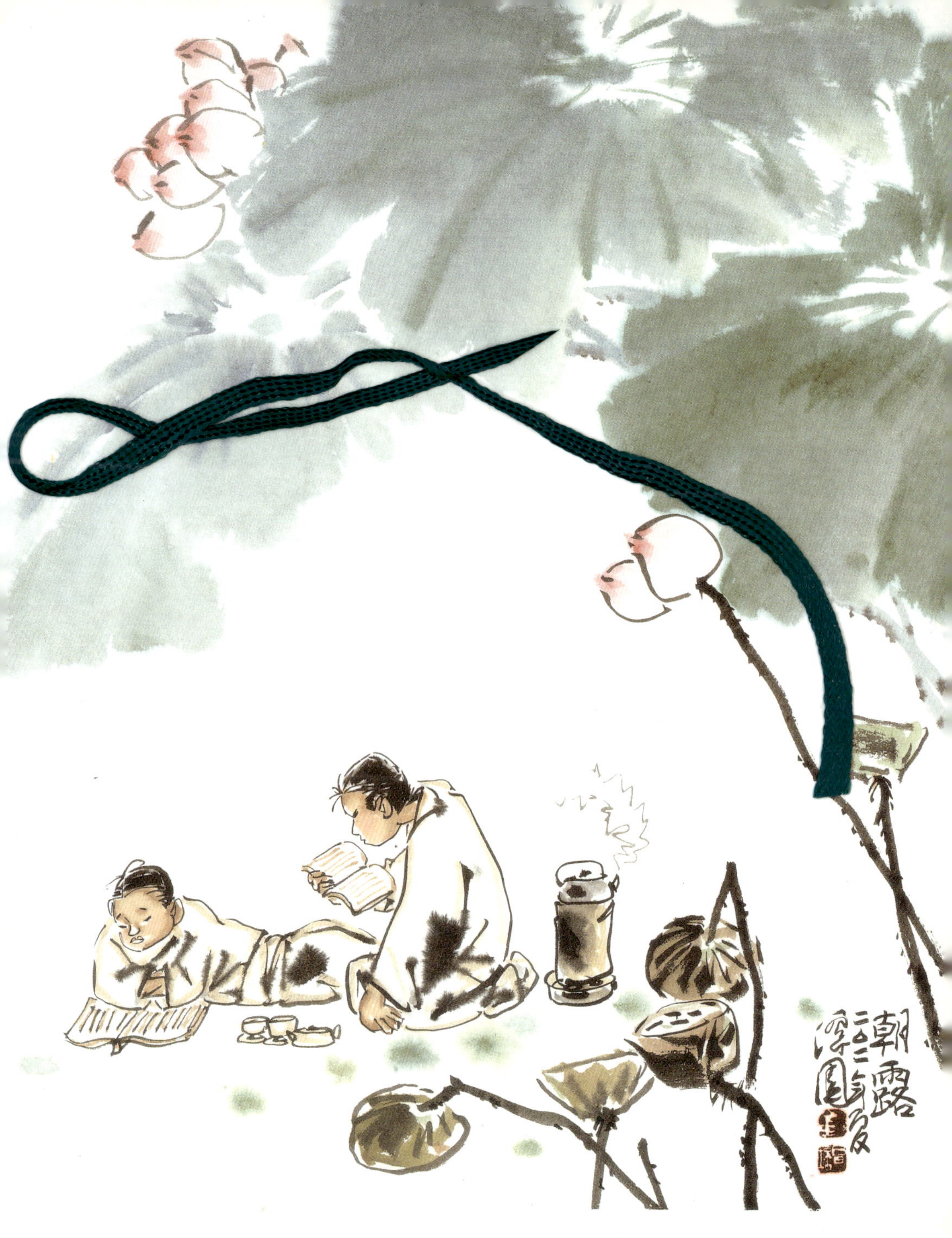

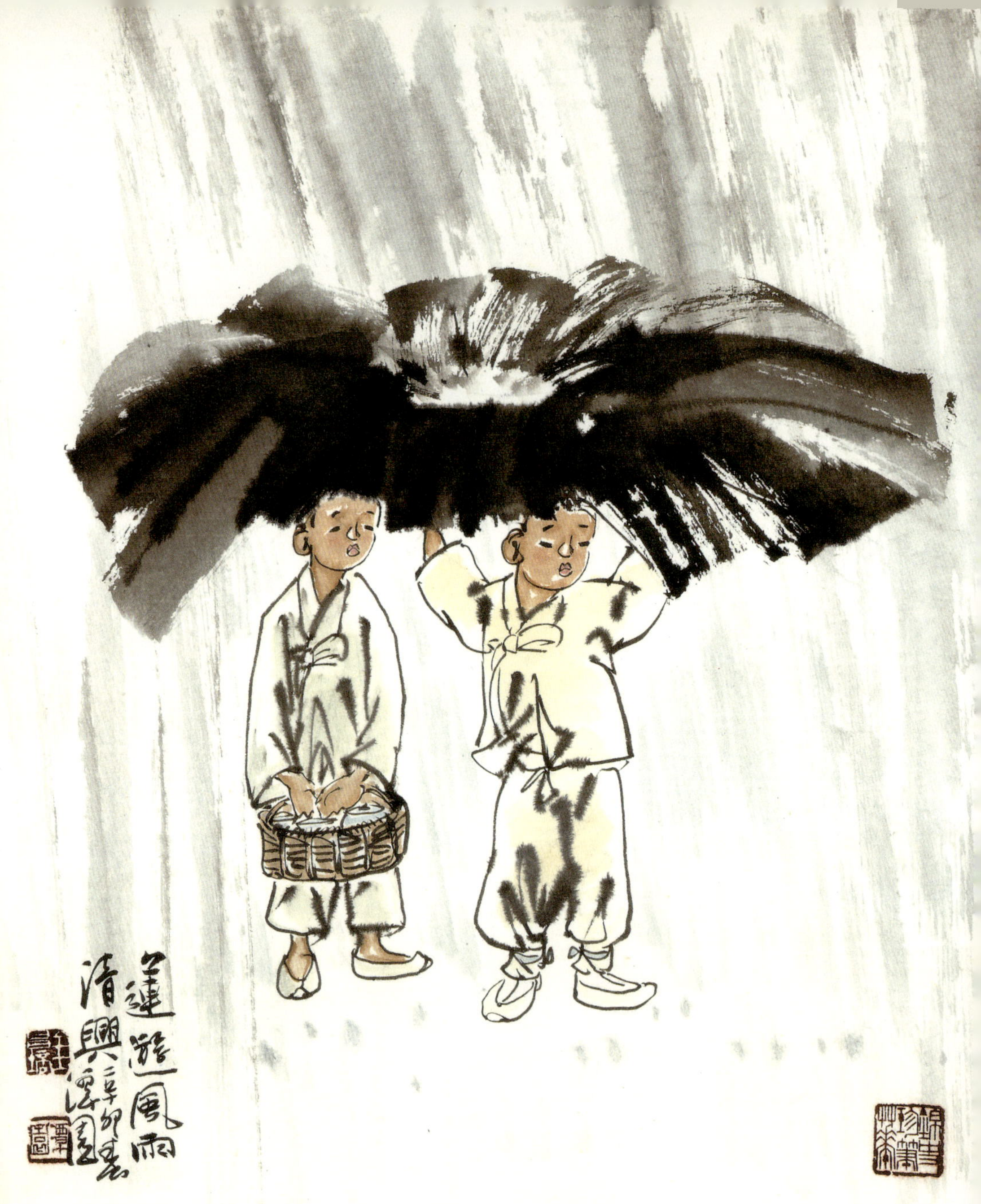

차茶구와 필낭을 메고

푸른빛을 되찾은 연잎 방죽을 호젓이 걸어가는 나그네, 행복한 기쁨으로 하루를 산책 합니다. 다구를 담은 바구니와 필낭筆囊 그리고 책 한권씩 들고 연꽃 방죽에 도착 했습니다. 친구와 방죽 언덕에 염소를 매어두고 그윽한 연꽃 향 찾아 연잎자리 펴고 앉습니다. 맑고 향기로운 연향과 푸릇한 연당의 풀 냄새와 경쾌한 새소리를 쉴 새 없이 들이키며 연향차를 마시고 있습니다. 찻잔에 그리움을 담아 차를 마시니 머리가 맑아지고 막힌 가슴이 탁 트입니다. 세상의 공기도 모두다 연차 향기에 취해 있습니다. 물새, 잠자리, 물고기, 개구리 들이 연못가에서 같이 나와 호흡을 하며 노닐고 불을 지펴 차를 달여 마십니다.

연못이 바빠졌습니다. 연잎들이 좌우로 하얗게 바닥을 드러내고 흔들어 댑니다.

갑자기 비 물은 바람이 한바탕 스칩니다. 엄청난 소나기가 내립니다. 나그네는 커다란 연잎을 꺾어 즉석 우산을 만들어 비를 피합니다. 두들기는 비 소리에 심장이 쿵꽝 댑니다. 연당의 소낙비 소리, 찻물 끓는 소리는 잠자는 영혼을 깨워 기운이 살아납니다. 한바탕 소낙비 지나니 석양이 곱게 물들어 한 폭의 수묵화 그림을 만들었습니다. 나그네에게 모든 마음을 내준 연잎은 천지만물을 창조하며 바다보다 큰 덕德을 보시해 줍니다.

연유풍우

한지수묵담채 | 50×60Cm | 2011

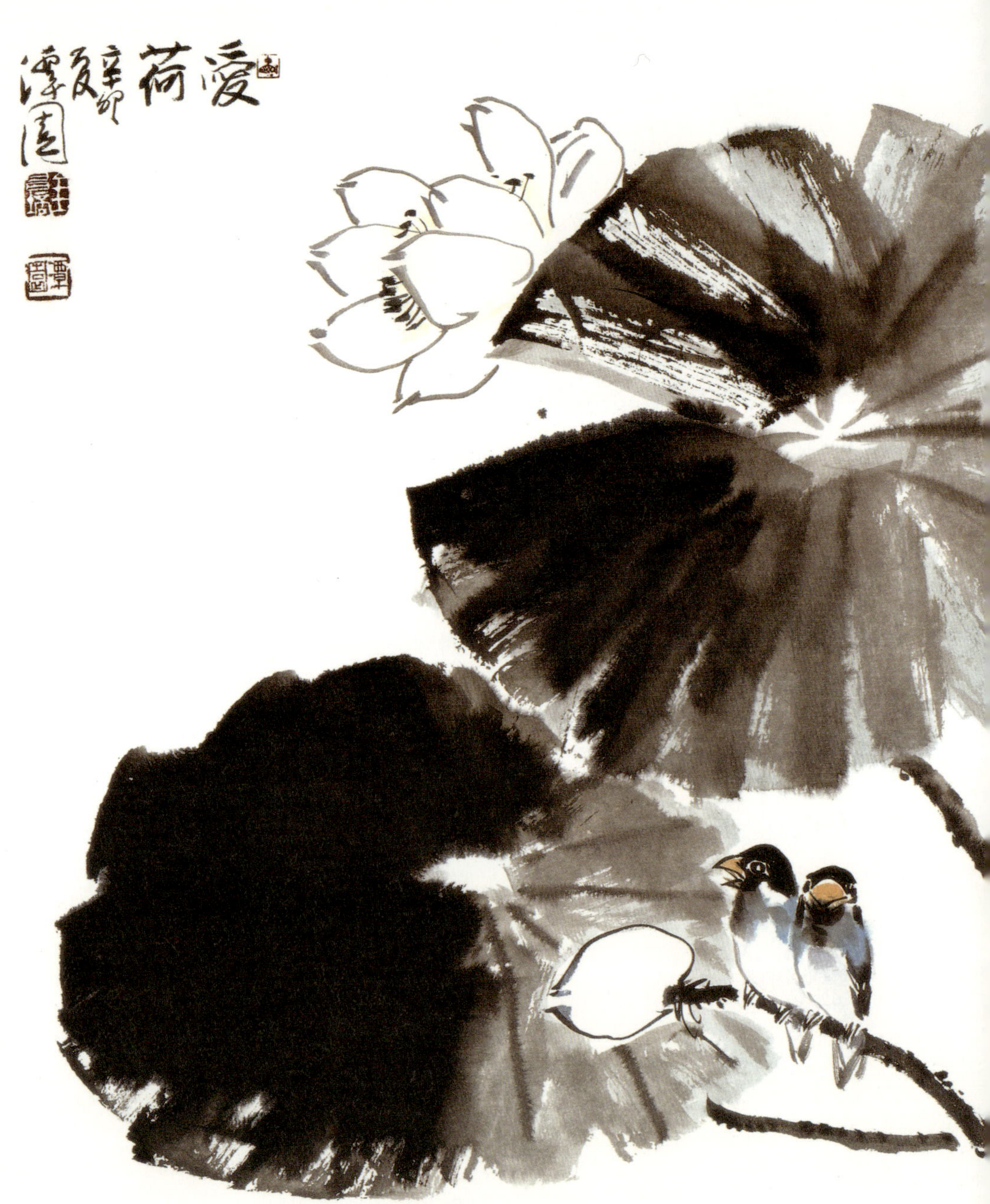
愛荷
辛卯夏
潭園

빛 들은 연당

연꽃 방죽의 새벽은 이슬 빛으로 가득 찹니다. 그 빛을 받은 연꽃은 여전히 아름답습니다. 대지를 향해 내리 쏟던 태양의 빛도 시간이 흘러서 낮과 저녁의 냄새가 바뀌고 빛의 밀도가 먹색으로 성기어 집니다. 빛도 태어나면 순간순간에 다시 소멸 합니다.사랑도 마찬가지입니다. 멸하고 태어나는 가운데 사랑이 싹이 틉니다. 일찍이 선조들이 써왔던 연蓮자字는 연戀사모하다, 그리워하다와 한글 발음이 같습니다. 그래서 백색의 연꽃은 고귀한 성품에 청초하고 농염하고 낭만적인 인상을 풍겨 활달하고 아름다운 여인의 자태를 표현 한다든가 남녀 간의 사랑이나 그리움을 형상화 하는데 자주 쓰였습니다.

새롭게 태어나는 빛들은 연당을 가득 메우고 연 향기를 따라 호수에 퍼져갑니다. 맑고 은은한 풍경이 깔려 있는 곳, 포근한 연못의 향기가 연향을 타고 함께 퍼져 흐릅니다. 이향기가 은근히 퍼져 오래 머물러 있었으면 좋겠습니다. 갓 핀 한 송이 연꽃 줄기에 틈새로 새로운 빛을 받으며 파랑새 둥지를 틀은 것 같습니다. 잠도 자고 쉬면서 연꽃의 주인이 되어 연당을 지키겠지요. 연꽃은 물이 흐르면 연꽃을 피우지 않습니다. 오염된 물이라야 그물을 정화하며 꽃송이와 연잎을 세상에 내놓습니다. 나그네도 연꽃이 되려 합니다. 오늘이 바로 그런 행복한 날입니다.

애하

한지수묵담채 | 50×60Cm | 2011

나른한 연못

연꽃의 경치를 구경하며 정신을 휴식시키는 한가로운 삶이 자연을 벗하며 사는 것이 제일 아름다운일 일 것 입니다. 파란 하늘엔 두둥실 구름이 떠있습니다. 몇 일간은 쉬지 않고 비가 내리더니 오늘은 창연한 하늘이 눈부신 여름날입니다. 간간이 구름 그림자 사이에 빛을 내립니다. 빛을 따라 연당에 산책길을 나갑니다. 물새와 물고기, 개구리 풀벌레들이 수초들 사이에 숨느라 정신이 없습니다. 연약한 풀벌레와 개구리들에게 괜히 찾아 온 듯 미안합니다. 나그네도 풀밭 사이 연잎 사이로 미끄러져 숨고 싶어집니다.

지친 나그네는 턱 괴고 누워
날이 다 새도록 시 짓고 있네.
한 소리 들려오는 비취 새 울음
그 소리 역창의 동쪽에 있네.

조선시대 세조 칠년 진사로 식년문과에 급제한 이경동 선생이 남긴『사근역』에 나오는 글입니다. 선생은 후손 후학들이 제기한 '술잔 순서 문제'로 배향의 자리를 떠나야 했습니다. 아침부터 턱 괴고 누워 시를 짓고, 무언가 골똘히 깊은 생각에 잠긴 시인, 시상이 안 떠오르자 잠시, 빠른 속도로 물속에 잠수하여서 작은 물고기를 잡는다는 비취 새, 동쪽 창에서 울고 있습니다.

조용한 연 숲에 햇볕 내리는 나른한 연못, 연꽃도 잠들어 쉬고 있습니다. 싱그러운 연잎 사이에 불청객 물총새 한 쌍도 찾아와도 쫓지 않고 함께 잠이 듭니다.

물총새에게서 해답을 찾고 시의 재료로 써봅니다. 물총새는 파랑새목과에 속하며, 물총새가 물고기를 사냥하며 물속을 잠수 할 때 눈을 보호할 수 있는 막이 생겨 난다합니다. 자연이 나부끼는 대로 마음의 지혜가 열리는 것입니다.

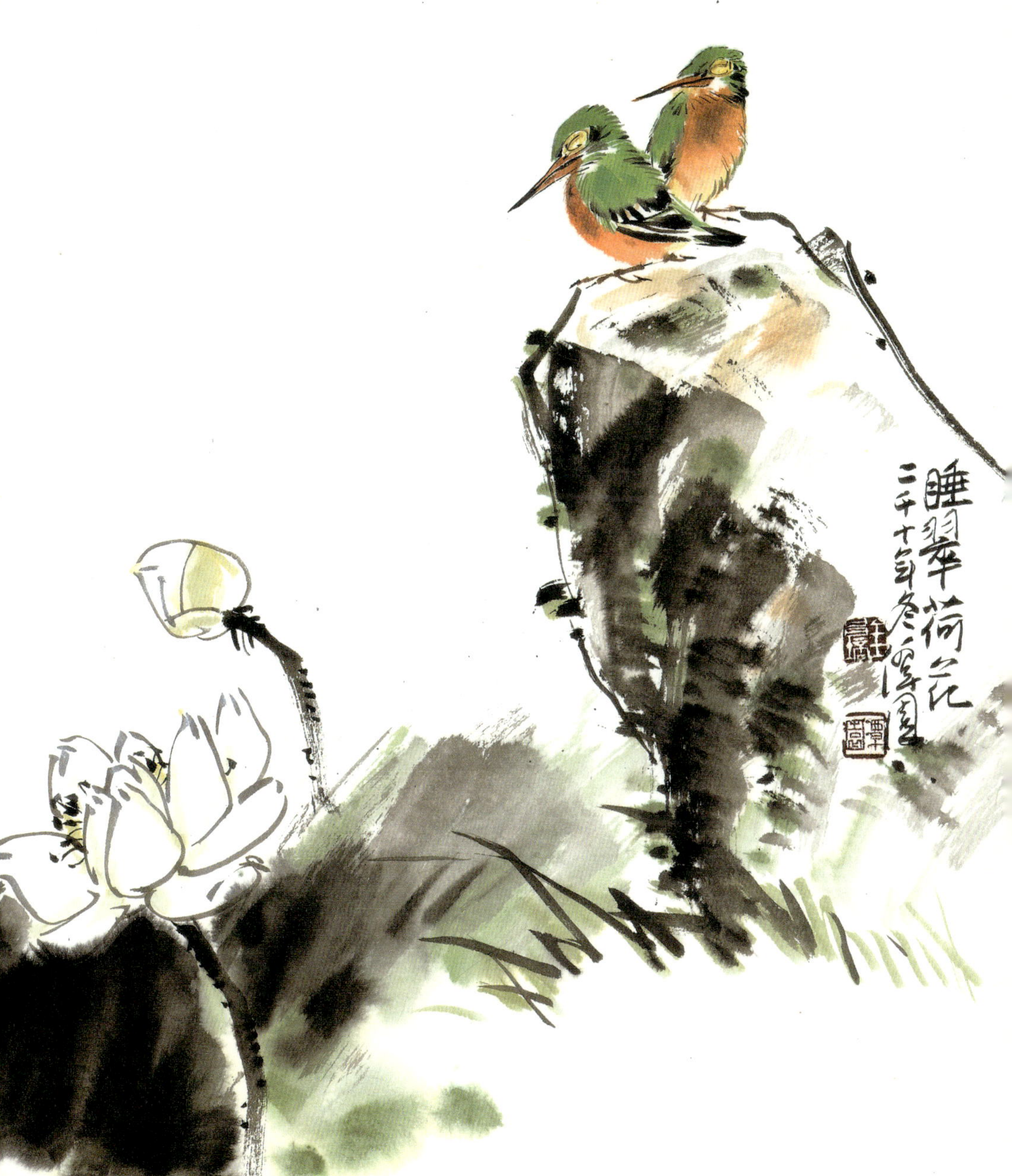

수취하화睡翠荷花

한지수묵담채 | 50×60Cm | 2010

만다라화

서두르는 법이 없는 연꽃은
소리 없이 가만히 핍니다.
아무런 소리가 들리지 않고
고요하게 피어납니다.
연못은 연꽃만을 피우기
위해 공간을 제공하며
언제나 연꽃만이 가득 차 있습니다.

비바람 잦아지자 연꽃 향내도 스러지고, 눕던 연잎들이 오늘은 조금 일으켜 세우고 곤한 낮잠을 자고 일어났습니다. 비와 바람에 지쳐있었던 모양입니다.

녹음 짙은 푹신하고 맑고 또렷한 여름 배경 오늘은 바람이 잠시 쉬고 있습니다. 평소 보지 못했던 연당의 여름 숲은 온통 몽환적인 연두 빛 초록의 축제입니다.

나무나 연꽃들은 우리가 마시는 공기를 호흡하면서 인간들이 아름답게 살도록 도와 줍니다. 연못의 뿌리를 내린 연은 진흙속의 영양분을 취해 머금고는 추워질 때까지 버티다가 때가오면 가운데가 비어있는 연잎 줄기를 통해 본능적으로 실어 보내 청청한 아름다운 연꽃을 다시 피우게 합니다.

발 딛는 순간 연은 나그네의 소리를 들을까? 그곳에 발 딛는 순간 연꽃들은 향기의 소리를 보내면 나그네는 귀로 또렷이 듣습니다. 연 줄기 사이에 오후의 빛이 연꽃 위를 맴돕니다. 파아란 물고기도 누가 올까봐 연못으로 바삐 오가며 파란 완장을 차고 연꽃을 경호하고 있습니다. 낮과 밤의 경계가 흔들이는 늦은 오후 달밤이 올 때 까지 머물다 가라고 파르르 물결을 보냅니다. 초록 빛 짙은 그늘을 드리운 흰 연꽃을 만다라화曼荼羅華라 합니다. 우주 삼라만상을 상징하는 오묘한 법칙이 흰 연꽃에 드러나 있기 때문 입니다.

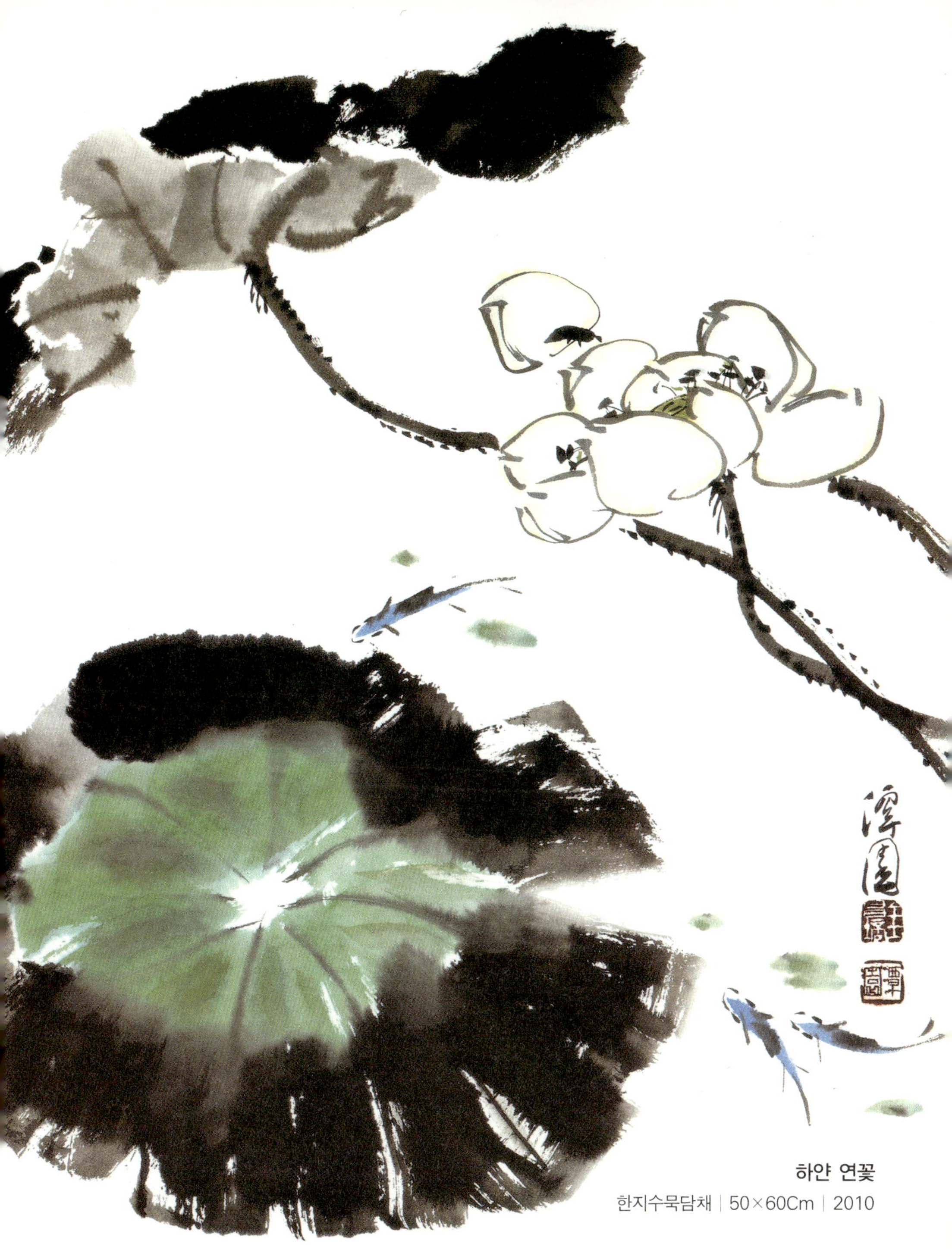

하얀 연꽃

한지수묵담채 | 50×60Cm | 2010

셀레임을 가진 연꽃

해 오름 시간 연못 백로 한 쌍
시리도록 푸른 창공에 그림자를 낳는다.
새벽이슬에 체해 트림하는
연꽃의 분홍 이파리가 너무 예뻐
소년의 가슴이 붉게 젖는다.

파란 수면에 깨어지는
설렘 하나

연꽃을 사랑한 안재동 선생은(1958-) 『연꽃을 보면서』 설레임 가득하게 노래를 하였습니다.

사람들은 깨끗한 피를 심장이 역할을 하듯 신선한 기운을 만들어 주는 연당은 자원보고입니다. 연못 호수도 대지의 모든 것을 정화하여 자연에 맑은 공기와 양분의 물과 영혼을 공급하여 줍니다.

연잎 그늘로 찾아와 놀고 있는 둥지엔 백로들의 쉼터, 연못엔 오늘도 자연의 순리에 따라 와서 자연의 법칙을 지키고 서서 있습니다. 연못에 하얀 빛을 물들인 백로가 머물고 있습니다. 백로에게 들킬까 봐 연잎 뒤의 물속에서 머리만 내어놓고 개구리들은 알 수 없는 곡조로 무질서하게 함성을 지릅니다.

소박한 매력의 연꽃잎은 우주를 뜻하고, 연꽃 줄기는 우주 축을 말합니다. 연 줄기의 속은 비어있지만 밖은 곧으며 줄기가 넝쿨지지 않고 가지 치지 않으며 향기는 멀리 갈수록 더욱 맑다고 합니다. 국화는 꽃의 은일자이고, 목단은 꽃의 부귀한 자이며, 연꽃은 꽃의 군자라 하였습니다. 나그네도 향기가 나는 소박한 연꽃을 닮고 싶어집니다.

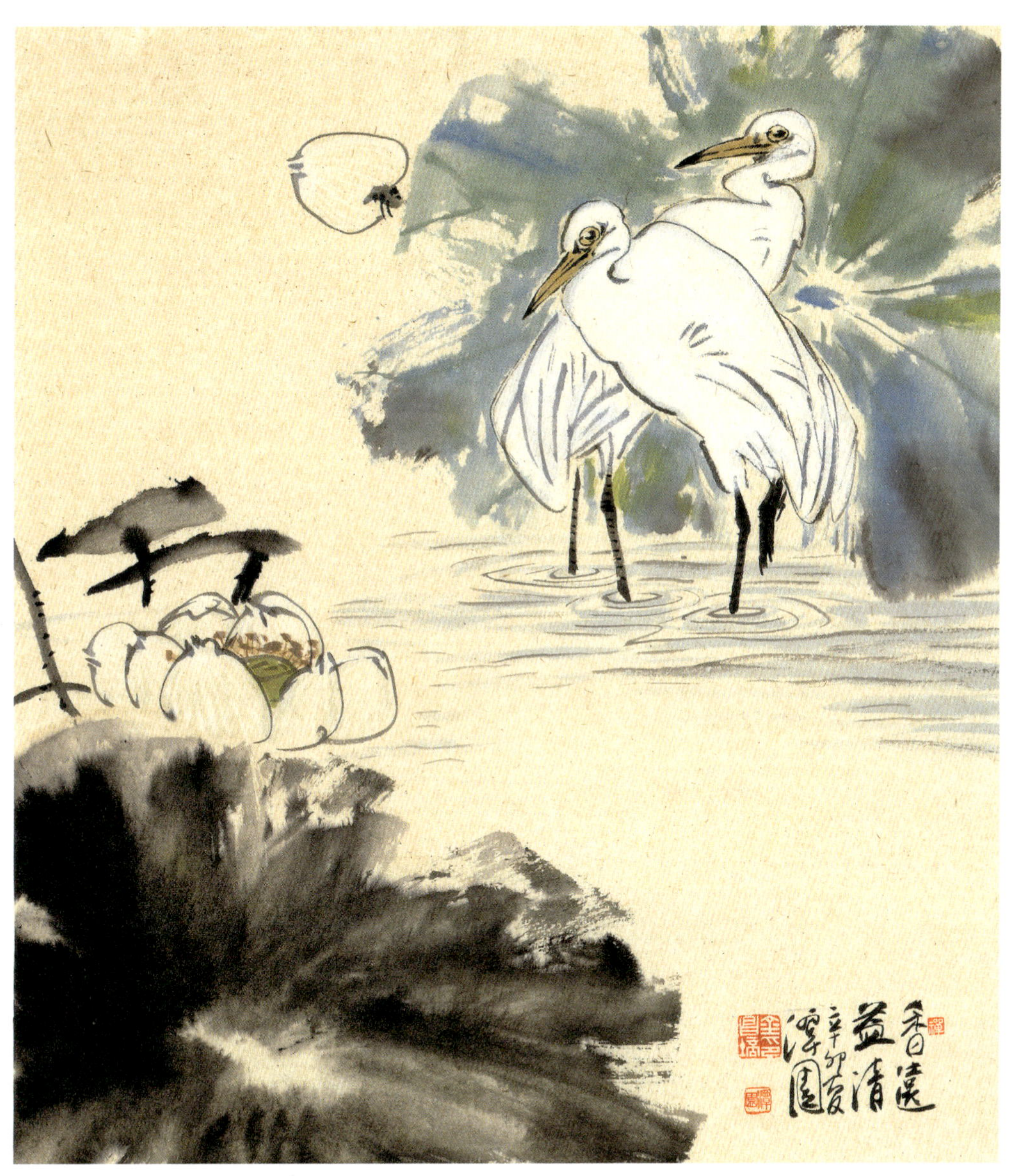

향원익청

한지수묵담채 | 50×60Cm | 2011

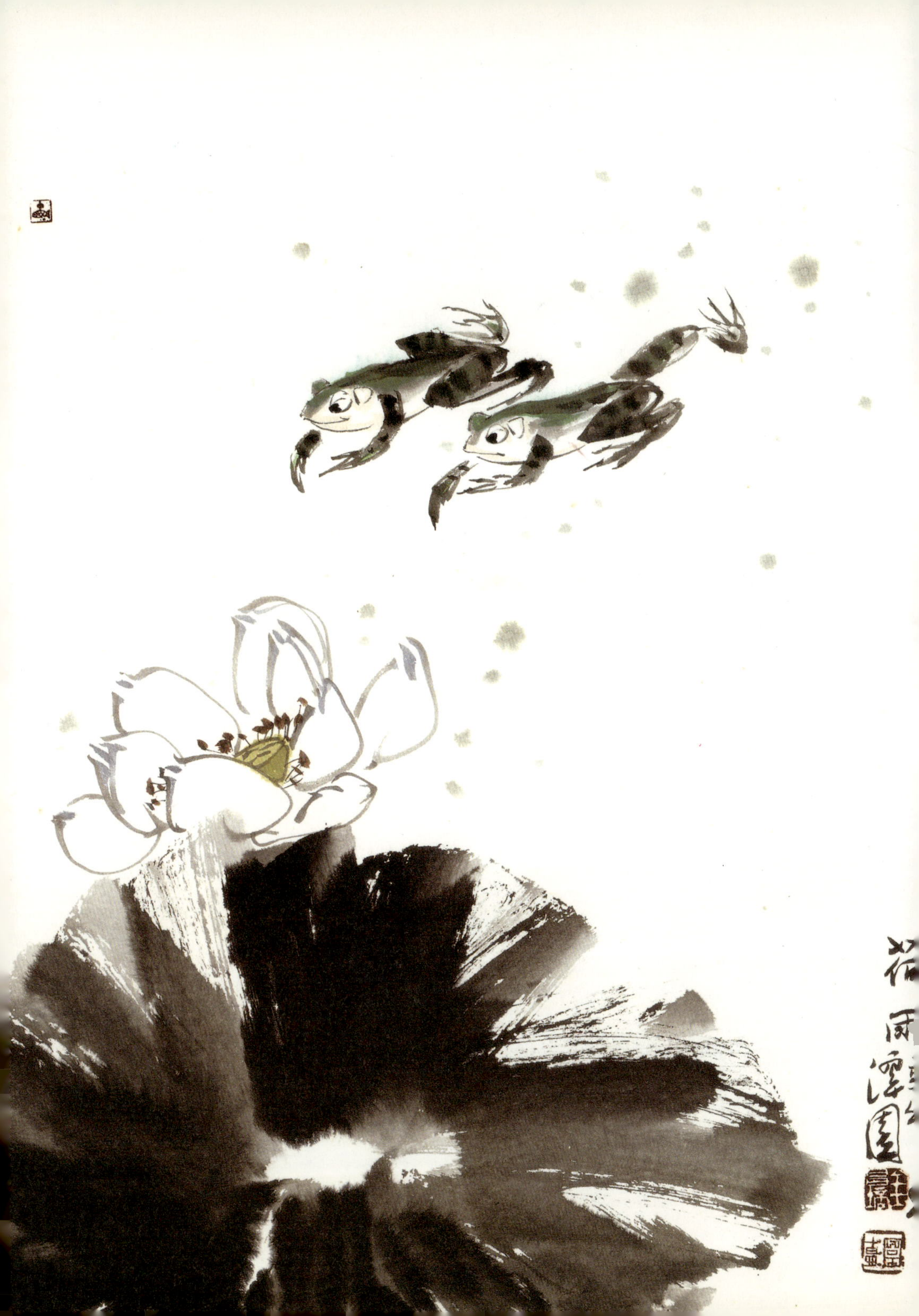

연꽃에 내리는 비

일찍이 이언적이란 시인은 『희우喜雨』 단비가 내린다, 라는 시에서 숨어사는 즐거움을 비가 오던 날 쓸쓸히 읊었습니다.

나무 창가에 온 밤에 비 내리는 소리
꿈 속 나그네 놀라서 깨니 단비소리 들린다.
지금부터 푸른 산에 큰 가뭄은 없으리라
숨어사는 나는 단정히 하고 바위 구름에 눕는다.

산에 은거하며 홀로 지내면 자연과 벗하며 사는 티끌세상 선비의 선경입니다. 끝없이 펼쳐진 연 숲은 다채로운 풍경이 펼쳐집니다. 연못에 비가내립니다. 비를 맞은 연꽃은 어떻게 있을지 비묻은 바람향기를 따라 뚝 방 길을 걸어 들어갔습니다. 연꽃잎과 호흡을 맞추려고 접근하니 살며시 고개를 숙였습니다. 비를 맞지 않게 하기위해 준비를 합니다. 구름 그림자 연꽃위에 덮으니 시원한 바람이 불어 연잎들이 일렁이며 춤을 춥니다. 연꽃위에 바람이 불어야 비가 옵니다.

나그네 마음에도 갈망의 비가 되어 시원한 바람이 불어오고, 지나간 날들이 모두 비가 되어 그리움의 비로 변해 내립니다.

이렇게 연꽃 위에 비가 내리면 개굴개굴 청개구리가 제일 좋아 합니다. 목마른 대지에 산천의 초목들도 좋아합니다. 연꽃위에 비를 맞으면 비 맞은 모습이 초라해 보여 걱정을 합니다. 비가 내린 다음 연당은 마침내 아련하고 맑고 평온합니다.

하우荷雨

한지수묵담채 | 50×60Cm | 2011

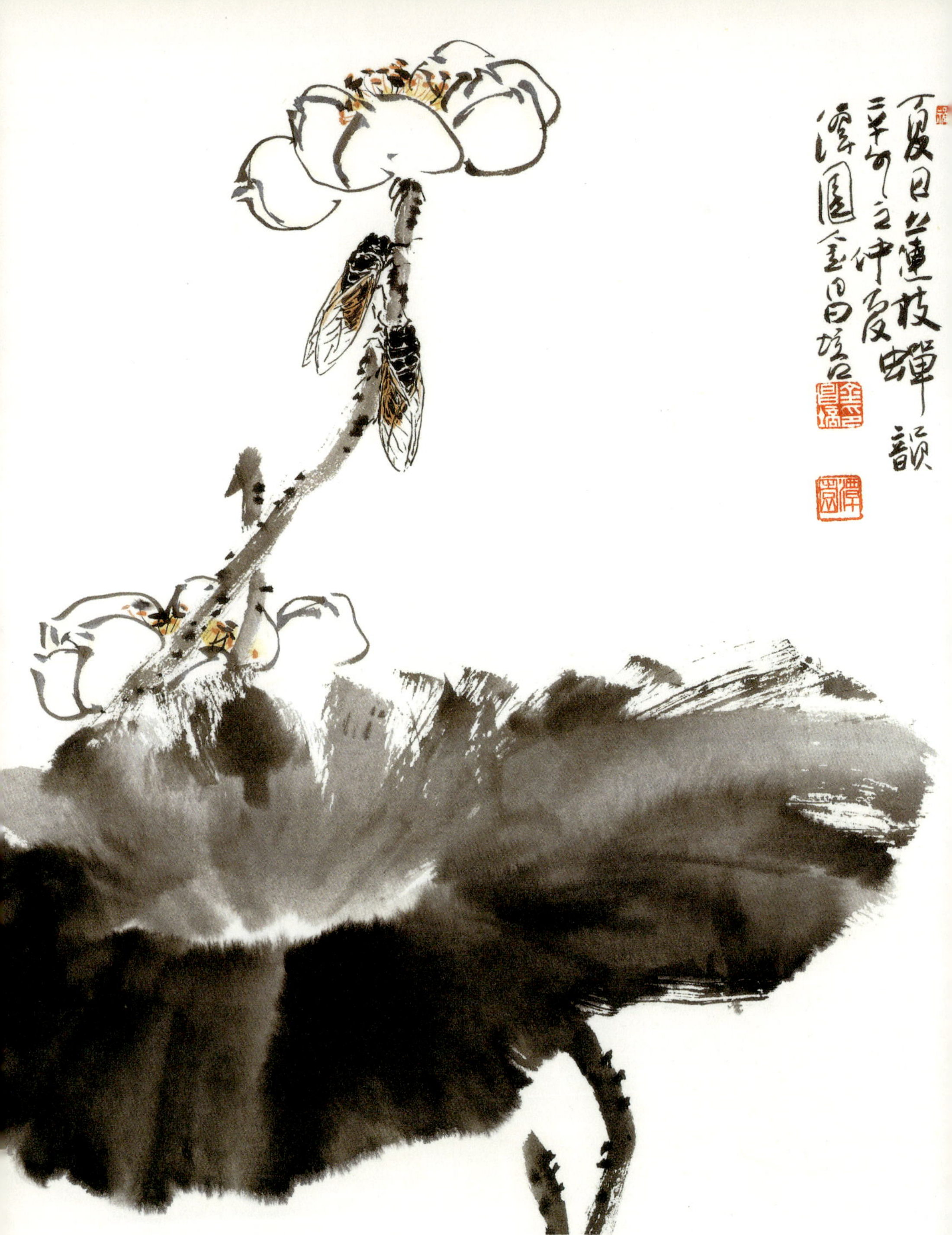

면벽참선에 든 매미

연꽃도 여름 한낮엔 잠을 자기도 합니다. 장하長夏의 긴 장마에 늦게 나온 매미 한 쌍, 연 줄기에 찰싹 붙어 면벽참선에 들었습니다. 개구리들도 울어대기 시작하더니 귀뚜라미도 울고 풀벌레도 우니, 덩달아 짝을 찾아 울 필요 없는 수컷 매미도 웁니다. 끼어들어 울어 대는 매미 울음소리가 절박하고 구성져 슬픈 공기가 가득 채워집니다.

서로 호흡을 맞추어 연습을 못한 듯 조화라고는 없는 합창소리 대자연의 오케스트라 같은 연주는 참으로 웅장합니다.

매미는 이슬만 먹고 깨끗이 살며 해가 지면 울음이 멎어 음흉한 계책에 말려들지 않기에 선비의 기상으로 삼아왔던 것입니다. 매미는 한자어로 매미선蟬자 입니다. 우리가 쓰는 선禪 옆에 벌레가 붙어 있습니다. 외로울 단單자에 시示 충虫이 다를 뿐입니다.

하일연지선음

한지수묵담채 | 50×60Cm | 2011

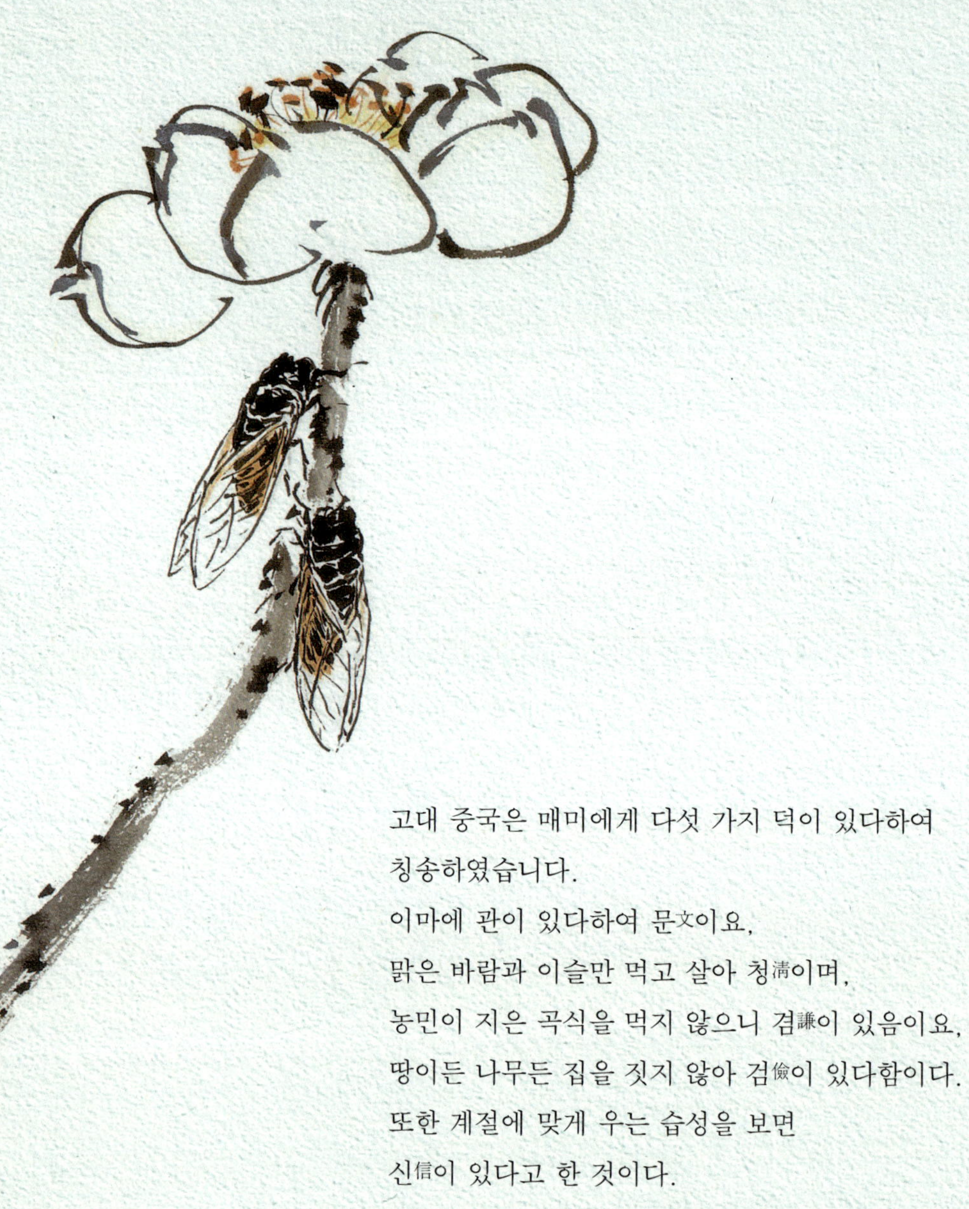

고대 중국은 매미에게 다섯 가지 덕이 있다하여
칭송하였습니다.
이마에 관이 있다하여 문文이요,
맑은 바람과 이슬만 먹고 살아 청淸이며,
농민이 지은 곡식을 먹지 않으니 겸謙이 있음이요,
땅이든 나무든 집을 짓지 않아 검儉이 있다함이다.
또한 계절에 맞게 우는 습성을 보면
신信이 있다고 한 것이다.

이처럼 매미는 청빈과 고고한 매미정신을 표상으로 삼아 선비들은 매미처럼 욕심 없이 청빈하게 살았습니다.

당나라 초기의 시인인 낙빈왕(634~684)은 『옥에서 매미를 노래하다』에서 다음과 같이 적고 있습니다.

가을 하늘에, 매미는 소리 내어 울고
죄인은 향수에 젖는다.
어찌 견딜까, 검은머리 음영이
흰머리의 신음을 와서 보고 있는 것을
이슬이 무거워 날아가기 어렵고
바람이 세차서 소리가 쉽게 잠긴다.
고결함을 믿어 줄 사람은 아무도 없으니
누가 나의 마음을 알려 줄거나.

청정미묘한 미소가 두 연꽃송이를 통해 연당에 화음이 되어 울려 퍼집니다. 매미가 참선하는 초록의 연 숲을 바라보니 나그네 마음도 깨끗이 귀와 눈을 씻습니다.

백련 시사회

꽃들은 늘 향기로 먼저 말을 건넨다는 사실을 처음인 듯 새롭게 알아듣곤 합니다. 수녀시인으로 잘 알려진 이해인 수녀님, 투병 중인데도 불구하고 『향기로 말을 거는 꽃처럼』이란 향기로운 글을 남겼습니다.

어느 땐 바로 가까이 피어 있는 꽃들도 그냥 지나칠 때가 많은데
이쪽에서 먼저 눈길을 주지 않으면
꽃들은 자주 향기로 먼저 말을 건네 오곤 합니다.
좋은 냄새든 역겨운 냄새든 사람들도 그 인품만큼의 향기를 풍깁니다.
많은 말이나 요란한 소리 없이 고요한 향기로
먼저 말을 건네 오는 꽃처럼 살 수 있다면
이웃에게도 향기를 전하며 한 세상을
아름답게 마무리할 수 있다면 얼마나 좋을까요?

연간작락

한지수묵담채 | 50×60Cm | 2011

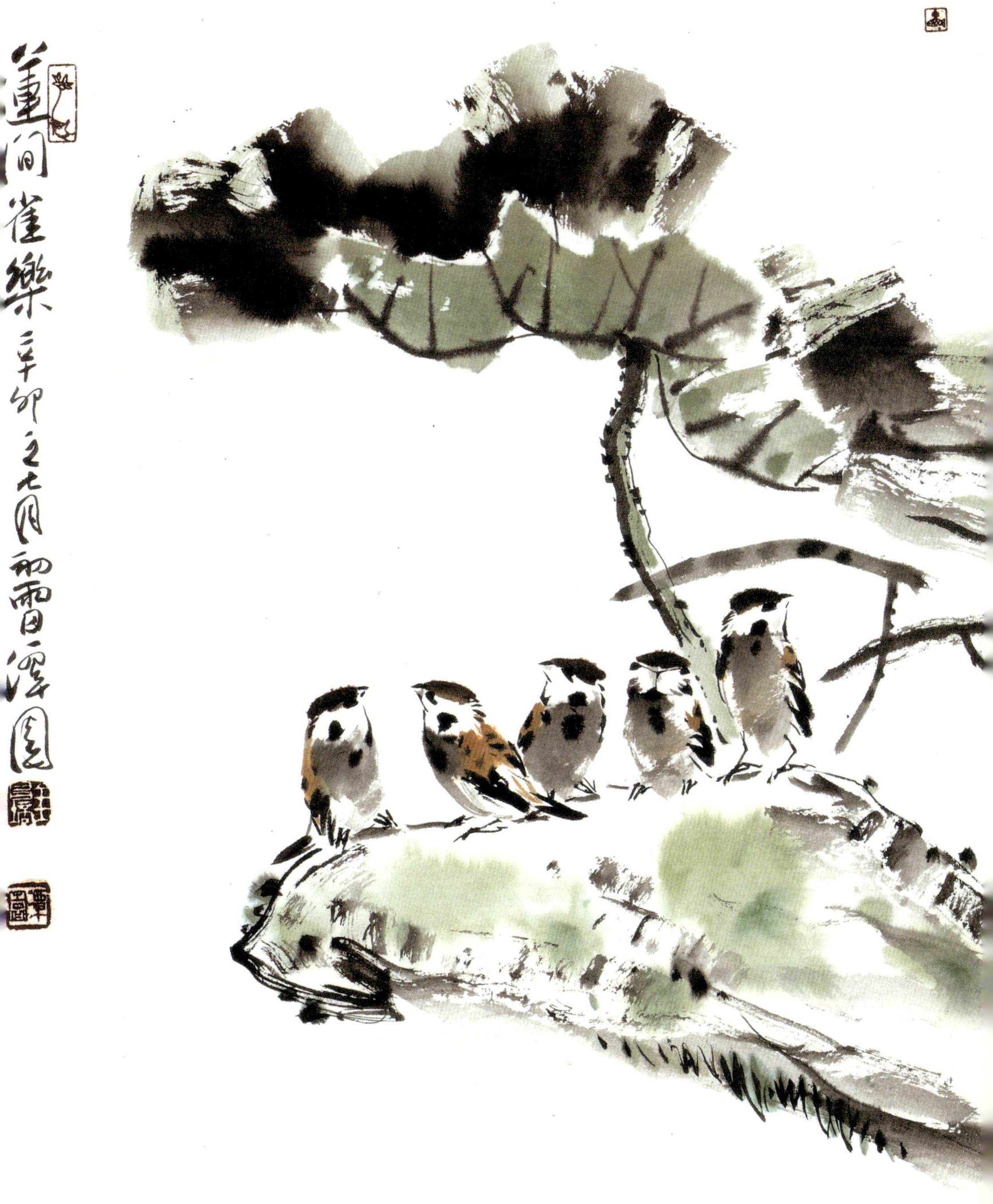

참새 들이 하늘을 마음껏 놀다가 그늘 드리운 연잎아래 집을 짓고 머물다 갈려고 가족이 옹기종기 모여 대화를 나누고 연꽃이 피면 백련 시사회를 논의하고 있습니다. 진초록 연잎도 향기 나는 연꽃도 말을 걸어 올 테지요! 비가 오는 날이면 비를 막아주어 우산을 만들어 주고, 뜨거운 태양이 열기를 내리면 양산을 만들어 주니, 참새들은 최고의 휴식공간으로 피서의 즐거움을 찾겠지요! 온종일 내리는 햇살 아래 더욱 푸른 연잎들 구름과의 숨바꼭질을 하고 있습니다.

햇살이 어른거리는 맑은 바람과 그늘을 만들어 제공합니다. 사람들은 진흙탕물에 뿌리를 내리고 흙탕물을 몸에 묻히고 흡수해 양분으로 삼으며 삶에 필요한 산소를 만들고 꽃까지 피우는 연蓮처럼 온갖 번뇌로 가득 찬 세상에 물들지 않고 오염된 세상을 맑게 하라'는 가르침으로 해석하고 받아들입니다. 이처럼 자연은 무진하며 변화무쌍합니다. 평상심을 잃지 않고 깨달음을 주어, 그래서 더욱 아름답습니다.

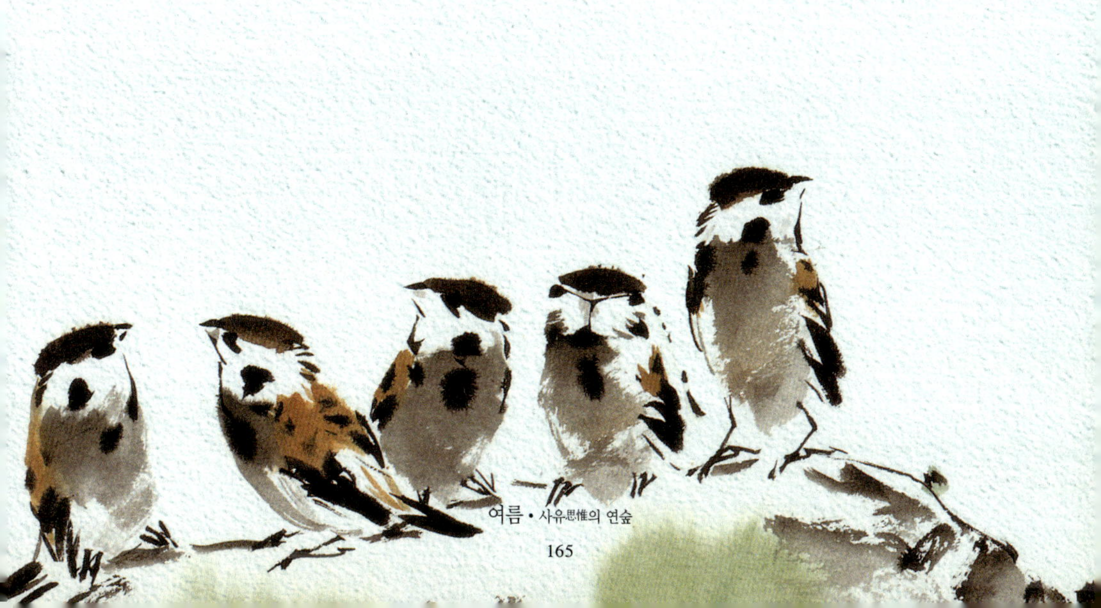

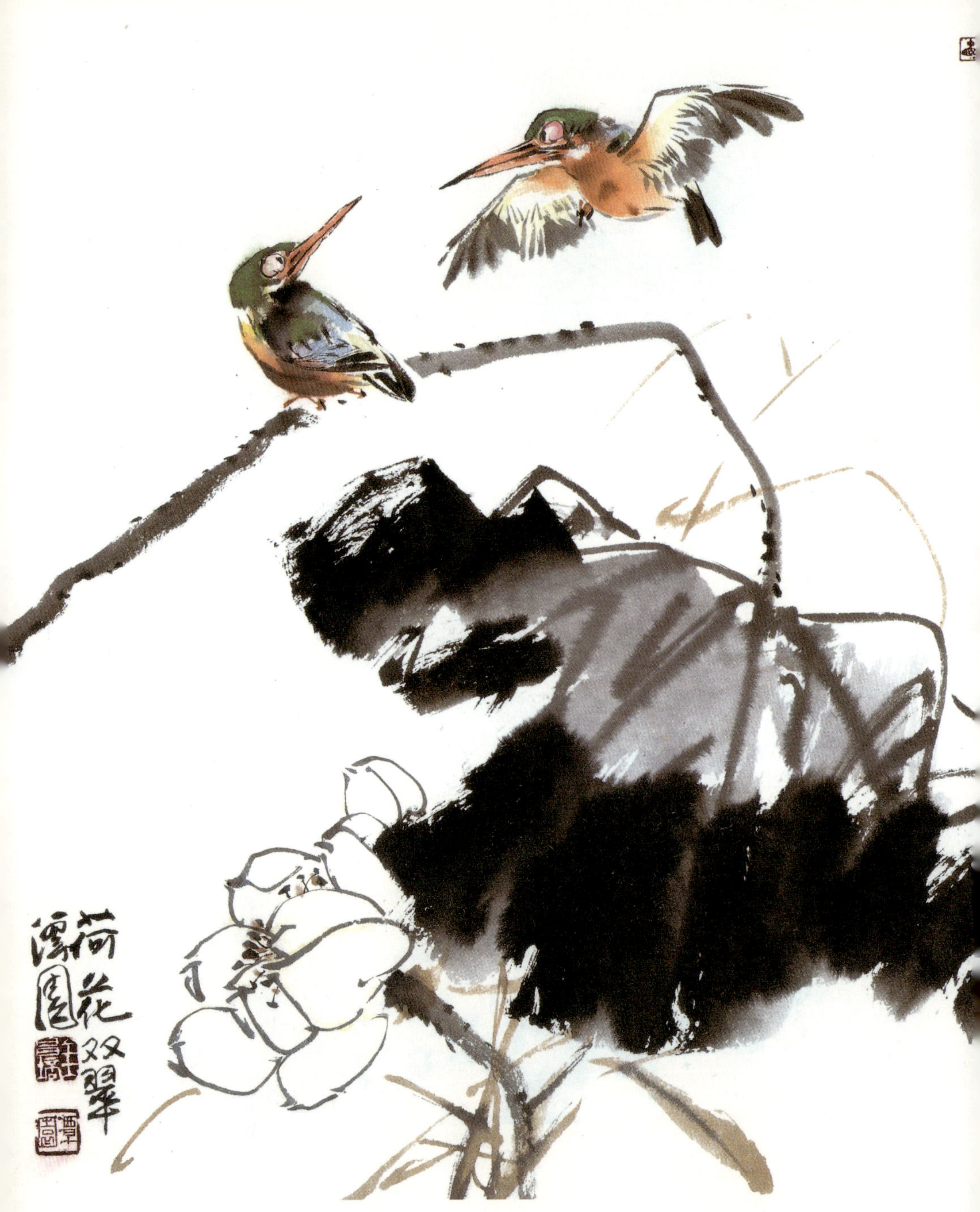
荷花双翠

욕심 없는 연꽃

산들의 나무도 도처에 자연의 순리대로 자라납니다. 단 한순간도 아우성치거나 소리를 지르지도 서로 싸우지 않으며 조급하지도 않고 멈추지도 않습니다. 연못과 그 너머로 펼쳐진 산들을 바라보니 여름 풍경이 산뜻하게 연못에 투영되어 펼쳐집니다. 산들 바람 부는 날 연못으로 늘어진 능수버들은 실처럼 늘어져 물위를 캔버스삼아 유형무형有形無形의 수채화를 그리고 있습니다. 나그네는 연못 속으로 흡수되어 하나가 되어 갑니다.

물총새 한 쌍 비단옷을 입고
연못가에서 깃을 털며 맑은 햇빛을 즐기네.
누가 쇠 피리를 부는가
쪼르륵 놀라 날아갈까 두렵다네.

정치력과 관운이 함께 한 당대 최고의 문장가 서거정(1420~1488)은 『취조翠鳥』 물총새란 시에서 그렇게 노래를 하였습니다.

연잎줄기에서 떠났던 물총새도 돌아와 반가운 노래 소리가 들리면 비로소 새 연꽃을 볼 수 있습니다.

연못에 여름의 아름다운 색을 숨기고 서서 욕심 없는 연꽃, 무덥던 여름의 창가에서 소소하게 연꽃 피어납니다.

하화쌍취荷花雙翠

한지수묵담채 | 50×60Cm | 2010

연당의 뜨락

중국 성당盛唐 시기의 시인으로 이백과 더불어 중국의 최고 시인으로 일컬었던 두보(712~ 770)는 『하씨에게 들리며』란 시에서 이렇게 노래를 하였습니다.

평대 위로 해는 지고
봄바람에 차 마실 시간.
돌난간에서 비스듬히 붓 적시어
물총새는 옷 말리는 나무에서 울고.

연꽃은 수면까지 줄기를 일으켜 세운 여름날 아침 기운과 빛을 받으면 연꽃이 핍니다. 그리고 오후가 되면 일단 꽃잎을 오므립니다.

피었다 오므리기를 몇 차례 반복하다가 꽃이 수정을 시킵니다. 사오일 째가 되면 바람은 꽃잎을 수면으로 내려 보내져 묻어있는 물기를 닦아도 주고 바람 부는 대로 항해를 하다가 흙으로 돌아갑니다.

이 무렵 땅 속에서는 연뿌리가 힘차게 땅속으로 뻗어 나갑니다. 바람은 연못을 덮어버린 부평초나 잔해물을 거두어가 바람과 춤을 추며 이동을 합니다. 공기를 질식시키고 태양빛을 차단한 연못의 생태를 살아있게 만들어 줍니다.

"물총새야 너는 어디를 보고 있나 작은 물고기는 이미 깊이 잠겼는데."

연꽃은 이미 한잎 두잎 해탈을 합니다, 여전히 서늘한 바람은 불지만 여름 햇볕은 그 영향력을 지니지 못하고 있습니다. 한여름의 태양은 작열하듯 내리지만 입추가 지나니 그 뜨겁던 에너지는 다 어디로 갔을까 싶을 정도로 간사한 체감은 연당의 뜨락에 한 장씩 내려, 내 마음에도 갈색의 가을이 내립니다.

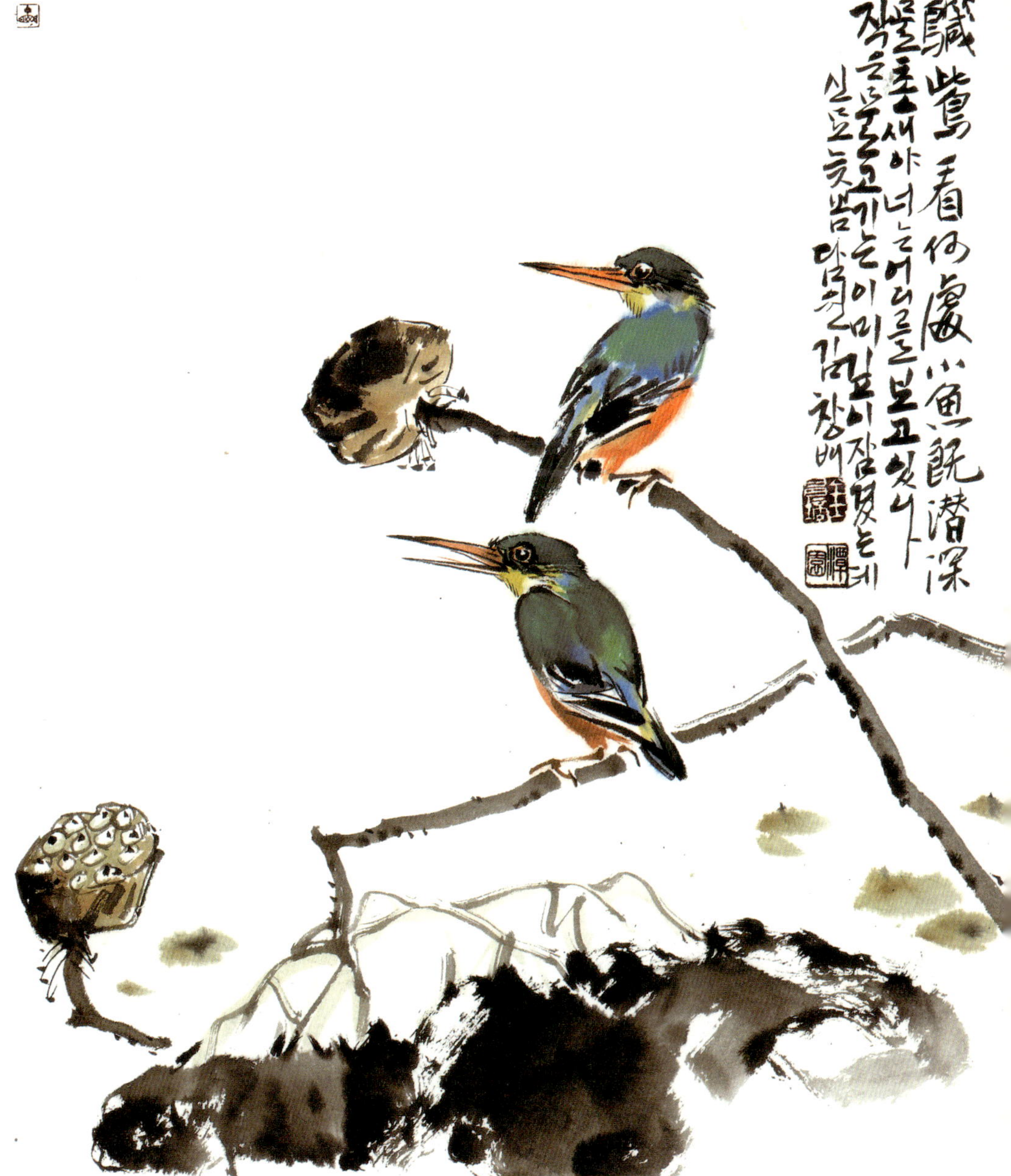

연당에 날아든 새

한지수묵담채 | 50×60Cm | 2011

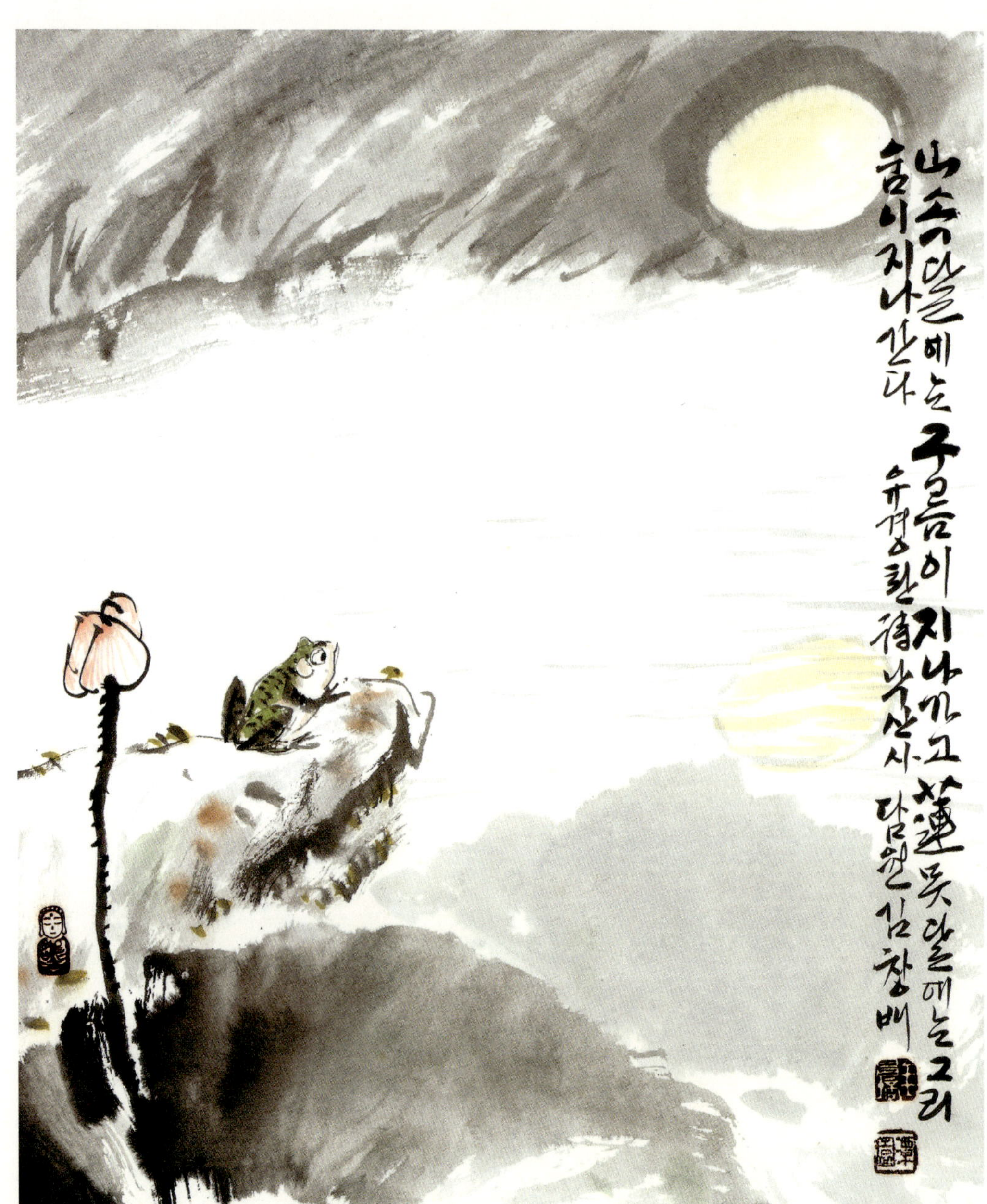
山속 달에는 구름이 지나가고 蓮못 달에는 그리
움이 지나간다
유경환 詩 낙산사 담원 김창배

달빛 기도

산속의 달에는
구름이 지나가고
연못의 달에는
그리움이 지나갑니다.

『낙산사』에서 유경환 시인은 그리움을 시로 애절히 표현했습니다.

연못에 뜬 달

한지수묵담채 | 50×60Cm | 2010

또한 이해인 수녀님은 『달빛 기도』에서 다음과 같이 노래를 하였습니다.

너도 나도
집을 향한 그리움으로
둥근 달이 되는 한가위

우리가 서로를 바라보는 눈길이
달빛처럼 순하고 부드럽기를
우리의 삶이
욕심의 어둠을 걷어내
좀 더 환해지기를
모난 마음과 편견을 버리고
좀 더 둥글어지기를
두 손 모아 기도하려니

하늘보다 내 마음에
고운 달이 먼저 뜹니다.
한가위 달을 마음에 걸어 두고
당신도 내내 행복하세요, 둥글게.

연꽃만이 소리 없이 피어나는 줄 알았더니 달님도 소리 없이 떠올라 연못의 먹색을 조금씩 지워가면서도 한마디 말도 없습니다. 왜 지구상의 사람들과 동물들은 말을 하는데 나무와 꽃들과 그리고 달님까지도 말이 없는지 궁금해집니다.

아무런 욕심 없이 쓸쓸히 달은 떠 연못을 환하게 빛을 덮고 있습니다.

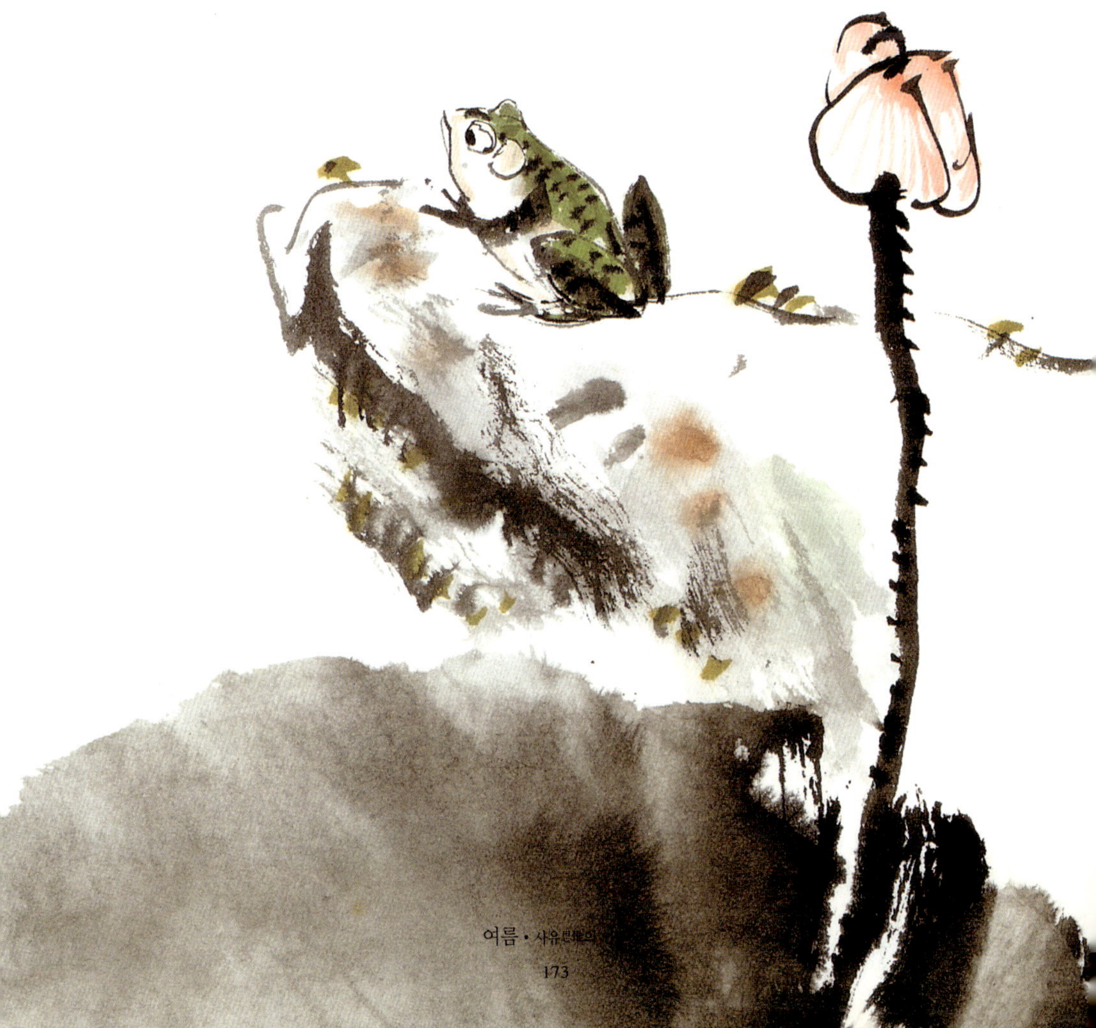

연꽃의 함성과 참새 모임

오늘아침 따라 연꽃 위에 내리는 햇빛은 나그네의 마음을 맑고 기분을 좋게 만듭니다. 간밤 이슬을 머금고 핀 연꽃, 무심히 흔드는 바람은 잎에 담은 이슬을 수면 위로 쪼르륵 떨어뜨립니다.

연꽃들이 널다란 코끼리 같은 귀를 내 놓습니다. 그 푸른 큰 귀들을 보고 이른 아침부터 참새들이 몰려옵니다. 허공에 가부좌를 틀고선 연들은 부처님같이 귀를 넓히며 법문을 준비 중입니다. 큰 귀는 언제나 마음을 다 열어 놓고 세상의 이야기를 다 들으려 합니다. 나그네의 입은 하나며 귀도 두 개인데, 하나인 입이 말할 때 두 개의 귀로 두 배를 열어두고 남의 말들을 들으라는 뜻이랍니다.

여름이면 사람들도 더위를 피해 나무 그늘로 피합니다. 새들도 마찬가지로 소풍도 가고 물놀이를 즐기고 나무그늘에서 모여 낮잠도 자고 피서를 즐깁니다. 연못에 연꽃이 가득합니다. 연꽃이 필 때면 연꽃을 따는 아가씨들이 있습니다. 차인들은 향기로운 연차를 만들어 좋은 사람들과 나누어 먹기를 즐깁니다. 연당에 모여든 참새 가족 어미와 새끼 세 마리가 모여 채련가를 구성지게 부르고 차 한 잔 하고 있습니다.

둥지의 들 참새들 떼 지어 제비를 속이고
꽃 아래의 산 속 벌들 멀리서 사람을 쫓아온다.
푸른 대나무 줄기에 시를 가득 적고 싶어도
저녁이라 고독하여 마음 상할까 두려워진다.

시인묵객 두보가 『정현 지방에 있는 정자』에서 참새들을 보고 느낌을 적은 아름다운 이야기입니다. 참새들이 편안히 쉬다가 떠나면 나그네도 혼자서 연잎 속으로 산책을 하렵니다. 그리고 다들 잠이 들면 정자에 들어가 연꽃의 함성 들으며 나도 잠을 자겠습니다.

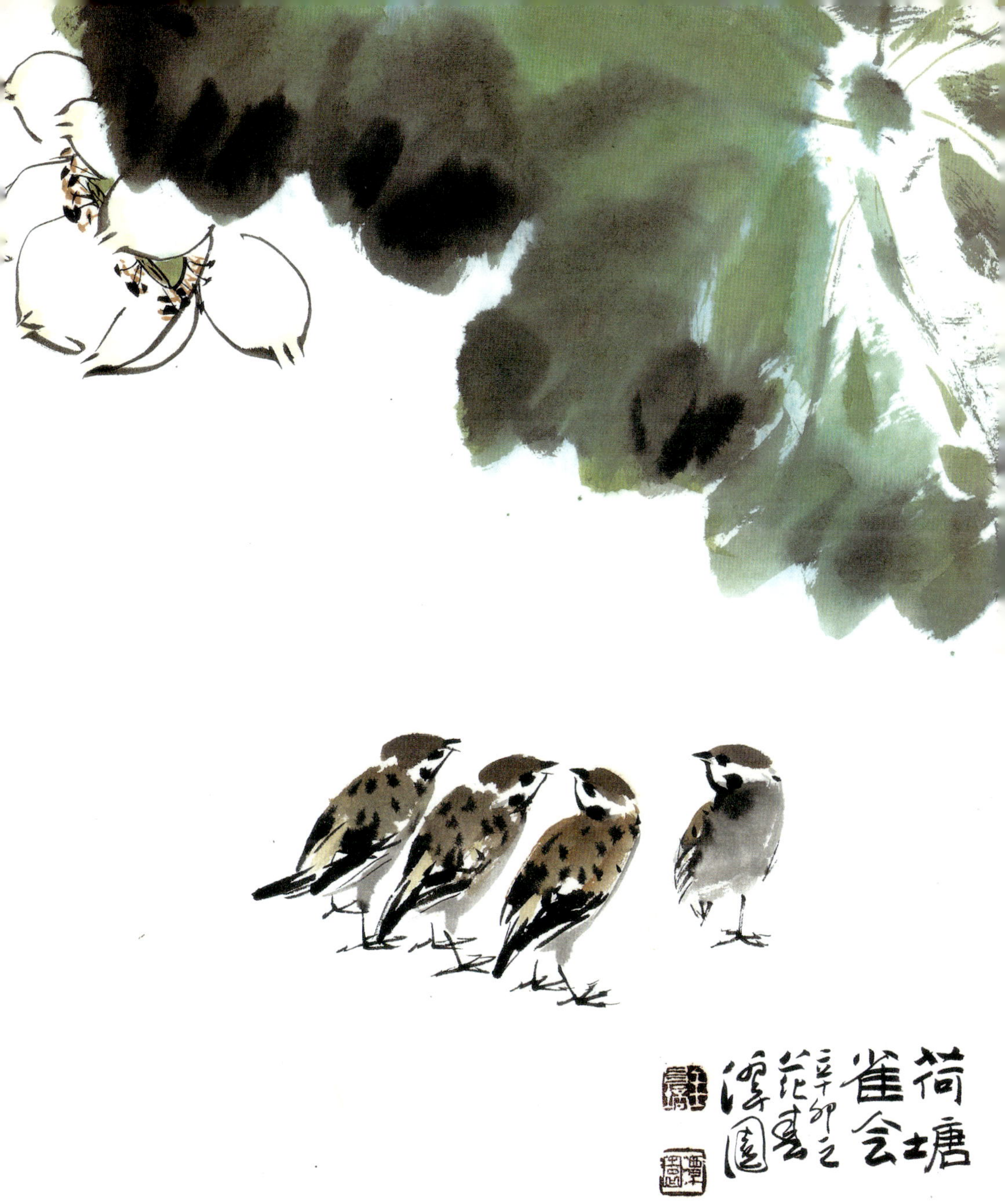

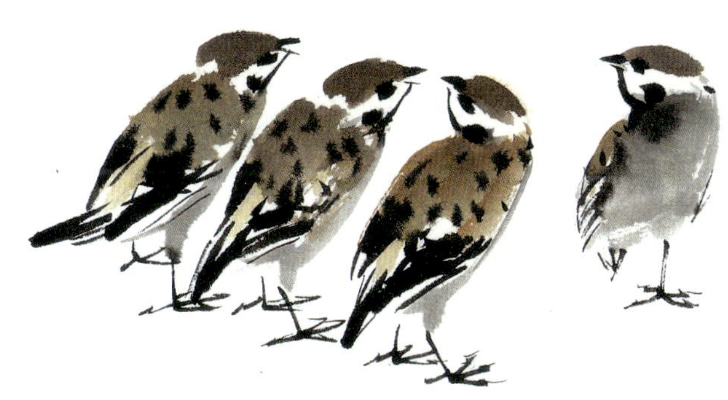

하당작회荷塘雀會

한지수묵담채 | 50×60Cm | 2011

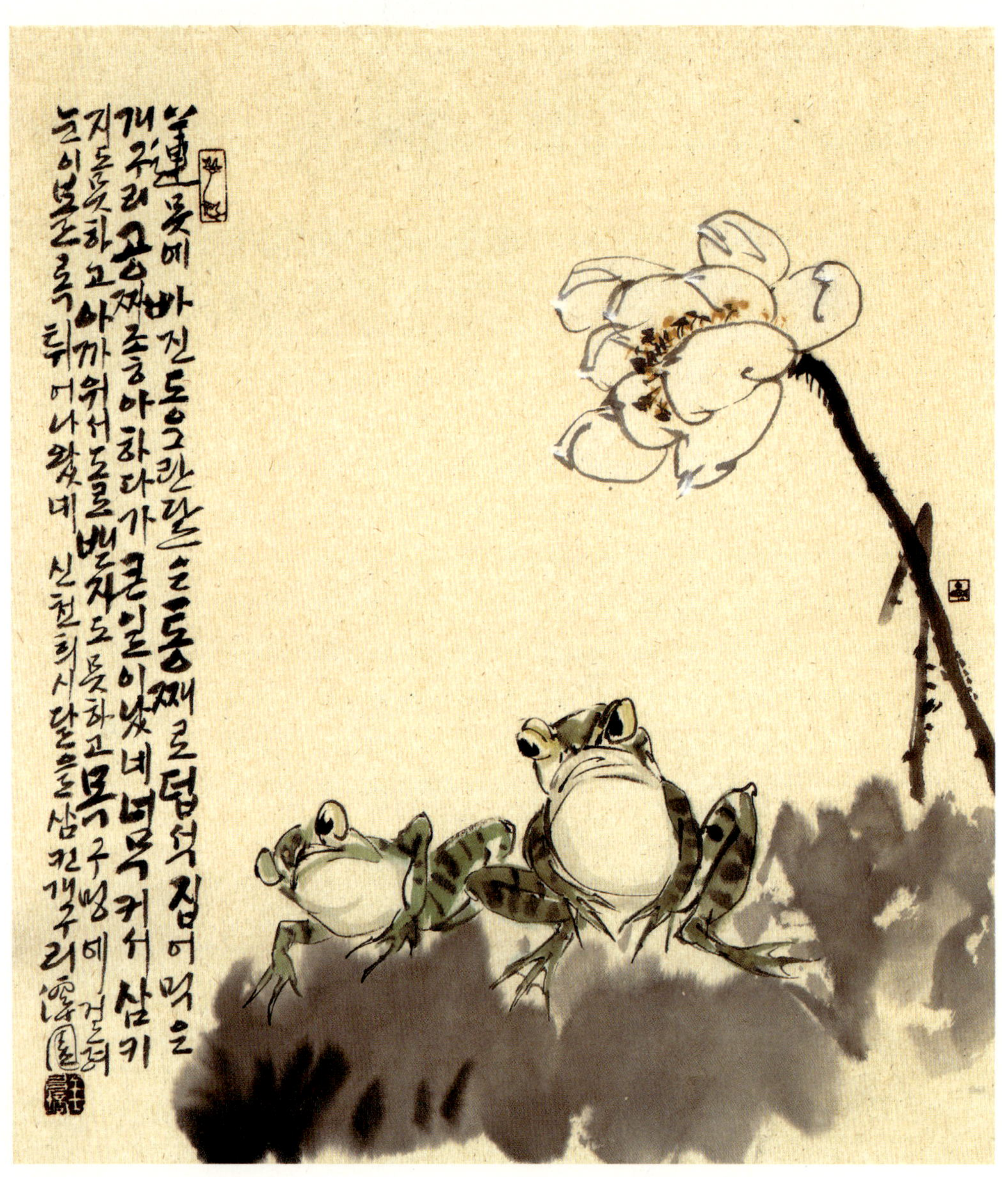

연당에 달을 삼킨 개구리

한지수묵담채 | 50×60Cm | 2010

달을 삼킨 개구리

오늘밤도 연꽃은 나를 초대하더니, 개구리도 부르고, 달님도 초대를 하였습니다. 복잡한 머릿속을 다 비우고 털어내라고 연꽃이 말을 걸어옵니다.

어둠이 낙엽처럼 차곡차곡 쌓여 연못의 밤이 깊어갑니다. 깊어진 여름밤 일찍 떠오른 달 때문에 연당에 큰 문제가 생겼습니다. 꽃핀 연못에 빠진 달을 통째로 덥석 물어 목에 걸려 이러지도 저러지도 못하는 개구리 의 곤혹스런 풍경을 그렸습니다.

아동문학가로 유명한 신천희 님은 『달을 삼킨 개구리』란 시에서 해학적으로 이야기를 하였습니다.

연못에 빠진 동그란 달을 통째로 덥석 집어 먹은 개구리.
공짜 좋아 하다가 큰일이 났네.
너무 커서 삼키지도 못하고 아까워서 도로 뱉지도 못하고
목구멍에 걸려 눈이 볼록 튀어 나왔네.

내친김에 황상순 시인의 시 한수 더 봅니다.

달 내놓아라. 달 내놓아라.
소나기 그친 뒤 장독대 빈 독 속에 달이 들었습니다.
찰랑 찰랑 달하나 가득한독.
어디 숨어 있다 떼 지어 나온 개구리들 달 내 놓아라 달 내놓아라.
밤새 아우성이다. 밤새 아우성입니다.

아우성치는 개구리들을 만날 때마다 연잎은 언제나 아침 이슬에 젖어있었고 빛나는 눈동자는 달처럼 연못을 환하게 빛을 내어 밝히는 것을 보면 행복이 가득합니다.

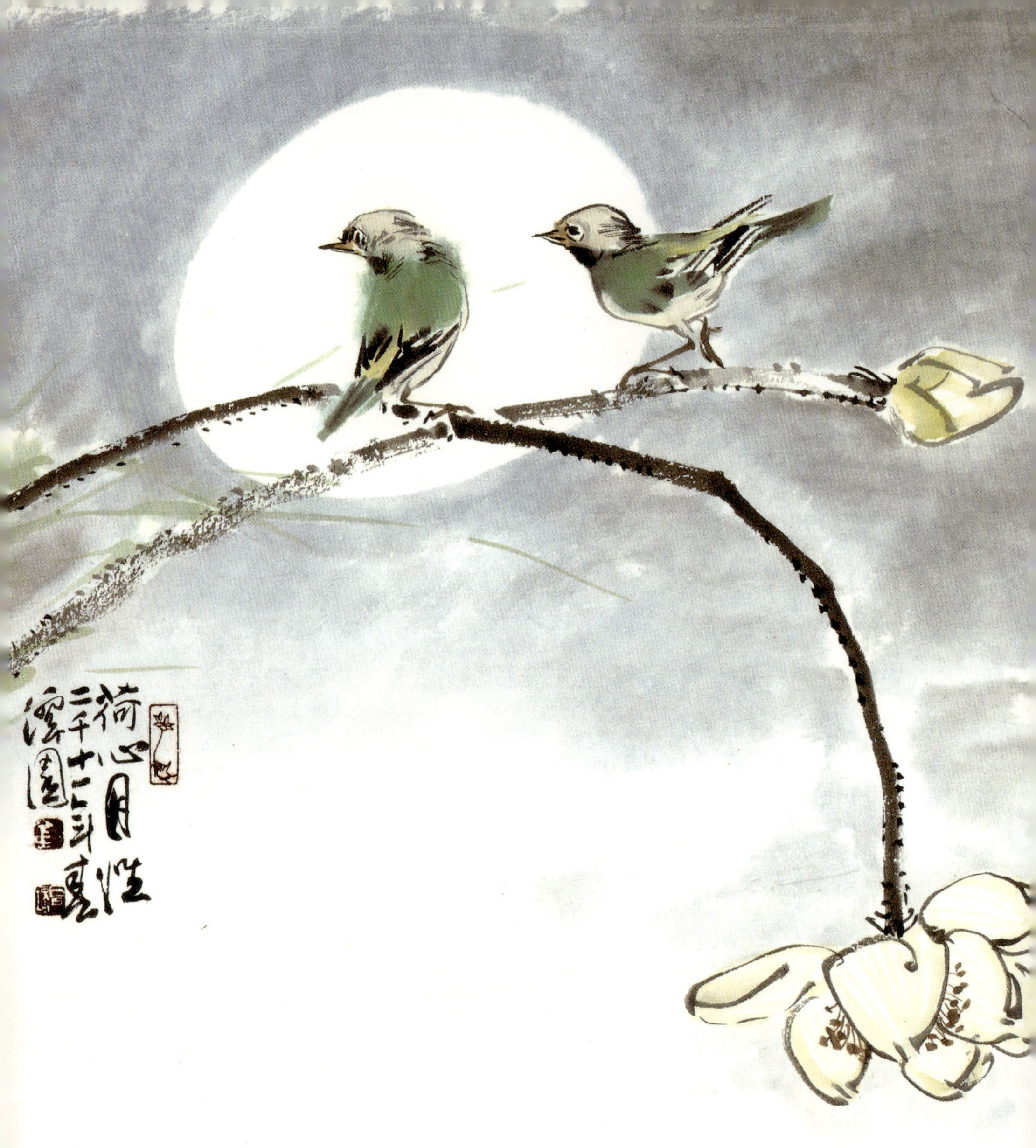

하심월성荷心月性

한지수묵담채 | 50×60Cm | 2011

새들의 연못

붉어진 빛이 서산을 향해 서둘러 넘어갑니다. 그 빈자리엔 그새 보름달이 나와 연잎사이로 들어 빛이 통과해 연꽃을 만나고 있습니다. 빛 받은 연꽃은 외줄기에 아름다운 꽃만을 피기 때문에 연꽃의 고결한 성품을 볼 수 있습니다.

『하심월성荷心月性』연꽃의 성품이 한밤 빛나는 보름달과 같습니다. 달을 사랑한 만해 한용운 스님은『달을 보며 당신을 그리워』하는 시를 이렇게 읊었습니다.

"달은 밝고 당신이 하도 그리웠습니다.
자던 옷을 고쳐 입고, 뜰에 나와 퍼지르고 앉아서,
달을 한참 보았습니다.
달은 차차차 당신의 얼굴이 되더니
넓은 이마, 둥근 코, 아름다운 수염이 역력히 보입니다.
간 해 에는 당신의 얼굴이 달로 보이더니,
오늘 밤에는 달이 당신의 얼굴이 됩니다.
당신의 얼굴이 달이기에 나의 얼굴도 달이 되었습니다.
나의 얼굴은 그믐달이 된 줄을 당신이 아십니까.
아 아 당신의 얼굴이 달이기에 나의 얼굴도 달이 되었습니다."

지금까지 잔잔한 연못은 그간 보이지 않는 놀라운 생명력이 넘쳐흘러 꿈틀대는 모습이 가득 찼습니다. 고되게 날아가던 새들이 날개를 접고 편안히 쉴 수 있는 공간을 내주는 연꽃, 이제부터 연당엔 온갖 조류들이 연꽃 가지를 차지하기 시작을 하여 새들의 연못이 되어가고 있습니다.

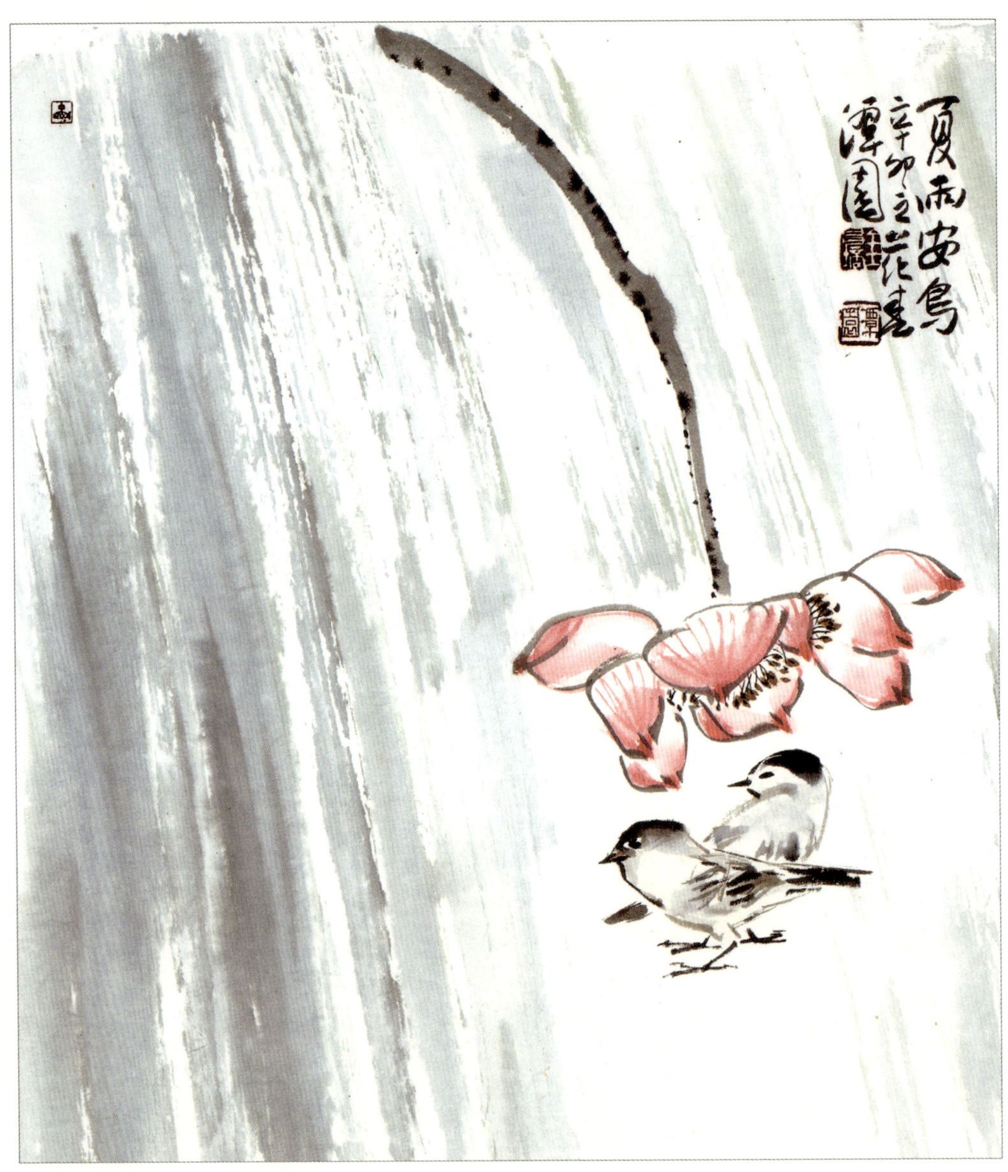

하우안조荷雨安鳥

한지수묵담채 | 50×60Cm | 2011

연꽃이 사철 내내 피어있는 것은

김세실 시인이 『연꽃이 사철 내내 피어있는 것은』의 시에서 이렇게 노래를 하였습니다.

연꽃이 사철 내내 피어있는 것은 무엇 때문일까
나 알 수 없어라 붉은 꽃봉오리 세워 지극한 사랑에
빠져든 것일까 나 알 수 없어라

그러나 아니야 연꽃이 혹독한 추위 속에
견디는 것은 수렁 속 세상을 정화하기 위해서야.
뿌리는 고통에 떨며 온힘을 다해서 꽃잎을 바치는 거야

밤이면 꽃잎을 사르르 닫고, 핏방울 뚝뚝 흘리며
슬피 우는 것을 사람들은 모르지
연꽃이 맑은 빛 뿜으며 세상을 향해 웃을 때
우리는 평생을 닦으며 살아야지.

여름철에 내리고 있는 비를 두고 나그네는 눈을 지그시 감으며 묵상을 해봅니다. 이 비들은 정해진 순서에 따라 진행되고 있는 것입니다. 어떤 때는 천둥을 치며 혹독한 추위를 동반한 우박을 내리고 또한 무지개를 만들며 내리는 비도 있고 억수 같은 비로인해 들판과 마을 그리고 방죽을 넘치게 내리는 비도 있으며 조용히 서정 시 와도 같은 이슬비가 내리는 때도 있습니다.

밤새내린 이슬방울 이제 막 태어난 태양의 첫 빛을 받아 오색 영롱하게 빛나고 있습니다.

이른 아침에 미역을 감으러 온 새들은 연잎에 묻은 이슬로 몸과 깃털을 적시고 날개를 펴 퍼덕입니다. 어제만해도 새들은 연 줄기에 앉아서 미역을 감고 더위를 견디고 있었습니다.

또 연못의 고요한 침묵을 깨는 소나기가 지나갑니다. 소낙비를 피해 날아든 새 편안히 연꽃 향 우산을 쓰고 있는 모습이 사람과 같습니다.

아침에 내리는 비를 보니 뭉클 솟는 흥치로 가득 시작합니다. 사람들은 비가 내리면 모두가 시인이 됩니다. 많은 비가 내리니 연 줄기를 땅에 엎드려 심방에 비를 맞지 않게 고개를 팍 숙이고 있습니다. 이처럼 연꽃의 줄기는 부드럽고 유연해 좀처럼 바람이나 충격에 부러지지 않고 유유히 연꽃이 스스로 움직입니다.

송산서원에서 쓴 연꽃의 열 가지 의미 중「불여악구不與惡俱」란 말이 있습니다.

연꽃잎 위에는 한 방울의 오물도 머무르지 않는다.
물이 연잎에 닿으면 그대로 굴러 떨어질 뿐이다.
물방울이 지나간 자리에 그 어떤 흔적도 남지 않는다.
이와 같아서 악과 거리가 먼 사람,
악이 있는 환경에서도 결코 악에 물들지 않는 사람을
연꽃처럼 사는 사람이라고 한다.

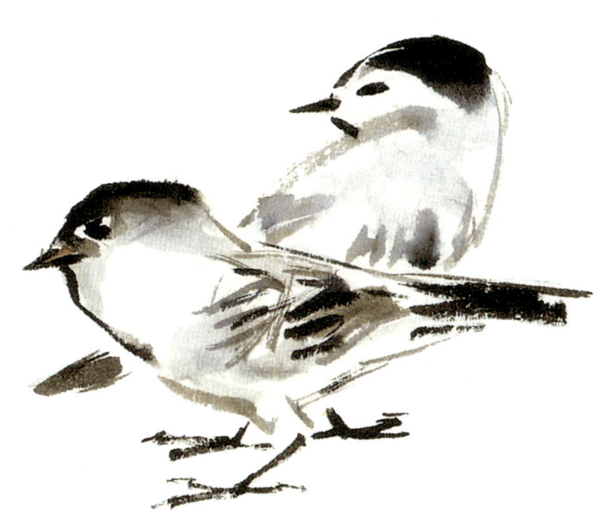

연꽃 사랑

하늘이 부자 낳아 건곤乾坤을 열었으니
쇄락灑落한 그 가슴에 티끌 한 점 없어라
어여뻐라, 맑고 통通한 아름다운 그 꽃이여
꽃 가운데 군자로서 그 묘妙함 말할 수 없네.

일찍이 퇴계 이황(1501~1570)은 조선 중기의 안동 사람으로, 주자 성리학을 발전시킨 문신, 『염계의 연꽃 사랑 』을 노래하였습니다.

연꽃을 많이 사랑하여 애련설로 알려진 주돈이(1017~1073)는 말년은 로산 기슭의 염계서당에서 은퇴하였기 때문에 문인들이 염계선생이라 불렀다고 합니다.

이황은 염계 선생의 애련설을 읽고 꽃 가운데 군자의 품은 뜻을 시로써 아름답게 읊었습니다. 자연과 함께 지혜를 배우며 숨어사는 즐거움이 있는 삶은 최고로 행복한 사람일 것입니다.

물외物外의 한가함으로 여름 연당의 연 숲은 그윽하고 깊습니다.

연 꽃 향을 품어내는 소리도 깊은 사색을 하여 조심스럽게 나와, 그윽한 정적이 연꽃향기를 타고 퍼집니다.

연꽃 정원의 목청 높여 부르던 물총새와 노래꾼들은 다 어디로 갔는지 보이지 않고 오늘의 연잎의 주인은 팔가조 가족이 차지하여 하루 종일 더위가 물러가라고 지저귀고 있습니다. 아름다운 향기와 소리는 나그네의 마음을 기쁨을 줍니다.

'연정소하', 연꽃 핀 정자에서 여름 더위를 씻어보고자 정자에 앉아 차를 마시고 하루를 보냅니다.

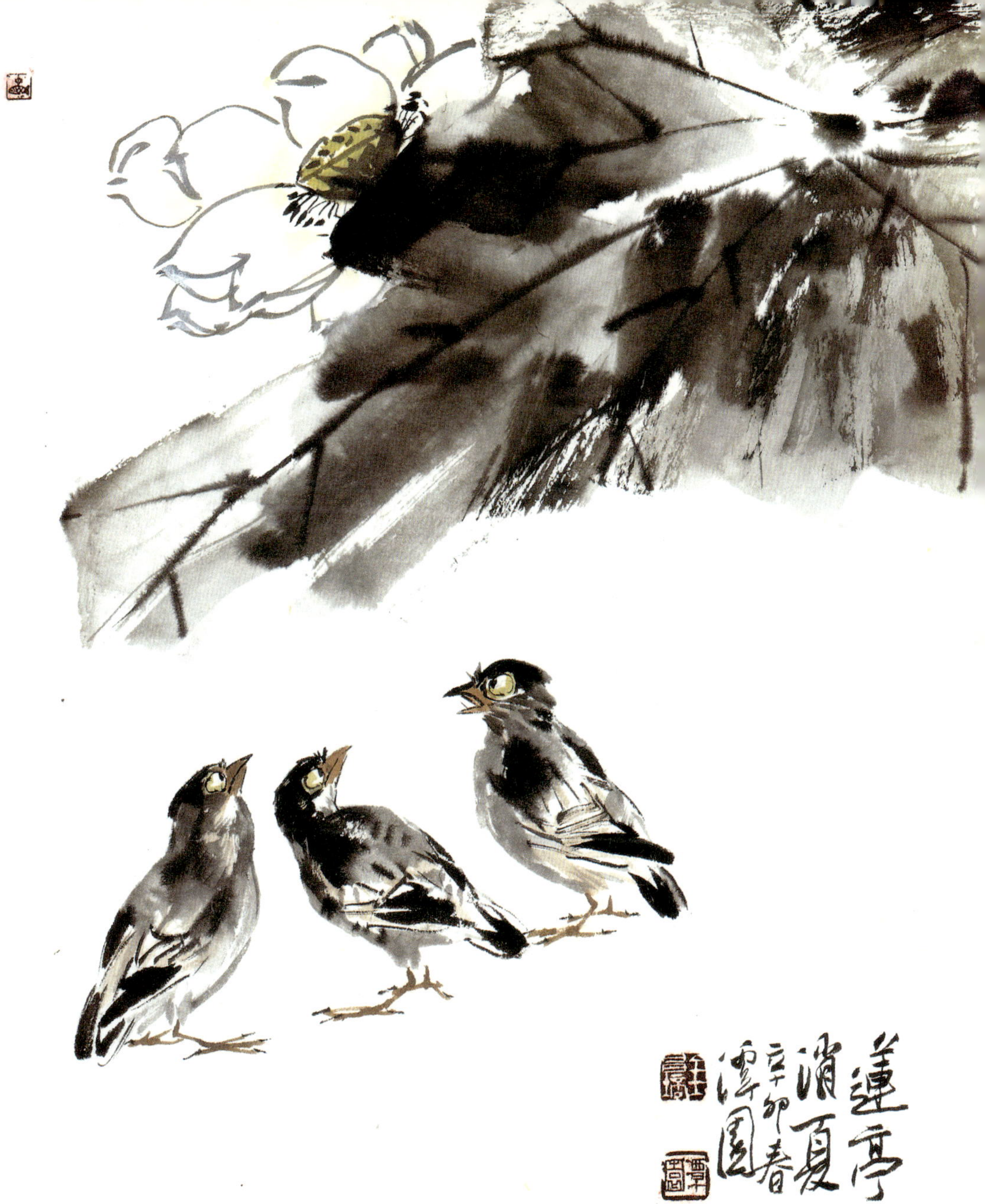

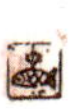

연정소하蓮亭消夏

한지수묵담채 | 50×60Cm | 2011

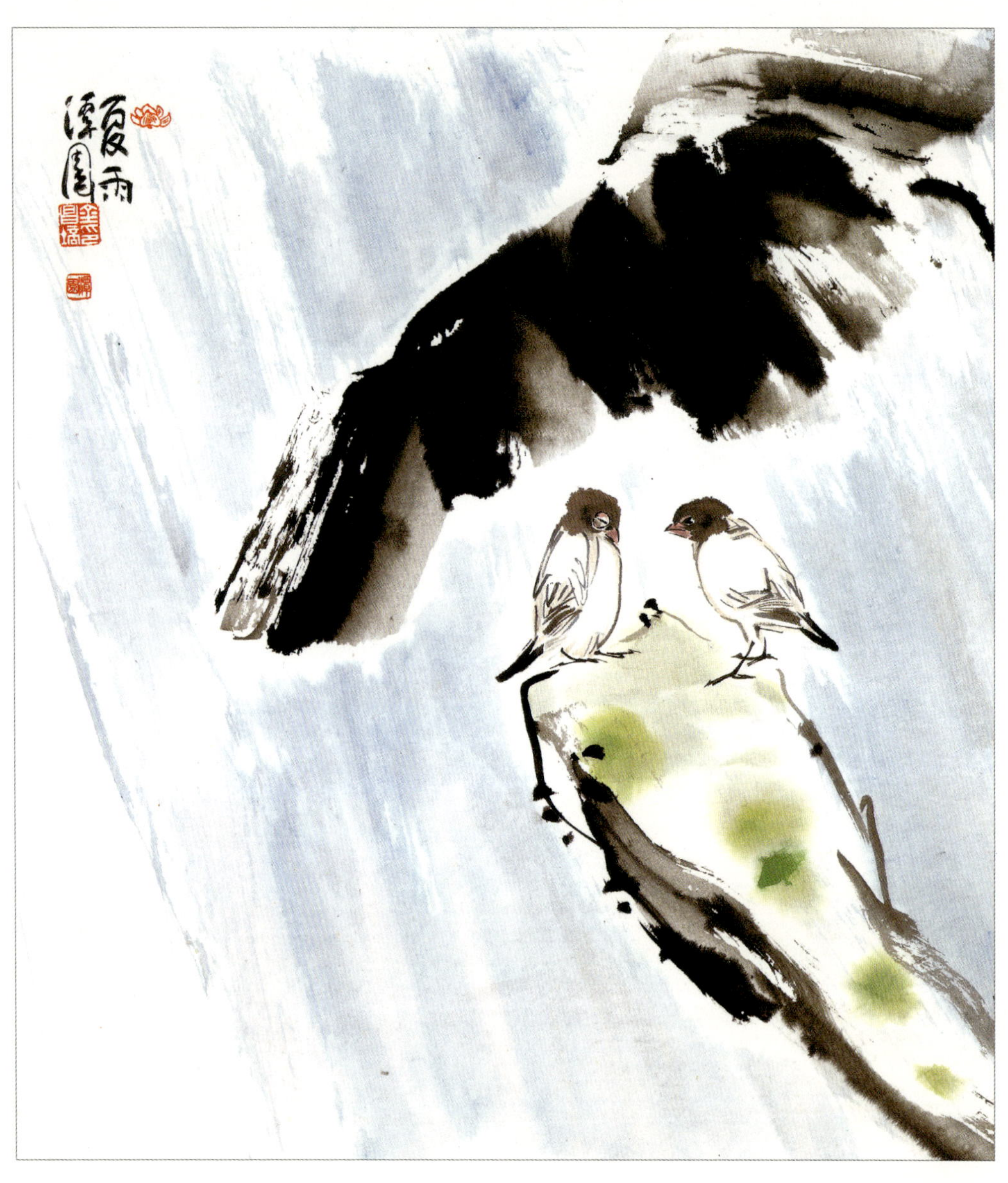

하우

한지수묵담채 | 50×60Cm | 2010

여름 연잎에 내리는 비

무더운 여름 연잎에 내리는 비 하우夏雨는 행복을 나누는 소식을 전해 줍니다.

빗방울이 연잎에 고이면
연잎은 한동안 물방울의 유동으로 일렁이다가
어느 만 큼 고이면
수정처럼 투명한 물을 미련 없이 쏟아버린다

그 물이 아래 연잎에 떨어지면
거기에서 또 일렁거리다가
도르르 연못으로 비워버린다

이런 광경을 무심히 지켜보면서
'연잎은 자신이 감당할 만한 무게만을 싣고 있다가
그 이상이 되면 비워 버리는 구나' 하고
그 지혜에 감탄했었다

그렇지 않고 욕심대로 받아 드리면
마침내 잎이 찢기거나 줄기가 꺾이고 말 것이다
세상사는 이치도 이와 마찬가지다.

무소유의 삶을 실천하신 법정스님의 시입니다.

스님은 잡념을 모두 다 집어 던지고는 연잎에 빗방울이 고이면 연잎은 한동안 물방울의 유동으로 일렁이다가 얼마만큼 고여 모이면 맑은 물을 미련 없이 쏟아 버립니다. 감당 못할 물의 무게를 보면서 그 지혜를 보고 감탄한 시입니다. 떨어 버리고 벗어 던지고 내려놓고 비우는 만큼 우리의 영혼도 맑아질 것입니다.

연잎에 떨어지는 비 여름이 가고 있음을 분명히 말해 주고 있습니다. 가을을 부르는 비가 종일 내립니다. 허나 여전히 더운 열기가 가득한 여름, 이렇게 폭염을 뿌리다가도 가을이 왔음을 비 소리를 들으며 쪼그리고 앉아 있는 여름새는 알 것입니다. 오늘 내린 여름비로 시원하기만 합니다. 연잎에 비를 피해 졸고 있는 여름새 한 쌍, 연잎아래 몸을 다 맡기고 이렇게 여름의 연당을 전송하고 있습니다. 내일이면 하루가 다른 연당의 모습으로 노란색의 가을이 올 것입니다.

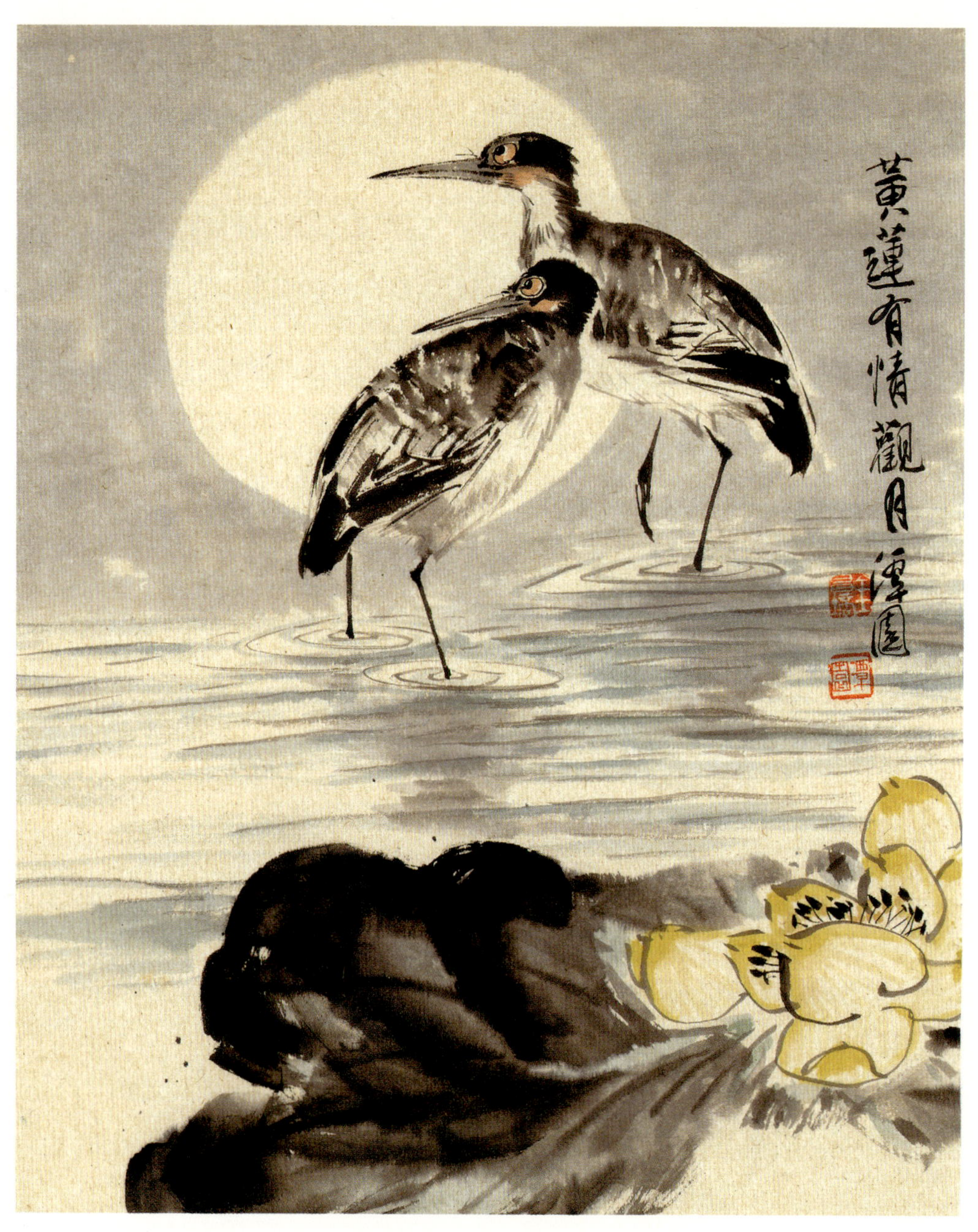
黃蓮有情觀月 潭園

부처님 향기

연꽃을 수중군자화水中君子花라 했습니다. 하늘에 낮게 드리운 태양이 주변을 초현실적으로 만들어 갑니다. 맑은 향기로 나그네에게 말을 거는 연꽃, 연꽃이 지니는 유유하고 심오한 형상에 "연꽃은 하늘과 바람이 있고 흙과 물이 있으며 여러 사람처럼 생명이 어우러져 살아가는 축소된 우주의 세계"입니다.

그윽한 연꽃 숲을 탐색하고 나니 연잎 사이로 어둠이 하나 둘 낙엽처럼 메워 쌓여갑니다. 어찌 즐기지 않고 지나치겠는가! 고요한 침묵이 흐르는 연당 어스름한 연못 위 고개 들어 달을 쳐다보는 노랑연꽃, 오늘밤은 노랗게 물들이고 둥글게 서 있습니다. 달을 구경하고 언덕위에서 밤바람을 쏘입니다. 이처럼 한가하게 지내는 것이 벼슬 보다 훨씬 나은데 우리들은 그렇게 여의치 않고 한가하지 않습니다. 노랑의 연꽃은 일컬어 문수보살이 가지고 있는 구물두화라 합니다.

꽃향기 달의 향연에 취한 한 쌍의 물새, 두 다리 연못에 담그고 연행을 탐색합니다. 두 손 벌린 연잎과 커다란 달이 물결에 또 환하게 떠서 참방거리는 여름이 깊어갑니다. 오랜 시련과 고행 끝에 얻는 깨달음처럼 연밥에 촘촘히 박힌 연자도 달밤도 익어 갑니다. 이렇게 황홀하고 넉넉한 밤이면 나그네 마음에도 한 송이의 향기로운 연꽃이 피어나리라고 생각해 보며 맑은 바람의 늦여름 밤은 깊어갑니다. 마음속에 부처님 향기가 가득 피어오릅니다.

황연유정 관월

한지수묵담채 | 50×60Cm | 2010

白荷蜻蜓
潭園

잠자리가 연꽃을 피웠습니다.

하늘과 조금 가까워진 탓일까 새벽공기는 상쾌하게 먼저 와 닿습니다. 이른 아침 초록의 연못은 하얀 연꽃으로 메워지고 있습니다. 연못위로 부지런한 새들이 물위를 스치듯 지나가고 늦잠을 자던 안개도 스멀스멀 일어납니다. 오후가 되어 기후의 변화가 시작되어 연못엔 바람이 붑니다. 연못에 노닐던 안개를 일렁여 안개비를 만들어 놓아 분간 없이 푸른 연당 속으로 하나가 되어 일부가 됩니다.

여름비가 모든 것을 씻어 연 숲은 깨끗합니다. 연꽃사이에서 흘러나오는 바람은 많은 습기를 싸들고 하늘로 향해 날아갑니다. 바람은 조심스레 하얀 연꽃을 연잎 위로 올려 놓았습니다. 한낮은 여름의 중간인데 해가 기울기 시작하니 모기들도 나들이를 시작합니다. 처서 전 모기들도 생기 찾아 떠나는 비행, 갑자기 나타난 잠자리에 놀라 연잎 사이로 숨을 죽이고 붙어 있습니다. 연꽃 밭을 헤집고 다니는 잠자리 잔잔한 연못에 꽁지를 살짝 대고 또 오르고 때론 꼬부리고 난후 점을 하나 톡 찍고 날아가 잠시도 가만있지 못하고 부산을 떠는 잠자리들, 이제야 나그네는 알았습니다. 흩어진 모기를 낚아채는 광경을 본 순간 모기의 천적은 잠자리란 사실을요!

이제 까지 보지 못했던 풍경을 보며,

해는 서산에 기울어 황홀한 수묵의 화선지로 퍼져갑니다. 잠자리가 그렇게 화선지 속을 날으는 순간 연꽃은 또 피고 지며 오늘은 잠자리가 연꽃을 피웠습니다.

백하청정白荷蜻蜓

한지수묵담채 | 50×60Cm | 2010

가을

연숲에 부는 바람 사색의 계절

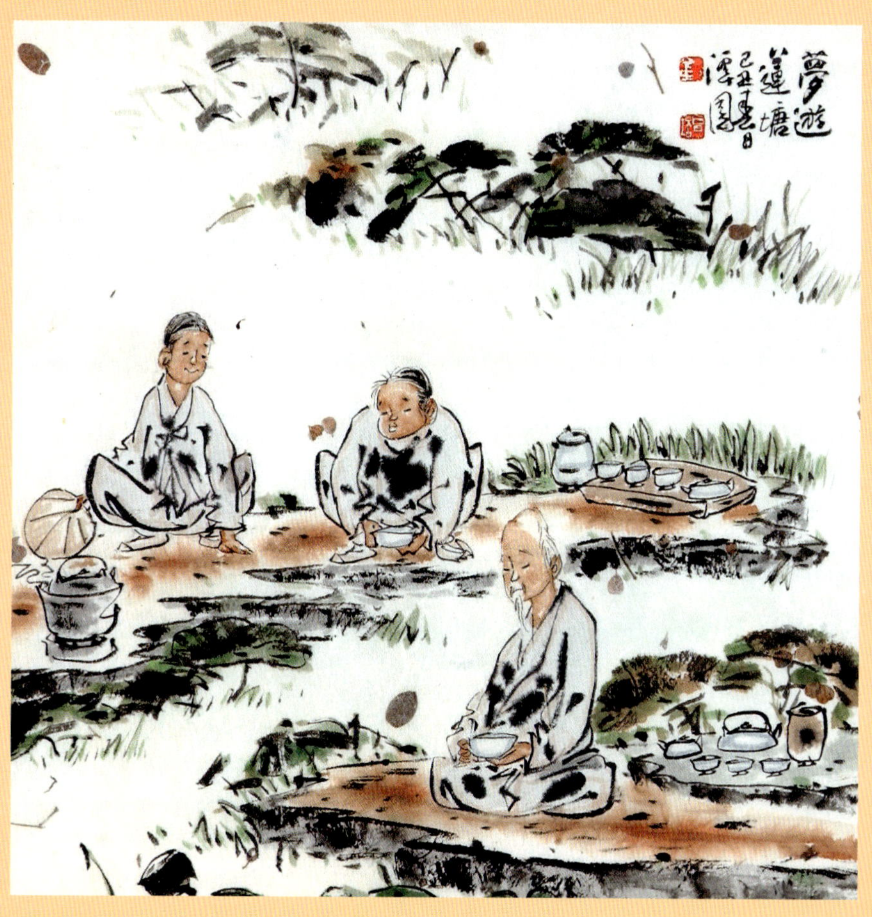

연꽃처럼 살자

어제는 지인들과 시흥 관곡지를 방문하여 연꽃을 보고 왔습니다. 연잎의 틈새로 올라온 거북이 올라와 하늘을 보고 태양을 보니 제법 넓어진 하늘을 봅니다. 평화로운 연못 부평초에 일렁이는 더운 햇살이 머뭅니다. 이제 더운 여름도 서서히 지나갑니다. 내리는 태양이 연못의 습기를 증발 시키고 연당의 연꽃들을 가을로 가라고 맞을 준비를 하고 있습니다. 연당에 비친 햇빛은 아름다운 빛으로 연꽃을 물들입니다.

나그네는 지난봄부터 여름까지 행복한 시간을 보냈습니다. 벌써 몇 년을 연蓮 삼매에 빠져 살았으며 실컷 연꽃 연구와 함께 연에 대한 모든 것에 나날을 보냈습니다.

몇 해 전 나그네가 준비한 작은 터전에 연꽃을 심으려고 땅을 파 연못을 만들었었습니다. 그리곤 곧 다시 메웠습니다. 연꽃을 심고 싶었지만 아직 인연이 안 닿아 심지 못하고 말았습니다. 조만간에 작은 토굴을 지어 그 앞에 작은 연못을 만들어 연꽃을 심어 해마다 온 터전이 연꽃으로 피고 지는 모습을 보면서 살고 싶습니다.

하당쌍구荷塘双龜

한지수묵담채 | 50×60Cm | 2010

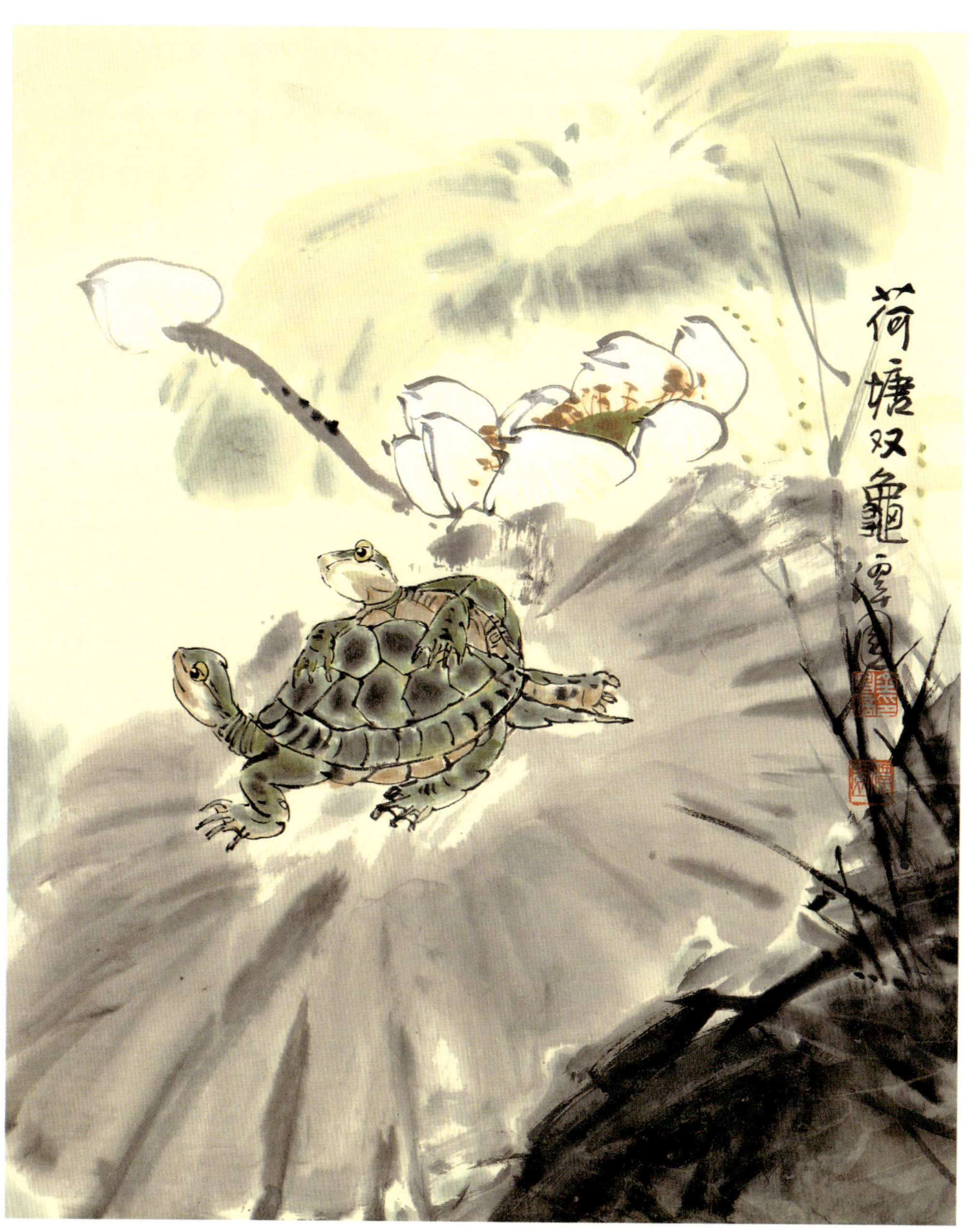
荷塘双龜

커다란 연잎에 올라 앉아 햇볕을 즐기고 있는 거북이 큰스님 작은 스님이 같습니다. 연 밭의 정취에 빠져 행복해 보입니다.

연당은 매년 갈 때마다 변한 것은 하나도 없습니다. 다만 인간들이 삶을 편하게 보기 위한 몇 곳을 제외하곤 말입니다.

연당에서 우주의 진리를 느낍니다. 우리가 살고 있는 지구가 이렇게 오랫동안 존재하는 이유는 지구는 정확한 선을 지키며 우주를 돌고 있기 때문입니다, 이렇게 자연은 거스르는 법이 없습니다. 연당의 사계에서 보듯. 연꽃은 말없는 미소를 전해줍니다, 한줄기서 피는 한 송이 연꽃에서 정조와 지조와 인욕을 보여줍니다. 한줄기의 연잎만을 만드니 정진을 배웁니다.

텅 빈 줄기는 마음 비우기를 배우고 오염된 물을 정화하고 다른 것에 물들지 않는 처염상정處染常淨 청정한 지계를 배웁니다.

남에게 늘 베푸는 보시를 배웁니다. 연향과 꽃은 아름답고 일품이지만 때가 되면 고개를 숙이며 겸손과 은둔을 배웁니다.

연향과 연못에서 나는 싱그러운 향기를 따라 관곡 지 연 밭을 걷다가 보면 마음 안정엔 최고입니다. 인지능력 향상과 긍정적 사고와 마음과 정서 변화에 도움이 됩니다. 연 밭은 대자연의 연화장 세계입니다. 잠자리, 개구리도 만나고, 연못엔 물고기도 다니는 것을 볼 것 입니다.

연꽃을 만나면 숨을 천천히 들이쉬고 내쉬면서 연향을 맡아 보십시오. 마음의 안정을 찾고서 자신을 관하는 가운데 좋은 생각을 해보시고. 연향을 맡으면 보약한재 보다도 더 효과적인 건강치료법이 될 것입니다.

연 숲길에서 경험하는 연향, 녹색의 큰 잎, 내리는 빛, 바람소리, 상큼한 공기 등 다양한 물리적 환경이 인간의 스트레스와 심리적 피로감을 감소시킬 것입니다.

연꽃을 심고 연꽃처럼 살고 싶습니다.

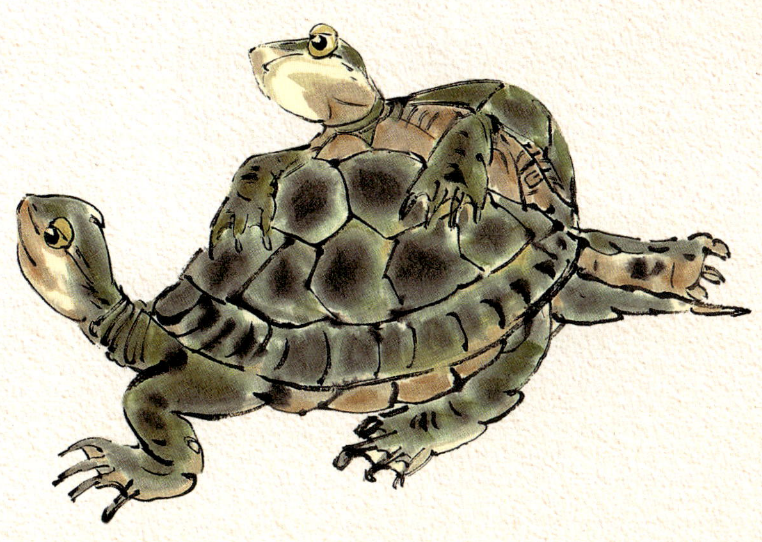

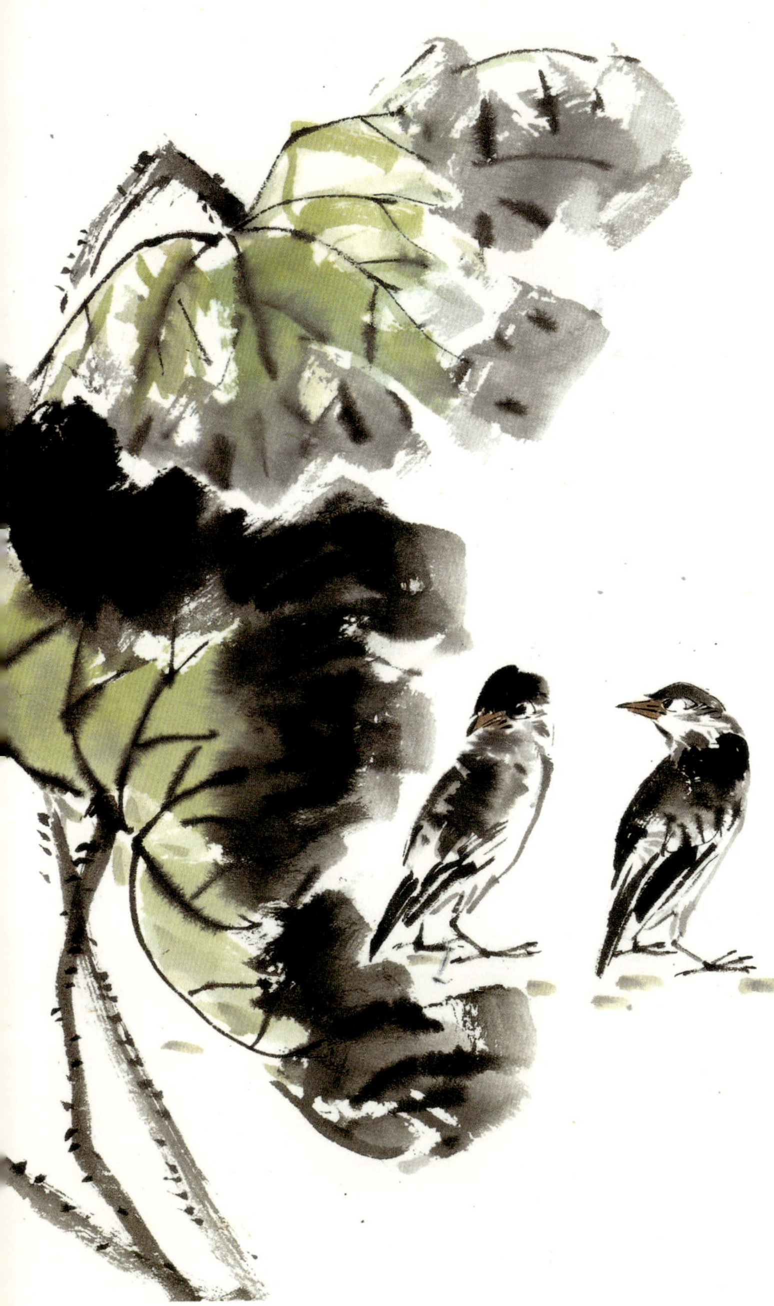

연꽃을 보며

연못에 피어오르는 물안개는 빛으로 데워진 연잎을 닦아주어 곱게 세수를 해 줍니다. 그리고 가느다란 영풍迎風은 연잎을 곱게 화장을 하여 연꽃을 피우게 합니다.

사람들이 아무리 연꽃을 피우려 해도 우리사람이 꽃을 피게 할 수는 없습니다. 허공의 바람과 하늘의 햇빛과 대지의 흙과 물이 다함께 만나야 비로써 꽃이 피어납니다.

하화영풍荷花迎風

한지수묵담채 | 50×60Cm | 2010

교사 시인으로 알려진 이영춘 선생은 강원도 평창 사람으로 『연꽃을 보며』이런 말을 한 적이 있습니다.

천지에 귀 하나만 열어 놓고
바람소리 물소리 멧새소리
그 소리만 들으리라
천지에 입 하나는
사시사철 빗장으로 걸어 매고
고갯짓으로 말하리라
좋은 것도 끄덕끄덕
싫은 것도 끄덕끄덕
끄덕이는 여운 속에 언젠가는
마알간 하늘이 내 눈 속에 들어와
곱게 누우면
내 눈은 하늘이 되어
바다가 되어 귀 닫아도 들을 수 있는
눈감아도 볼 수 있는
부처 같은 그런 사람 되면
내 온 살과 영혼은
꽃이 되리라
연꽃이 되리라

한여름 연못은 풍요롭습니다. 연못가 둑에서 앉아 두 눈을 감은 채 꼿꼿하게 침묵을 지키고 명상을 하면 비로소 아름다운 세상에 혼자인 것을 알게 될 것입니다.

"소서小暑가 오면 연시개화蓮始開花 연꽃이 피기 시작한다."라고 기록돼 있습니다. 연지蓮池에 바람이 불어옵니다. 가느다란 바람이 불어야 연꽃이 핀다고 합니다. 무덥고 새로운 계절을 전하는 듯 연 방죽의 소리도 바뀌었습니다. 수면 위에 반짝이는 빛살, 생명이 가득 차도록 내립니다. 연못엔 개구리 소리 요란하고, 새들은 들락날락 하고 있으며, 연꽃줄기는 은거하듯 조용합니다. 연당에 스치는 바람은 연잎의 햇살을 받아 반짝입니다. 연못에 습한 연잎향기 그윽하게 풍겨 가득 합니다. 바람에 커다란 연잎이 나부끼고 이슬을 머금은 연, 한가로이 연꽃을 찾아온 새, 바람을 쏘이며 조용히 손잡고 둘이서 산책을 하고 있습니다.

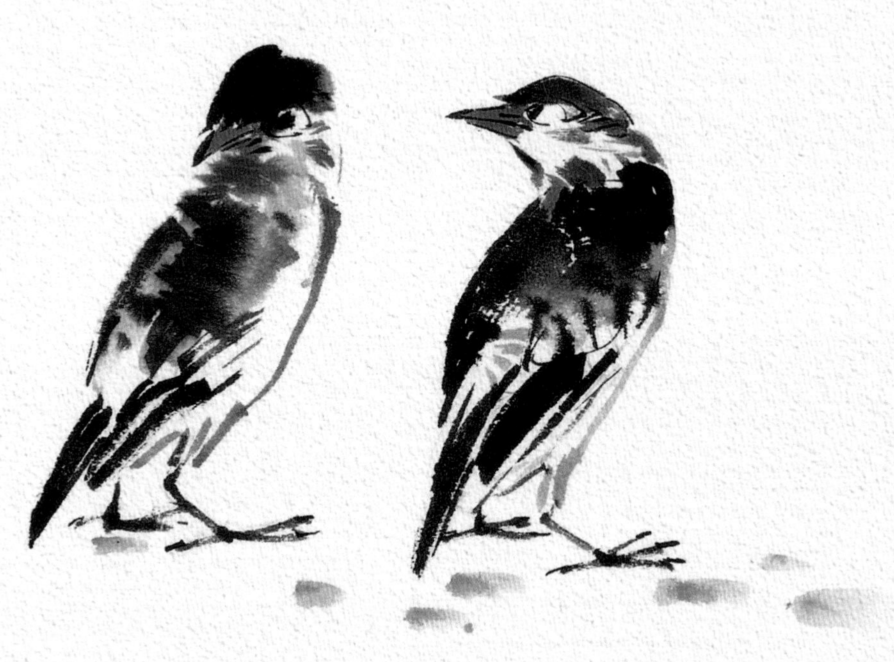

청정무구한 법화

수풀이 우거진 깊은 산속 숲에서 들이마신 공기를 기억하며,
연꽃 방죽의 공기가 예전과 다름을 느끼고 산책을 나왔습니다.
연꽃잎들이 하나둘 낙화를 시작했습니다.
나그네는 슬퍼서 가슴이 메어옵니다.
그러나 자연은 우리의 슬픈 같은 사연을 조금도 동정하지 않습니다.

연꽃은 화려하지만 경박하지 않고 살며시 고개를 내미는 연꽃,
지금 순간 넉넉한 연꽃의 품 안에 안겨 행복해 집니다.
고대인들은 진흙탕 물과 흙에서도 곱고 아름답게 연꽃을 피우며
또한 번뇌에 물들지 않고 청정무구한 법화法花로 여겼습니다.
연꽃을 천국의 꽃입니다,
그래서 석가모니 부처님의 좌대엔
모두 연꽃의 모습으로 이루어 졌습니다.
주렴계의 애련설에서 보듯 연꽃 향을 맡으러
연당에 찾아온 물총새 한 마리가 산책을 나와 연꽃을 본 순간
연의 초청가수 노래꾼으로 변해 지저귑니다.
연꽃을 심방 나온 새들은 신의 향기를 맡으며
연꽃들과 조화를 이룹니다.

심방

한지수묵담채 | 50×60Cm | 2010

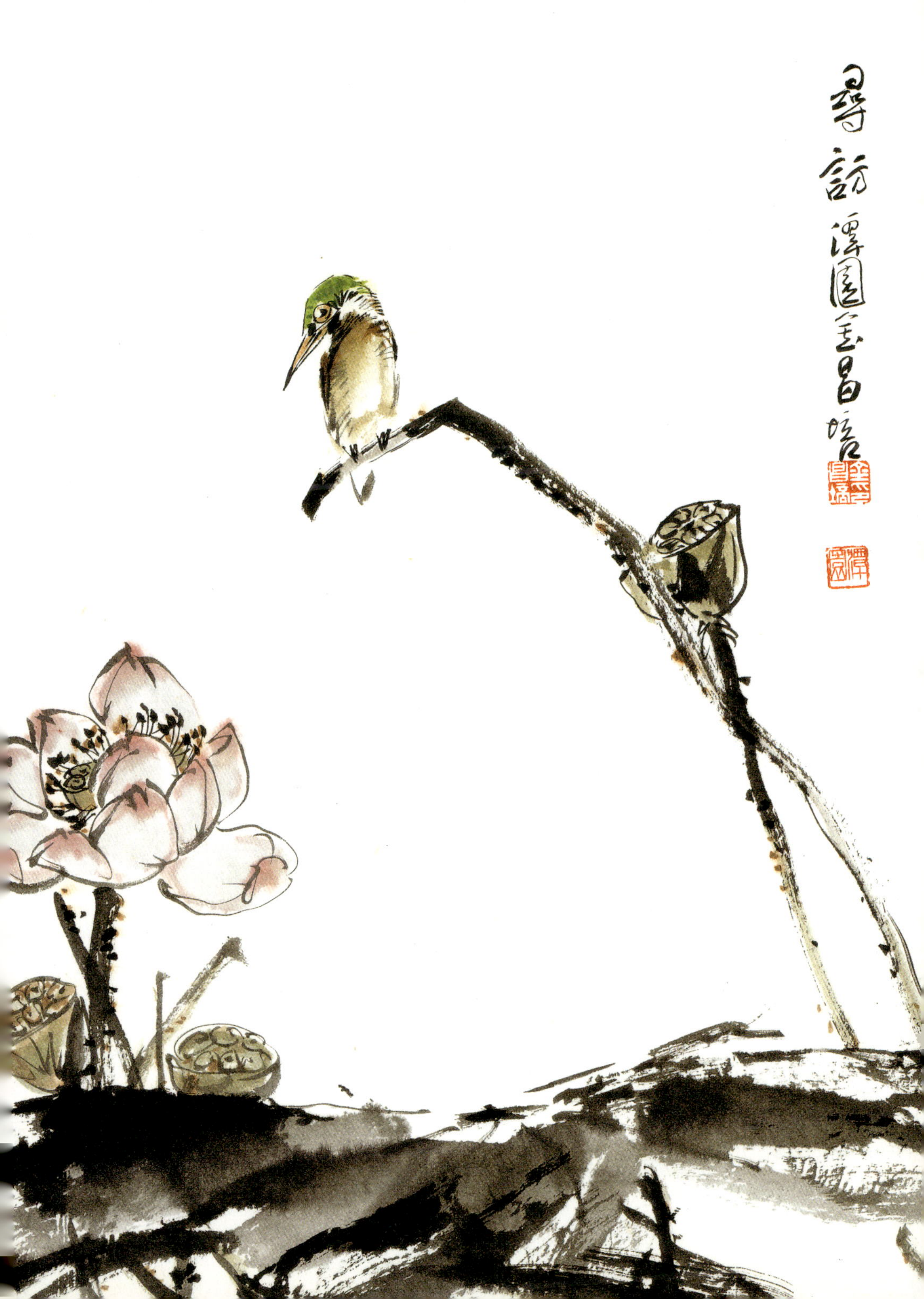
尋訪
譚園金昌培

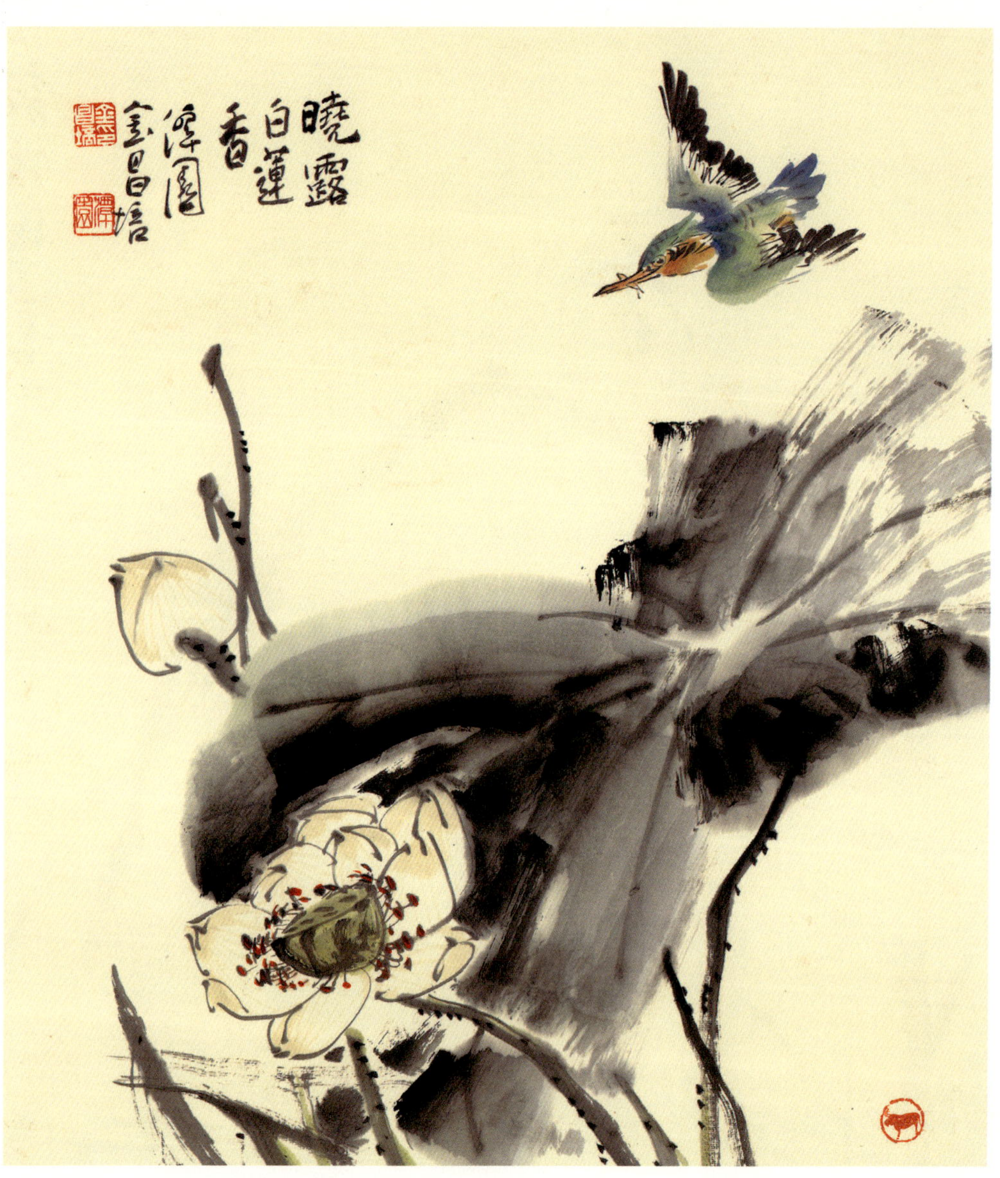

효로백로향

한지수묵담채 | 50×60Cm | 2010

연꽃호수는 자연의 거울

연꽃 호수는 자연의 거울 같습니다. 연 숲에서 일어난 모든 일을 숨길 수 없으며, 연못 호수는 바닷물처럼 정화하여 줍니다. 또한 모든 자연의 경합으로 생명이 모이는 곳입니다. 생태계의 축소국이며 그래서 자연의 허파입니다.

매년 여름이 깊어질 때면 연꽃이 보고 싶어집니다. 어떤 사람은 연꽃을 군자의 지조로 알기도 하고, 연을 사랑했던 운이는 남편에게 연차를 만들어 주어 사랑을 나누었던 이야기도 있으며, 어떤 시인은 부처님 손으로 비유를 하였고, 나그네는 연인의 새 생명을 잉태하는 사랑이라 하고 싶습니다.

부처님이 계신 곳엔 으레 연화가 있습니다. 부처님이 앉은자리 활짝 핀 연화대 입니다. 새벽이슬을 머금은 하얀 연꽃은 가는 바람에 하늘거립니다. 온갖 부대낌을 겪어나, 세월을 차고 핀 백련 꽃, 물씬한 향 내음이 법열法悅의 경지입니다. 멋진 연꽃 왕국, 생명의 약동을 느끼는 백련 위로 물총새 사냥을 나섰다가 부리에 작은 물고기 물고 연 줄기 사이로 돌아와 유유히 연향을 탐색하며 향을 찬饌으로 삼아 아침식사를 하고 날개 짓 펄럭이며 다시 사냥을 나섭니다. 예쁜 새들이라고 이슬과 열매만 먹는 줄 알았는데 처절하게 고된 삶을 살아갑니다.

불멸不滅의 연꽃

연꽃의 생명력은 누가 보아도 가히 감탄스럽습니다. 전해져 오는 연꽃의 이야기 중 연꽃蓮子씨는 3,000년이 지나도 새싹을 틔우고 연꽃을 피운다고 합니다. 연씨는 스스로 싹을 트지 않고 반드시 연자의 몽에 조금이라도 상처가 가야 발아를 합니다. 그래서 수 천 년 동안 잠을 자다 비로소 사람을 만나거나 조건만 주어지면 싹을 틔우는 것입니다. 참으로 대단한 생명의 번식 능력입니다. 변화무쌍한 왕성한 생명력을 가졌습니다.

연과 차茶나무만이 동시에 꽃이 피고 열매를 맺는 신령한 화과동시花果同時, 다른 꽃들은 꽃이 지면 열매가 맺지만 연은 꽃과 열매가 동시에 맺힙니다.

자기의 이기심을 없애고 자비심을 키워서 남과 이웃을 위해 산다는 것을 연꽃에서 깨달음의 삶을 얻을 수 있습니다.

연꽃은 새벽 동이 틀 때 봐야 제일 예쁘고 색깔도 곱습니다.

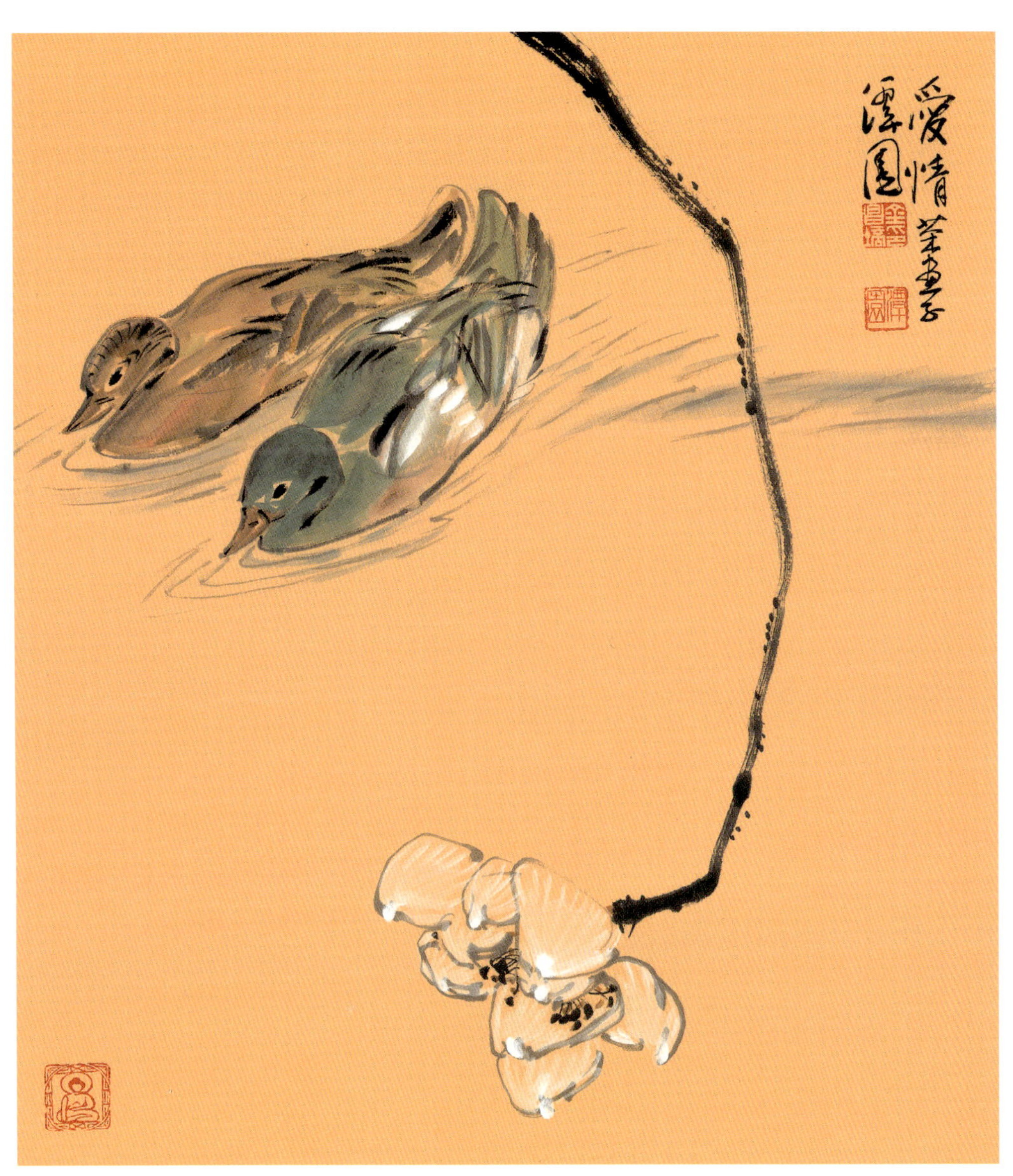

애정愛情

한지수묵담채 | 50×60Cm | 2010

살랑 바람이 불면 연꽃잎은 가득 찬 연못에 탁연濯蓮하고 있습니다. 바람이 불 때면 바람 부는 대로 한껏 꽃 몸을 누이고 얼굴을 씻고 있습니다. 세상 번잡한 일에서 벗어나 씻을 필요야 없지만 바람에 따라 하얀 연잎의 모양이 빛을 냅니다.

한 쌍 오리의 삶에 애정을 담은 연못.

이쯤이면 오리들도 연꽃의 함성을 들으며, 물소리 바람소리 따라 자리를 펴고 앉거나 즐거운 사랑 노래를 부르는 놀이터가 될 것 입니다.

한 길가에 버려진
쓰레기 더미 속에서도
은은하게 향기를 뿜으며
연꽃이 피어오르듯이
버려진 쓰레기처럼
눈먼 중생들 속에 있으면서도
바로 깨달은 사람의 제자는
지혜로서 찬란하게 빛나리라.

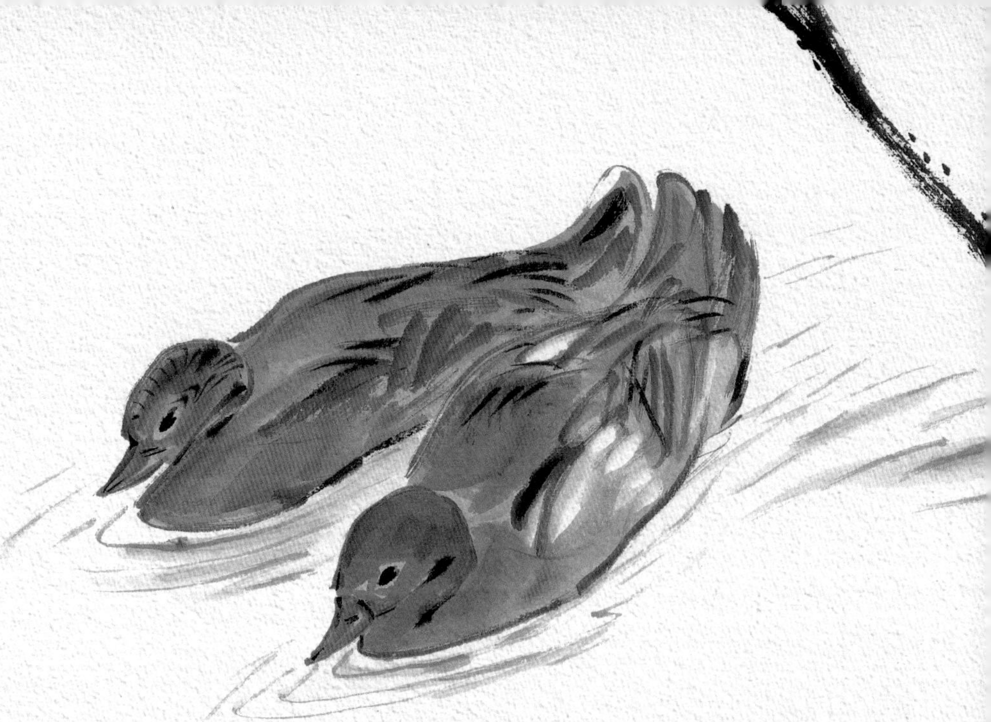

지혜로운 삶과 진리를 전하며
불멸不滅을 뜻하는 법구경에 나오는
이야기 입니다. 쓰레기 속에서도
은은한 향기 내며 피는 꽃, 아무리 오염된 곳이라 해도
맑고 향기로운 한 송이 꽃으로 피어나는 연꽃,
연꽃의 지혜, 연꽃의 자비,
우리들에게 많은 깨우침을
전해 주고 있습니다.

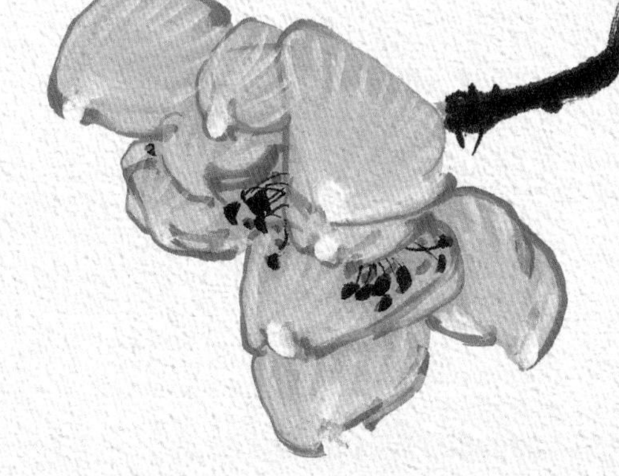

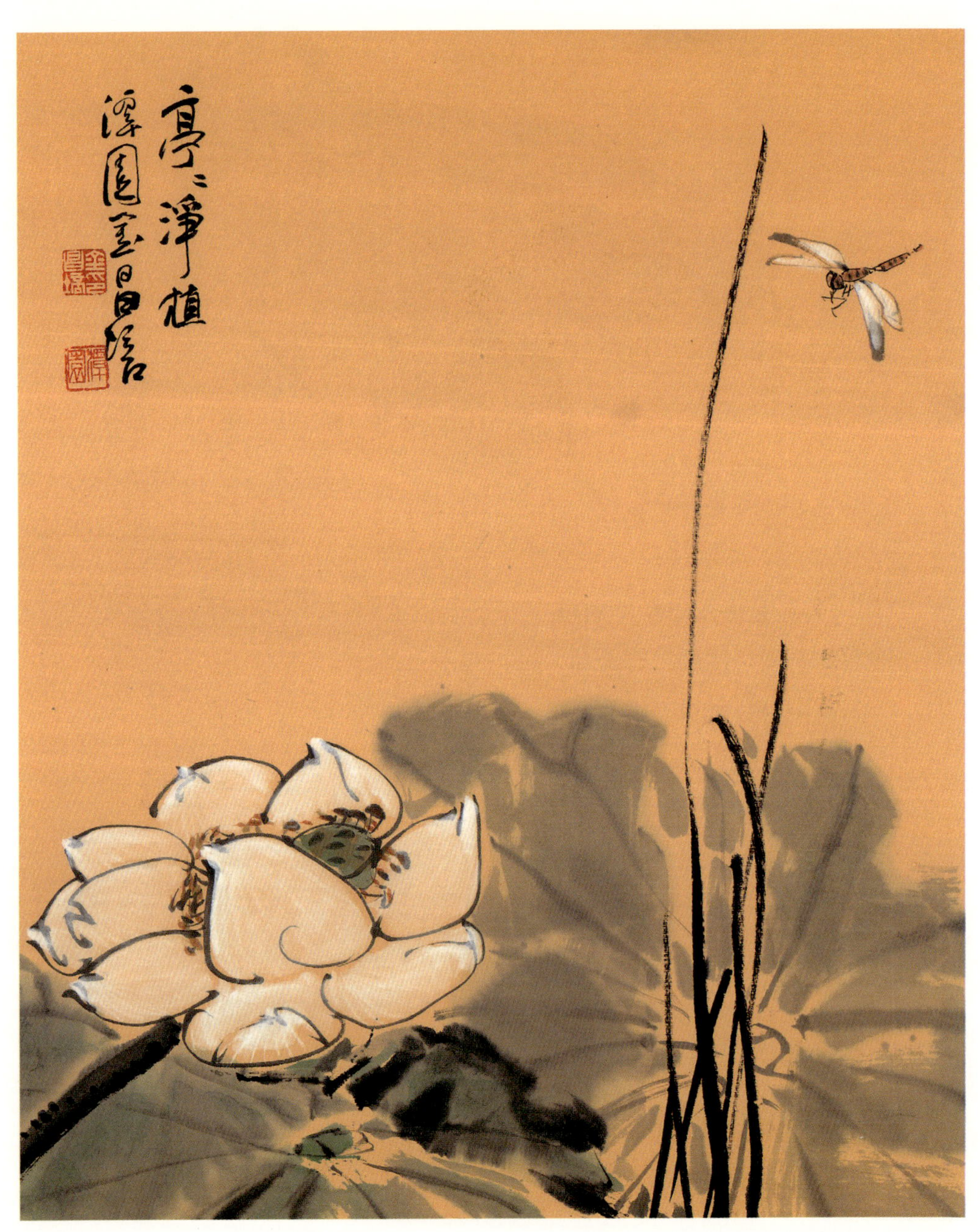

안빈락도

세상의 모든 생명은 태초 기엔 약하기가 그지없습니다. 탄생의 순간에 더욱 빛나는 아름다움의 극치를 백련의 꽃에서 보았습니다. 그러나 생명은 연약해 보이지만 언제나 희망을 갖고 새롭게 태어나 죽음보다 강한 모습을 보여 줍니다.

우리들도 마찬가지입니다. 옛날 사람들은 대자연에서 태어나 소박하게 살면서 농사도 짓고 그림과 글을 쓰고 벗을 불러 술과 차를 즐겼습니다. 때로는 대나무 숲이나 소나무 아래 그리고 연꽃이 핀 연당에 모여 연향을 맡으며 연꽃을 바라보며 일을 논하고 차를 마셨습니다.

이 얼마나 즐겁고 여유 있는 삶인가?

문인들의 선비 정신인 안분지족安分知足의 생활을 영위하였습니다. 편안한 마음으로 자기의 분수를 지키며 가진 것이 없어도 넉넉하게 생각하며 살았습니다. 안빈락도安貧樂道의 모습을 이 그림 제題 에서도 볼 수 있습니다.

"정정정직亭亭淨直"하게 연꽃이 피어 서있습니다. 연꽃향이 물처럼 맑아서 사물과 자아를 잊는 경지입니다.

정정정직亭亭淨直

한지수묵담채 | 50×60Cm | 2010

연꽃 향기 묻은 바람

백합꽃이 기독교와 밀접한 관련을 맺는 꽃이라 합니다. 그리고 연꽃은 불교를 표상하며, 연꽃이라 하면 자연스럽게 불교를 떠올립니다. 나그네는 연꽃에 물고기와 결합하여 "연년유여年年有餘", 즉 해마다 넉넉한 생활을 영위할 수 있기를 바라는 의미로 그렸습니다. 그것은 '연蓮'이 '연年'과 발음이 같고, 물고기 '어魚'가 대륙 식 발음으로 '여餘'와 같기 때문입니다.

오른쪽 하단 화폭에 새우 다섯 마리가 그려져 있습니다. 새우는 등이 굽어 있는 모양이 마치 노인의 모습과 같다고 해서 '해로海老'라고도 불립니다.

"해로海老"의 발음이 "해로偕老"와 같기 때문입니다. 새우가 뜻하는 말을 부부가 평생의 시간을 함께 한다는 의미로 풀이됩니다.

연하유하, 연꽃아래 새우가족이 유영하는 풍경으로, 연꽃 핀 연당에 새우도 어느덧 무척 자랐습니다. 여름이 왔는가 싶더니 어느새 가을이 접어든 것입니다. 새우가 지내는 연당을 가을기운이 살금살금 포위 해와 새우가 살이 올랐습니다. 상큼한 연잎사이에서 그늘이 만들어주는 바람은 연꽃향이 묻어 향긋하며, 햇살은 연잎사이에 호수에 쟁글쟁글 부서져 눈이 부십니다.

연하유하도

한지수묵담채 | 50×60Cm | 2010

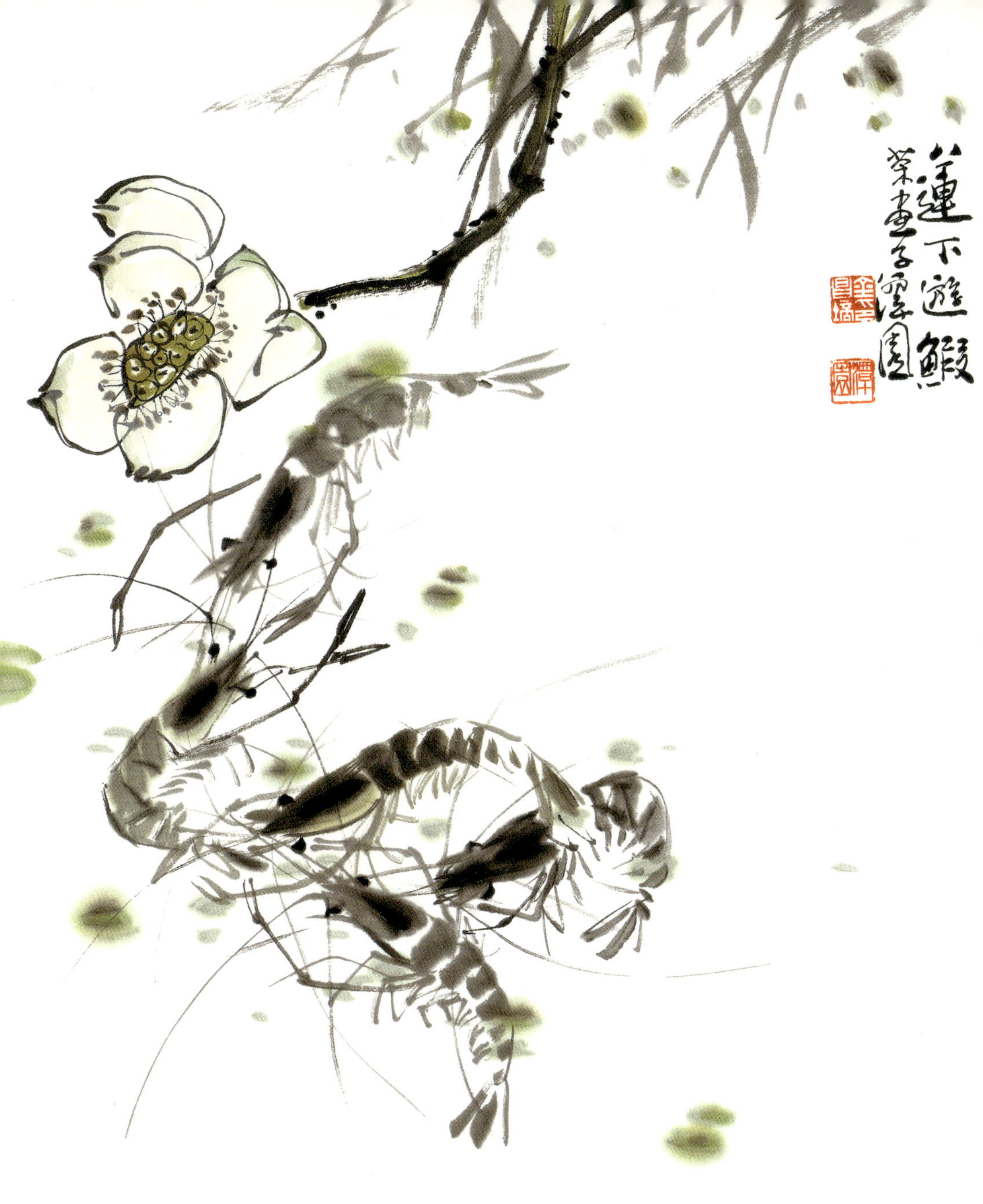
蓮下遊鰕

연당을 빠져나온 게

花笑檻前聲未聽 鳥啼林下漏難看
꽃이 난간 앞에서 웃는데 소리는 들리지 않고.
새가 수풀 아래서 우는데 눈물은 보기 어렵구나.

나그네는 이 시구를 붓을 잡으면서 익혔던 제題입니다. 축문祝文에 나오는 이야기라 하기도 하고, 그러나 봄이든 가을이든 웃는 꽃과 우는 새를 참으로 절묘하고 아름답게 지은 시입니다. 꽃이 환하게 웃고 있습니다. 바람이 불어도 웃고 비가 와도 웃고 그러나 때가 되면 꽃송이들이 땅위를 뒹굴 것입니다. 또한 그렇게 마감합니다. 가련하고 슬픕니다.

조제鳥啼,새가 울고 울부짖다. 그러나 눈물을 볼 수가 없습니다, 가련하고 슬픈 것이 꽃뿐인가. 이처럼 새도 그렇고, 우리의 허망한 인생도 때론 그렇습니다. 그래서 축문(제,마을제 신명에게 고하는 글)에 쓰였던 것 같습니다.

"향수담영香垂潭影 국화의 향기가 연못 그늘에 드리웠도다.
향표풍외香飄風外 국화 향기 바람 밖으로 풍기네."

여름 내내 피었던 연꽃들이 어느새 시들어 가고 언덕엔 국화꽃 세상입니다. 연꽃 밭은 날마다 달라지는 연당의 언덕, 솔바람이 한 켜 한 켜 국화사이로 들어옵니다. 노오 란 국화꽃 그늘 아래에 한 쌍의 게蟹 어해화魚蟹畵부부가 산보를 나왔네요! 짧아진 늦여름 해님은 어느새 국화꽃 그늘 저만치로 움직였네. 새들이 깃드는 것을 보니 어느새 땅거미가 달려오는 모양입니다.

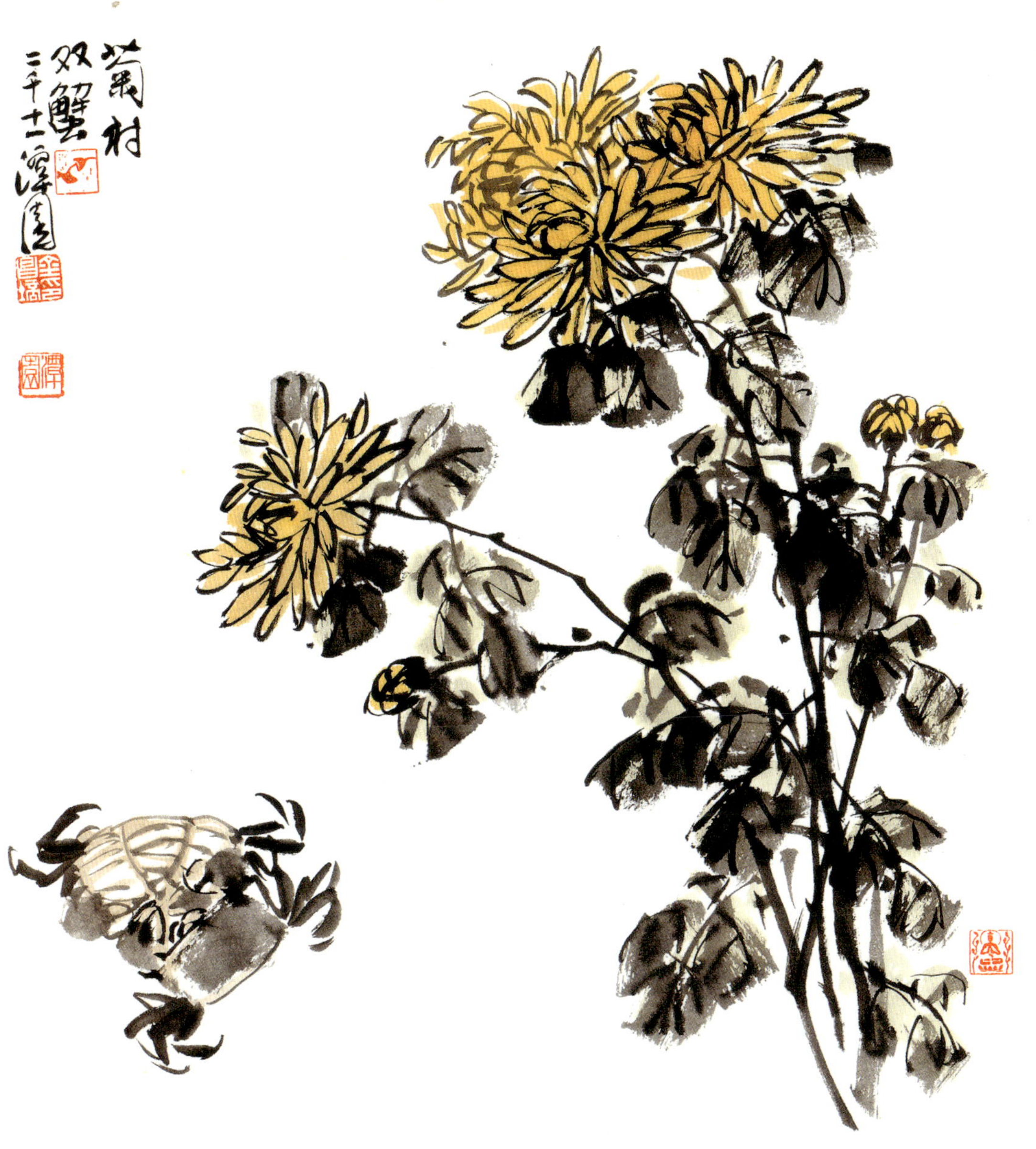

국촌쌍해菊村双蟹

한지수묵담채 | 50×60Cm | 2010

선비들의 청락

동양의 피카소라 칭하는 중국의 제백석 선생은 새우 그림을 익히기 위해 고향 후난성에서 수년 동안 강가에서 새우를 관찰하며 모양과 움직임에 대해 많은 연구를 하였습니다. 그는 일흔 살이 넘어 제백석 특유의 새우그림을 그려낼 수 있었습니다. 현존하는 그림 중에 제일 많이 남겼다고 전해집니다.

나그네는 2008년도 선생의 혼이 서린 북경의 제백석 기념관에서 초대전을 누린 영광이 있었습니다. 보여 주는 전시회가 아닌 우리 한국의 뜻과 예술을 위한 예술로서 전시를 당당히 치렀습니다.

새우는 하鰕가 쓰였으며, 하蝦라고도 하였습니다. 대개 짝을 이룬 그림이나 3마리, 9마리가 떼 지어 헤엄치는 모습인 경우가 많습니다.

허리가 구부러진 새우는 바다 늙은이, 즉 부부가 해로하는 것을 나타냅니다. 지조를 상징하거나, 부부금실이나 다산多産을 상징하기 때문에 선조 화가들은 물고기를 소재로 한 그림이 많습니다.

물고기를 다룬 어해화는 '어락'魚樂을 화제畵題로 삼는 예가 많은데, 이것은 물고기의 유영游泳이 당시 선비들이 추구하는 청락淸樂이 아닐까?

나그네는 선비들의 청락을 그렸습니다. 연당의 언덕에 살짝 드리워진 나팔꽃 고요하기만한 연못에 새우들이 헤엄치자. 바람이 붑니다. 초가을의 새우를 물속의 신룡이라 했습니다. 이제 피기 시작한 연잎도 파란 나팔꽃과 밀어를 나누니 고운 모습입니다.

구경분 님은 다음과 같이 아름답게 나팔꽃이란 시를 지어 노래를 하였습니다.

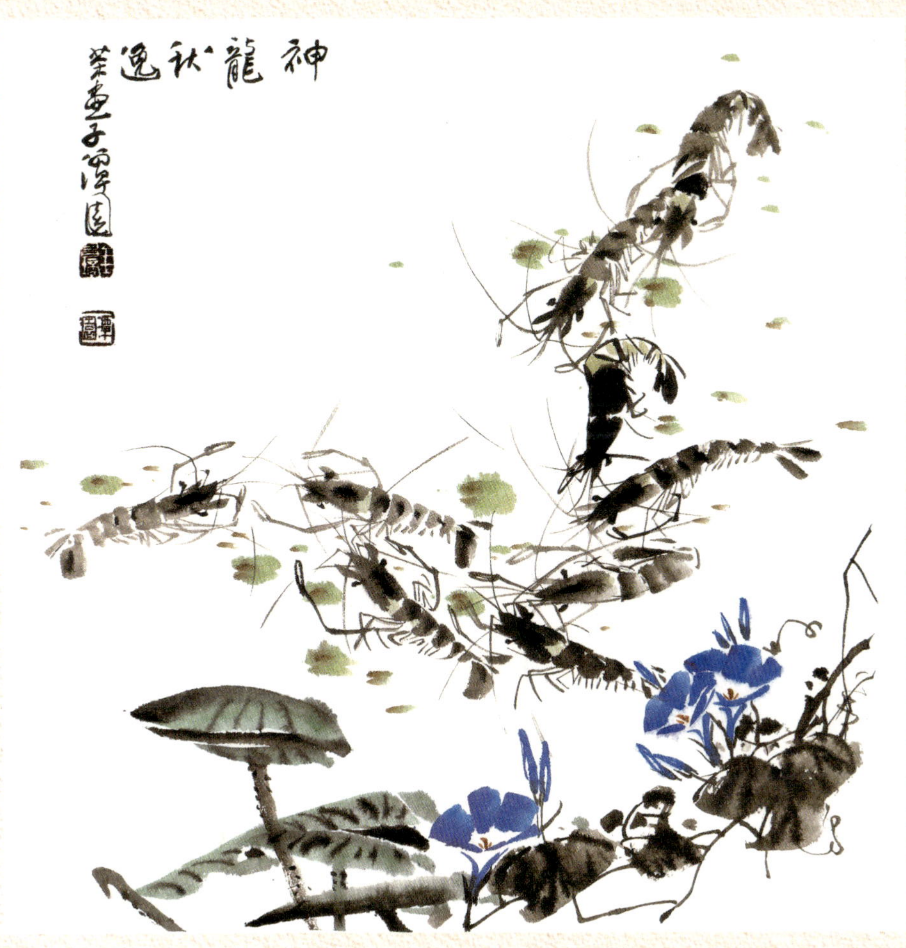

신룡추일神龍秋逸
한지수묵담채 | 50×60Cm | 2010

은쟁반에 구르는 옥구슬보다
훨씬 아름다운 꽃 나팔소리
땅에선 조용히 살아가려고
하늘에서 내려올 때 두고 왔어요.

가을의 빛깔을 내는 연꽃

햇살이 깊어가는 초가을 연당에 아침을 밝히고 있습니다. 이런 날 이런 곳에서 하늘을 올려다보는 것은 행복 하며, 연당의 빛깔이 쪽빛 하늘색과 어울려 새롭습니다. 스산한 풍광 깔깔거리며 바람 따라 스치는 연잎도 귓가에 간지럽힙니다.

풍성해 보이던 여름 연꽃에 비유하면 가을 연꽃은 서글프기 그지없습니다. 서리가 내리기 시작을 하면 그 생기는 모두 연당 더러운 물속 연꽃의 땅속줄기 빈 공간으로 만들어진 연근에게로 감춥니다. 그리고 번잡한 모든 것들을 다 버리고 연자만이 오롯이 서있습니다. 버린 만큼 또 채워지겠지요! 날라 들어온 들판의 낙엽과 연잎과 함께 뒤섞여 깨끗한 낙엽들이 떨어진 연못엔 또 다른 냄새가 풍깁니다. 연못에 잠긴 낙엽들은 이슬과 바람과 만나 썩으며 발효가 되어 각양각색의 빛깔을 창조 할 것 입니다.

연못호수는 자연적 거름으로 모두를 저장하여 둡니다. 모두가 산화되어 연당에 풍요를 가져다주고 토양을 비옥하게 만들어 줍니다. 가을의 빛깔은 건강한 연당 연 숲을 만들어 줍니다.

그래서 속세의 더러움 속에서 피되 더러움에 물들지 않는 청정함을 상징한다고 하여 극락세계를 상징하는 꽃으로 쓰고 있습니다. 불교에서는 극락세계를 색달리 부를 때에 '연방蓮邦'이라 합니다, 아미타불의 정토에 왕생하는 사람의 모습을 '연태蓮態'라 표현합니다. 부처님이 앉아 계신 대좌를 연꽃으로 만드는 것도 이러한 이유에서 기인합니다. 또한 바라문교婆羅門教의 경전에는 여신이 연꽃 위에 서서 연꽃을 쓰고 태어났다는 기록이 있습니다.

여름 내내 땡볕을 쪼이더니 이제 잔혹하게 말라 비트러지기 전의 초췌한 연 줄기에 걸쳐 앉아 가을 노래를 부르는 쌍 조는 가을색채의 향연이 펼치는 들판도 겨울이 코앞에 왔음을 압니다.

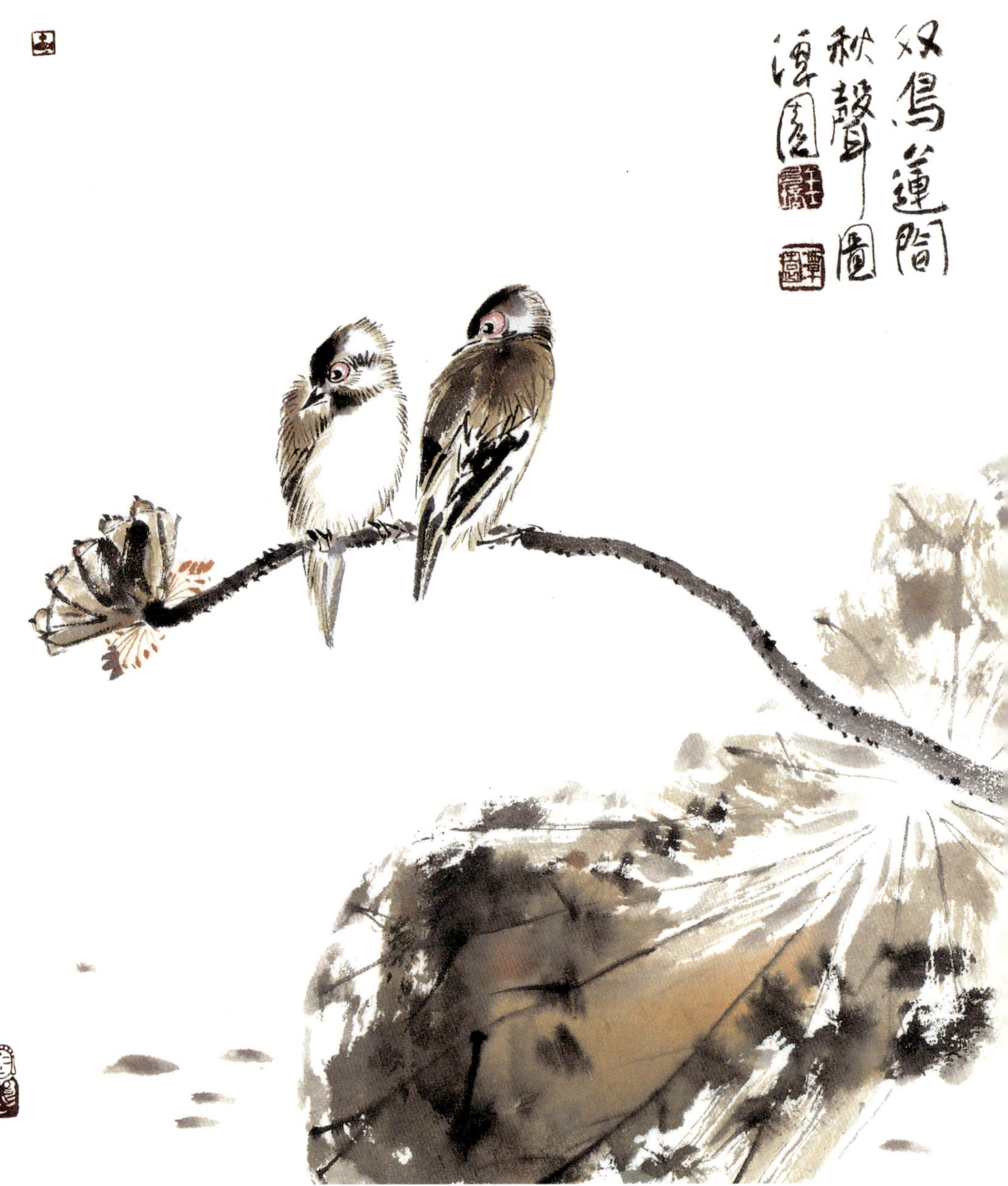

쌍조연간추성

한지수묵담채 | 50×60Cm | 2010

물러나는 빛 새로운 빛

강남에서 연꽃을 따려 가니
연의 이슬은 옥구슬이 쏟아지듯 하네
흰 새는 그 위를 날아다니고
물에 노는 물고기는 기 아래에서 장난을 하네.

오국륜은 연을 채련採蓮하러 멀리 강남으로 새벽녘에 도착했습니다. 큰 연잎은 밤새 이슬을 받아 바람이 불면 가끔씩 쏟아내고 새들은 왔다 갔다 합니다. 연못엔 물 고기 놀고 있습니다. 새벽 새로운 연당의 하루가 시작되는 빛이 감돌며 조금씩 동이 터오니, 이처럼 연당은 빛으로 깨웁니다. 물러나는 빛과 새로운 빛이 공존하며 연당이 새롭게 열리니 마음이 행복해 집니다.

한여름을 보내고 어느새 하늘은 잉크 뿌려진 파란 하늘. 그리고 못 보던 양털구름이 이따금씩 높게 지나갑니다. 절정에 오를 연꽃 모진 비와 바람 햇볕을 이기고 선 연당을 찾아보니, 붉은색 연꽃 수줍어 웃으니 연잎 사이로 물소리 흔들며 지나갑니다. 연당에서 사랑놀이에 취한 물고기들, 인기척을 나지 않게 연꽃을 따려 하니 연못이 출렁입니다. 서늘한 기운 문득 가을이 감돕니다. 신추新秋 새로운 가을, 이제 막 입추가 지나고 시원한 가을바람이 연당에 몰려옵니다.

신추新秋

한지수묵담채 | 50×60Cm | 2010

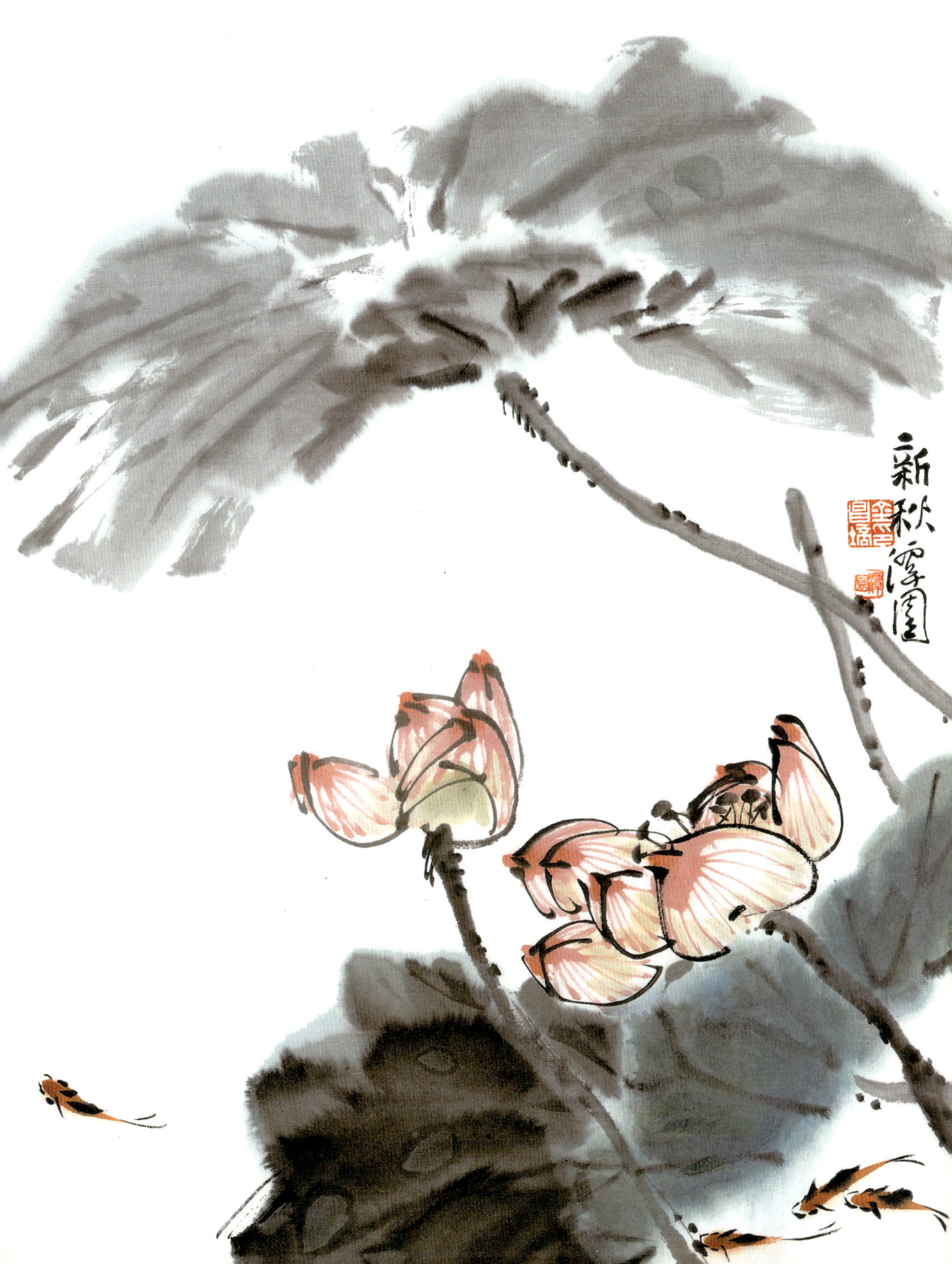

가을이 오면

석장 짚고 언제 여기 오셨는가?
가을바람 이미 을씨년스러워라
깊숙한 절집 국화, 비 맞아 황량하고
연못에 절반이나 되는 연꽃이 서리에 꺾였소.
내쫓겨진들 어찌 본성이야 어기리오.
빈 마음이라 참선에서 떠나지 않는 다오
서로 만나 밤잠을 같이 자니
농 땅의 달이 사람을 향하여 둥글기도 하다.

추용秋容 가을의 한복판에 접어들고 있습니다.

곧게 뻗었던 연봉우리 줄기에 두 마리 아름다운 가을 새가 앉으니 고단한 삶의 무게에 연 줄기는 기울고 가을을 노래하고 있는 자태가 꼭 하늘을 향해 예불을 올리는 것 같기도 하고, 또한 가을 연당에 취한 듯 연당에 보초를 서고 있는 것 같습니다.

연꽃은 꽃잎이 떨어지면서 벌집 모양의 열매가 가을이 오면 갈색으로 익습니다. 그 속에는 타원형의 씨앗이 들어 있습니다. 연꽃잎이 시들어지면서 떨어진 곳에 남는 열매를 연실蓮實이라 부릅니다.

두보는 찬 공방에 묵으며 연못에 절반이나 되는 연꽃이 서리에 꺽인 모습에 안타까워하면서 쓴 시입니다. 소매에 묻은 젖은 가을기운을 털어버리며 빈 마음이라 참선에서 떠나지 않는다고 술회를 하였습니다.

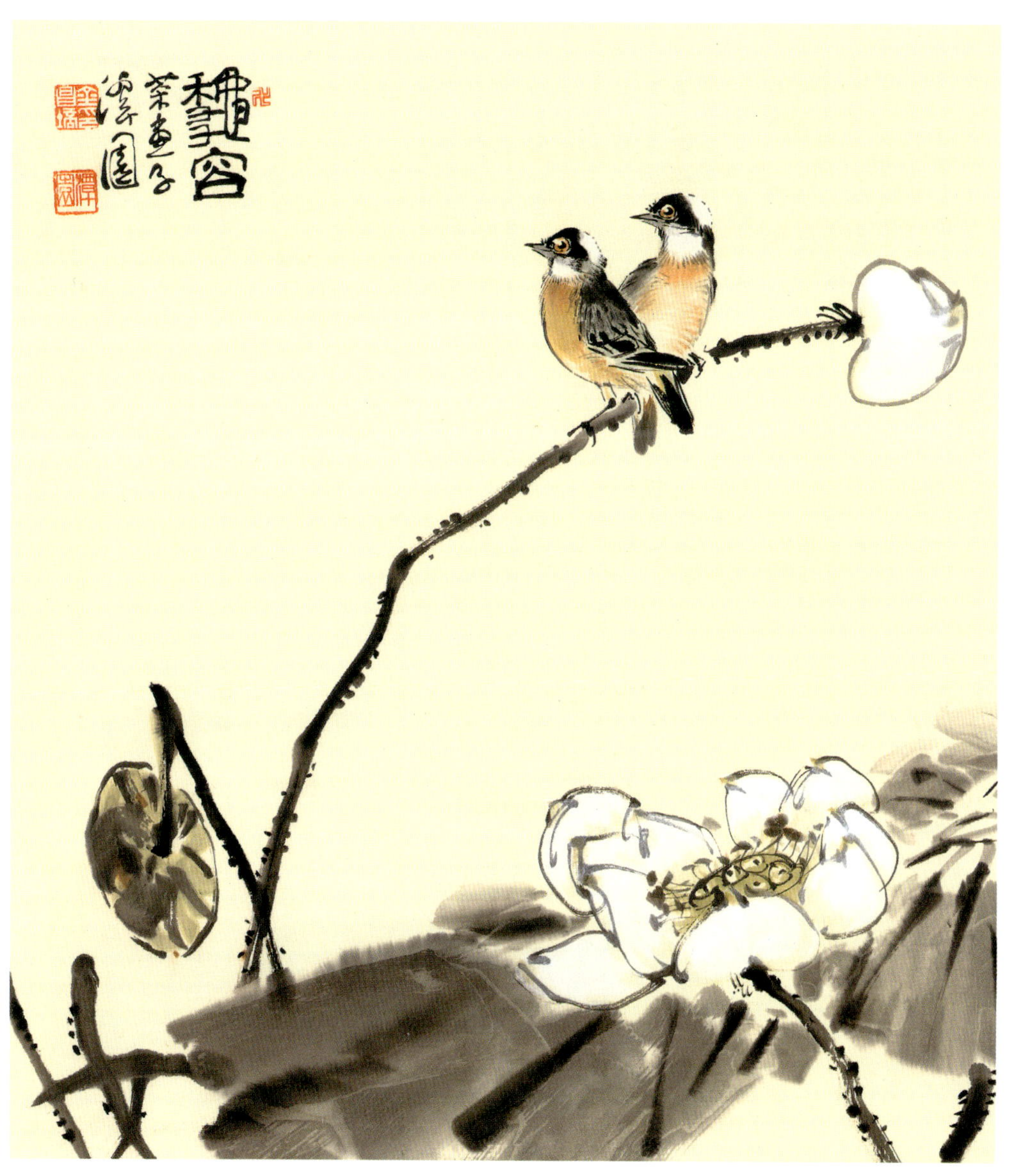

추용秋容

한지수묵담채 | 50×60Cm | 2010

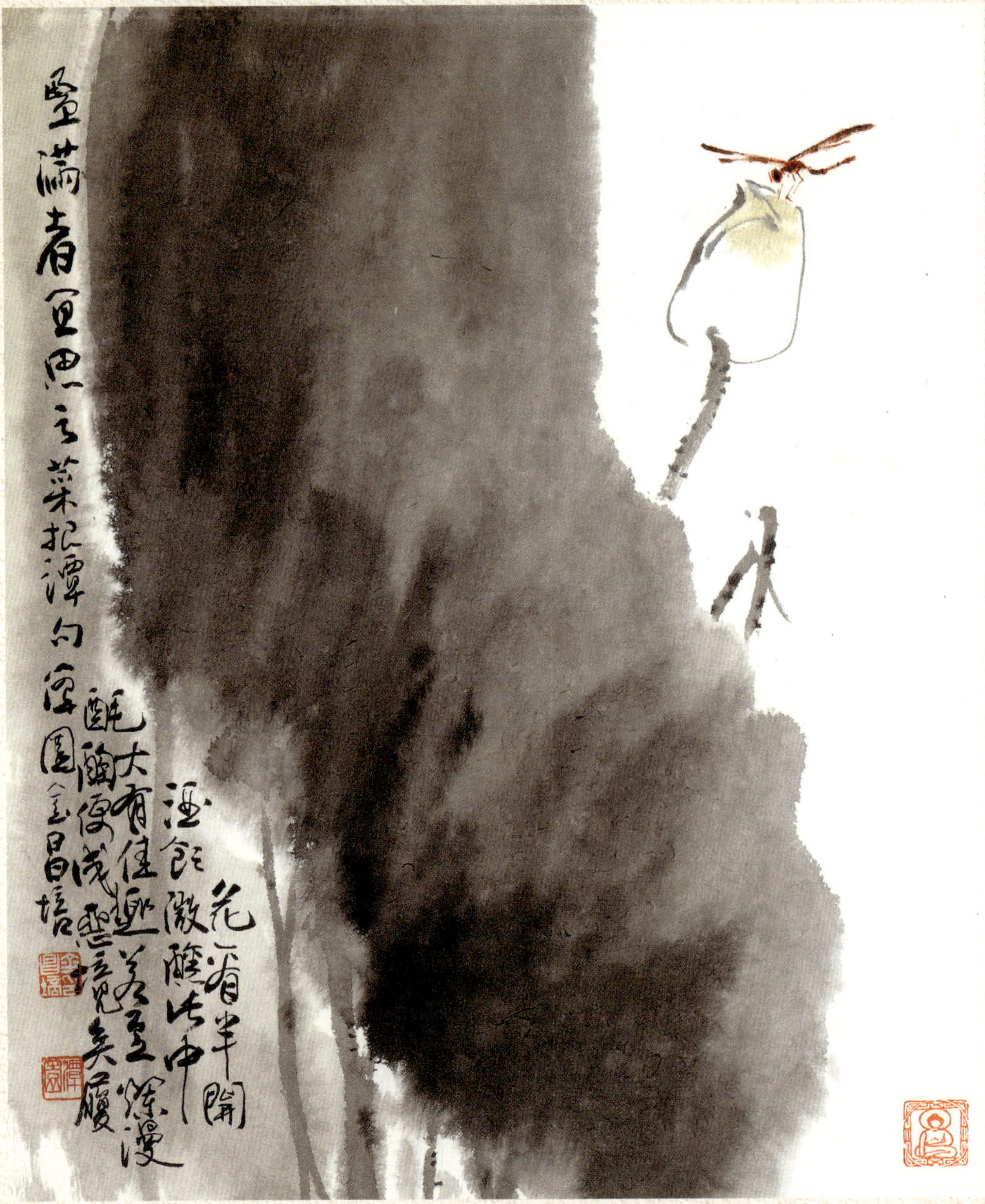

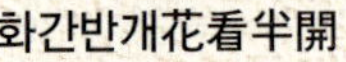

화간반개花看半開

한지수묵담채 | 50×60Cm | 2010

꽃을 덜 피었을 때 보라

가을 기운이 불어오는 연당의 오후, 연잎 그늘 아래 햇빛을 피해 즐거이 묵상에 빠져 봅니다. 들려오는 귀뚜라미 울음소리가 마음을 즐겁게 하여 행복하게 해주니, 어느덧 해가 석양으로 기우는 연꽃 별천지 연못의 품안에 안겨 조용한 마음을 찾습니다.

꽃은 반만 피었을 때 보고
술은 조금만 취하도록 마시면,
그 가운데 크게 아름다운 맛이 있느니라.
꽃이 활짝 피고 술이 흠뻑 취하기에 이르면
곧 추악한 경지에 이르는 법이니,
가득 찬 상태에 있는 사람은
마땅히 이를 생각할지니라.

『채근담』, 명나라 사람인 환초도인 홍자성의 이야기에 나오는 글로써 글 속에는 무한한 지혜가 담겨 있습니다. 현실 속에 살면서 현실을 초월케 하였습니다. 꽃을 덜 피었을 때 보고, 술을 작게 취하도록 마시라. 지나침을 삼가 하란 뜻입니다.

올여름은 계속 내리는 바로인해 여름을 후근 느끼지 못 하였습니다. 그래도 입추가 지나갔습니다. 연향을 훔치려고 들른 바람도 고요히 다가와 연당에 머뭇거리고 서 있습니다. 가을바람을 마주한 연꽃 한 송이 귀뚜라미도 귀뚤귀뚤 순찰을 돌고 빨간 고추잠자리도 왔다갔다 정찰을 나와 가을기운을 메워놓습니다. 지혜의 길잡이인 『채근담』 구를 읽으며 고요한 마음으로 세상의 하나씩 번뇌를 씻습니다.

연꽃 숲에서 몸을 비비며 자는 새

초록 속살 빈 가슴에 떨어지는 이슬비
수정으로 토해내는 깨끗한 연잎 하나
세월의 틈바구니에 삶의 몸을 닦는다
진흙 깊은 연못 물안개 떠난 자리
햇살 퍼질 때 수면 위에 꽃불 밝히고
두 손 모아 합장한다.

『비 개인 날 연꽃』을 노래한 노태웅님의 시 한수입니다.

이슬비 온 뒤 연향이 연 숲의 향기와 함께 가슴 깊은 곳으로 파고듭니다.

삶의 몸을 닦는 연, 참새 형제들 연꽃 숲에서 몸을 비비며 잠을 자고는 새벽이 지나자 울음소리 합창하다가 하늘로 날아 길을 찾고 있습니다.

청아함과 부드러움을 지닌 참새들 하늘을 날 때 날개를 퍼덕이다가 쉬며 또 퍼득 인다. 음악을 지휘하는 지휘자의 아름다운 손짓과 지휘 봉 처 럼 창공을 날며 지저기는 소리는 맑고 경쾌하고 날카롭게 연주를 합니다.

늦여름 하늘엔 구름가득 그리움으로 애간장 녹인 비 지나가고 이슬비 맞은 연잎, 자꾸만 누렇게 변해만 가고, 연자에 매달린 연꽃잎은 아직도 기력을 다하는데, 해가 중천에 뜨니 청천晴天의 맑은 가을 하늘이 열렸습니다. 어느새 연향기 속엔 가을빛이 하늘이 스며들어 풍기고, 떨어진 낙엽은 수면 위에 떠가고 연당에 찾아든 새벽 나그네 두 손 모읍니다.

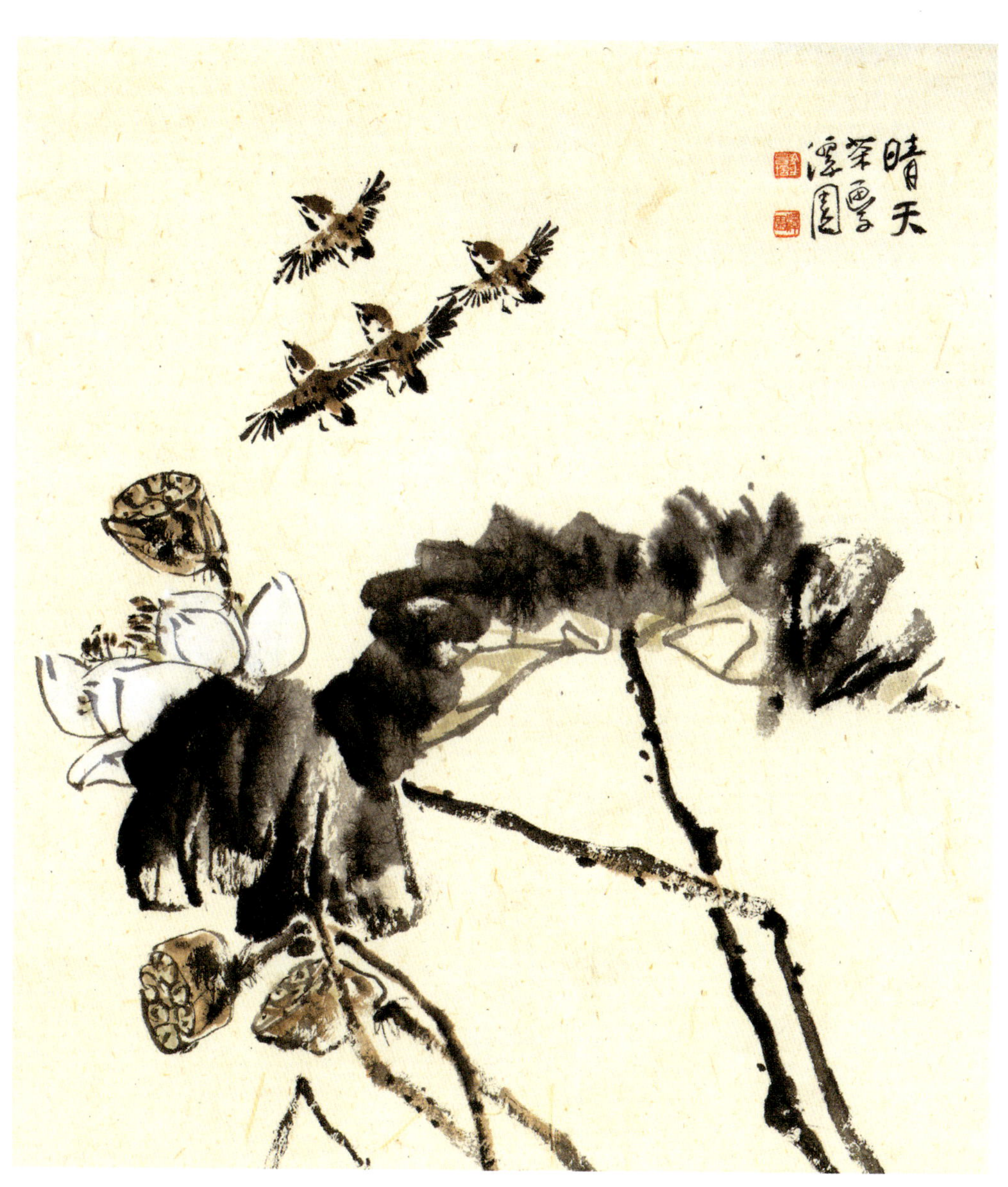

청천晴天

한지수묵담채 | 50×60Cm | 2010

연꽃처럼 사는 인생

이백(701-762), 이태백으로 더 많이 알려진 시인 '청련거사' 란 아호를 가지고 있어 많은 시를 지었으며 특히 누구보다 연꽃을 사랑했습니다. 이백의 시에서는 산천을 노래하고 도가적 탈속의 세계를 많이 그려냈습니다. 수중 군자인 연꽃을 군자의 덕에 비유하며, 많은 꽃 중에서 연꽃만은 도덕 수양이 높은 군자를 닮았다고 했습니다.

연꽃에 대한 예찬을 하고 있는 글에는 '석가모니'께서 설법을 하실 때 마하가섭은 혼자만이 연꽃을 들어서 부처의 말씀을 전했다는 이심전심以心傳心을 떠오르게 합니다.

추하秋荷 가을이 시작되고 있습니다. 파란 하늘은 맴돌던 잠자리 마지막 작별을 하러 왔네요. 서늘한 바람은 연꽃을 적게 피어 연꽃을 피는 것을 자중토록 하고 있습니다. 이제 그만 내년에 다시 피라고 권합니다. 비우면 차고 차면 비우라는 부처님의 진리가 여기에 있습니다.

여름 내내 기운이 넘치던 커다란 연잎도 기운을 내리고 누런빛 띄기 시작하니 고개를 숙이고 다소곳이 돌아갈 채비를 합니다.

연꽃은 지고 남겨진 추하의 연당, 햇살을 받으며 벌집 같은 연자마저도 쳐들었던 고개를 땅 쪽으로 떨 구고 있습니다. 연밥은 딱딱한 껍데기를 벗기지 않으면 땅 속에서 무려 삼천 년을 견딘다고 할 만큼 생명력이 매우 강합니다. 이제 서리가 내리고 바람이 불면 날라 가 연자를 연못의 정토로 보냅니다.

우리들도 연꽃처럼 사는 인생입니다.

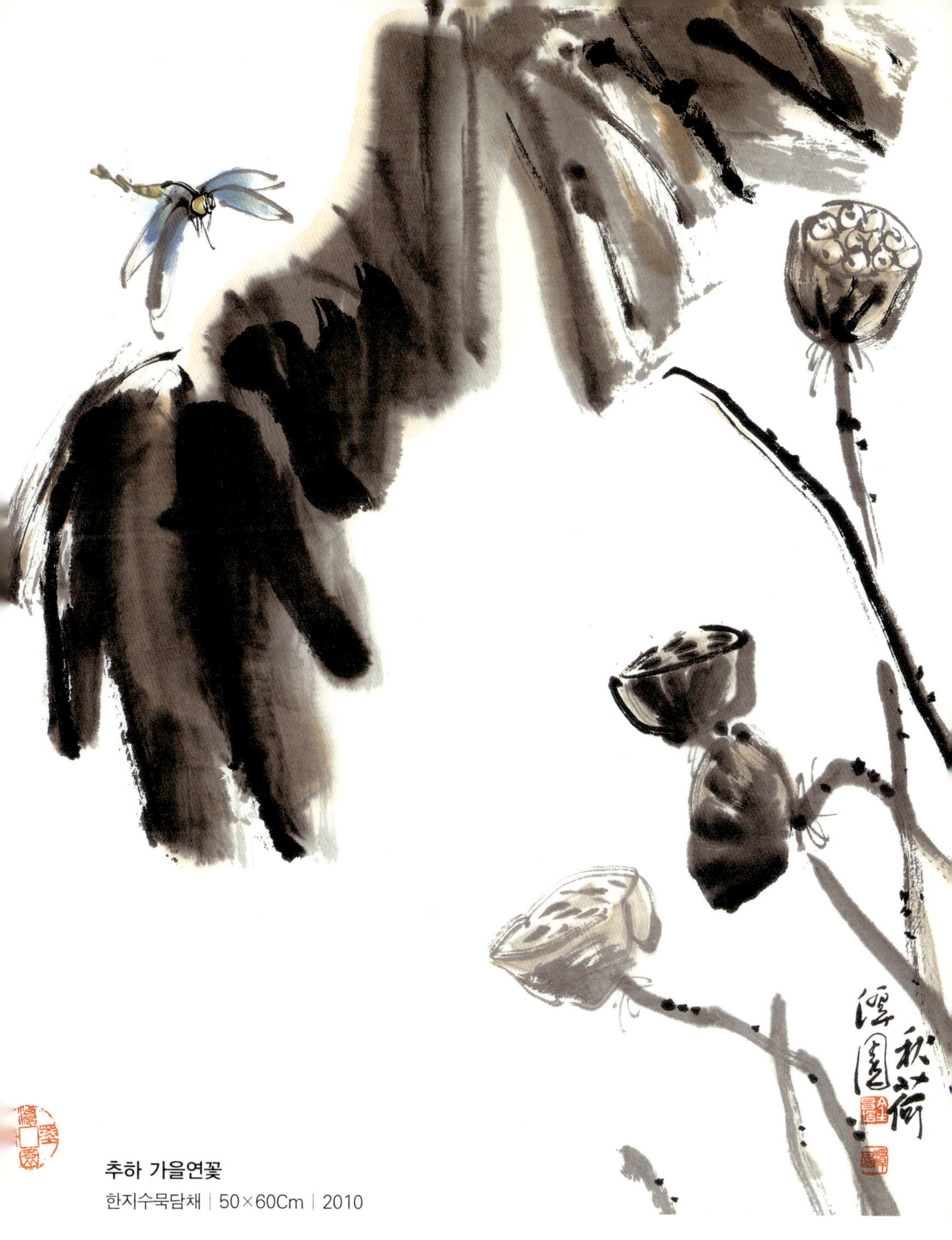

추하 가을연꽃

한지수묵담채 | 50×60Cm | 2010

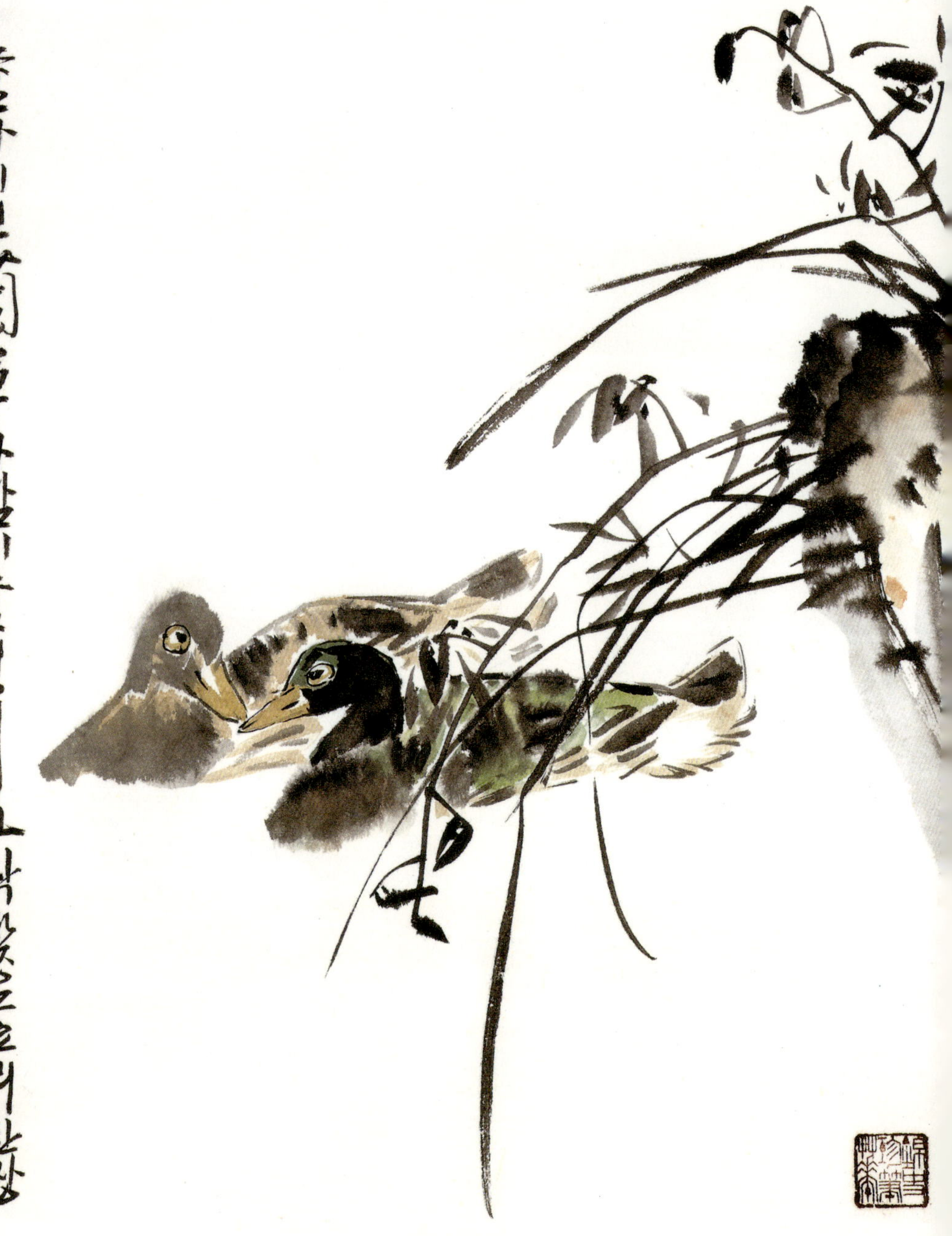
물가에 핀 蘭草 바람에 출렁이고 짝 찾은 오리 한 쌍
노오란 부리 부딪치며 사랑을 노래하네

덧없는 세월

연못에서는 연꽃 대신 난향 끊임없이 풍겨 나와 우리들의 몸이 향기가 스며듭니다. 연못은 인간의 만병을 치료하고도 남을 치료제를 지니고 있습니다.

가을바람에 물결이 일고 오리와 기러기도 날아오르네.
그리워라 아름다운 시절은 머물러주지 않는구나.

중국 사천 지방에서 태어난 왕발님의 시로 채련곡에 나오는 싯구 중 가을과 사랑을 노래한 구절입니다.

연당에 드리워진 난이 가을바람에 슬렁이게 합니다.
기러기와 오리도 찾아들고 그 연꽃 피던 시절 아름다운 시절 다 어디 갔나요.
처음엔 너무나 너무나 아름답게 붉게 핀 연 꽃
한겹씩 자신을 떨어뜨리고 이젠 남은 건 바람소리뿐,
물가에 난초 바람에 슬렁이고 짝을 찾은 오리 한 쌍,
노오란 보리 부디 치며 사랑을 노래하네.
같이 노래하고 울수만 있다면 좋으련만,
덧없는 세월 내년에 다시 피어날 연꽃을 기다리며 하루 밤을 꼬박 지샙니다.
연못에 드리운 별들은 어찌 그렇게 또렷한지 흰 이슬 시든 연 발을 적시네.

물가에 핀 난

한지수묵담채 | 50×60Cm | 2009

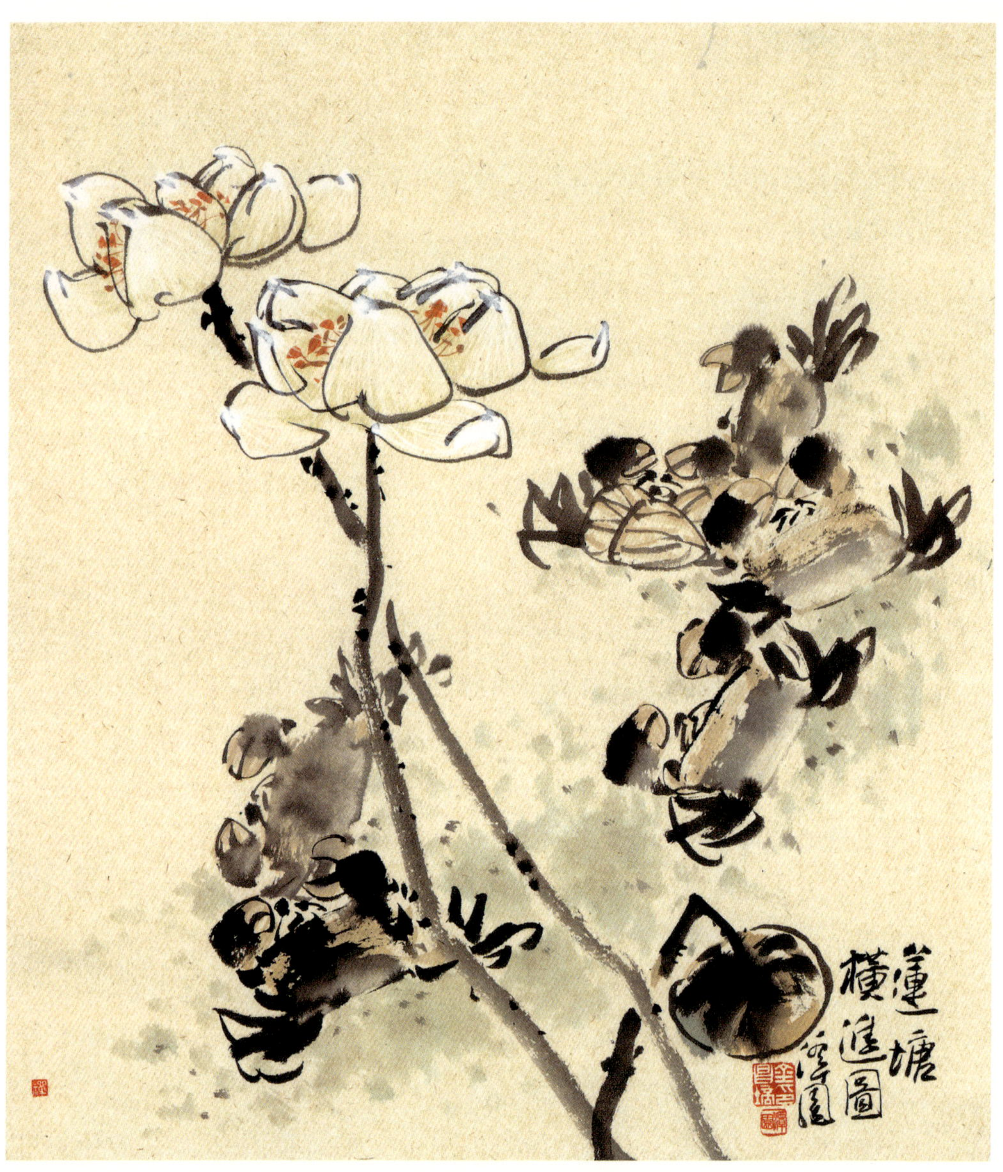

연당횡진도

한지수묵담채 | 50×60Cm | 2010

자연은 언제나 서두르는 법이 없습니다.

자연은 언제나 서두르는 법이 없습니다. 이미 정해진 각본처럼 일정한 걸음거리로 진행을 합니다.

연당의 풍경도 매일 매일 아름다운 삶이 시작 됩니다. 연꽃이 피어 오늘은 옆으로 걷는 게 가족을 초대를 하였습니다. 가만히 귀를 기울여 보며 잠시 앉아있으니 게가 걷는 소리뿐만 아니라 새소리 풀벌레 소리도 들려옵니다. 그중에 귀뚜라미는 일정한 박자로 귀뚜라미 현을 키며 천천히 음악을 들려줍니다.

무엇보다도 아름다운 연꽃의 향기와 연당의 풍경은 영혼까지도 마음을 매어놓는 능력이 있습니다.

어해도魚蟹圖'는 어류와 게를 주제로 그린 수묵화를 말하기도 합니다. 게는 어해도에서 특히 즐겨 그리는 소재로 물속이 아니라 물이 빠진 연못이나 뭍에 기어 올라와서 연잎, 갈대 잎과 함께 그려진 것이 많습니다. 이러한 그림을 '전려(로)도傳蘆圖'라 합니다.

게蟹(해)그림은 장원급제 또는 과거시험을 의미합니다.
거북이나 물고기 그림은 다산다복多産多福의
현실적인 염원이 담겨 있습니다.
해락도解樂圖, 게들이 평화롭게 물 빠진 연당에
담박하게 노니는 풍경입니다.

편안하고 담담함으로 으뜸으로 삼는다. 활담위상活淡爲上<노자>
소박하고 수수한 세계에서 마음이 노닌다. 유심어담遊心於淡<장자>

두 성인은 무와 자연으로 돌아가고, 즉 담淡으로의 회귀 하였습니다.
〈상징과 인상 임태승 저〉 에 나오는 이야기입니다.

성현들의 자연에서 살았던 일생이 글 속에 다 녹아 있습니다.
소담疏淡한 생활을 통해 덜어버리고 내려놓고 줄이고 얕게 엷게
생긴 그대로 사는 간필簡筆의 미학을 바탕으로 살았습니다.
우리의 인생도 두 성현과 그림속의 연꽃과 게처럼
다 버리고 소담疏淡하게 느림의 미학을 즐기면서 살아야겠습니다.

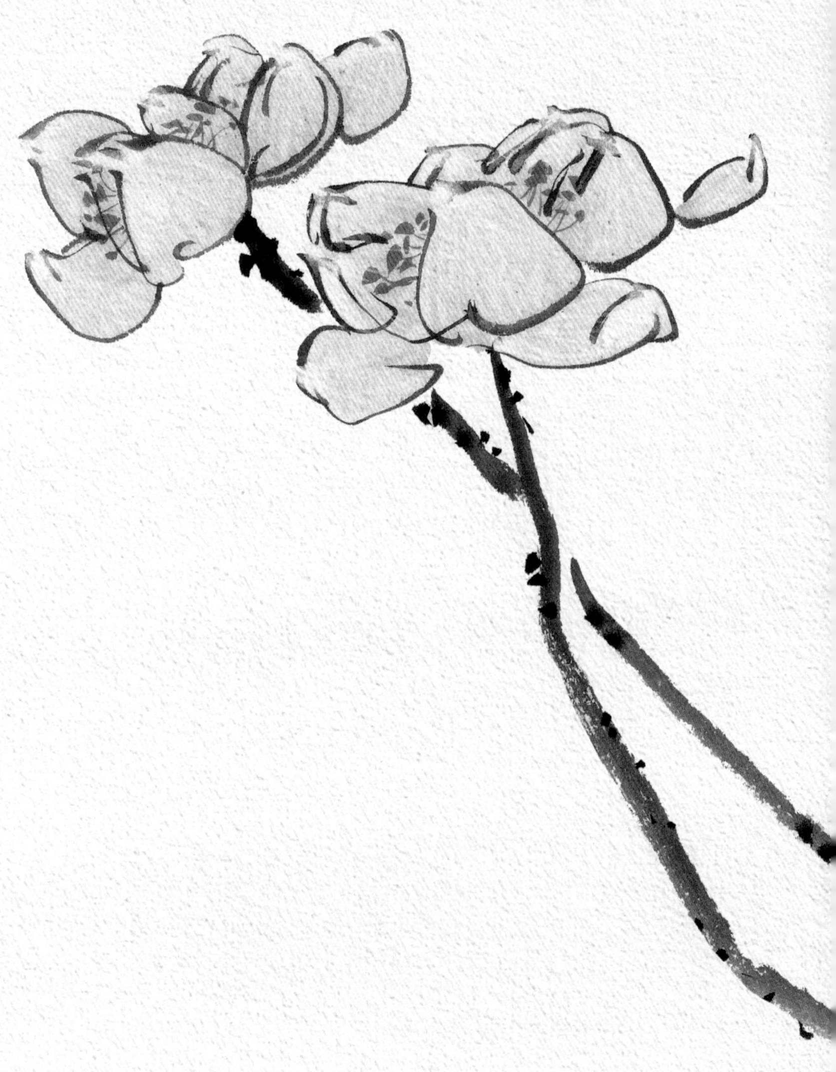

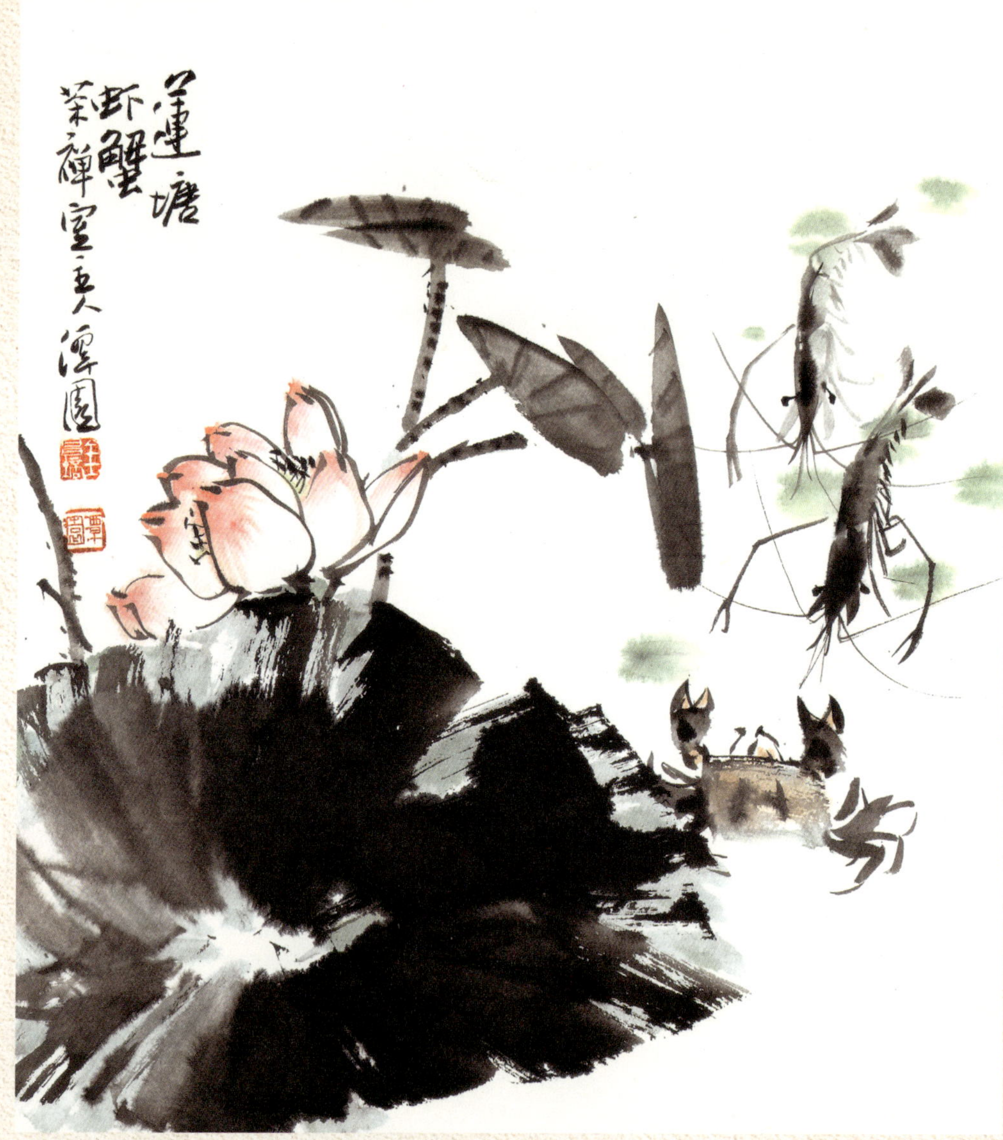

연당하해蓮塘鰕蟹

한지수묵담채 | 50×60Cm | 2008

스스로 만드는 향기

『채근담』에 다음과 같이 글을 남겼습니다.

바람이 성긴 대숲에 불어와도 바람이 지나가고 나면
대숲은 소리를 남기지 않고,
기러기가 차가운 연못을 지나가도 기러기가 가고 나면
연못은 그림자를 남겨 두지 않는다.
그러므로 군자는 일이 다가오면 비로소 마음에 나타나고
일이 지나가고 나면 마음도 따라 비게 되느니라.

찜통더위에 들판에는 벼가 막 고개를 숙이려 하고 있습니다. 초가을 기운이 감지됩니다. 긴 장맛비가 연잎을 여름 내내 두드리고 때리고 서로 다투던 그 연꽃 방죽에는 여름이 냇물처럼 유유히 흘러 가을이 오고, 연당의 모서리부터 가을이 사락사락 내려앉고 있으며, 메말라 가는 연잎사귀에서 가을향이 흩날립니다.

현대에 사는 우리들도 살면서 마음을 비우고 스스로 각자의 향기를 만듭니다. 값지고 소중한 것을 소중한 줄 모르고 살며 행복 같은 것을 귀히 여길 줄 모르는 그런 향들을 버리고 아무렇지도 않게 그냥 살아갑니다. 그 인생의 향기는 어떤 삶을 살았느냐에 의해 결정이 됩니다. 그럼 당신은 어떤 향기를 지니고 갖고 사는지요? 청아하고 맑은 향기를 담고 있는 연꽃을 닮은 그런 삶의 향기를 지니고 살려면 아름다운 향을 만들려고 스스로 향기를 만들어야 합니다. 내가 지니고 싶고 붙잡고 싶은 것을 다 내려놓을 때, 당신이 갖고 있는 향기가 연꽃 향처럼 맑고 향기롭고 따뜻한 마음이 배어나는 진향眞香이 흩날릴 것입니다.

만법귀일

외국에서는 수련과 연꽃을 모두 lotus blossom 라고 부릅니다. 꽃피는 과정에 따라서 연꽃의 이름을 달리 부릅니다,

이제 필 새 꽃봉오리를 "굴바라"
만개한 연꽃은 "분타리"
연꽃이 질 때를 "가마라",

부처님이 탄생 할 때 삼천년 만에 피는 연꽃을 "우담바라"라 합니다. 어느 사람은 물위에 나온 꽃망울을 보고서는 난소의 혈관이 터져 연당이 배란을 한다고 하며, 살짝 필 듯 연꽃잎은 산모가 출산 할 때 자궁이라고 합니다. 어느 사람은 연꽃이 질 때 가을이 시작된다고 합니다.

가을이 오면 찬 기운은 새로운 꽃도 피지 못합니다. 연못의 연꽃은 연잎을 스스로 하나씩 해체하여 꽃잎을 물위에 떨어뜨리는 과정을 거치면 땅속에 연근만이 남습니다. 연근도 더러운 흙탕물에서 뿌리가 자라지만 그 물에 물들지 않는 처염상정 處染常淨의 연꽃처럼 절대 물들지 않습니다.

이처럼 연꽃의 습성은 깨끗하지 않은 물에서 자랍니다, 연뿌리는 흙과 물속에 고이는 양분들을 빨아드리고 여름철 연꽃을 피우다 집니다. 연뿌리가 생기를 얻고 있는 한 그 연못의 물은 절대 고인 물이라 할지라도 썩지 않고 산소를 만들어 주고 양분을 만들어 주어 물고기나 새들이 살 수 있는 환경을 만들어 줍니다.
'만법귀일萬法歸一', 세상 모든 것 결국은 하나로 돌아갑니다.

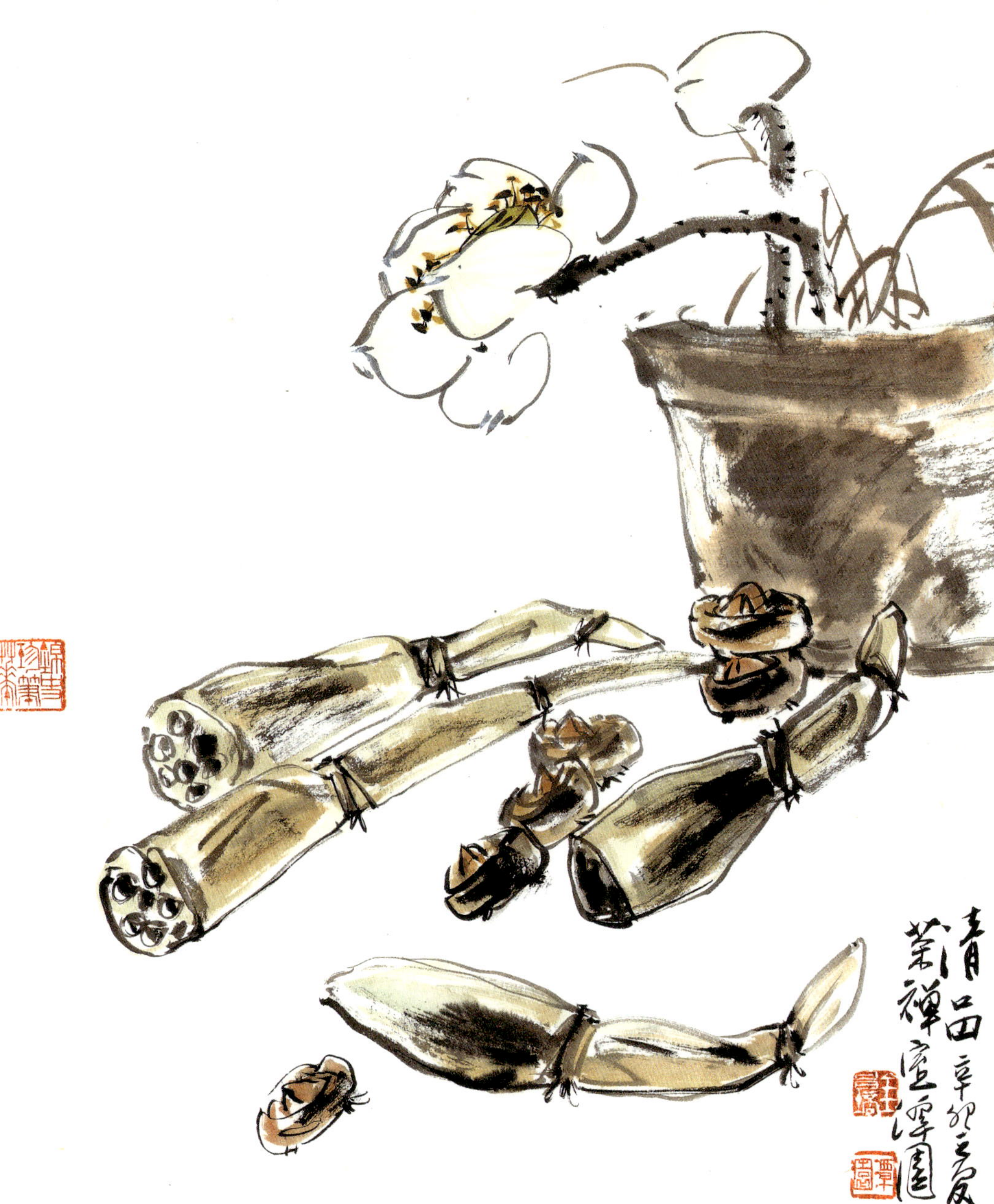

청품

한지수묵담채 | 50×60Cm | 2011

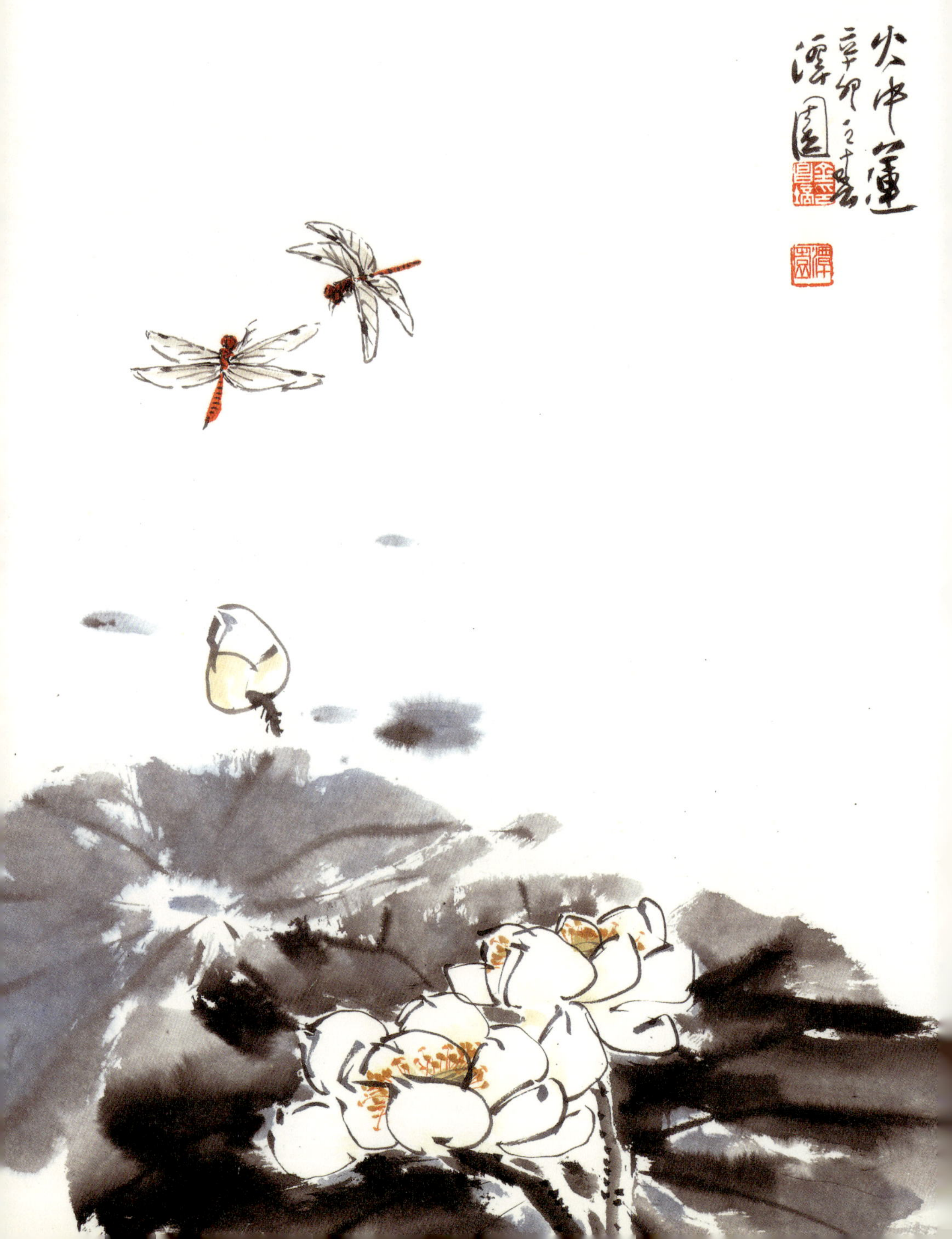

火中蓮

무념무상

전당錢塘 강가에 바로 내 집이 있어
오월이면 연꽃이 피기 시작했어요.
검은 머리 반쯤 늘어뜨린 채 졸다가 깨면
난간에 기대어 뱃노래도 불렀지요.

『난설헌 허초희』(1563년~1589년)는 조선 중기의 시인으로 서릉행西陵行 이란 시에서 뱃노래를 불렀습니다.

일상의 일들을 훌훌 벗고 나그네는 삶의 가치를 찾으러 연꽃 숲에 걸어 왔습니다. 운무로 촉촉하게 젖어 초록빛이 더욱 선명해진 연꽃, 걸음을 내딛을 때마다 연꽃이 따라 오고 있습니다. 진초록의 연꽃 방죽은 융단같은 부평초로 물색까지 초록으로 물들어 깔려있습니다. 초록의 연당은 말이 없습니다.

"무념무상"입니다.

어디서 왔는지 말을 던져도 입을 꾹 다물고 있습니다.

드디어 연꽃이 피어나기 시작을 합니다. 연못위에 점화를 시작하여 붉게 하얗게 꽃망울을 터뜨려 갑니다.

터벅터벅 여름 연꽃 가는 길, 가을이 다가 왔음을 아는 연꽃, 가을 오는 길에서 번뇌에 물들지 않고 깨달음의 길로 향하는 연꽃 군락, 구름 위를 걷듯 황홀하며 나그네의 가슴이 두근두근 숨이 탁 막힐 만큼 아찔한 풍경입니다.

화중연火中蓮

한지수묵담채 | 50×60Cm | 2011

달밤의 축가

들판의 초록 억새도 춤을 춰 물결을 치더니, 적막하리만큼 고요하기만 합니다. 포근한 어머니 품 같은 그늘 아래, 연 숲 사이에서 낮에 노닐던 개구리도 잠을 잡니다. 달빛 쏟아지는 풍경이 연 줄기 사이에 함께 엉켜있습니다. 둥근 보름달이 풍선처럼 걸려서 가도 오도 못합니다.

맑은 바람과 연당의 밝은 달이 맑은 바람과 달을 즐길 줄 아는 곤충이 귀뚜라미입니다. 이런 날은 일 년 중 몇 번이나 올런 지 모릅니다. 이 아름다운 "청풍명월"을 보고서도 감동이 안 오고 깨닫지 못한다면 이는 스스로 자기를 장애로 만드는 것입니다.

먹빛으로 번진 어두운 세상 연꽃에게 달빛을 내려 축복을 해주고 있습니다.

낮에는 잠자던 귀뚜라미 가족이 아름다운 축가의 바이올린을 연주하고 있습니다. 연잎 위는 무대가 되었고 달빛은 조명으로 비추니 터 잡은 연잎 위에서 놀고 있습니다. 밤 귀뚜라미는 실솔실솔 하면서 가을이 왔다고 노래를 몇 곡씩이나 자청을 합니다. 세상 자연도 가을을 맞을 준비를 합니다.

가을 풀벌레들과 호흡을 맞추고 느릿느릿 걷다가 달을 보니 가쁜 숨을 몰아쉽니다. 나그네 눈에 비친 달과 마주섰습니다. 다른 때 떠오른 달보다 가장 아름다운 빛을 보내, 가을이 왔다고 나그네 에게 자꾸 말을 걸어옵니다.

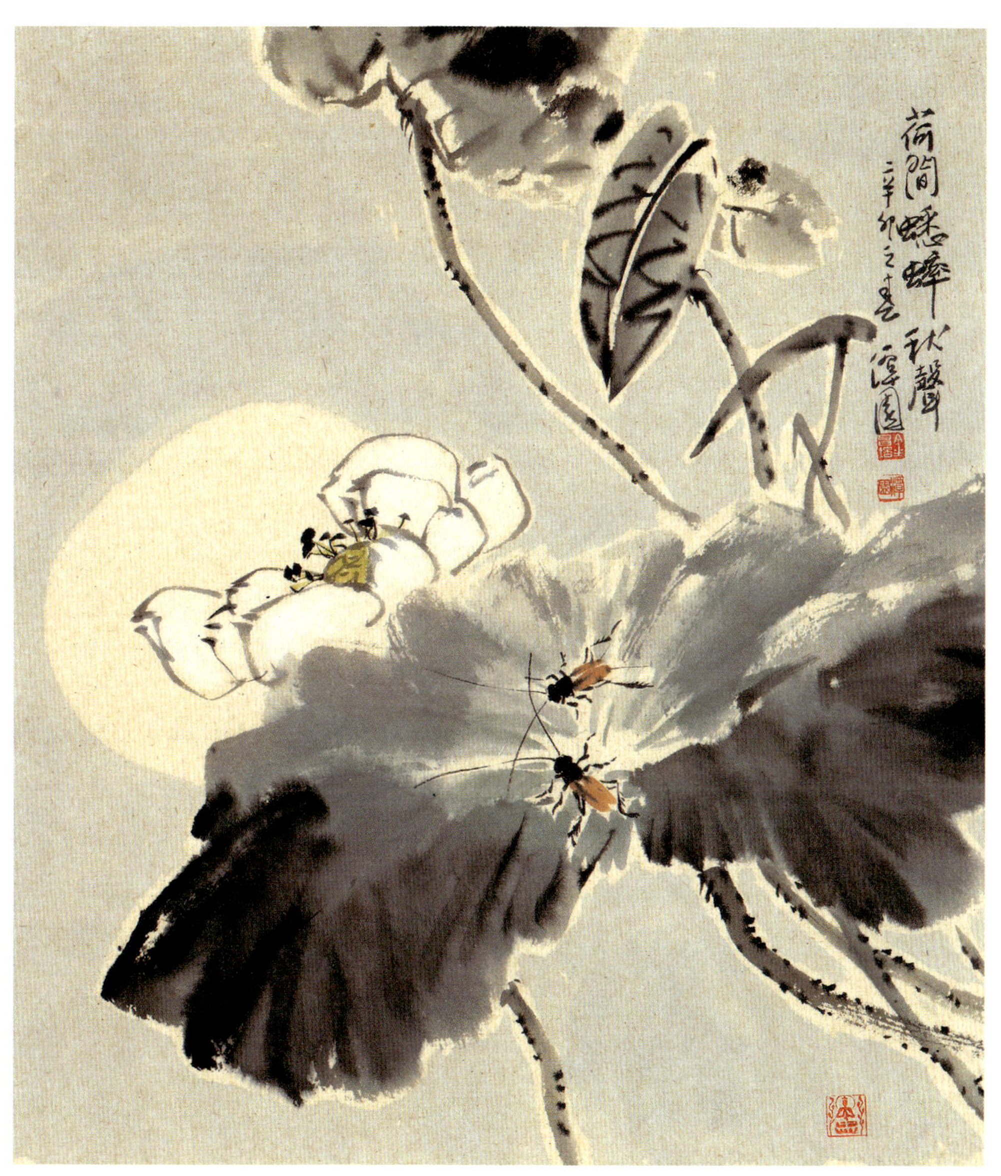

하간 실솔 추성도

한지수묵담채 | 50×60Cm | 2011

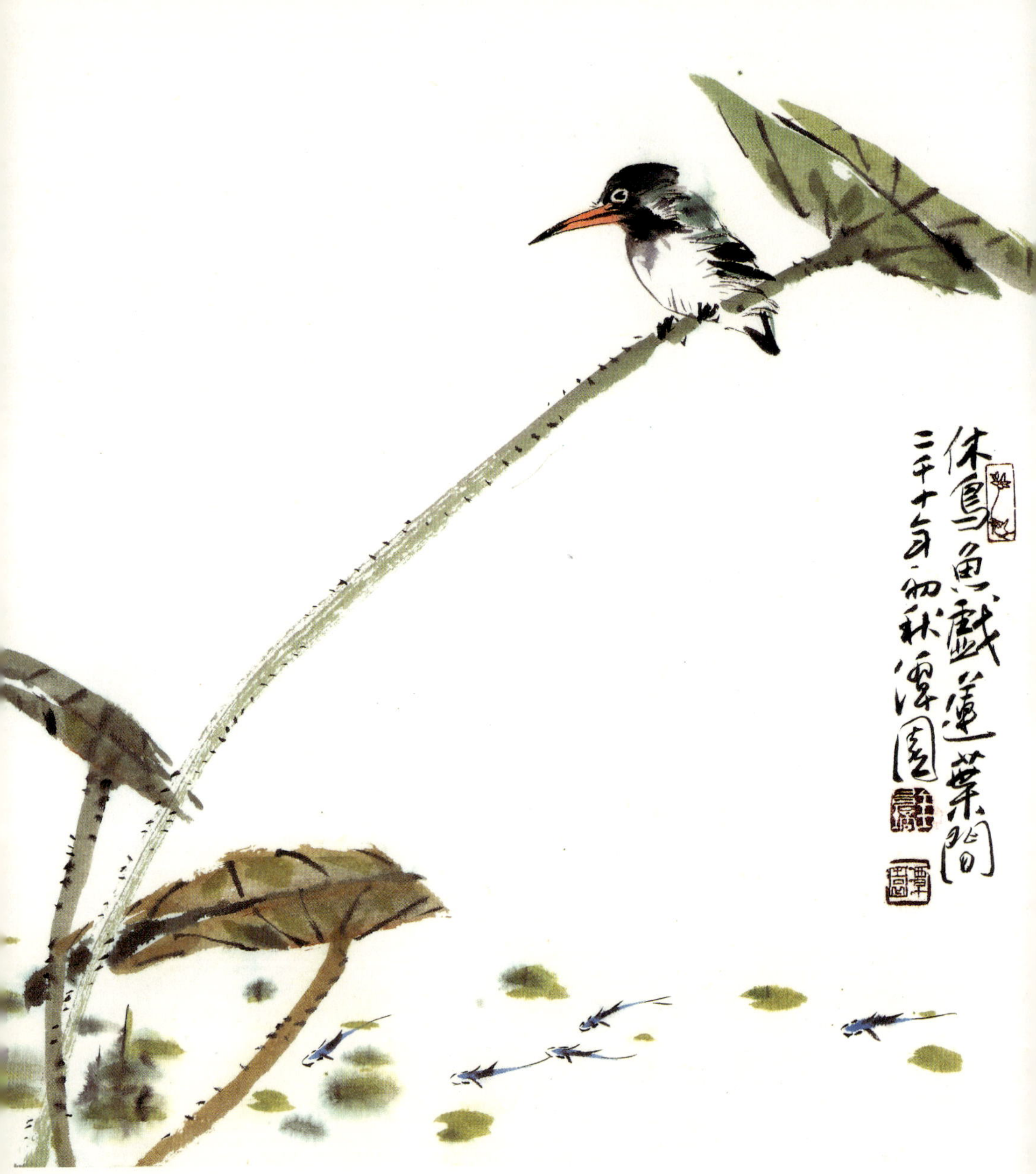

휴조어희연엽간

한지수묵담채 | 50×60Cm | 2010

연꽃을 따며

일찍이 한나라 때 지어진 악부시樂府詩 시가를 모방한 『강남가채련江南可采蓮』이란 시 중에 다음과 같은 것이 있습니다.

강남으로 연꽃 따러 가세.
연잎이 얼마나 퍼들퍼들 한가!
물고기 연잎 사이에서 노닐고 있네.
물고기 연잎 동편에도 노닐고
물고기 연잎 서편에도 노닐고
물고기 연잎 남편에도 노닐고
물고기 연잎 북편에도 노닐고 있네.

강남으로 연꽃 따러 가세, 연잎을 따러가서 보니 연잎은 퍼들퍼들하고, 이리저리 물고기들이 유영하는 모습을 보면서 연꽃을 따던 풍경입니다. 촉촉한 여름 색 덮은 연못, 물총새는 말아놓은 연잎 줄기에 왔다 갔다 하고 앉아서 놀기도 합니다. 연잎 사이에 물속에서는 작은 물고기들도 옹기종기 노니니, 상큼한 향기가 연당에 흘러 진동합니다. 해가 서서히 기울어지는 시간 여름을 스쳐 왔기에 서성이는 가을빛깔, 가을바람을 온몸으로 기다리고 앉아 있습니다. 길 끝에서 만난 가을 감동이 밀려옵니다.

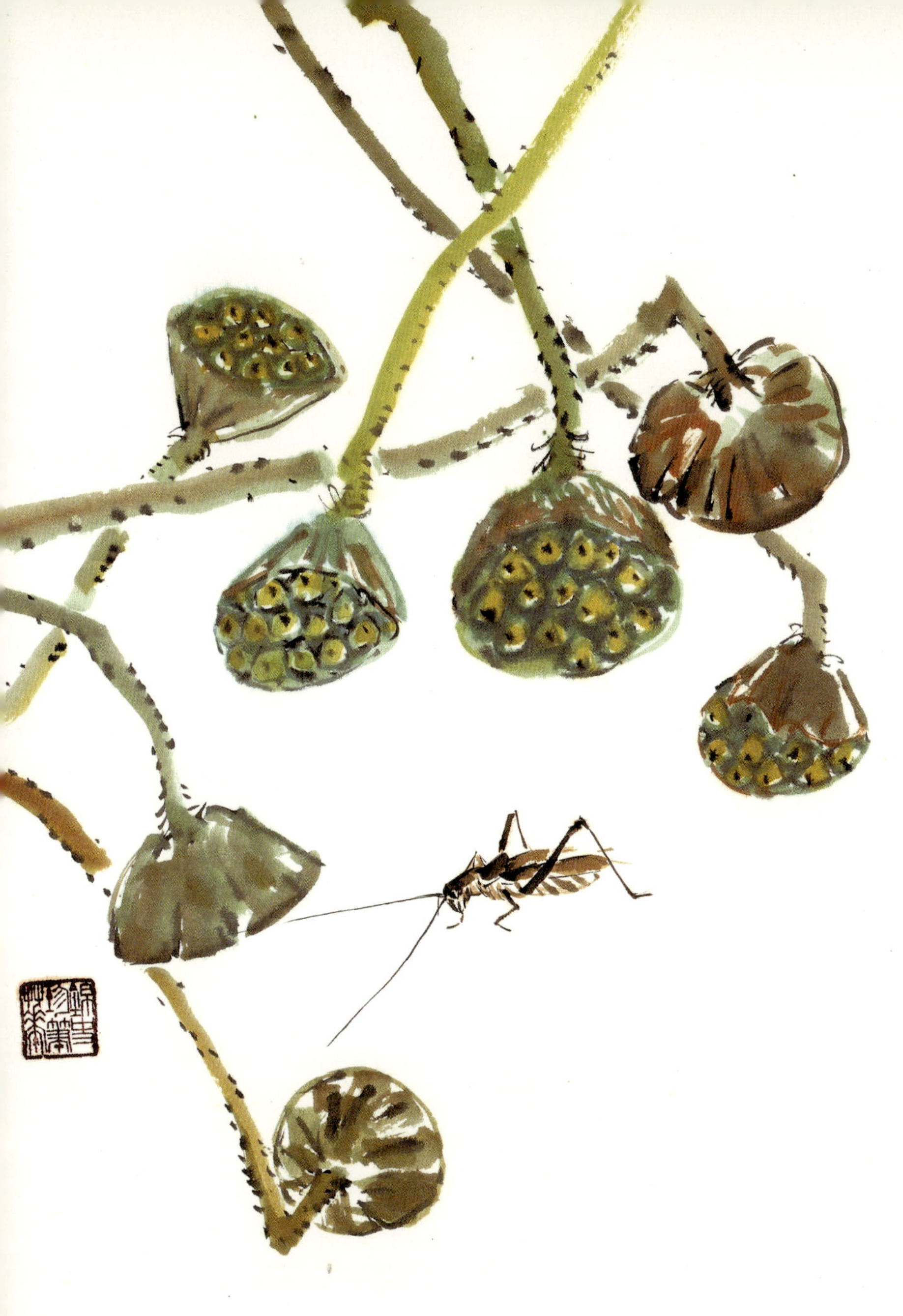

슬픈 노래

연꽃은 칠팔월경이 되어야 뿌리에서 꽃의 줄기가 뻗어 나와 연꽃이 겨우 한 송이만을 피웁니다. 햇살이 좋은 아침에 피었다가 저녁이면 오므리고 닫아 밤에 잠을 잡니다. 비가 오는 날이면 잎을 꼭 닫고 고개를 숙인 채 비가 그치기를 기다립니다.

이렇게 몇 날 몇 칠을 반복하면서 꽃을 수정시킵니다. 뜨거운 태양의 빛을 받게 되어 수정이 되면 예쁜 꽃잎은 수명을 다해 한 장씩 고이 떨어집니다.

연꽃이 만개를 하였다가 꽃잎이 떨어지고 나면 뒷모양은 깔 때 같은 벌집 형태의 연의 열매인 연자가 구멍 안에서 가을 햇살을 받으며 까맣게 익어갑니다. 이것을 일컬어 불교 에서는 극락의 세계를 「연방蓮房」이라 합니다.

추련명곡

한지수묵담채 | 50×60Cm | 2011

일찍이 사서삼경의 하나인 『시경 단풍편』에 지나치되 지나치지 말고 자신이 해야 할 일을 잊지 말라는 내용을 담은 시 실솔蟋蟀이며, 우리말은 귀돌 귀돌로 칭합니다.

귀뚜라미 집에 드니
올 한 해도 저무는 구나
지금 우리 즐기지 않으면
세월은 그냥 지나가리.
너무 지나치게 즐기지만 말고
그 직분에 자리 생각해
즐김을 좋아하되 지나침이 없도록
어진 선비는 두리번두리번...

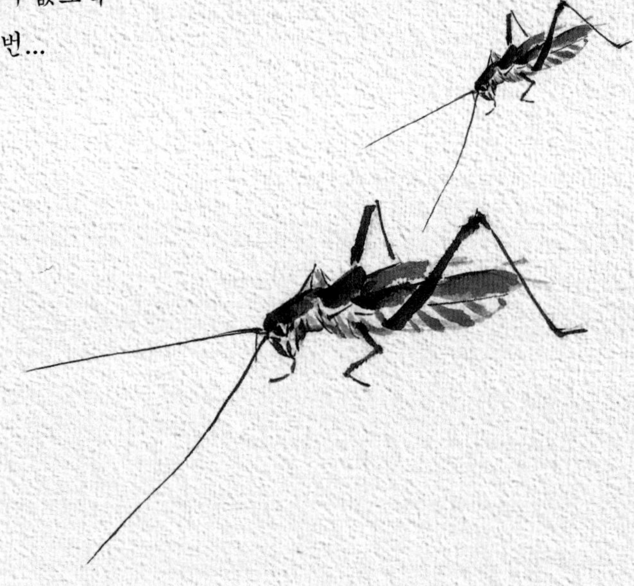

연못에 늦여름 정오가 찾아오고 있습니다. 묵상을 잠기기에 참 좋은 시간입니다. 새와 풀벌레들과 거미들과 물고기들은 모두 낮잠을 자러 갔나봅니다. 바람은 연꽃잎을 모두다 거처로 떨쳐 보냈습니다. 연꽃의 누추한 모습을 보이지 않으려고 갈아입었던 옷을 오염되기 전에 모두다 연못 호수위로 편지를 써 띄워 보냈습니다. 다들 낮잠을 보내는데 한 녀석 귀뚜라미는 몸에 붙은 현絃을 켜 슬프게 울어댑니다. 수컷 귀뚜라미도 매미처럼 자기가 여기에 있다는 것을 암컷에게 알려서 짝짓기를 하려는 것이라 합니다.

슬픈 명곡을 감상 하고나니 오후는 햇빛을 더 받고 싶어집니다. 명상 공간에 다시 태어난 귀뚜라미 연못의 삶에 스며들어갑니다. 연잎과 연밥위에 반짝이던 초가을 햇살의 추억도 한줌이 와르르 쏟아집니다. 외로이 홀로 남겨진 시간에 연밥은 햇볕을 머금으며 튼튼히 다듬어진 존귀한 연자를 생산 합니다.

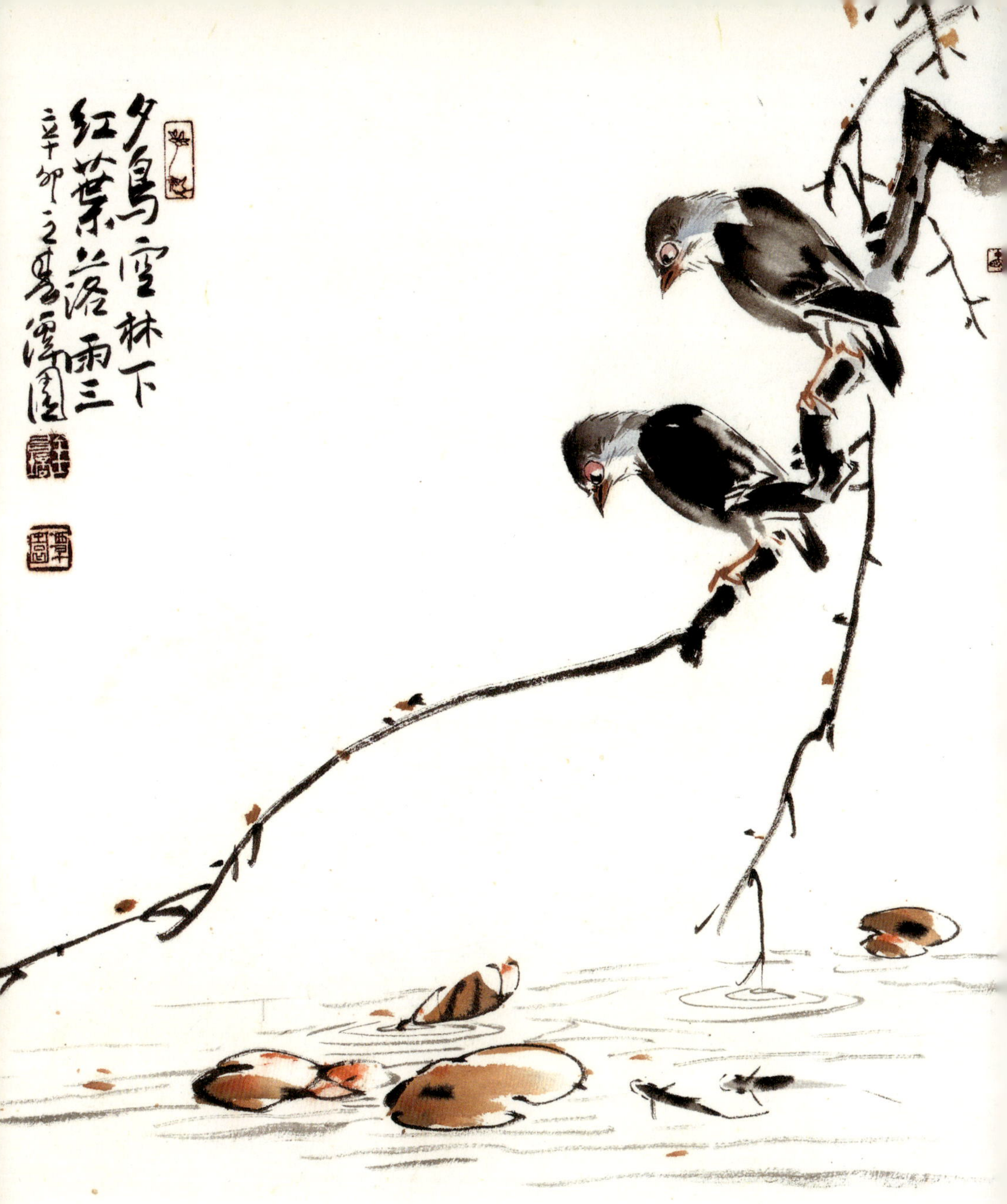

가을 속으로 날아든 새

서리가 내리는 소리를 들려주기만 해도 나뭇잎의 잎들은 떨어집니다. 대지는 온통 알록달록한 색들로 물들어 갑니다. 그 낙엽들은 다시 나무들에게 양분을 만들어 낙엽의 삶을 돌려줍니다.

사람들은 맥박이 있어 피의 순환을 알며 살아 있음을 확인합니다. 생명의 빛이 깃든 연꽃은 맥박을 띄고 있는지 확인하고 싶어졌습니다. 연못은 깨끗하고 세상은 신선합니다.

하루 동안 내린 비가 연못을 가득 메워 잔잔한 물결이 말이 없습니다.

연잎 위에 떨어지는 빗방울에서는 부처님 향기 묻은 비 향기가 배어납니다. 변하는 시간에 대한 아쉬움이 싹이 틉니다. 서늘서늘 부는 바람이 처연하고 쓸쓸하기만 합니다.

무성하던 연당의 공간이 지금은 비어 가고 있습니다. 끝 모를 아쉬움을 뒤로 하며 발길을 쉬이 떨어 질줄 모릅니다.

연꽃잎을 떨 군 숲속의 고요한 호수에서 새로운 소리가 들려옵니다. 가을날은 저물어 가고 있습니다. "석조공림하홍엽락우삼夕鳥空林下紅葉落雨三" 가을 속으로 날아든 새 나뭇가지에 소풍을 나온 것 같습니다.

가지를 잡고서 바람과 비에 떨어지는 낙엽을 연못위에 매워두고 붉은 종이배를 띄우고 있습니다. 말라가는 연못 방죽엔 맑은 평화가 고요히 흐릅니다.

석조공림하

한지수묵담채 | 50×60Cm | 2011

묘법연화경妙法蓮華經

자연과 대화를 나누거나 명상을 하고자 한다면 산이나 들판 숲이든 가서 사색과 자연과 주고받는 대화로 나무면 최고일 것입니다. 산에 가면 산에 대한 생각을 하고 들판이나 연꽃숲에 가면 거기 있는 것만이 생각을 해야 합니다.

이 세상에서 가장 아름다운 것이 있어도 그것을 바라보고 마음을 찾는 일이 중요합니다. 몸에 있는 눈이 아니라 마음의 눈으로 바라 볼 줄 아는 준비가 되어 있어야 합니다.

우리 옛 민화 가운데 특히 연화도에 눈길을 주어봅니다. 세간에서 연꽃은, 실상의 묘법妙法을 전하는 불가의 원형, 이미지나 군자를 표상하는 유가儒家의 그것과는 거리가 멉니다.

연꽃은 소리 없이 피어납니다.

부처님이 들어 보이신 꽃이 연꽃, 부처님께서 어느 날 영산회상靈山會上에서 법좌에 올라 연꽃을 들고 아무 말 없이 대중들을 둘러 보셨습니다. 그러나 그 누구도 부처님의 뜻을 깨닫는 이가 없었는데 오직 마하가섭摩訶迦葉만은 부처님의 참뜻을 헤아리고 연꽃을 보며 미소로 대답하였습니다. 바로 염화미소라 합니다. 불교에서 부처님은 진리를 설하며, 유명한 념화시중拈花示衆의 미소 짓던 가섭, 연꽃 한 송이 무량한 마음에서 피어나는 것처럼 하나하나 소중히 깨우쳐 나가야 한다고 생각합니다.

나그네는 연꽃에서 행복한 희망의 미소를 찾았습니다.

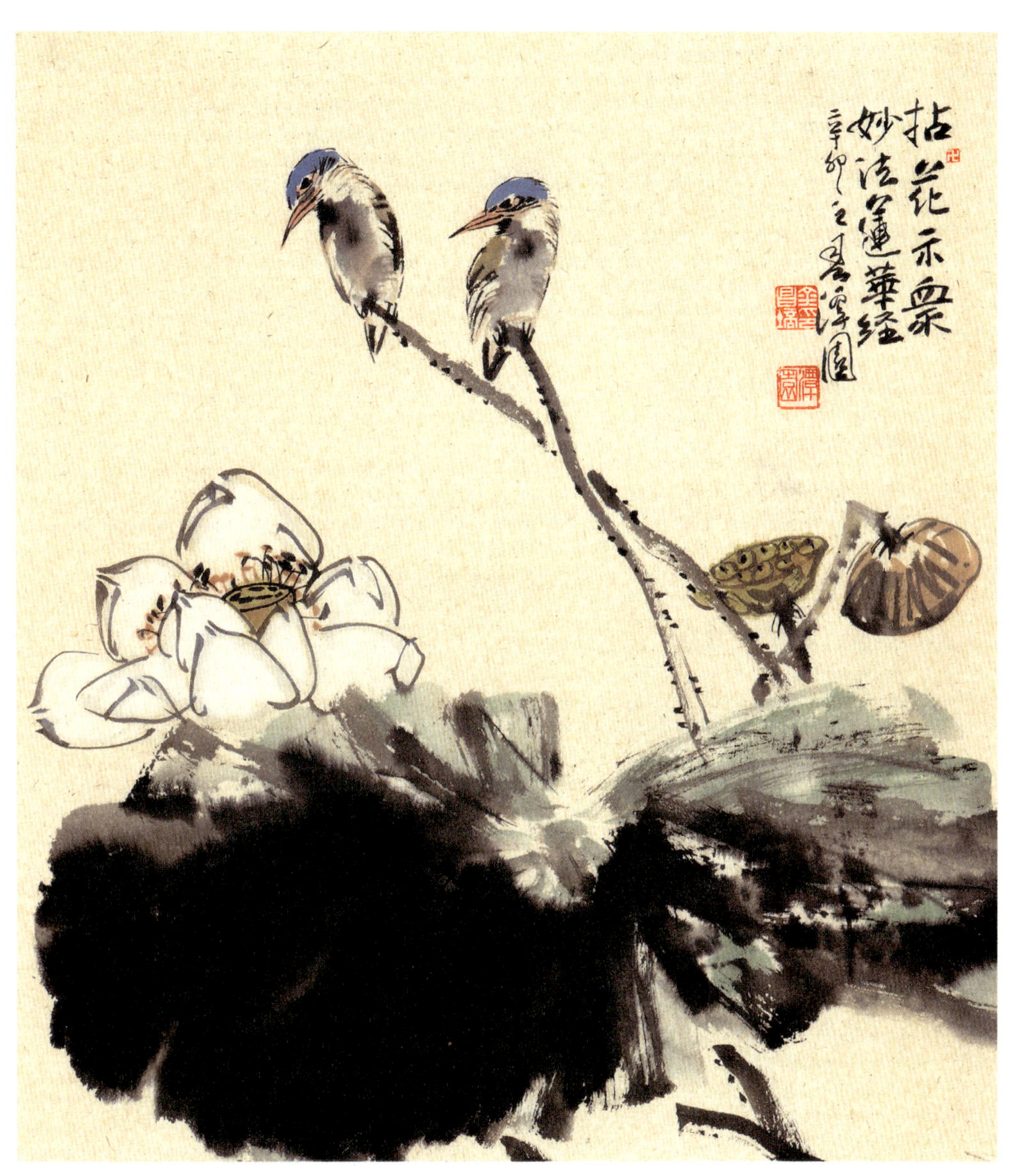

념화시중拈花示衆

한지수묵담채 | 50×60Cm | 2011

그리운 님을 그리며

『곡지 연꽃 曲池荷』을 당대의 노조린(637~689)이 늦여름 그리운 님을 그리며 쓴 시입니다.

연못가에 연꽃 향기 맴돌고
연 그림자 못을 덮고 있어라
두렵구나. 가을바람 선뜻 불어와
시들어 날려도 임은 모르실거야

경기 시흥의 관곡 지와 같은 지명의 연못을 가지고 있습니다.

연못가에 연꽃 향기 맴돌고 있는 호수는 늘 풍요롭습니다. 연못은 새들이 와서 마음껏 놀다 가라고 문을 열어 두었습니다. 또한 만물을 생육하도록 터전을 만들어 주는 호수는 소유를 하지 않습니다. 그래서 “생이불유生而不有”라 합니다.

호수를 품고 자비스런 마음으로 호수 한가운데서 법좌에 결가하고 핀 연꽃, 꼭 부처님 닮았습니다. 법화경의 연화나 화엄경의 화엄이란 결국 연꽃을 뜻합니다. 이것은 보살의 온갖 실천행위를 표현 한 것입니다. 그것은 연꽃이 더러운 진흙 속에서 꽃을 피우는 것처럼 사람들의 어리석음, 즉 이러한 진흙 속에서도 보살이 되어야 한다는 염원이 담겨져 있습니다. 화엄의 꽃을 만나 진정한 쉼을 찾았습니다. 욕망의 여백이 영혼을 맑게 하고 평안함을 얻었습니다.

화엄의 꽃

한지수묵담채 | 50×60Cm | 2011

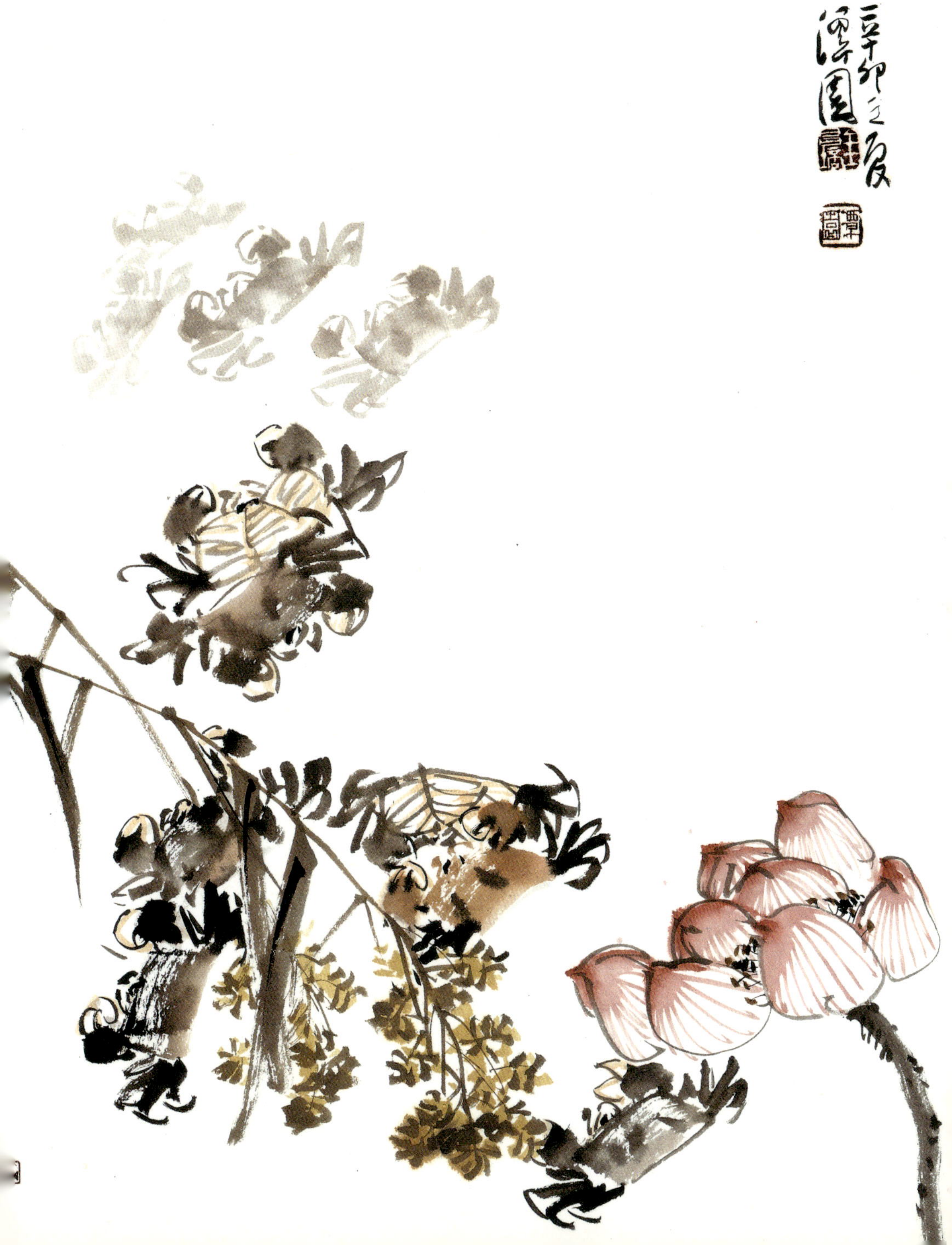

신들의 연꽃 정원

바람은 연못의 탁월한 지휘자입니다. 언덕의 풀들도 연당의 풍경도 바람에 따라 출렁거리고 움직입니다. 서성이는 늦여름의 바람을 기다리고 서있는 연꽃, 아름다운 화음을 이루며 연꽃 들은 하늘을 향해 아주 천천히 얼굴을 들어 미소를 보냅니다. 갑자기 바람 소리에 놀란 연꽃망울, 잔뜩 오므린 백련 송이 보니 수줍은가 봅니다. 촉촉한 풍경의 여름 색이 신들의 연꽃 정원으로 만들어 놓았습니다. 빛 한줌 따라 나서는 산책로 여름풍경은 무덥지만 싱그럽기만 합니다. 초록 연잎 가득한 연당 위에는 잡초와 풀들이 끝도 없이 이어져 있습니다. 풀숲을 타고 온 바람이 불어와 기분이 좋아집니다.

강한 햇볕을 받아 열기 가득한 연당 조금은 시들어진 느낌입니다. 태양의 빛과 열기를 받고 핀 연꽃, 연꽃이 지니고 있는 고유한 덕성德性을 높이 삽니다. 특히 불교의 석가모니 부처님께서는 청정하거나 지혜로운 사람을 곧잘 연꽃에 비유하였습니다.

연봉오리 한 송이 황홀할 만큼 홀로 나와 청정蜻蜓(잠자리)의 날다가 쉬는 정거장이 되었습니다. 자분자분 걸어 연당은 조금씩 저물어 갑니다.

청정蜻蜓

한지수묵담채 | 50×60Cm | 2011

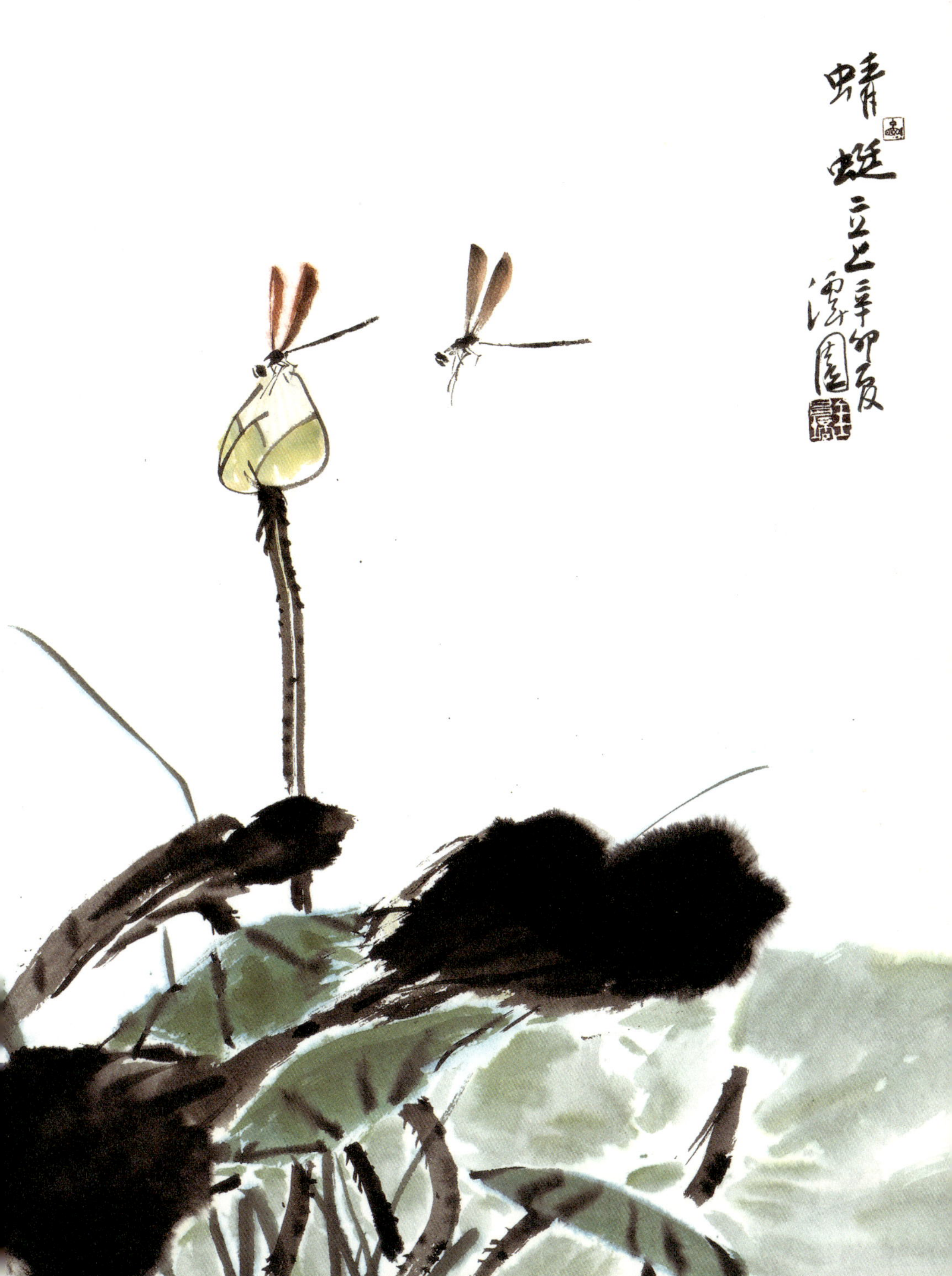
蜻蜓

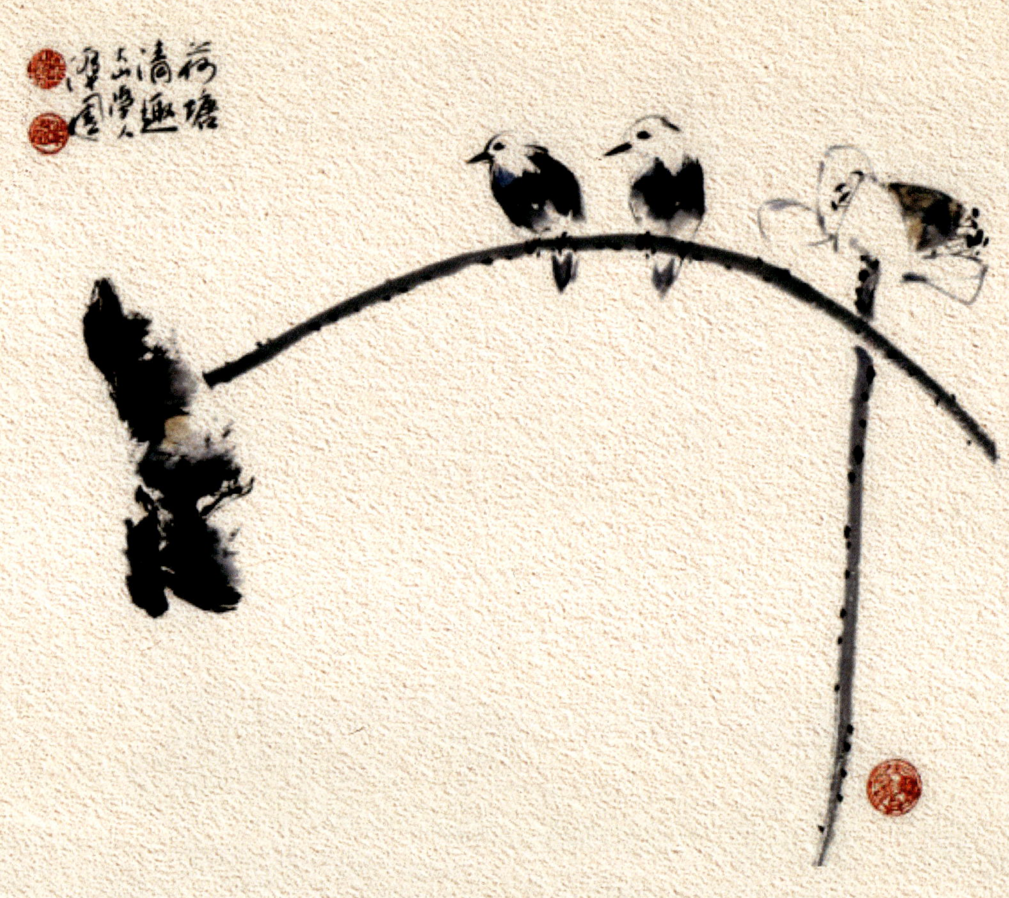
荷塘清趣

노태웅 시인은 『연꽃을 보면서』
이렇게 노래를 하였습니다.

초록 속살 빈 가슴에
떨어지는 이슬비
수정으로 토해내는
깨끗한 연잎 하나
세월의 틈바구니에
삶의 몸을 닦는다
진흙 깊은 연못
물안개 떠난 자리

햇살 퍼질 때
수면 위에 꽃불 밝히고
두 손 모아 합장한다.

가을의 전령 숙살지기

초가을 연당은 낮의 길이가 짧고 기상의 변화가 시작됩니다. 이틀 간격으로 온도가 0.6도씩 낮아짐을 느낍니다. 가을의 연꽃 수풀은 점점 비어집니다. 그 빈자리에는 하늘빛이 점점 채우고 있습니다. 쪽빛 하늘을 올려다봅니다. 마음이 한없이 행복해 집니다. 하염없이 구름은 이미 먼 하늘로 훌쩍 떠나 흘러간 뒤 가을빛이 국화를 만들어 연꽃을 대신하고 서 있습니다. 동양 철학에서 오행으로 보면 가을은 금金에 속합니다. 싱싱했던 초록의 연잎 물결이 이젠 갈잎으로 갈아입을 준비를 하고 있습니다. 바로 가을의 전령 숙살지기肅殺之氣(가을의 쌀쌀한 기운)가 산정으로부터 내려오기 시작했기 때문입니다. 살아있는 세상의 모든 기운을 죽이는 숙살지기를 근간으로 삼기 때문이라 합니다.

연못 속으로 들어간 연들은 초로의 몸이 되어 말이 없습니다. 어떻게 되었는지 물어도 입을 꾹 다물고 대답이 없습니다. 이제는 푸르던 여름연못의 흐릿한 기억만이 붙들고 있습니다. 초록빛바랜 들판 흰 이슬 가득내리니 밤마다 하늘엔 달을 매달아 켜고 국화꽃은 관객으로 오리를 부르고 무대 위엔 귀뚜라미를 올려놓아 고독과 쓸쓸함을 연주를 하고 있습니다. 지난날 아름답게 피어있던 연은 온데간데 없네, 바람이 거세게 일렁이니 무성하게 버티고 서있던 초록의 연꽃과 초목들도 사라지고 나니 호숫가엔 다섯 가지 미덕을 지닌 국화꽃이 호수를 품고 그 자리를 메워주고 있으며, 먼 산의 낙엽은 아직 볼만할 것이고 가을 햇살은 내려와 가을의 기운을 담아 주어 따뜻합니다.

추지쌍압

한지수묵담채 | 50×60Cm | 2011

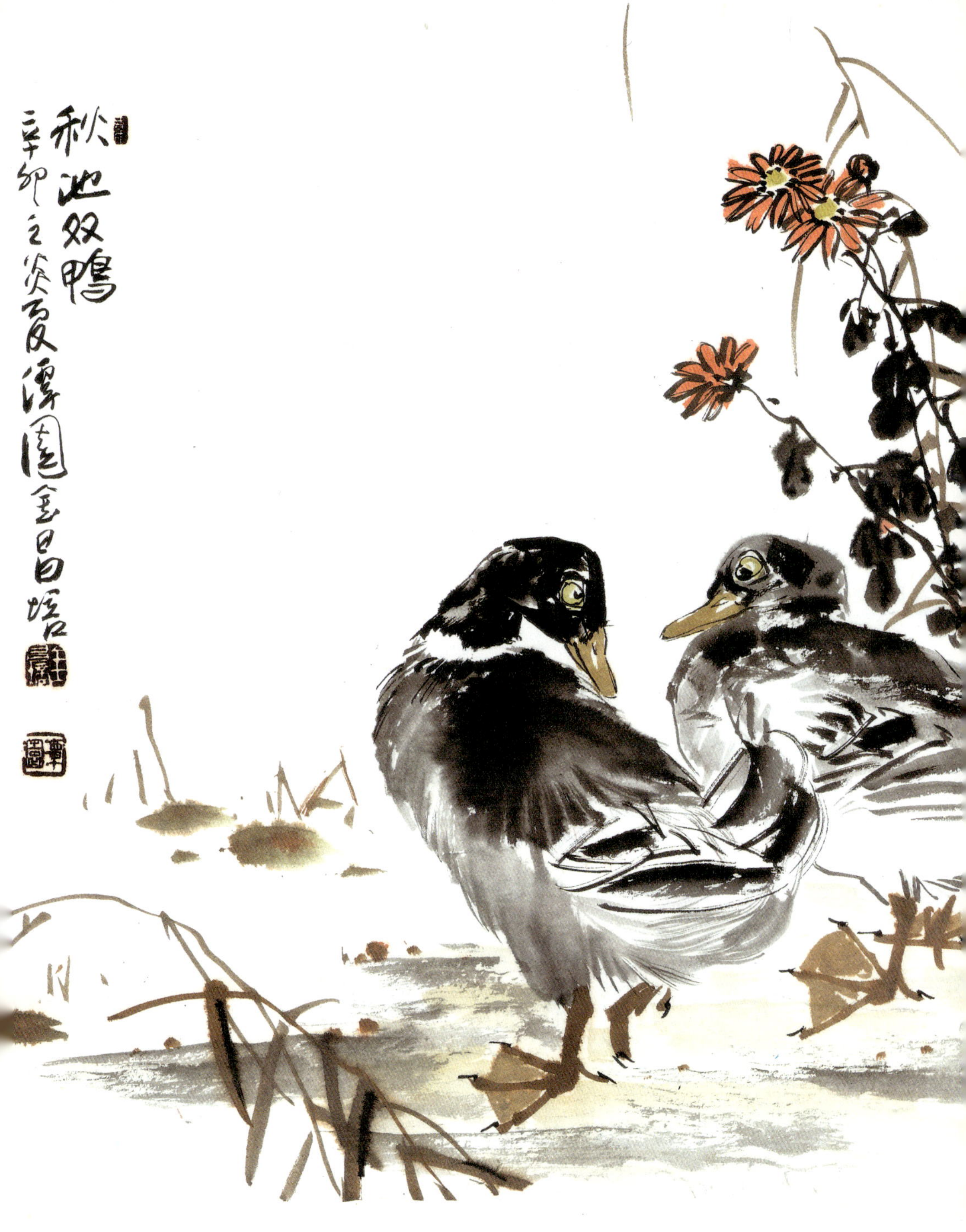
秋池双鴨
辛卯之炎夏澤園金昌培

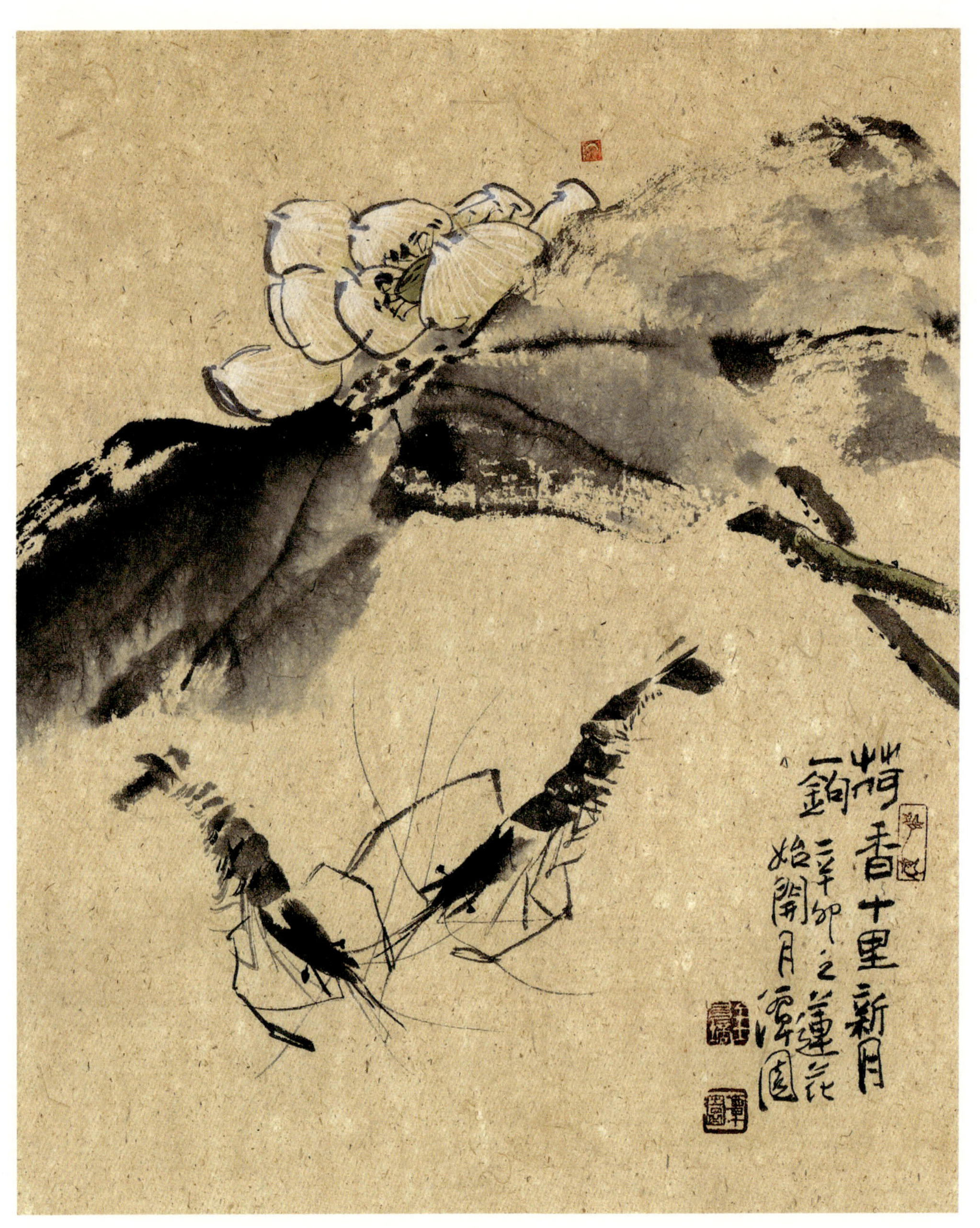
荷香十里新月一鉤
辛卯之蓮花始開月
潭園

연꽃이 염불삼매에 들었습니다.

비가 그친 연못 방죽은 잔잔한 기쁨이 넘쳐 아침을 엽니다. 하루가 다르게 연못은 생명력으로 꿈틀 댑니다. 밤새 내린 비 탓에 연잎은 깨끗이 목욕을 마쳤습니다.

"하향십리신월일구荷香十里新月一鉤"
"연꽃의 향기는 십리에 퍼지고 새로이 달은 낫과 같이 예리 하게 떠있네."

조선시대 「고사관수도」로 유명한 화가 강희안이 화초를 기르면서 알게 된 꽃과 나무의 특성 등 재배법을 정리한 최초의 원예서 『양화소록』에 선조들이 연꽃을 얼마나 소중하게 가꾸고 사랑했는지 알 수 있습니다.

하향십리신월일구
한지수묵담채 | 50×60Cm | 2011

양화소록에 "꽃 중에서 매화, 국화, 연꽃, 대나무를 일등급 꽃으로 자리매김을 했다. 예부터 우리 민족에게 연꽃은 특별히 성스러운 꽃으로 대접 받았다. 그것은 불교사상과 깊은 연관이 있다고 생각된다. 절에 가면 부처님은 연화대위에 모셔져 있고 벽면이나 천장에도 연꽃이 소재가 된 불화를 보게 된다. 불교설화 에도 연꽃이 등장하는 이야기가 많고 우리가 잘 아는 심청전에서도 연꽃을 타고 환생하는 심청이를 만난다."

연꽃을 불교에서 '연화蓮華'라고 씁니다. 또한 연꽃의 다른 이름으로는 물 부용, 부용, 불어선不語仙, 지견초池見草, 물꽃 등 이라 합니다. 꽃 중에 제일의 꽃은 연꽃이라 합니다.

순백의 연꽃이 순결하게 봉오리를 열었습니다. 연꽃을 보니 너무나 고요한 마음이 축복이 되어 정적이 흐릅니다. 이것이 명상의 시작일 것입니다.

한 송이 연꽃이 염불삼매에 들었습니다. 삼매에 든 연잎 사이에 새우 한 쌍 서로 합장을 하며 몇 번이고 허리를 굽혀 절을 합니다. 그 사이 잔잔한 침묵이 흐릅니다. 빛을 받지 못한 연잎 사이에는 어느새 물에 비친 낮 같은 달을 보며 나그네 찻잔을 앞에 두고 선정에 듭니다.

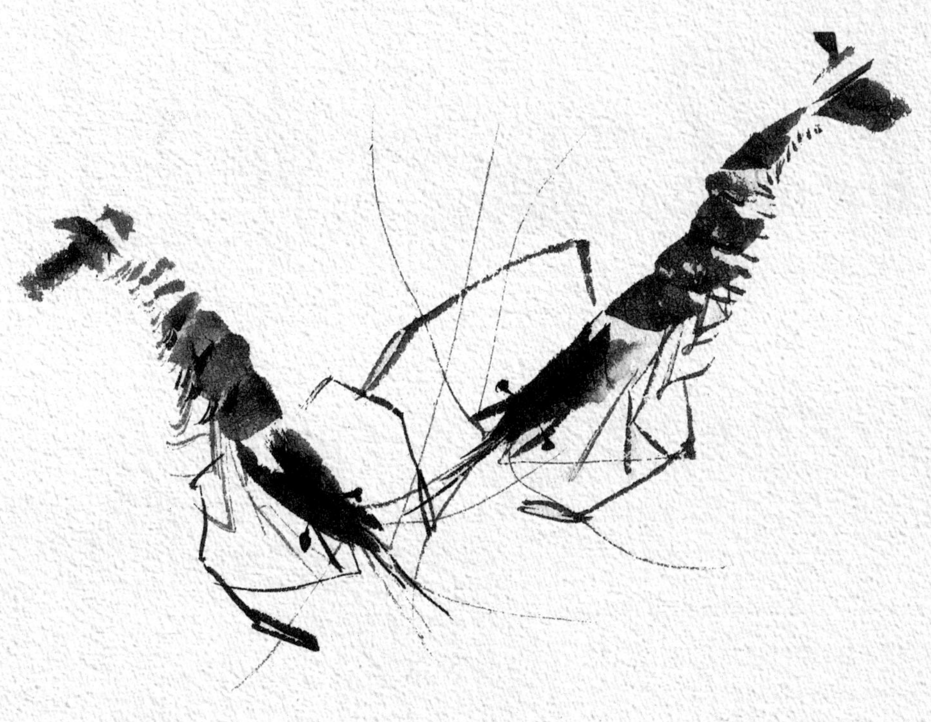

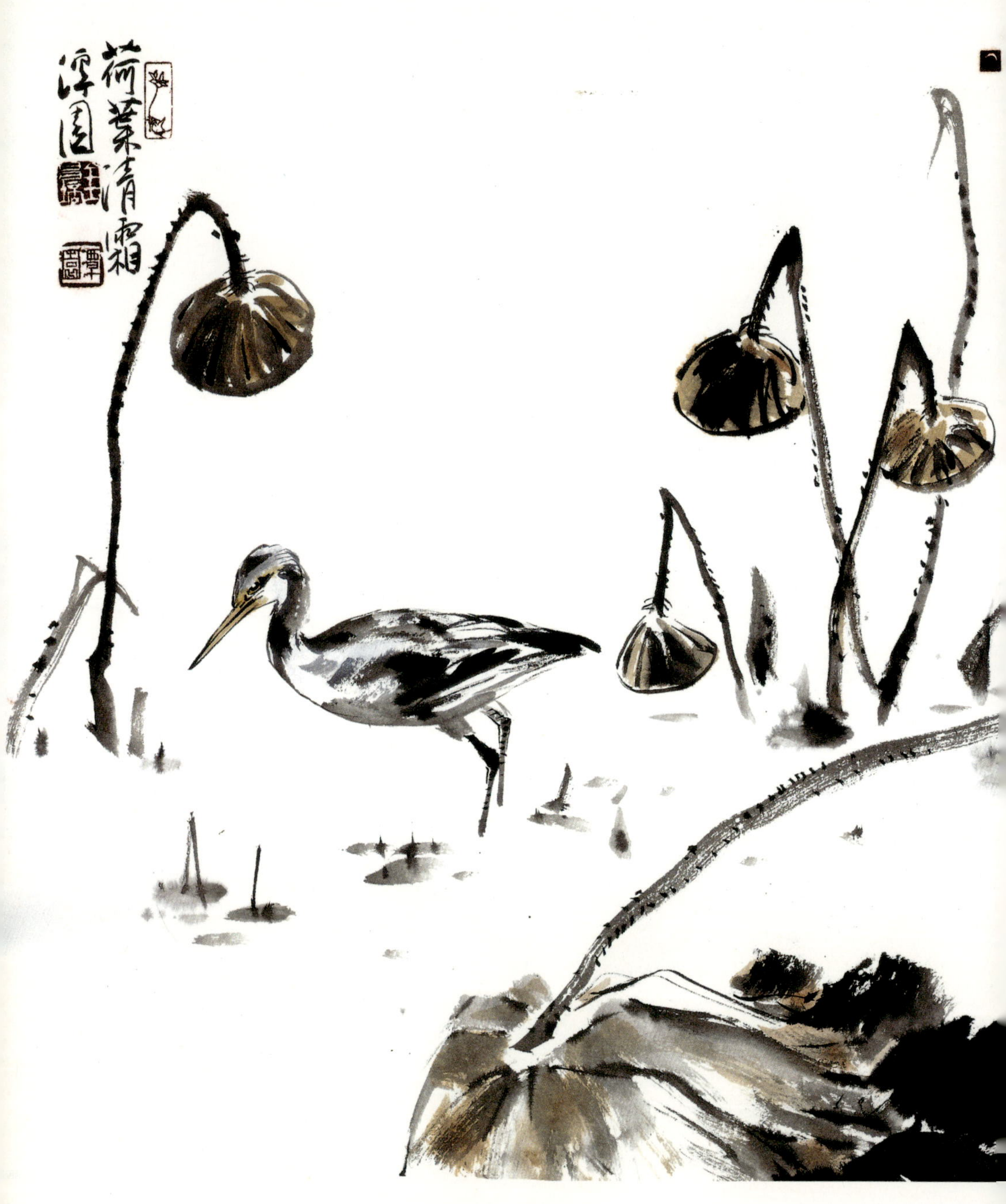
荷葉清霜

가을일기

이해인 수녀님이 쓴 시 『가을일기』를 살펴봅니다.

잎새와의 이별에 나무들은 저마다 가슴이 아프구나.
가을의 시작부터 시로 물든 내 마음 비바람에 흔들리는 나뭇잎에
조용히 흔들리는 마음이 너를 향한 그리움인 것을
가을을 보내며 비로소 아는구나.

곁에 없어도 늘 함께 있는 너에게 가을 내내 단풍 위에 썼던
고운 편지들이 한 잎 한 잎 떨어지고 있구나. 지상에서 우리가
서로를 사랑하는 동안 붉게 물들었던 아픔들이 소리 없이 무너져 내려
새로운 별로 솟아오르는 기쁨을 나는 어느새 기다리고 있구나.

하엽청상荷葉淸霜

한지수묵담채 | 50×60Cm | 2010

하늘은 시리게 푸르더니 어느새 가을바람이 불고 갈색 낙엽이 집니다. 간밤엔 서리가 하얗게 내려 연당의 풍경도 쓸쓸한 가을입니다. 하루종일 바람이 불어대니 커다란 연잎은 작은 바람에도 부대끼며 힘들어 하며 울음소리를 내고 색 바랜 연잎들도 어찌 할 바를 모르고 흔들리고 있습니다. 여름동안 연잎이 무성해 햇볕도 들지 않던 곳까지 구석구석보입니다.

변화를 준비함에 바쁜 날입니다. 물새들이 이주를 준비하며 서두르고 부산한 행동입니다. 멀리 가야한다는 욕망이 시작되기 때문입니다. 여름엔 무성해 보이지 않던 연 밭, 무성하던 연못도 텅텅 비어 갑니다. 바람은 연못을 차가운 빛을 몰고 왔다가 갑니다. 고요한 호수에 연잎들이 떨어지는 것을 보았습니다.

스산한 연못에 나타난 물새 한 마리 긴 다리 긴 부리를 물속에 넣고 두리번 두리번 뒤적거리며 물위를 아름답게 거닐고 있습니다.

어느 정도 허기를 채웠는지 산들바람에 날라 갑니다. 물새가 날라 간 자리엔 정적이 그려집니다. 물새들은 날면서 흔적을 남기지 않고 허공으로 모습을 감춥니다. 연꽃잎은 자취를 감 춘지 오래되어 연밥만이 남아서 서늘한 바람과 햇살아래 익어 가 연자를 생산합니다. 여름내 지루한 장맛비 맞으며, 거센 태풍이 와도 잘 견디고 선, 이제 연밥에 달려있던 꽃잎들도 가을 속으로 물들어가고, 갈색의 씨앗들이 그 화려했던 꽃보다 더 아름답게 느껴집니다.

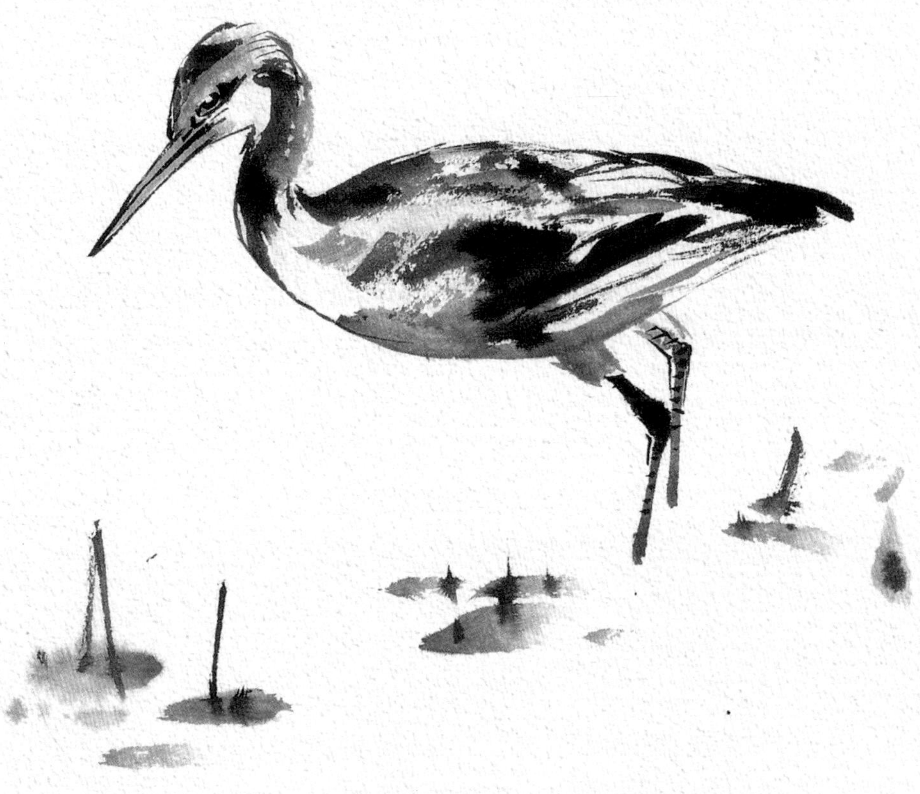

아름다운 동행

낮 동안 가을햇살이 내려오는 소리를 들었습니다. 내리던 태양은 저산 너머로 산이 데려갔습니다. 강렬한 아름다움이 내리는 초가을 저녁입니다. 바람이 차게 느껴집니다. 연잎은 산들바람에 무언가를 속살거리면서 서서 몸을 흔들고 있습니다.

지나간 여름 태풍을 이겨 내느라 그만 줄기가 꺾여 있어 안타까워 보입니다. 이 때 쯤이면 겨울철새인 기러기들이 줄을 지어 내려 앉습니다. 멀리 북방지역으로 이사를 가야 하기에 먹을 것을 찾아 연못에 와 먹이를 먹고 놀다가 쉬고 있습니다. 기러기는 긴 여정을 준비하며 많이 먹어 양분을 비축해 둬야 하늘 멀리 비행을 준비합니다.

하당낙안

한지수묵담채 | 50×60Cm | 2011

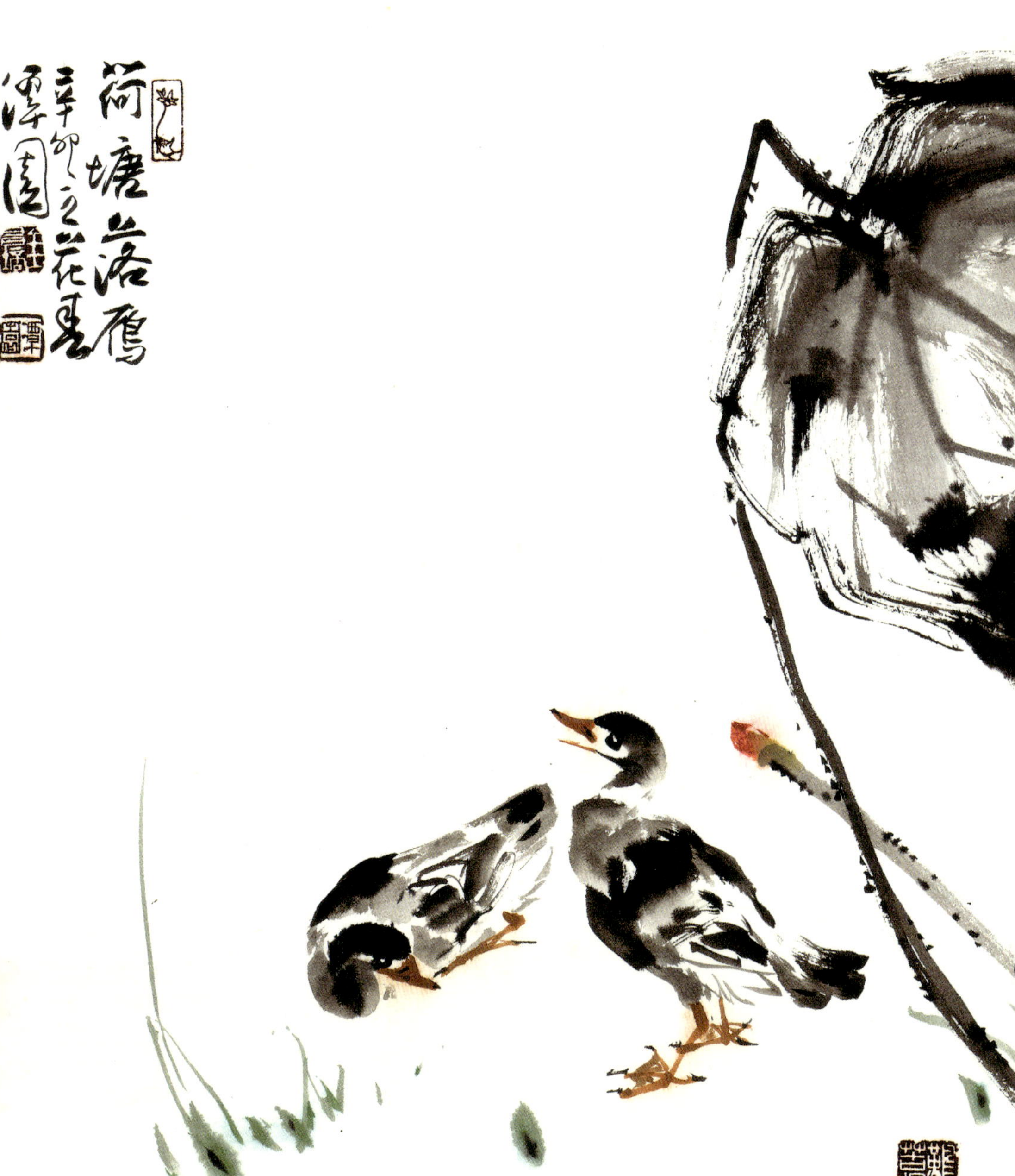

톰 워삼(Tom worsham)의 기러기 이야기 중에 나오는 글입니다.

당신은, 먹이와 따뜻한 곳을 찾아 사만키로를 날아가는 기러기를 아십니까?
기러기는 리더를 중심으로 V자 대형을 그리며 머나먼 여행을 합니다.
가장 앞에 날아가는 리더의 날갯짓은
기류에 양력을 만들어 주어 뒤에 따라오는 동료 기러기가
혼자 날 때 보다 칠십일 퍼센트 정도 쉽게 날 수 있도록 도와줍니다.
이들은 먼 길을 날아가는 동안 끊임없이 울음소리를 냅니다.
그 울음소리는 앞에서 거센 바람을 가르며
힘들게 날아가는 리더에게 보내는 응원의 소리입니다.
기러기는 사만키로의 머나먼 길을
옆에서 함께 날개 짓을 하는 동료를 의지하며 날아갑니다.
만약 어느 기러기가 총에 맞았거나
아프거나 지쳐서 대열에서 이탈하게 되면,
다른 동료기러기 두 마리도 함께 대열에서 이탈해
지친 동료가 원기를 회복해 다시 날 수 있을 때까지,
또는 죽음으로 생을 마감할 때까지.
동료의 마지막까지 함께 지키다 무리로 다시 돌아옵니다.

여름 낮 홍청거리던 연못은 이미 가을빛으로 물이 들어 여름 때 벗은 연당에 이제 주인이 바뀌어 갑니다. 점점 하늘과 가까워지고 있습니다. 기러기들의 아름다운 동행에서 나그네는 리더십을 배웁니다.

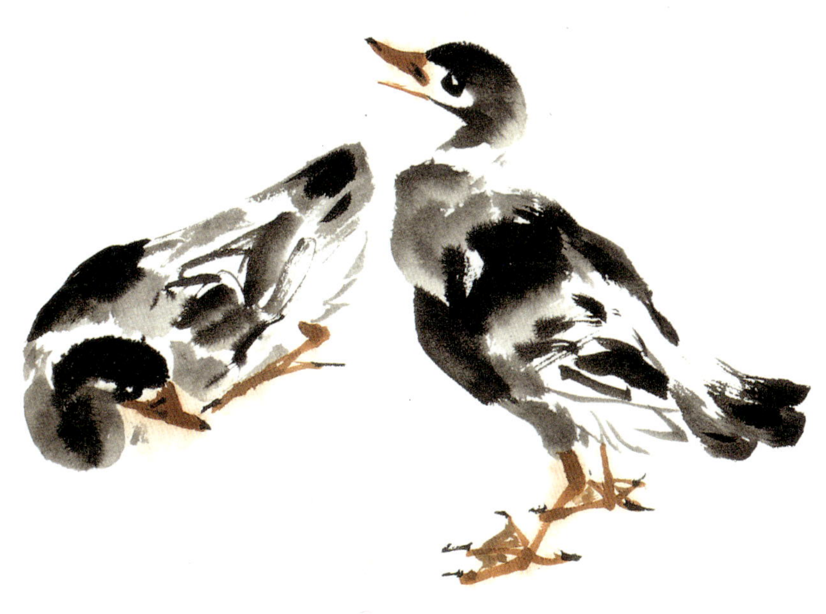

지혜와 윤회의 뜻

연은 진흙에서 났으나 번뇌와 더러움에 물들지 않고 언제나 깨끗하며 맑은 물에 깨끗이 씻기어도 요염하지 않고 연꽃은 곱고 화려하나 검소합니다.

『연꽃차』이야기를 쓴 강명수 님은 다음과 같이 이야기 하였습니다.

"마치 진흙속의 연뿌리는 전생을 나타내며,
물속의 줄기는 현생을 뜻하며,
물위에 피어난 꽃은
천생의 세계가 여겼습니다."

일찍이 북송대의 주렴계의 『애련설』에 나오는 구절 중에 일부입니다.

"줄기의 속은 허허롭게 비우고도
겉모습은 반듯하게 서 있으며,
넝쿨지지도 않고
잔가지 같은 것도 치지 않는다."

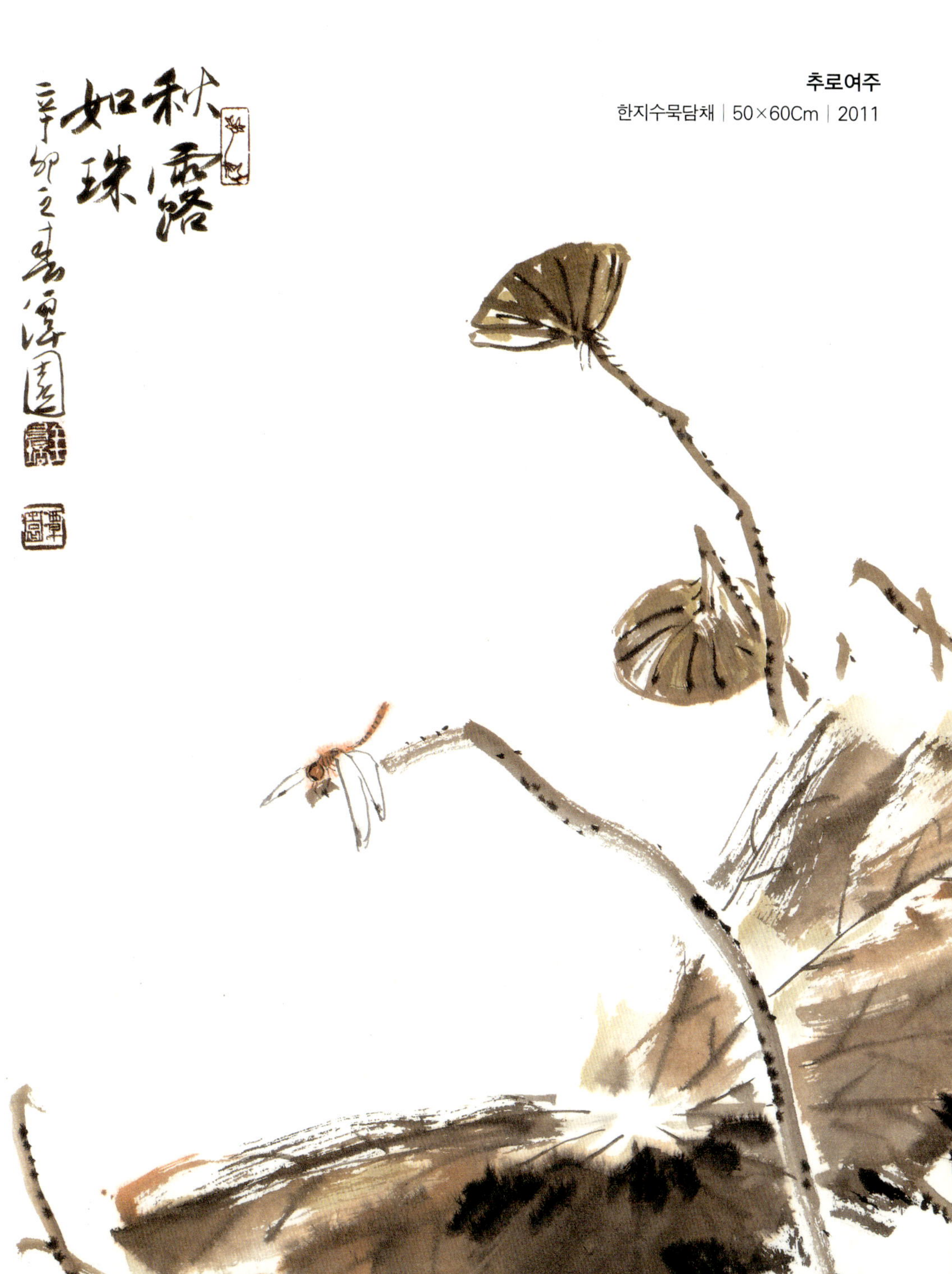

추로여주

한지수묵담채 | 50×60Cm | 2011

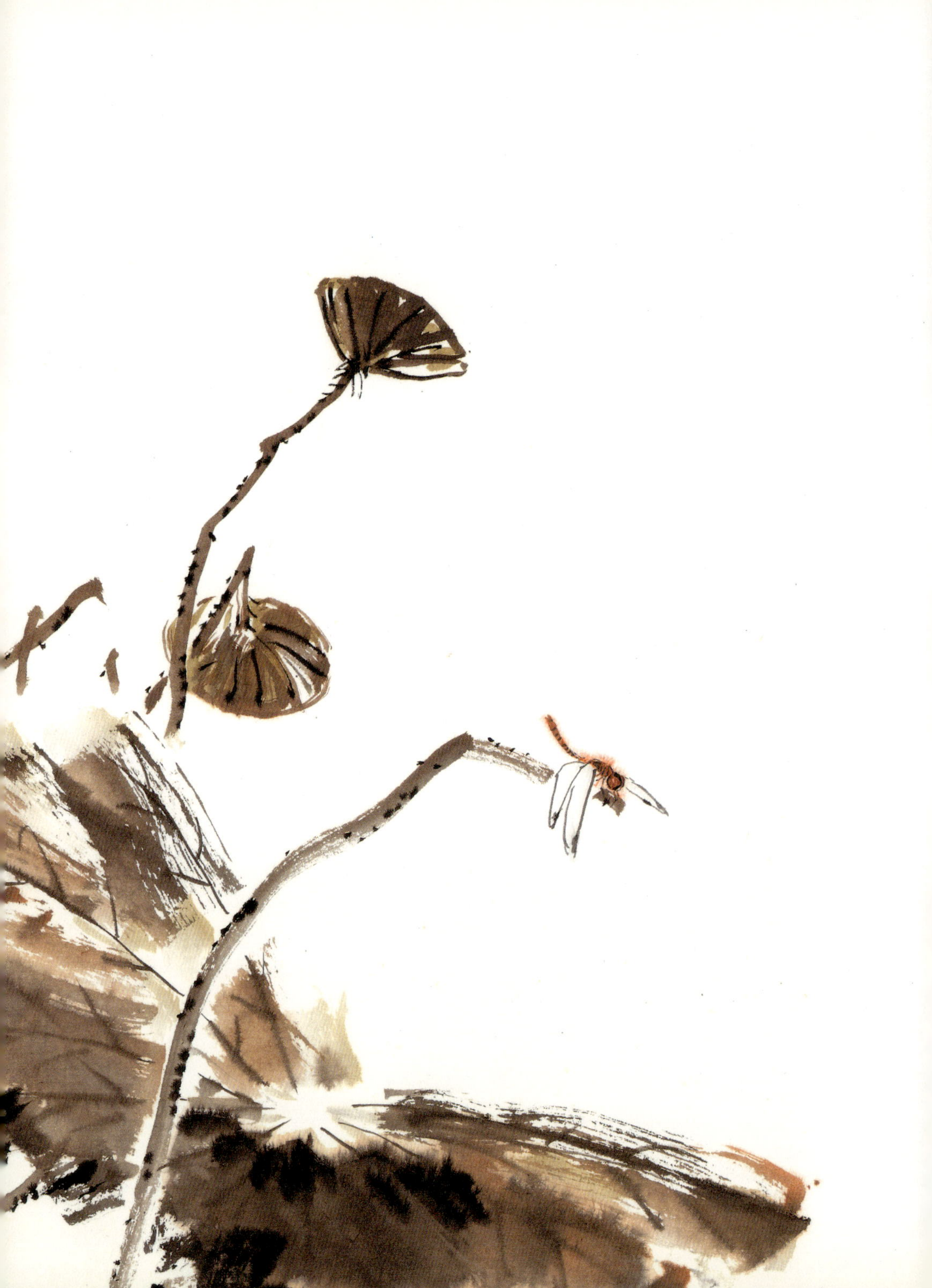

하루가 다르게 가을은 깊어 가니, 파란 하늘빛이 연당 빛의 호수를 향해 떨어집니다. 가을 하늘만큼 넓은 연못, 오랜 세월을 품은 황금 언덕길, 바람이 부니 풀들도 허리를 숙여 눕습니다. 바람 앞에 몸을 납작 누이고 있는 것 입니다. 무더웠던 여름도 강물처럼 시간이 흘러 가을 찬 공기 실은 바람이 붑니다. 아름다운 계절에 경치가 아름다울 때 익어가는 연자도 잠시 구경하고, 허공에 떠 정찰하다가 연료를 채우려고 잠시 쉬는 잠자리도 바라보고, 못가에서 잠수하는 물고기도 관람하며, 연당에 찾아든 물새 노래 소리 들으니, 풍족한 대자연에 살고 혜택을 받고 있는 나그네, 가을의 풍경과 조화를 이뤄 천고의 풍경을 벗으로 삼습니다.

밤새 별들이 내린 이슬을 달고 있는 연잎에 빛나는 옥구슬을 찾아 고추잠자리도 도착했습니다. 연꽃도 바람이 부는 날 한밤에 한 잎씩 꽃잎을 벗겨 땅에 떨어뜨리고 내년 이맘때에 피어 만나기로 기약하며 다시 진흙 속으로 들어갑니다. 커다란 연잎은 꽃이지는 모습을 끝까지 지켜보고 연자가 튼 실히 열매를 맺었는지 확인 한 후, 연잎도 따라서 진흙으로 돌아가 원래 온 자리로 물러남의 지혜와 윤회의 뜻을 배웁니다.

겨울

비어있는 충만, 정화하는 겨울.

눈은 행복을 나누는 기쁨

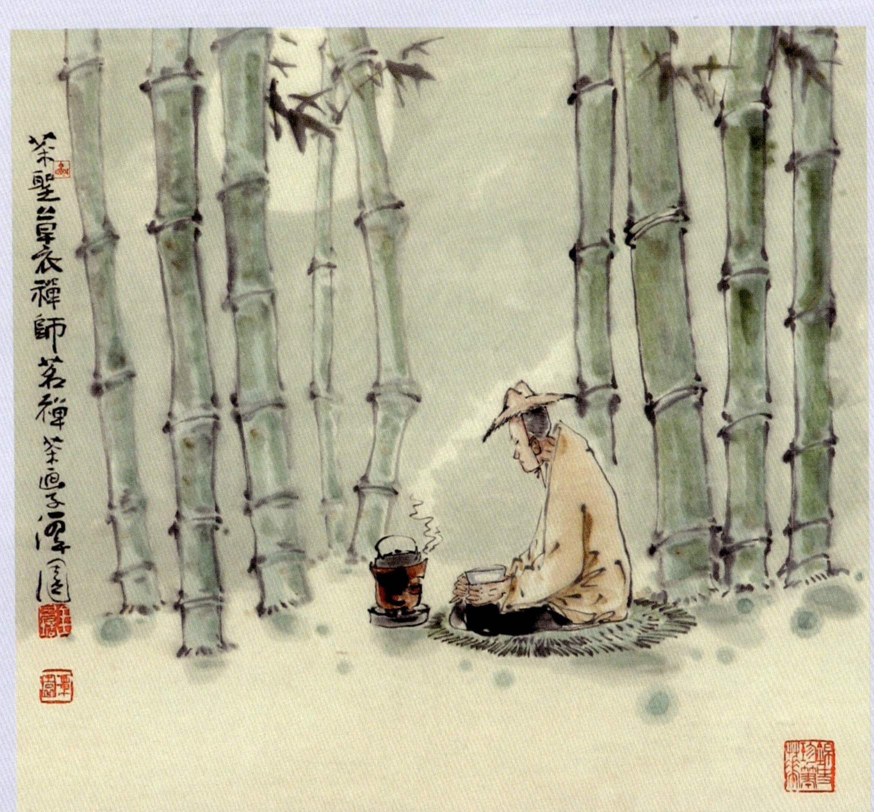

하얀 그리움의 빛깔

여름 내내 아름답게 피었던 연못의 연꽃도 모두 떨어져 말라 버리고, 들판에 누렇게 피었던 국화도 모두 쓰러집니다, 폭풍같이 지나온 가을의 끝자락. 이젠 온통 하얀 은백의 세상, 앞산에도 들과 논밭 연못에도 하얗게 옥가루로 뒤덮혀 있습니다.

이미 늦가을 지나 초겨울에 접어들었지만 갑자기 찾아온 겨울, 세상의 모든 것들이 눈 밑으로 은거에 들어갔습니다.

먼 산에서 부터 겨울이 감자기 내려와 이제는 연꽃이 피던 청청한 연당에도 초겨울 추위에 하얀 설국을 창조했습니다.

흰빛 연당의 주인은 이젠 팔가조가 되어 하루 종일 밤늦도록 한 쌍이 지키고 있습니다. 대륙에 서식하는 까마귀 과에 속하는 새의 일종인 팔가조는 부모가 늙으면 먹이를 물어와 봉양을 하는 효도를 하는 새라 합니다. 효와 자식의 사랑으로 일컷는 새. 여덟 가지의 소리를 낼 수 있는 팔가조八哥鳥. 속일본기續日本紀에 '태평太平 4년에 신라의 김장손이 재물과 더불어 팔가조를 헌상했다'라는 기록이 있는 점으로 볼 때 과거에 우리나라에서도 서식하지 않았나 생각합니다.

하얀 그리움의 빛깔로 칠해진 연못이 어딘지 분간하기 어려워 온 대지와 같이 푹신한 솜이불을 덮고 잠을 자고 싶어집니다.

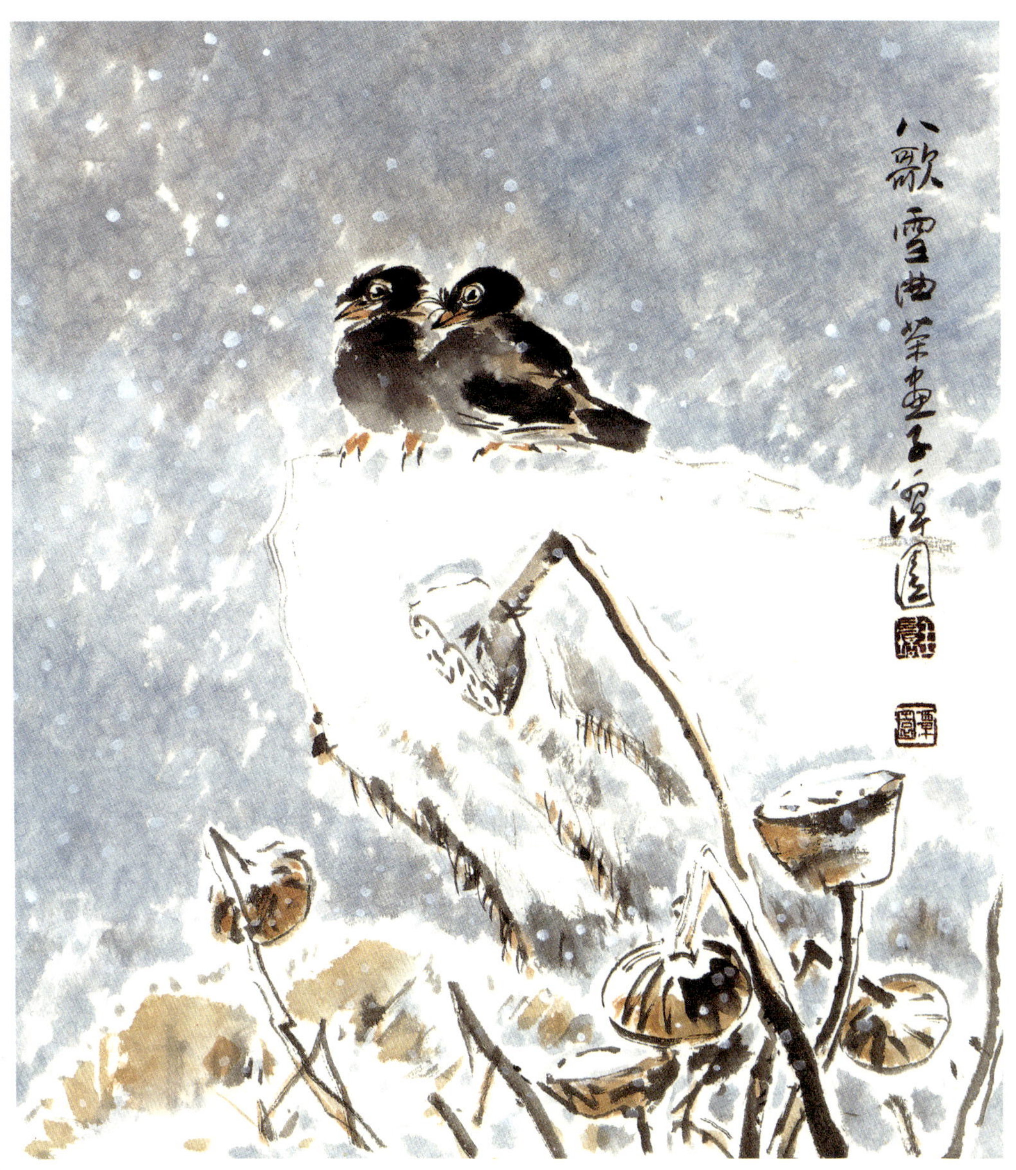

팔가설곡

한지수묵담채 | 50×60Cm | 2010

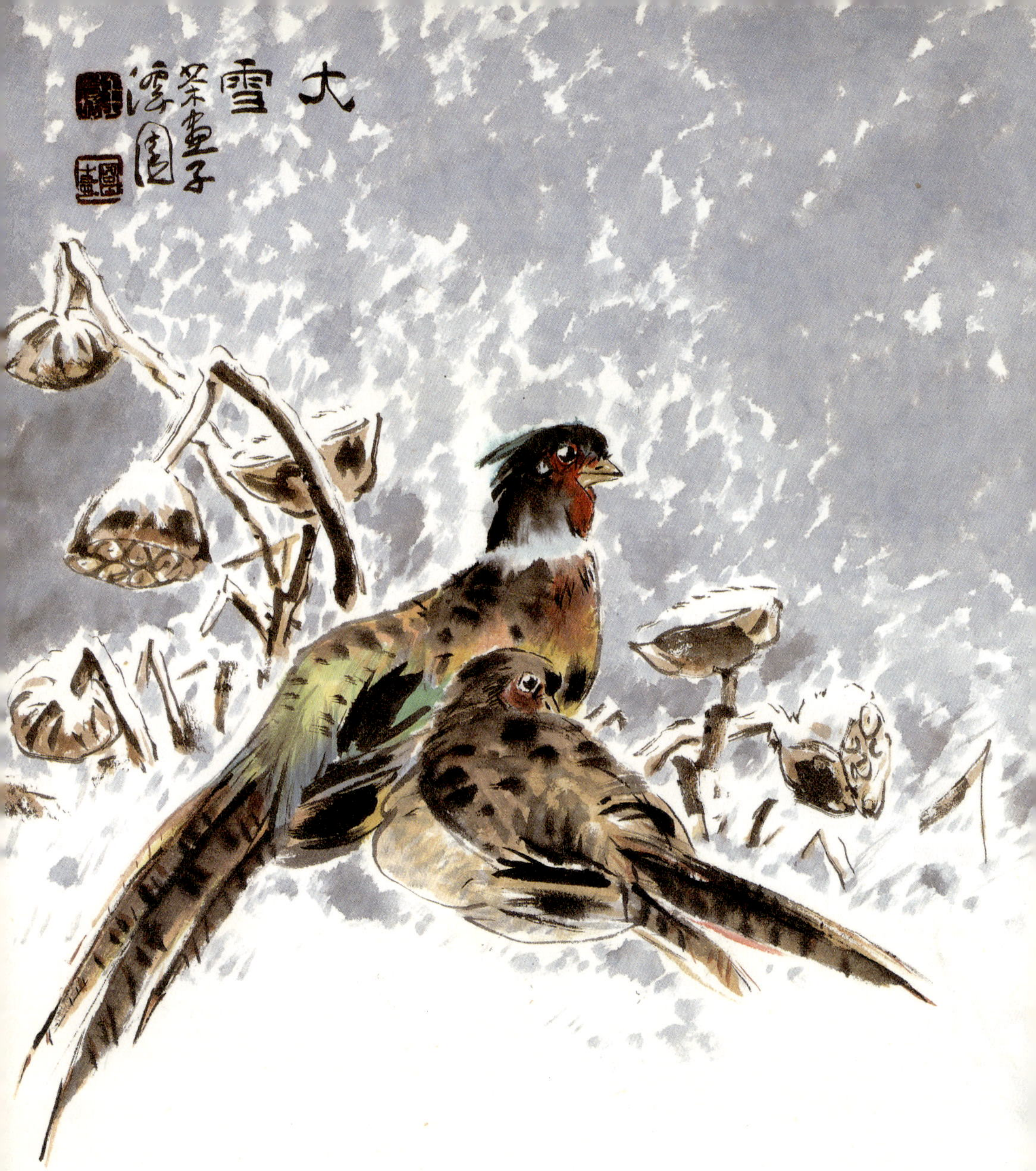

대설大雪

한지수묵담채 | 50×60Cm | 2010

국화의 오상고절

풍성해 보이던 연당 이제는 제법 수척해 말라 여위여 가고 연녹색의 흔적은 어디도 볼 수 없으며 점점 황토 흙의 빛깔로 변해 갑니다. 구름사이를 노을 낀 하늘을 가로질러 기러기 떼 끼룩끼룩 정들던 연못을 바라보며 돌아가고 있습니다, 국화가 오상고절을 자랑하며 서있던 때도 지나고 이제 겨울이 코앞에 와 있습니다.

연잎과 낙엽은 끝없이 쓸쓸히 흩날리더니 바람에 실려 고랑에 쌓여 있다가 흙빛으로 변한 것을 보면 흙은 미련 없이 받아줍니다.

함박눈이 펑펑 쏟아집니다.

천지는 고요하고 인적이 끊긴 산과들 연당에는 은백의 세상이 펼쳐집니다. 계속해서 세상은 완전히 달라집니다. 태고적 고요함이 다가옵니다.

천지가득 쏟아지는 눈밭에 날아든 꿩 한 쌍, 차가운 겨울 연못에 주인처럼 웅크리고 앉아 있습니다.

새로운 내년을 위해 날아갈 기운을 얻고자 연자를 먹어 채워두고 있을 것입니다. 연당의 변하는 우주의 진리를 체득하고 있는 것일까? 둘이 하나가 되는 화려한 의식 기온이 낮으면 우리 인간들도 몸을 움츠리건만 장끼와 까투리는 연자를 마음껏 먹었는지 기운이 감돕니다.

어느덧 눈이 연꽃이 감춰진 겨울 못에 소복소복 덮고 있습니다. 예전에는 눈이 많이 내리면 풍년이 든다고 했던가. 눈 내리는 연당의 꿩 한 쌍에서 나그네는 기다리는 여유를 배웁니다. 넉넉한 여유의 시작입니다.

연당의 겨울

여름의 무성하던 푸른색의 연잎은 가장자리 부분부터 갈색으로 바람이 만들고 있습니다. 갈색의 연잎은 단풍이 들어 그 기운을 다하고 연잎 위에는 서리가 내려 땅에 엎드려 항복을 하고 있습니다. 그 연못엔 겨울새 한 쌍 날라 와 잠시 머물고 있습니다. 서리가 내리더니 이제 많이 고였던 연못물이 모두 말라서 푸른 잎 빨간 꽃 쓸어버린 듯, 색다른 연당을 연출하고 있습니다.

연당도 겨울을 준비하면서 꽃과 연잎 줄기를 다 떨어뜨리고 내년을 위해 추운 겨울을 준비하면서 모두 연못 속으로 숨어 들어갔습니다. 눈 내리는 이때까지 꼬장꼬장 한 노오란 난 국화는 버티고 서 있습니다.

추상과 같은 가을도 가니 겨울이 코 앞입니다. 하늘에서는 구름이 일더니 눈을 기약합니다. 첫 눈이 내려 대지를 덮어 새하얗게 만들고 있습니다. 고요한 연당의 숲을 하얀 세계로 창작하고 있습니다. 첫눈은 행복한 인연을 만들어 준다고 합니다. 쏟아지는 눈발에 행복감이 훨씬 더합니다.

초설

한지수묵담채 | 50×60Cm | 2010

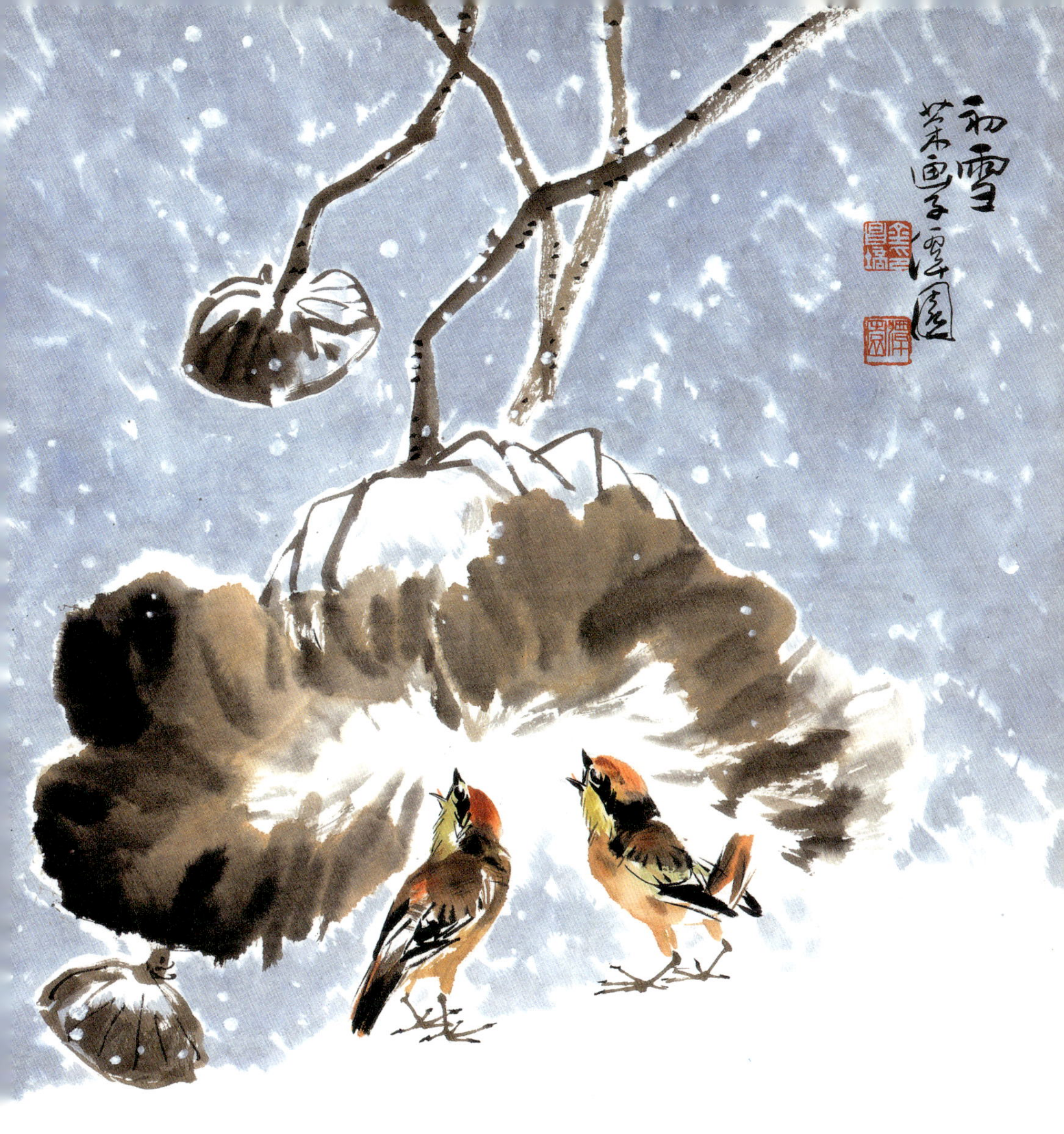

겨울 • 비어있는 충만, 정화하는 겨울, 눈은 행복을 나누는 기쁨

눈 한 그릇 녹여서 차茶 달이는데

연꽃은 연못이나 물이 많은 논에서 자랍니다. 뿌리가 옆으로 길게 뻗으며 원주형의 마디가 많으며 가을철에 끝부분이 특히 굵어집니다. 이를 연근이라 하며, 잎은 근경根莖에서 나와 물위에 높이 솟고 원형에 가까우며 백 녹색이고, 지름이 사십 센치 정도로 물에 잘 젖지 않는 과학의 비밀을 가지고 있습니다. 엽병葉柄(잎자루)은 가운데가 비어있고 털 같은 것이 나 있습니다.

꽃은 칠팔월에 피고 지름 이십 센치 전후로 연한 홍색 또는 백색을 하고 있습니다. 연꽃 봉오리는 낮에는 벌어졌다가 저녁엔 오므립니다. 눈 오고 추운겨울은 동면을 하기 때문에 가을엔 시들어지고 맙니다. 시련을 견디며 혹한을 이깁니다. 연근이 되어 동면을 하면서 얼음 밑 진흙에서도 물고기와 같이 살아갑니다.

연당에 내려앉은 학, 서로 몸을 비비며 하루 겨울밤을 잤습니다. 연당에는 쏟아지는 눈 휘날려 새하얀 세상으로 만들고 포근한 세상을 만들었습니다. 학 한 쌍 눈 내리는 날 새 누리에 첫 하얀 빛, 새로운 소식을 가지고 약속 하였습니다.

새로운 기쁨이 내린 밤늦게 상서로운 눈 퍼붓더니, 연당 가득에 눈 에워싸 하얀 세상입니다.

눈 한 그릇 녹여서 차 달이는데 야반지경이 적요해집니다.

신희新禧

한지수묵담채 | 50×60Cm | 2010

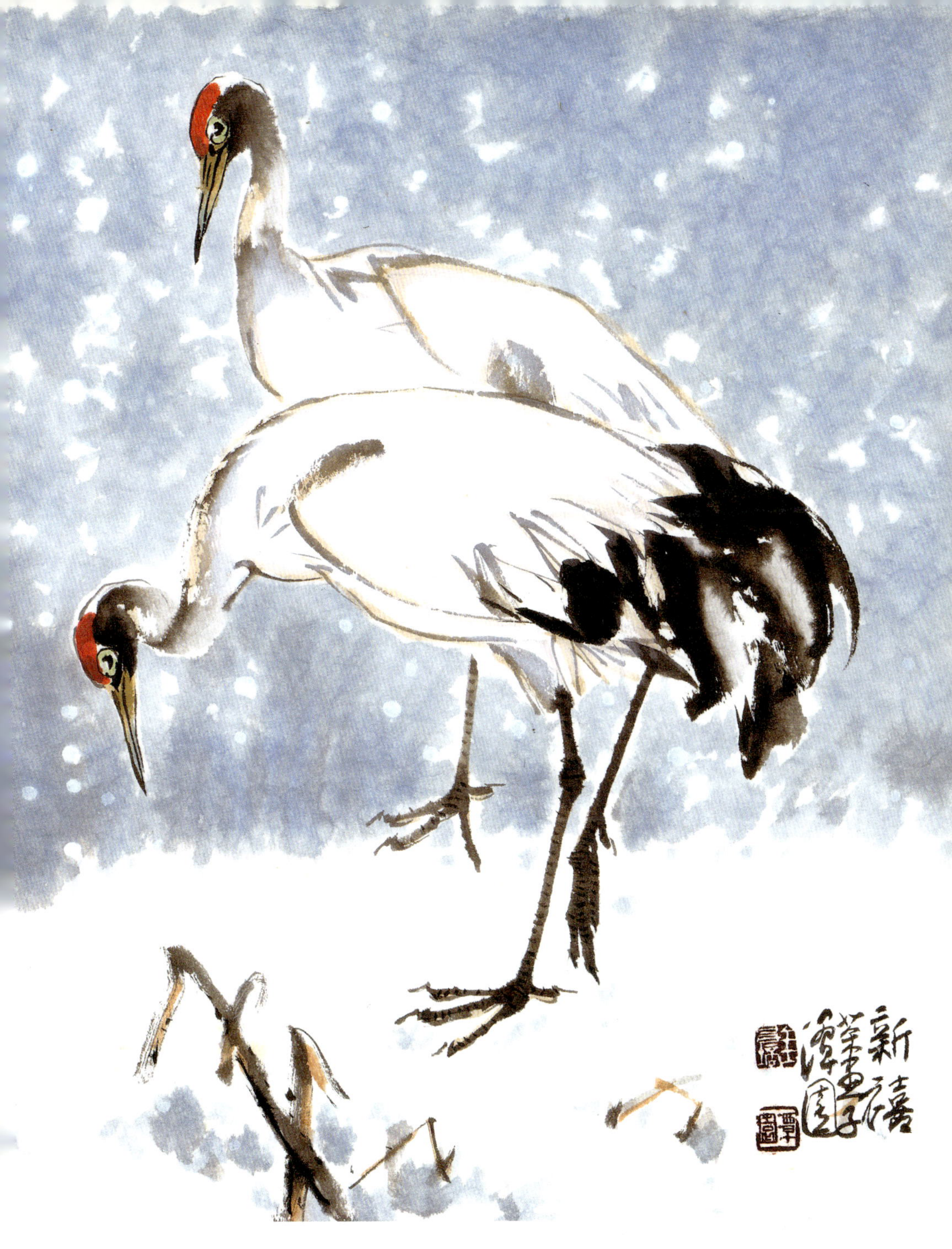

겨울 • 비어있는 충만, 정화하는 겨울. 눈은 행복을 나누는 기쁨

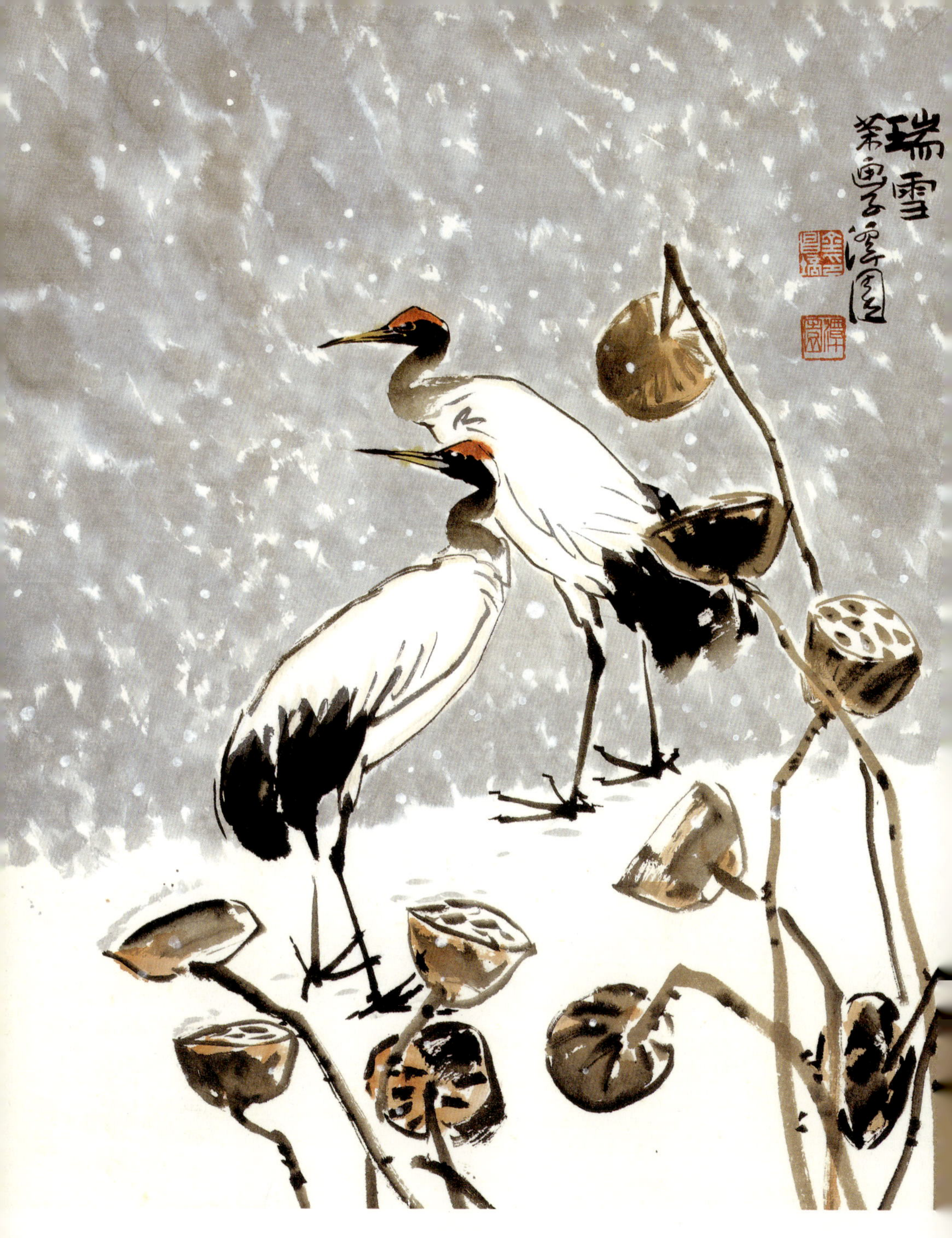
瑞雪

처연하고 행복한 세상

상서로운 눈은 소리 없이 내립니다. 고요하게 내려 온천지를 눈으로 포위하고 덮어버립니다. 이 고요한 속에서 엄청난 에너지를 가지며 멈추지 않고 서두르지도 않고 계속 내립니다. 가끔 찬바람은 눈보라를 만들어 눈 내리는 고요한 정적을 깨고 바람 소리를 낼뿐 입니다.

하룻밤 사이 천지가 늙어
많은 산이 모두 백두白頭일세.
소금이 어지러운 구렁에 쌓이고
명주를 빈 물가에 펴네.
대나무가 눌려 까마귀 흩어지고
소나무 꺾여 학이 걱정이네.
검은 말을 탄 다리 위에 나그네
그림자 없이 한낮을 지나네.

조선시대 광해군 때 정문익(1574~1639)이 지은 『영설詠雪』이란 시 한수입니다.

서설도

한지수묵담채 | 50×60Cm | 2010

온천지에 펄펄 내리는 눈꽃, 내 마음에도 눈이 내립니다.

찬바람만 오가던 연당, 바람이 쉴 새 없이 오가던 잠잠한 곳엔 눈이 쌓입니다. 하룻밤 사이에 눈이 소록소록 쌓여 천지가 하얗습니다. 온 연당이 앙상한 연밥 줄기만 남겨두고 포근한 하얀 솜이불을 뒤덮고 잠이 들었습니다. 세상을 다 덮어도 지난여름의 연꽃의 향기는 덮지 못할 것입니다.

얼마나 많은 눈이 왔는지 대나무가 눌려 압서壓栖하고 학이 날아와 쉴 소나무가 없으니 걱정하네, 쉴 소나무를 찾지 못해 학 한 쌍이 아직 연자가 남아있는 연못으로 내려와 서설을 즐기고 있습니다.

영설이란 시를 읽으면서 그림이 기운생동하게 묘사되어 있습니다.
차가운 겨울눈밭 눈보라에 눈이 내려도
흰 눈을 즐기는 학 한 쌍이 서성이고
눈이 온 세상을 덮고 있습니다.

언 땅 동토에서 깨어 있는 것은 오직 하나
포근하고 처연하고 행복한 세상입니다.

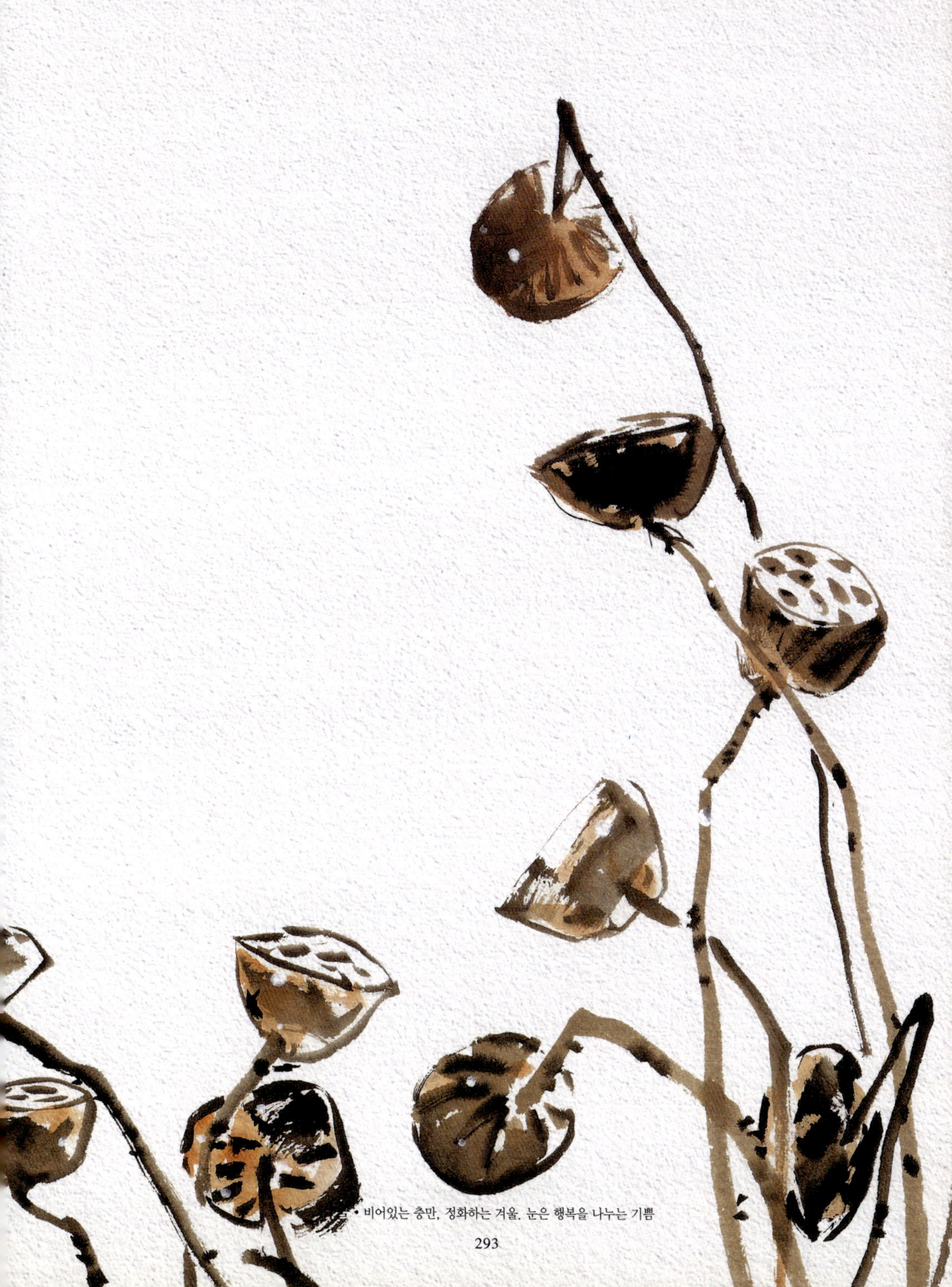

"마음의 거울 연꽃" 맺으며

"마음의 거울 연꽃" 을 모두 이야기 하고 마치려 하는데, 창밖에는 단풍丹楓 든 낙엽들과 가을비가 소리 없이 내립니다. 연꽃에 대한 이야기는 여기서 끝나지만 내년에 다시 연 밭에서 만날 기회가 있을 것입니다. 그 날은 차도구와 필낭을 메고 가 자리 펴고, 연꽃 터지는 연당에 앉아 녹차와 연차를 마시며 연꽃 아래서 연꽃 같은 대화를 나눌 기회를 약속합니다.

이 책을 보신 분들은 내년에 연통을 띄우면 오셔야 합니다, 꼭 약속을 하며 맺음말을 통해 붉은 낙엽에 글을 써서 낙엽 배를 화선지 위에 그려놓습니다.

이 책을 맺으며 차를 좋아하는 나그네 하고 싶은 말이 있습니다. 한국사회에 차를 사랑하고 다도를 안다는 사람들이 예의범절을 무시하는 경향이 있습니다. 고사에 "무차고차無茶苦茶" 라는 말이 있는데 "차의 본뜻을 모르니 차 모임이 향기로울 수가 없는 우리의 차 세계" 를 두고 한말과 같습니다.이러한 각자의 차 모임과 차 생활에 대한 신성함을 주고자 나그네는 연꽃과 다동茶童을 그리고 다선茶仙을 그려 예禮를 그려 넣어 보고 싶은 저자의 욕망입니다.

더욱 요즘 나그네는 다도 그림을 줄기차게 표현합니다. 차茶속에 담긴 오묘한 정신세계를 그리려 애를 씁니다. 그림 속에 차인은 조화造化의 이치를 현실 속에 조화調和시키는 정신적 힘이 담긴 그림을 그리고 있습니다. 그림 속에 이 힘의 체득은 정신적 탄력성이 비롯되어 정신적 여유로 발전되는 과정을 볼 수 있도록 표현 합니다. 이런 '여유의 체득'은 사고思考의 힘을 얻고, 알뜰함의 이치를 체 득하는 것입니다. 또한 생활의 안정감을 얻고 삶을 전력 투구하며 살아가게 합니다. 결국은 차 생활은 사람으로 하여금 후회스럽지 않는 삶을 성취케 하는 작품을 그려내는 작업입니다.

『마음의 거울 연꽃』을 책으로 펴내면서 많은 분들이 도와 주셨습니다. 자문과 이야기를 주신 스님들께 도손을 모읍니다. 특히 추천사를 주신 주호영 위원님, 또한『향기와 빛명상이 있는 그림 찻방』 을 함께 만들며 쾌청한 빛viit 바람을 가득 주신 정광호 학회장님 그리고 빛viit명상 회원님들 고맙습니다.

그리고 책을 예쁘게 만들어준 디자이너 이수정씨, 글을 꼼꼼히 살펴 주신 이혜경 선생님, 도서출판 솔과학 김재광 사장님 그리고 가족의 힘으로 성원을 해준 아내와 아들, 딸에도 고맙고 행복한 미소로 대신 합니다. 그림을 그리는 화가가 그림 그리듯 글을 씁니다만, 나그네는 전문 소설가나 시인도 아니기에 글들이 멋도 없고 기교와 문법이 유달리 부족합니다. 넓은 아량으로 마음을 주시기 바랍니다.

“수묵으로 핀 108 연꽃화첩” 연꽃 속에서『마음의 거울 연꽃』을 천천히 보시고 먹그림을 감상하시며 아름다운 명상을 통한 “수묵명상의 치유”로 몸과 마음의 건강을 찾아 행복한 일상이 되시기를 바라며 글을 마칩니다.

노란 국화 꽃 미소를 짓던 날 담원 김 창 배